KB038001

티끌 같은 나

티끌 같은 나

빅토리아 토카레바 지음
승주연 옮김

잔

차례

티끌 같은 나

Одна из многих

안젤라는 '천사'에서 유래한 이름이다. 하얀 피부에 파란 눈동자를 바라보노라면 천사가 내 앞에 있는 것 같다. 그녀는 노래 부르는 걸 좋아하는데, 시보다 높은 음을 낼 때면 안정적이면서 공명이 잘되는 소리가 났다. 오디션 프로그램인 《스타 팩토리》에 나와 마이크에 대고 속삭이며 에로틱한 표정이나 짓는 자들하곤 차원이 다르다. 그들의 공연은 '본다'라기보단 '엿본다'라는 표현이 어울릴 터다.

안젤라는 마르트노프카 마을에 살았다. 한때는 하얀색 농가가 줄을 짓고 과수원이 펼쳐져 있으며 거위가 자유롭게 길을 건너는 카자흐인의 마을이었다.

안젤라의 어머니는 나타샤였고 소 치는 일을 했다. 한때 교직에 있었는데 알코올 중독이 그녀의 발목을 잡았다. 그런 사람에게 아이들을 맡길 수 없다는 이유로 학교에서 쫓겨난 것이다. 하지만 소는 믿고 맡겼다. 하긴 소들이야 무슨 상관이겠는가! 소들은 오히려 나타샤의 몸에서 풍기는 약품 비슷한 냄새를 좋아하는 것 같기도 했다. 나타샤는 마을에서 멀리 떨어진 목초지로 소들을 데려가곤 했다. 그녀는 맨발로 풀밭을 걸어 다녔다. 얼굴은 햇볕에 그을려서 시뻘건 고깃덩어리를 연상시켰다. 그래서인지 광대뼈에도 동그랗고 발그스레한 얼룩이 졌다.

안젤라의 아버지 바실리는 시골에서도 인적이 뜸한 곳에 자리한 다 쓰러져 가는 흙벽돌 집에서 살았다. 그는 아침부터 밤까지 보드카를 마셔 댔고 소변도 집 안에서 봤다. 이를 위해 석면시멘트 관을 구해다 가운데를 세로로 길게 잘라서 벽에 난 구멍을 통해 바깥으로 빼냈다. 그의 화장실인 셈인데, 15세기, 조금 더 정확히는 1세기부터 15세기까지 생리 현상을 해결하는 방식이었다. 바실리가 그런 방식을 알고서 이용한 것 같지는 않았다. 그가 1500년 동안 사용한 방식을 재현한 것은 지극히 우연이었다.

바실리는 아무도 집에 들이지 않았다. 숫기 없는 성격 탓이 컸다. 하지만 저녁이면 바닷가로 나가곤 했다. 지인이나 술친구들이 바닷가에 모이곤 했는데, 그들 모두 애수와 불안감에 젖어 사는, 소위 동지라 할 수 있었다. 이야깃거리는 정치나 여자를 비롯해서 아주 다양했다.

바실리가 즐겨 꺼내는 추억담이 있었다. 브레즈네프를 만난 일이었다. 이 이야기를 할 때면 브레즈네프와 악수한 자신의 손을 증거 삼아 보여 주었고, 사람들은 존경 어린 눈빛으로 그를 바라보았다. 하지만 브레즈네프가 어쩌다 그의 손을 잡았는지 자세한 경위는 기억에서 사라진 터였다. 어쩌면 그가 술에 취했는지도 모른다. 물론 브레즈네프가 술에 취했을 가능성도 배제할 수 없었다. 이를테면 브레즈네프가 오픈카를 타고 가는 동안 사람들이 그에게 손을 뻗었고, 그는 수많은 손 가운데 우연히 바실리의 손을 잡아 주었다. 뭐, 이런 상황이 아니었나 싶다. 그가 브레즈네프와 악수했다는 사실을 의심하는 사람은 아무도 없었다. 바실리가 그런 일로 거짓말할 이유는 없어 보였기 때문이다.

두 번째 기억은 친아버지와 관련된 것인데, 바실리는 친아버지를 증오했다. 아버지를 좋아할 수가 없었다. 30년 전쯤 아버지는 폭행과 외도로 아내를 힘들게 했다. 바실리가 어릴 때 일이지만 어머니의 고통을 지금까지도 기억하고, 그래서 아버지를 증오했다. 그의 아버지, 즉 안젤라의 친할아버지는 예순다섯이었다. 지금은 인색하지만 가정적이고 성실한 사내이며 늘 분주했다. 그역시 바실리가 자신을 싫어한다는 걸 알지만, 배은망덕한 아들 때문에 괴로워하며 시간을 허비할 사람은 아니었다. 아들 하나 없는 셈 치면 그만이라고 생각했다. 사실 일말의 책임감도 없이 아침부터 밤까지 보드카를 입에 달고 살며 집 안에서 오줌이나 싸지를 뿐 아무 일도 하지 않는 아들의 삶을 이해 못 하긴 마찬가지였다.

나타샤는 소라도 쳤으니 남편보다는 나은 셈이었다. 그녀는 소들의 이름을 다 알았고 가축이라고 함부로 대하지 않았으며 한 마리 한 마리를 소중히 여겼다. 소는 에메랄드색 풀밭에 놓아 길렀는데, 날이 더울 때면 무릎까지 닿는 얕은 바다에 들어가서 열을 식히곤 했다.

이곳 바다는 수심이 얕아도 병을 치료하는 효능이 있었다. 1미터에 이르는 잔더라는 농어도 서식했다. 사람들은 방사능에 피

폭된 아이들을 치료하기 위해 바다에 데려오곤 했다. 바다가 방사능을 빨아들인다고 생각한 것이다. 적어도 그렇게 믿고 있었다.

젖소들은 꼬리를 위로 올린 채 볼일을 봤고, 탄두르빵을 연상시키는 납작한 똥들이 파도를 타고 바다를 천천히 떠다녔다. 바닷가에서 쉬는 사람이라곤 많아야 대여섯이라 그들의 눈치를 볼 필요는 없었다. 게다가 소똥은 인분과 달라서 혐오스럽기는커녕 오히려 그 반대였다. 나타샤는 탄두르빵을 보면서 생각에 잠겼다. '이건 거름이다.' 거름은 유용하게 쓰이는데, 예를 들면 토양을 기름지게 한다. 반면 인분은 효용 가치가 없기 때문에 냄새가 고약하다. 자연이 '이건 아무짝에도 쓸모가 없다. 최대한 멀리 떨어져라.'라며 사인이라도 주는 것 같다.

자연에서 일어나는 일은 반드시 합당한 이유가 있기 마련이다. 꽃은 벌을 유인하기 위해 좋은 향을 낸다. 반면 냄새가 고약한 것은 말려서 바람에 날려 버려야 한다. 흔적도 없이 말이다.

마르트노프카에서 멀지 않은 곳에 작은 도시 예이스크가 있다. 마르트노프카의 사내들은 죄다 예이스크에 들어선 기업에서 일했다. 하지만 페레스트로이카 이후 기업들이 파산하면서 그들의 일자리도 사라져 버렸다. 일자리를 잃은 남자들은 바다에서 농어를 잡으며 생계를 유지했다. 모터보트가 잔잔한 수면을 가르며 엄청난 속력으로 달리곤 했다.

여름 3개월 동안 붉은 햇볕이 아프리카를 방불케 할 정도로 타는 듯 내리쬐었다. 덕분에 과일이 무럭무럭 자라고 젖소도 수가 늘었다. 물 역시 해로운 첨가물을 넣지 않아도 그 자체만으로 생명력 있고 맛이 좋았다. 또한 투명하고 차가웠다. 천국이 따로 없었다. 에덴동산이었다. 하지만 사람은 무엇을 하든지 먹고살아야 한다. 먹을 것이 없으면 바다도 버텨 내지 못하는 법이다.

어느 날 안젤라가 통보하듯 말했다. "저 모스크바로 떠날래요."

"누구 맘대로?" 나타샤는 단호했다.

"안 보내 주면 지금 입은 이대로 아무것도 안 갖고 떠날 거예요." 안젤라 역시 물러서지 않았다.

나타샤는 딸을 한 번 쳐다보고 그 고집을 꺾을 수 없음을 직감했다. '내가 잡는다고 될 일이 아니군.' 그녀는 한숨을 한 번 쉬더니 옆집 여자에게 돈을 빌리러 갔다.

옆집에는 모스크바 출신의 여자가 묵고 있었다. 굉장히 멍청한 여자였다. 바실리에게 농어를 잡아 오라고 하면서 돈부터 준 것이다. 바실리는 돈을 받는 즉시 술을 사 마시고는 농어를 잡아다 주면서 또다시 돈을 요구했다.

"돈은 선지급했잖아요." 모스크바에서 온 여자는 이해할 수 없다는 듯 말했다.

"돈 몇 푼 갖고 그럴 거야?" 바실리도 만만한 상대는 아니었다.

모스크바에서 온 여자는 불쌍한 늙은이 바실리를 쳐다보며 어이없어했다. "양심은 있는 거야?"

"양심은 있지. 그런데 돈이 없네. 겨우내 땔 석탄 살 돈이 없어서 그래."

모스크바에서 온 여자는 석탄 없이 겨울을 나는 게 얼마나 힘든지 알고 있었다. 게다가 바실리는 농어 값으로 푼돈을 요구했다. 돈을 한 번 더 준다 해도 크게 문제 될 건 없어 보였다. 세상천지에 그에게 그런 식으로 돈을 주는 사람은 없었다. 바실리는 그녀가 모자라서 그런 거라 생각했다. 하지만 모스크바에서 온 여자는 바보가 아니었다. 바실리와 실랑이를 벌이기보다 마음이 편한 쪽을 선택한 것뿐이었다.

쪽문이 열리더니 나타샤가 목걸이에 사라판(러시아 전통 의상-옮긴이)까지 입고 들어왔다.

'돈을 빌리러 왔군.' 모스크바에서 온 여자의 예상은 적중했다.

나타샤는 열차의 침대칸 티켓을 살 돈이 필요하다며 500루블을 빌려 달라고 부탁했다. 마르트노프카 기준으론 어마어마하게 큰 액수였다. 나타샤는 곧 총살을 당할 사람처럼 절망에 찼으면서도 여전히 희망의 끈을 놓지 못한 시선을 던졌다.

여자가 지갑을 열었다. 1000루블짜리 지폐가 가득했다. 마침 500루블짜리가 없었다.

"1000루블 주셔도 되고요. 바실리가 일해서 갚을 거예요……." 나타샤는 큰 기대 없이 조심스럽게 말했다.

여자는 지갑에서 1000루블짜리 파란색 지폐를 꺼내 나타샤에게 내밀었다.

"진짜 주시는 거죠?" 나타샤는 넋을 잃고 물었다. 이마가 닿을 정도로 바닥에 엎드렸다. 기도하는 무슬림을 방불케 하는 자세였다. 잠시 후 허리를 곧게 펴고는 말없이 무릎을 꿇은 채 한 손에는 지폐를 꼭 쥐고 어렵게 입을 열었다. "어떻게 감사를 드려야 할지 모르겠어요."

모스크바에서 온 여자는 나타샤의 표현력에 적이 놀랐다. 나타샤가 젖소들과 생활하느라 인간의 언어를 잊었을지도 모른다고 생각했던 것이다. 1000루블이면 40달러에 가까웠다. 적지 않은 액수였다. 하지만 그렇게 큰돈도 아니었다. 좋은 일 하는 셈 치고 삶에 찌들어 정신이 온전치 못한 불쌍한 목동에게 돈 좀 쥐어 줬다 생각하면 그만이었다.

하지만 이번만큼은 여자의 생각이 틀렸다. 나타샤는 그녀의 생각과 달리 불행하지 않았다. 젖소과 함께 초원에 앉아 있는 것만큼 좋은 일이 또 있을까? 그것도 하늘과 땅이 맞닿은 지평선에서 말이다. 젖소는 아이처럼 순하고 순박하며 예쁘기까지 하다. 술을 병째 들이켜고 나면 세상은 형형색색의 아름다운 모습을 보여 준다. 그러면 사람이든 동물이든 눈물이 날 정도로 사랑스러워 보이는 것이었다. 공기를 가르며 불행을 예고한다는 말벌조차 신의 창조물이며 제 역할과 기능이 있으니 어찌 사랑하지 않을 수 있을까?

안젤라는 모스크바로 떠났다. 그리고 돈을 빌려 준 여자의 집에 묵었다. 모스크바에서 아는 사람이라곤 그녀밖에 없었기 때문이다.

《스타 팩토리》의 오디션이 다시 시작되었다. 별장 여자의 이름은 키라 세르게예브나였는데, 어딘가로 전화 한 통을 하더니 안젤라가 오디션을 볼 수 있게 해 주었다.

오디션은 기차역을 방불케 할 만큼 넓은 '문화의 전당'(소비에트 연방을 비롯한 동유럽 국가들의 클럽하우스. 전시, 공연 등의 문화 행사와 다양한 이벤트를 동시에 진행할 수 있도록 계획된 공간이다.-옮긴이)에서 열렸다. 소련 시절 다양한 문화 공연을 대중화한다는 명분 아래 '문화의 전당' 같은 건물이 많이 생겨났다.

안젤라는 2차 오디션까지 보았다. 두 번째 오디션이 끝나자 관계자가 무대에 나와 파이널 오디션인 3차 오디션에 참가할 사람들을 호명하기 시작했다. 안젤라의 성은 '주엔코'였다. 안젤라는 '주엔코'를 놓칠세라 귀를 쫑긋 세우고 들었다. 하지만 그녀의 성은 끝내 호명되지 않았다. 안젤라의 성은 명단에 없었던 것이다. 그녀가 3차 오디션에 참가할 수 없다는 것을 의미했다.

무대 앞에는 오디션 참가자들이 모여 있었다. 기쁨에 겨워 소리를 지르며 방방 뛰는 사람들이 있는가 하면, 파상풍에 걸린 듯 꼼짝도 안 하고 제자리에 서 있는 이들도 보였다.

안젤라는 무대 쪽으로 비집고 들어가서 '이러는 법이 어디 있어요?'라고 묻고 싶었다. 하지만 그런 질문을 할 만한 상황이 아니었다. 질문은 고사하고 관계자와 접촉하는 것 자체가 불가능했다. 관계자에게 접촉하려고 시도만 해도 몸싸움은 기본이고 폭행까지 당할 수 있었다. 사람들은 철저하게 무대 안에 있는 그룹과 무대 밖에 있는 무리로 나뉘었다.

안젤라는 집(좀 더 정확히는 잠시 신세 지는 여자의 집)으로 3번 전차를 타고 갔다. 전차는 텅 비어 있었다. 안젤라는 창가에 자리를 잡고 앉았다. 그리고 모스크바 사람들을 보려다 갑자기 통곡을 하기 시작했다. 마음을 단단히 먹으려고 했지만 뜻대로 되지 않았다. 전차 안에 있던 사람들은 일제히 입을 다물었다. "아가씨, 왜 울어요?"라고 묻는 사람은 고사하고 그녀를 애써 위로하는 사람도 없었다. '인생은 길고 앞으로 기회는 얼마든지 있다.'라고 생각하는지도 모른다. 하지만 사람들은 조금씩 그녀의 슬픔에 빠져들었고, 그들 역시 어느새 훌쩍이기 시작했다. 이런 이가씨의 슬픔과 자기 연민에서 비롯된 흐느낌이었다. 물론 자기 연민만으로도 눈물을 쏟을 이유는 충분했다.

슬픔에 잠긴 전차는 거리 이곳저곳을 부드럽게 미끄러지듯 돌았고, 어느덧 땅거미 속으로 스며들었다. 모스크바 곳곳이 불을 환하게 밝혔다. 새해를 앞두고 한껏 치장한 도시의 모습과 흡사했다.

안젤라에게 방을 내어 준 키라 세르게예브나는 '대학역' 근처에 살았다. 그녀의 집은 천장도 낮고 콘크리트 블록으로 지은 평범한 아파트였다. 하지만 안젤라가 보기엔 궁전 같았다. 이런 아파트는 가난한 마리야가 나오는 멕시코 드라마 《마리야》에서나 보았을 뿐이었다.

키라 세르게예브나는 영화평론가였고 영화사에서 에디터로 일했다. 이것이 어떤 직책이며 그녀가 하는 일이 무엇인지 안젤라는 알지 못했다. 중요한 것은 키라 세르게예브나가 모든 사람을 아는 데다 그녀를 모르는 사람이 없다는 사실이었다. 모든 사람이 비약이라면 적어도 많은 사람이 그녀를 알았다. 별명도 '약방의 감초 같은 키라'였다.

키라는 남편과 함께 살았는데 이름은 인노켄치, 애칭은 케샤였다. 인노켄치는 안젤라의 아버지 바실리와 공통점이 많았다. 두 사람 모두 빈둥거리면서 아내가 벌어다 주는 돈으로 살았다. 인노켄치 역시 브레즈네프와 인사했지만, 바실리처럼 손을 잡은 것이 아니라 고갯짓으로 대신했다. 인노켄치는 브레즈네프를 상당히 자주 봤는데, 브레즈네프는 연설할 때 인노켄치가 대신 써 준 원고를 쥐고 자신이 직접 쓴 것처럼 읽곤 했다.

당시 인노켄치는 청어 통조림은 물론이고 부드러운 소시지가 들어 있는 배급품을 받는 등 특혜를 누렸다. 지금이야 돈만 주면 얼마든지 살 수 있지만 그때는 사정이 달랐다.

브레즈네프가 자리에서 물러나자 인노켄치도 직장을 잃었다. 그리고 잠시 집에서 빈둥거리다 어느 순간 일 안 하고 자기 마음대로 산다는 것이 얼마나 행복한 삶인지 깨달아 버렸다. 이제 부자연스런 문장을 지어내느라 골머리를 앓지 않아도 되었다. 좋은 책을 읽고 수영장에 다니고 아르바트거리의 골목을 기웃거리며 끊임없이 사색에 잠길 수 있는 여유가 생긴 것이다.

그러던 어느 날 인노켄치는 책상 앞에 앉아 연대기 저자 피멘(푸슈킨의 정치 희곡 《보리스 고두노프》에 등장하는 인물로 수도승이자 연대기 작가-옮긴이)처럼 회고록을 쓰기 시작했다. 현실적으로 봤을 때 자신의 거창한 연대기를 빠른 시일 내에 출간할 가능성은 낮다는 걸 알고 있었다. 하지만 머릿속에 가득 찬 것을 쏟아 내고 싶은 마음이 간절했다. 인노켄치는 글을 쓰면서 새 삶을 시작한 것만 같은 생각이 들었다. 푸슈킨이 피멘에 대해 신이 나에게 수년간 많은 사건을 눈으로 목도하게 하시고 글재주를 주신 데는 다 이유가 있다고 썼듯이, 그도 자신을 그렇게 말할 수 있을 것만 같았다. 피멘과 다른 점이 있다면 인노켄치는 신에게 기도하는 대신 장을 보러 다니고 식사 후에는 설거지를 했다는 것이다.

안젤라는 그가 설거지를 꼼꼼하게 하지 않은 걸 눈여겨보았다. 그릇 안쪽만 씻어서 테두리 쪽은 여전히 기름기가 남아 있었다. 그녀는 접시와 찻잔을 전부 큰 통에 넣은 다음 주방용 비누를 풀고 식소다를 섞어서 윤이 날 때까지 닦고 또 닦았다. 식기는 군복 단추처럼 반짝거렸다. 상점에서 방금 사 온 듯 새것이 되었다. 설거지를 끝내고 나선 창문을 닦았다.

안젤라는 14층 높이에 서서 노래를 불렀다. 그녀는 일하면서 노래를 흥얼거리는 습관이 있었다. 그녀의 목소리는 맑고 힘이 있으며 음은 무한대로 높게 올라가고 원하는 곳까지 날아갔다. 창가에 서 있는 젊고 유연하며 목도 길고 다리도 길쭉한 안젤라에게서 사람들은 〈마주르카를 기억하며〉를 떠올렸다. 이 곡에서 중요한 것은 마주르카 자체가 아니라 마주르카에 대한 기억이라는 점이다. 회상은 현실보다 더 강렬할 때가 있으니까 말이다. 사람들은 가던 길을 멈추고 고개를 들어 그녀를 바라보다가 심호흡을 하고는 다시 발길을 재촉했다.

인노켄치 역시 그녀를 보면서 들숨과 날숨을 반복했다. 그는 일 잘하고 순박한 안젤라 같은 아가씨 대신 박식해서 말끝마다 이런저런 명언을 인용하는 지적인 키라 세르게예브나를 만난 게 애석했다. 여자에게 지식이 무슨 소용이란 말인가? 창문이나 잘 닦고 애나 쑥쑥 낳으면 그만 아닌가 말이다. 키라는 아들만 하나 낳아서 대학의 철학부에 보냈다. 그 결과는 어떤가? 아들은 온갖 현학적인 용어나 철학 사조는 잘 알지만 무능력한 탓에 여자가 오래 붙어 있지 않았다.

21세기는 대화를 할 게 아니라 구체적으로 행동해야 했다. 그녀가 닦은 창문은 먼지 가득한 커튼 사이에서 유난히 더 빛났다. 방금 목욕한 깨끗한 몸에 더러운 옷을 걸친 셈이었다. 안젤라는 커튼을 떼어 손빨래를 했다. 세탁기가 못 미더운 것이다. 다음은 커튼이 바삭하게 마르도록 햇볕과 바람이 잘 드는 발코니에 널었다. 이를 위해 빨랫줄을 팽팽하게 만들어야 했고, 그러려면 빨랫줄 고리가 필요했다. 빨랫줄 고리를 베란다 벽에 설치하려면 인노켄치를 귀찮게 해서 콘크리트 벽에 구멍을 뚫고 못을 박는 과정이 선행되어야 했다.

인노켄치는 인체가 수분으로 구성된 것처럼 90퍼센트의 게으름으로 이루어진 사람이었다. 사다리를 타고 올라가 벽장에 있는 드릴을 꺼내서 콘센트에 꽂고 벽에 구멍 낸 뒤 망치로 못을 두드려 벽에 고정하는 일은 마지막으로 한 게 언제인지 기억조차 안 날 만큼 어마어마한 결단이 필요했다. 인노켄치는 이 모든 걸 군소리 없이 해냈다. 그녀가 아내는 아니지만 뭔가 창의적인 일에 필요한 지시를 따르는 게 나쁘지 않았고, 비로소 진정한 남자가 된 기분이 드는 데다 가정에 필요한 사람이 된다는 점 역시 나쁘지 않았던 것이다.

키라 세르게예브나는 한때 인노켄치가 원하는 대로 살게 내버려 둔 적이 있었다. 물론 그녀가 사는 방식도 관여하지 않는다는 조건이 붙었다. 하지만 그것은 인노켄치를 모르고 결정한 처사였다. 그는 스스로 뭔가를 할 수 있는 사람이 아니었다. 그에겐 이끌어 주는 사람이 필요했다. 누군가 리드해 주면 어떤 목표라도 이뤄 낼 수 있고 하늘의 별이라도 따 올 수 있는 사람이었다. 그는 리더도 선두도 아니었다. 그들의 뒤를 따르는 2등으로 만족했다. 세상에는 무수히 많은 2등이 필요하니까 말이다. 1등은 한 명뿐이다. 잔다르크나 미하일 쿠투조프 같은 이들처럼 말이다. 그리고 군대는 2인자로 이루어진 조합이다. 2인자 없이 1인자 혼자서는 아무것도 이뤄 낼 수가 없다. 그래서 세계는 수많은 2인자로 이루어진 것이다.

결국 커튼까지 빨고 다림질도 끝냈다. 커튼은 창문에 성대하면서도 독립적인 매력을 보여 주었다. 창문이 레이스 커튼을 두르고 빛나는 모습이 결혼을 앞둔 신부를 연상시켰다.

키라 세르게예브나는 집이 예전과 다르다는 건 알아챘지만 구체적으로 무엇이 변했는지 이해하지 못했다. 인노켄치는 자꾸 싱글벙글렸다. 햇살 가득한 방은 환하고 식탁에는 방금 구운 따끈따끈한 양배추 파이가 놓여 있었다. 바닐라 향기와 함께 구석구석 깨끗하고 상쾌한 냄새가 났다. 부엌 수도꼭지도 더 이상 물이 새지 않았다. 규칙적으로 둔탁하게 물방울 떨어지는 소리도 사라졌다.

"이게 다 뭐죠?" 키라 세르게예브나가 물었다.

"대청소 좀 했어요. 언제든 한번은 해야 하니까요." 안젤라가 대답했다.

"언제든이 아니라 30년 만에 처음이겠지." 인노켄치가 꼭 집어서 바로잡았다.

"근데 넌 앞으로 어쩔 생각이니? 생각해 둔 건 있어?" 키라 세르게예브나가 궁금하다는 듯 질문했다.

"어떻게든 자리를 잡아야죠."

"그러니까 어떻게?"

"스타가 되려고요. 무대에서 노래도 부르고요. 크리스티나 오르바카이테(러시아의 가수 겸 배우-옮긴이)처럼요. 돈도 벌고 어머니도 도와야죠."

"욕심도 많아라." 인노켄치가 놀라며 말을 받았다.

"못 할 것도 없죠. 사람의 능력은 무한하니까요. 내가 크리스티나보다 못한가요?" 안젤라가 물었다.

"엄마가 다르지." 키라 세르게예브나가 냉정하게 지적했다.

인노켄치는 잠시 생각하고 물었다. "《스타 팩토리》 다음 오디션이 언제 있지?"

"이제 《스타 팩토리》는 안 나갈 거예요." 안젤라가 시무룩하게 대답했다.

"이유가 뭐지?"

"불공평하더라고요. 내가 류바 유키나보다 잘 불렀거든요. 하지만 나는 떨어지고 그 애는 붙었어요. 나는 마르트노프카 출신이니까 떨어뜨렸을 거예요. 누가 나 같은 애를 키워 주겠어요?"

"그쪽에서 크려면 돈이 필요해." 키라 세르게예브나가 현실을 알려 주었다.

"나도 알아봤어요. 프로듀서가 있더라고요. 재능 있는 사람들을 발굴해서 키워 주던데요."

안젤라의 말을 듣고 인노켄치가 아내를 쳐다보며 부탁했다. "당신이 좀 나서지? 자기 모르는 사람 없잖아."

키라 세르게예브나는 비서 류도치카에게 전화해서 재능 있는 젊은이를 발굴해 내는 유능한 프로듀서의 연락처를 알려 달라고 했다. 그의 이름은 마르크 타마르킨이었다. 류도치카는 사무실 전화번호가 아니라 휴대전화 번호를 구해 주었다.

키라는 번호를 눌렀다. 목소리 톤이 다소 높은 무례한 듯한 남자가 전화를 받았다. 3초에 한 번꼴로 전화를 받는 듯 불필요한 전화는 목소리만 듣고도 끊게 만드는 방법을 터득한 것 같았다.

"네." 마에스트로 마르크 타마르킨은 굉장히 불친절한 목소리로 받았다.

"안녕하세요. 공훈문화인 키라 데그탸레바라고 합니다."

"그런 분은 모르는데요." 마에스트로가 그녀의 말을 끊었다.

"매우 유감입니다. 혹시 선생님 옆에 누군가 있다면 그분들한테 물어보세요. 선생님 빼고는 다들 나를 알 테니까요." 키라 세르게예브나가 불만 섞인 말투로 대답했다.

"잠깐만요." 마에스트로는 뜻밖에도 순순히 그녀의 말에 응해 주었다.

그가 전화기를 귀에서 떼어 내고는 큰 소리로 물어보는 소리가 들렸다. 키라는 '공훈문화인'의 줄임말인 '공문'이라는 단어를 알아들었다.

전화기 너머에서 소음이 좀 들리는가 싶더니 다시 마에스트로의 목소리가 나왔다. "그렇다면 뭐……." 그녀의 말을 들을 준비가 되었음을 의미했다.

키라 세르게예브나는 마에스트로의 반응을 통해 옆에 있는 사람들이 그녀의 이름은 상당히 유명하지만 권위는 별로 없다고 말했을 거라 추측할 수 있었다.

"아가씨가 한 명 있는데 노래를 좀 들어 주실 수 있을까 해서요……. 5분이면 될 거예요. 그 애는 선생님 은혜를 평생 잊지 않을 겁니다……."

키라 세르게예브나는 초조했다. 여태껏 그녀의 비위를 맞춰 주는 사람들만 만나 온 터라 지금처럼 무례한 반응에 익숙하지 않았다.

"모스크바 거주등록증은 있나요?" 마에스트로가 물었다.

"누구를 말씀하시는 건지?" 키라 세르게예브나가 되물었다.

"그 아가씨 말입니다."

"있습니다." 키라 세르게예브나는 양심의 가책을 느낄 새도 없이 거짓말을 했다.

"돈은 있나요?"

"네, 네……. 아버지가 캄포모세라는 공장에서 일해요. 육류를 가공하는 공장이죠. 칼바사(고대 그리스, 바빌론, 고대 중국 등에서 기원한 것으로 추측되는 러시아식 소시지-옮긴이)를 만들어요."

"그렇다면……." 마에스트로가 잠시 생각하고 대답했다. "오늘 6시에 오라고 하세요. 주소는……."

키라는 그가 불러 주는 주소를 받아 적었다. 수화기 너머에서 짧은 신호음이 들렸다. 키라는 의자에 기대앉아 그제야 가벼운 한숨을 내쉬었다. 주사위는 던져졌다.

그녀는 다시 전화기를 들어 연예계 소식이라면 모르는 게 없는 친구 레기나의 번호를 눌렀다. 마르크 타마르킨과 대화한 내용을 보고한 뒤 전화 건 목적을 말했다.

"그게 어때서? 내가 봤을 땐 충분히 이해할 만한 상황인데?" 레기나가 물었다.

"돈이랑 거주등록증이 이 일이랑 무슨 상관이 있는 건데?"

"사실 그에겐 아픈 사연이 있어. 예전에 시골 출신의 아가씨를 데려다 예명까지 지어 주며 키웠거든. PR 회사에 어마어마한 돈을 투자했는데 그녀가 배신하곤 스트리퍼한테 시집가 버린 거야. 그래서 조심하는 거지."

"누가? 스트리퍼가 조심한다는 거야?" 키라는 이해할 수가 없었다.

"마르크지. 스타 하나 키우는 데 돈이 얼마나 드는지 알아? 50만이야."

"루블로?"

"요즘 루블로 계산하는 사람이 어딨니?"

"그럼 달러?" 키라는 다시 물어보면서도 자신의 귀를 의심했다.

"달러도 한물갔어. 요즘은 유로화야. 달러는 가치가 떨어지는데 유로화는 적어도 떨어지진 않거든."

키라는 잠시 생각한 뒤 다시 물었다. "그런데 그 스트리퍼가 돈이 많았어?"

"그게 뭐가 중요하니?"

"언제는 또 돈이 중요하다며?"

"돈은 그녀도 쓸 만큼 갖고 있어. 인기 있는 여가수는 립싱크로 노래하고 돈을 쓸어 담는 거지……. 그것도 쉽게……."

"쓸어 담다니, 그게 무슨 뜻이야? 돈을 번다는 뜻이야?" 키라는 이해할 수 없다는 듯 되물었다.

"너 정말 몰라서 묻는 거야?" 레기나가 의아하다는 듯 반문했다.

사회가 급변하다 보니 키라가 모르는 일이 생각보다 많았다. 1970년대만 하더라도 영화 산업이 호황을 누렸고 그녀도 잘나갔다. 영화로 보나 당시 활동하던 배우들로 보나……. 지금은 온통 경찰 영화나 총 쏘는 영화뿐이었다. 의도적으로 단순화한 천편일률적인 작품만 넘쳐났다. 시민들이 한 번 씹고 버리면 되는 작품들이었다. 먹을 건 쥐야겠는데 딱히 내놓을 게 없으니 아쉬운 대로 가축한테 던져 주듯 건초나 먹고 떨어지라는 식이었다. 그렇게 모두가 드라마에 빠진 시기였다.

전에는 희곡을 세 가지 버전씩 만들어 놓았다. 그리고 나서 읽었다. 읽은 뒤에는 함께 논의했다. 다 같이 특정 버전을 선택하거나 만장일치로 거부했다. 편집자는 오케스트라의 지휘자처럼 중요한 존재였다. 그런데 지금은 어떤가……. 영화사 전체를 통틀어 편집자는 하나뿐이고, 그나마도 역할이 불분명했다.

그녀는 지금껏 무엇을 위해 살아온 것일까?

안젤라는 부엌에서 냉장고 청소를 했다. 유제품의 절반은 버리려고 내놓았다. 유통 기한이 지난 것들이었다. 인노켄치는 양동이에 버리기보다는 뱃속에 넣는 편이 낫다는 말을 입버릇처럼 하곤 했다. 하지만 키라 세르게예브나는 생각이 달랐다. 사람의 위는 쓰레기를 담아 두는 양동이가 아니라는 원칙을 고수했다.

안젤라는 고향 마을 마르트노프카를 떠올렸다. 나타샤가 점심상에 올리는 물고기는 아침까지만 하더라도 바다에서 헤엄치던 녀석이었다. 프라이팬에 누워서야 비로소 입을 벌렸고, 마지막으로 나를 용서해 줘, 라는 유언을 남기곤 장렬하게 전사했다. 아침 식탁에 올라온 달걀은 암탉이 한 시간 전에 낳은 신선한 것이었다. 염소젖으로 만든 치즈는 짭짤한 유청 속에서 응고하곤 했다. 안젤라는 암탉과 염소의 이름을 다 알고 있었다. 그런데 여기에선 모두 다 무명이었다. 생선도 고기도 죄다 얼린 시점조차 알 수 없는 냉동식품뿐이었다. 브레즈네프 시대에 냉동했다 해도 놀랍지 않을 정도였다.

키라 세르게예브나는 부엌에 들어가서 마르크의 주소를 건넸다. "6시까지 가. 늦으면 안 돼. 늦으면 들여보내 주지도 않을 테니까."

"혹시나 그 사람이 나한테 치근덕거리면 어떻게 해요? 허락해요?" 안젤라가 천진난만하게 물었다.

"그래야지." 키라 세르게예브나는 고민할 거리도 안 된다는 듯 쉽게 대답했다.

"왜죠?" 안젤라가 이해할 수 없다는 표정으로 되물었다.

"누군가에겐 허락할 테니까……. 그 누군가가 그가 되지 말라는 법이 있니?"

"그건 사랑할 때 얘기고요."

"너 지금 사랑하는 사람 있니?"

"지금은 없어요."

"그럼 뭐가 문제지?

"사랑하지도 않는 사람에게 그럴 순 없어요……."

"그럼 사랑하면 되잖니. 푼돈 받고 아무 쓸모도 없는 사람을 사랑하느니 거물을 사랑하는 편이 낫잖니?"

키라 세르게예브나는 평생 거물을 낚으려고 안간힘을 썼지만, 결국 잉여 인간 취급을 받는 인노켄치와 함께 살았다. 사실 그 대단한 거물들은 막상 가까이에서 겪어 보면 하나같이 배신자에다 비열한 인간뿐이었다. 반면 인노켄치는 한결같이 믿음직했다. 즉 완벽한 사람은 없다. 리더십이 있다는 것은 그만큼 단점이 많다는 걸 의미한다. 무엇이 더 중요한지 수도 없이 갈등하게 된다. 옷으로 비유하면 리더십은 남에게 보여 주기 위한 외출복이고 인품은 평상복이다. 물론 선택은 개인의 몫이다.

안젤라는 키라가 알려 준 주소지로 출발했다. 그런데 너무 일찍 도착해 버렸다. 약속 시간까지 꼬박 한 시간이나 남았다. 어떻

게든 시간을 때워야 했다. 만약을 대비해서 제과점에 들러 아이
스크림 케이크를 샀다. 마르크가 로맨틱한 저녁을 보내자고 제안
할 수도 있으니까…….

그녀는 마르크란 사람을 TV에서 본 적이 있었다. 사내아이처
럼 비쩍 마른 남자였다. 물론 사내아이는 아니다. 그렇다고 노인
이라 부를 수도 없다. 오히려 바짝 마른 곤충에 가까웠다. 곤충 중
에서도 귀뚜라미를 닮았다. 그에게 필요한 건 사랑보다 연민이
더 적합해 보였다. 연민이 어딘가? 잘만 하면 연민은 사랑으로 발
전할 가능성이 크다.

안젤라의 첫사랑은 알료시카 셸리바노프인데, 그는 감옥에 갇
히고 말았다. 트랙터를 타고 가다 비켄치예바라는 노파를 친 혐
의를 받았다. 비켄치예바는 암탉처럼 한자리에 있지 못하고 이리
저리 분주하게 왔다 갔다 했다. 한자리에 서 있기만 했어도 그는
그녀를 피해 갔을 것이다. 그런데 그가 오른쪽으로 가면 그녀도
오른쪽으로 가고, 그가 왼쪽으로 가면 그녀도 왼쪽으로 가는 식
이었다. 두 다리로 움직이는 그녀 쪽이 그를 피하기가 더 쉬웠을
것이다. 알료시카는 트랙터를 운전하느라 아무래도 그녀보다는
이동이 자유롭지 못했을 것이다. 육중한 트랙터를 운전해서 원하
는 방향으로 가는 것은 결코 쉽지 않았을 테니까 말이다. 그렇게
운전하다가 그녀를 못 보고 그만 치게 되었고, 그 사실조차 몰랐
기 때문에 트랙터를 세우지도 않고 가던 길을 계속 갔던 것이다.
그는 검거되었을 때조차 자신이 무슨 일로 검거되었는지 이해하
지 못했다.

노파를 치었다는 이유로 그는 12년형을 선고받았다. 노파의 이웃들은 그녀가 젊었을 때부터 평생 바퀴에 깔릴까 봐 전전긍긍했다고 입을 모았다. 그녀는 평생 그런 공포를 안고 살아왔다. 학계에서는 포비아라고 일컫는다. 이 포비아 때문에 미친년처럼 이리저리 정신없이 왔다 갔다 하기 시작했던 것이다. 보통 사람이라면 차분하게 비켜서서 트랙터를 보낸 뒤 제 갈 길을 갔을 터였다.

안젤라는 그가 출소할 때까지 기다리겠노라 약속했다. 알료시카도 그녀의 말을 믿었다. 안젤라도 자신이 그럴 거라고 믿었지만……. 12년 후 알료시카가 어떤 모습으로 출소할지 알 수 없는 노릇이었다. 그녀 역시 12년 후 자신이 어떻게 변할지 예측할 수 없었다. 물론 12년이라는 세월이 지나는 동안 그들의 사랑도 어떻게 될지 알 수 없는 일이었다. 알료시카는 물론 멋진 남자였다. 곱슬머리에 기타도 칠 줄 알고 비음을 살짝 섞어 가며 노래도 잘 불렀다. 요즘은 그런 식으로 부르는 게 유행이기도 했다.

젊은이들은 저녁이면 바닷가에 모이곤 했다. 해가 져도 바다는 여전히 숨을 쉬었다. 마르트노프카는 고령화가 진행되어 하나둘 죽어 가는데 바다는 항상 똑같은 모습을 보여 주었다. 하늘의 달빛만이 바다를 동요시킬 뿐이었다. 젊은이들은 높은 지대에 펼쳐진 바닷가에 모여들었고, 바다는 늘 똑같은데 사람들은 매번 바뀌었다. 아, 알료시카…….

안젤라는 보드카 때문에 두 눈에 생기라곤 없는 부모님과 앞으로 12년 동안 함께 살고 싶지는 않았다. 유명인이 되고 TV에 나와서 큰돈을 벌고 싶은 마음이 간절했다. 사실 그녀가 못 할 건 또 뭐란 말인가?《스타 팩토리》에 나온 여자들보다 모자란 것도 없어 보였다. 간혹 혀를 끌끌 찰 정도로 못생긴 여자들이 나오는 것만 봐도 그랬다. 쥐새끼처럼 작은 여자가 나오는가 하면 돼지처럼 뚱뚱한 여자도 출연했다. 농구선수처럼 키가 큰 여자도 있었다. 그들과 비교했을 때 안젤라는 충분히 승산이 있었다. 하지만 그들은 이미 그 길에 들어섰고 안젤라는 그들에게 뒤처진 상황이었다. 하지만 걱정할 건 없었다. 그녀의 친할아버지, 즉 바실리의 아버지가 "뭔가를 더 빨리 얻고 싶다면 방법은 아주 간단해. 사람들이 들어오라고 문을 여는 순간 너는 창문으로 들어가렴……." 하고 알려 주었다.

우선 문으로 들어가는 거다.

사무실은 1층에 있었다. 안젤라가 현관벨을 누르자 찰카닥하는 소리가 들렸고, 이어서 위엄 있는 목소리가 들려왔다

"누구를 만나러 오신 거죠?"

"프로듀서를 뵈러 왔습니다. 마르크라고……. 부서 이름은 내가 몰라서요."

"무슨 일로 찾아오신 거죠?"

"전화로 선약을 하고 왔습니다. 알고 계실 거예요."

"잠시만요."

여러 사람의 목소리가 들리는 걸로 보아 마에스트로한테 올 사람이 있는지 확인하는 모양이었다. 그러고 나서 또 한 번 누군가 손가락을 튕기자 비로소 문이 열렸다. 어느새 그녀 앞에는 아버

지빽은 돼 보이는 사내가 서 있었다. 슬라브인 특유의 외모가 아버지와 비슷한 사람이었다. 안젤라는 아버지 바실리를 말끔하게 입히고, 머리에 빗질도 해 주고, 좋은 향수를 뿌려 주고, 지갑에 돈을 두둑이 넣어 주면 어떨지 상상해 보았다.

안젤라는 극장 로비만큼 넓은 방에 들어갔다. 여자같이 교태를 부리는 남자가 많았다. 그들은 맨살에 재킷을 걸치고 가슴에는 금목걸이를 늘어뜨렸다. 반면 여자들은 머리를 짧게 깎아서 사내아이 같아 보였다. 방 안의 모든 사람이 몸을 움직이고 자리를 옮기는가 하면 같이 상의하다가도 토라지곤 했는데, 한마디로 정신이 하나도 없었다.

운모가 연상되는 눈동자를 지닌 마에스트로는 안젤라를 한 번 쳐다보고 말했다. "발레리야 같은 애가 한 명 더 왔군⋯⋯."

안젤라는 그 말이 칭찬이 아니라는 것 정도는 알아챘다. 발레리야라는 이름 자체만 봐서는 신경 쓸 게 없을지도 모르지만, 문제는 첫 번째 발레리야도 아니고 발레리야가 한 명 더 왔다는 사실이었다.

멀리 구석 쪽에서 얼쩡거리는 청년이 보였다. 몽유병 환자라도 되는 듯 눈을 반쯤 뜬 채 아무 소리도 안 들리고 아무것도 안 보이는 것처럼 서 있었다. 리듬에 맞춰 배 쪽으로 낮게 멘 기타의 현을 쓰다듬고 있었는데, 조각 같은 입을 움직여 허밍으로 따라 부르는 것 같았다. 안젤라는 그의 자유로운 모습에 넋이 나갔다. 모든 것과 모든 사람에게 구속받는 그녀와 달리 그 무엇도 그 누구도 그를 구속하지 않는다는 게 놀라울 따름이었다.

"카세트테이프는 갖고 왔나?" 마에스트로의 질문이 이어졌다.

"카세트테이프라니요?" 안젤라는 그의 질문을 이해하지 못하고 되물었다.

"나한테 오디션 보러 온 거라고 들었는데……."

"이 자리에서 바로 불러야 하는 줄 알고……."

"음악회에 출연하는 거랑 달라. 카세트가 필요하다고. 아니면 CD거나. 스타스, 설명해 줘."

막 태어난 신생아처럼 머리를 짧게 민 젊은 남자가 그녀에게 다가왔다. 웨이터처럼 흰색과 검은색이 어우러진 옷을 입고 있었다.

"쇼 비즈니스는 쇼와 비즈니스 두 가지 요소로 이루어져 있습니다. 비즈니스는 쩐, 그러니까 돈이 필요하죠. 이해했어요?"

안젤라가 고개를 끄덕였다.

"돈을 벌려면 사람들을 끌어 모아야 해요. 군중 앞에서 라이브로 노래하는 사람은 없어요. 다들 립싱크를 하죠. 그래서 우리는 당신의 진짜 목소리를 듣고 싶은 것이 아니라 장비를 사용해 만든 가공된 목소리가 필요한 거고요."

"장비는 없어요. 대신 이 자리에서 불러 드릴게요."

"그럼 불러 보든지." 마에스트로가 허락했다.

안젤라가 노래를 부르기 시작했다.

진정한 사랑은 조건이 없다네……

내일도 삶은 계속된다네

너를 더 이상 기다리지 않으리
너는 오겠지만……

갑자기 다음 가사가 생각나지 않아서 잠시 노래를 중단했다.
그러다 다시 생각난 듯 노래를 이어 갔다.

넌 어느 날 갑자기 내 앞에 다시 나타나겠지……

"그만하면 됐어." 마에스트로가 입을 열었다.
"옷 벗어."
"옷은 왜요?" 안젤라는 그의 말을 이해하지 못하고 되물었다.
"벗기 싫으면 안 벗어도 되냐고? 스타스, 설명해 줘."
스타스는 또다시 안젤라에게 다가왔다. 그에게서 좋은 냄새가
났고, 그는 그녀를 다정하게 쳐다보았다.
"일종의 테스트입니다. 마에스트로 선생님은 여자를 세 그룹으
로 분류합니다. 정상인, 바보 그리고 창녀죠. 옷을 벗으라고 할 때
바보 같은 여자는 통곡하기 시작하고, 창녀는 바로 옷을 벗지요.
정상인은 벗는 이유를 설명해 달라고 합니다. 당신은 세 번째 유
형에 속하지요. 이번 테스트는 통과한 것입니다."
"그럼 이제 부르던 거 계속 불러도 될까요?"
그다음부터는 높은음에 클라이맥스까지 있어서 안젤라의 재
능을 최대한 발휘할 수 있었다.
"그럴 필요 없어. 남의 노래니까. 그것도 1970년대 고리타분한

노래지. 그런 노래로 많은 사람을 모을 순 없어. 참신한 가요가 필요해. 굉장히 새로운 곡으로.” 마에스트로가 딱 잘라 말했다.

“그런 노래를 어디 가서 구하죠?” 안젤라가 물었다.

“훌륭한 작곡가에게 곡을 주문해야지. 곡도 가사도.”

“가사도 작곡가에게 주문해야 하나요?”

“고향이 어디지?”

“마르트노프카예요.”

“스타스, 아가씨에게 설명해 드려.” 지친 기색이 역력한 마에스트로가 스타스에게 지시했다.

“시인과 작곡가를 찾는 건 문제가 안 돼요. 노래를 쓸 수 있는 작곡가나 작사가는 널려 있으니까요. 중요한 건 쩐이죠.”

“노래 한 곡이 얼만데요?”

“평균 다섯 장 정도 하죠.”

안젤라는 ‘뭉치’나 ‘장’이 1000달러를 말한다는 건 알고 있었다. 다섯 장이라면 5000달러를 의미했다. 그녀에겐 천문학적 숫자였다. 어머니가 20년쯤 소를 쳐야 벌 수 있는 금액이었다.

“그럼 작곡가에게 돈을 내야 하는 쪽은 나와 선생님 중 누구인가요?” 안젤라가 확인하기 위해 물었다.

“어떨 것 같은데?” 마에스트로가 지친 목소리로 되물었다.

“내 돈으로 곡을 사서 노래도 내가 부를 거라면 선생님은 왜 필요한 거죠?” 안젤라는 정말로 이해하기 힘들었다.

“마르트노프카 사람들은 다 아가씨 같은가?” 마에스트로가 심문하듯 질문했다.

"선생님은 어떤 분인데요? 머릿속에 온통 쩐 생각뿐이잖아요. 재능이라는 것도 있는데 말이죠…….커다란 경기장에서 하는 공연을 보러 오는 관객 중에는 재능을 알아보는 사람들도 있겠죠."

"아가씨가 어떤 생각을 하든 그건 아가씨 자유지만, 그 생각을 입 밖으로 낼 것까지는 없을 것 같은데." 스타스가 끼어들었다.

"왜 선생님들은 되고 나는 안 되죠?" 안젤라가 다시 물었다.

"부탁하러 온 건 우리가 아니라 당신이니까."

"그럼 들어온 것처럼 다시 나가 드리죠." 안젤라는 출구 쪽으로 걸음을 옮겼고, 문을 나가기 전에 뒤돌아서서 말했다. "그럼 다음에 뵐게요. 그땐 내 뒤를 졸졸 따라다닐 겁니다." 그녀는 자신 있게 호언장담을 했다.

"그럴지도 모르지. 내일 당장 삶이 끝나는 게 아닐 테니까." 스타스가 그녀의 말을 받아 주었다.

방 안에 있는 사람들이 웃는 소리가 들렸다.

구석에 있던 청년은 아무 일도 일어나지 않은 것처럼 명상을 계속했다. 하지만 '일어나지 않은 것처럼'이 '아무 일도 일어나지 않았다는 것'을 의미하지는 않는다. 적어도 한 사람의 꿈은 산산조각이 났으니까. 그것도 돈을 벌겠다는 꿈이 조각조각 부서졌다.

안젤라는 준비해 온 케이크를 들고 밖으로 나왔다. 케이크가 녹는 단계를 넘어서서 흘러내리고 있었다. 안젤라는 케이크를 쓰레기통에 집어넣었다. 행복에 대한 기대와 함께 96루블도 버린 셈이었다. 양손을 문질렀다. 양손 모두 케이크가 묻어서 끈적끈적했다.

'자기는 좋겠다. 감옥에 있으면 아무 생각 안 하고 시키는 대로 하면 되니까. 주는 음식이나 먹으면 되고. 난 혼자 이 낯선 곳에서 나루터의 암캐처럼 이리 치이고 저리 치이는데……' 속상한 마음에 문득 알료시카 생각이 났다.

안젤라는 갑자기 인도 한가운데 멈춰 섰다. 그녀가 길을 막고 서자 사람들은 그녀를 피해 가기 시작했다.

더 이상 키라 세르게예브나에게 신세 질 수 없는 터, 그녀는 마르트노프카로 돌아갈 준비를 해야 했다. 하지만 키라 세르게예브나는 안젤라가 집안일을 맡아서 해 주었기 때문에 오히려 자신이 큰 도움을 받는다고 생각했다. 안젤라는 가사도우미, 청소부, 비서, 심부름꾼 역할을 혼자 다 해냈다. 게다가 이 모든 일을 큰 어려움 없이 해치웠다. 그녀에겐 젊고 세파에 찌들지 않은 하늘색과 분홍색의 아우라 같은 것이 있었다.

키라 세르게예브나는 지금까지 단 한 번도 이렇게 살뜰한 보살핌을 받아 본 적이 없었다. 이제는 매일 아침 자신에게 묻는 것으로 하루를 시작했다. "전생에 내가 나라를 구했나?"

인노켄치도 신이 난 건 마찬가지였다. 전에는 텅 빈 집에 고양이처럼 홀로 있었는데 이제 더 이상 혼자가 아니었다. 누군가 가벼운 발걸음으로 이 방 저 방 옮겨 다니고 숨도 쉬고 노크도 했으며, 심지어 노래도 부르곤 했다. 이 모든 소리를 들으면서 자신이 살아 있다는 걸 느꼈다. 이러다 갑자기 죽음과 마주한다 해도 두

렵지 않았다. 누군가 뛰어와서 손을 잡고 저세상 가는 그를 배웅할 테니 말이다. 물론 나를 위해 눈물도 흘려 줄 것이다. 무시무시한 공포에 휩싸여 어디로 향하는지 알 수도 없는 계단을 따라 홀로 내려가는 것과는 차원이 달랐다.

아들이 있긴 했다. 하지만 아들한테 뭘 기대한단 말인가? 아들에겐 자기 삶이 있다. 심지어 남보다 못할 때도 있었다. 머리로는 오래전의 사랑스럽고 귀여운 아기 시절을 지나 파란 눈의 천사 같은 사내아이였던 적이 있다는 걸 기억한다. 하지만 지금의 아저씨와 그때의 그 천사 같은 소년이 어딜 봐서 닮았단 말인가? 눈을 씻고 찾아도 공통점은 보이지 않았다.

어느 날 옆집 여자가 키라 세르게예브나를 찾아왔다. 두 사람이 서로 왕래하며 친하게 지낸 것은 단지 집이 붙어 있다는 이유뿐이었다. 평생 두 집은 붙어 있었다.

"로잘리야 씨는 건강하셔?" 키라 세르게예브나가 물었다.

로잘리야는 옆집 여자의 어머니인데 올해 아흔이었다. 예전엔 의사였다. 키라 세르게예브나는 노년에도 단계가 있어서 노년기, 노쇠기, 노폐기로 세분화되는데 아흔이 넘으면 노폐기가 시작된다고 보았다. 하지만 로잘리야는 강파를 뿐 거동하는 데 불편함이 없었고 헤어스타일도 발레리나처럼 올림머리를 했다.

"어머니는 지금 알츠하이머를 앓고 있어. 레이건처럼. 이름도 기억 못 해. 윗도리를 레깅스처럼 발에 끼우기도 하고. 지금 간병인을 구하는 중이야." 옆집 여자가 설명했다.

"업체에 알아보지 그래." 키라 세르게예브나가 충고했다.

"알아봤지. 그런데 마약 중독자를 보냈더라고."

"무슨 생각으로?"

"일부러 그런 건 아니고, 그쪽에서도 몰랐대."

"끔찍하다."

"끔찍한 정도가 아니야. 어머니도 반쯤은 정상이 아니라서 사리분별을 못 하는데, 그 옆에 환자가 또 있는 셈이야. 까딱하다간 침수나 화재로 집이 통째 날아가 버릴 뻔했다니까." 옆집 여자가 키라의 말에 동조했다.

"그런 일은 급여가 보통 어떻게 되지?" 키라 세르게예브나가 관심을 보였다.

"500은 줘야 하는데 나는 그만큼은 못 주고 400을 줘."

"루블로요?" 안젤라가 끼어들어서 질문했다.

그녀는 가스레인지 옆에 서서 커피가 끓는 걸 지켜보고 있었다. 커피는 끓어 넘치지 않게 시간을 맞춰서 거품을 세 번 걷어내야 했다. 즉 가스레인지 불을 세 번 끄고 이브리크를 꺼내야 했다. 과정 자체가 복잡한 건 아니지만 책임감이 필요한 일이었다.

"달러지. 요즘 누가 루블로 계산해." 옆집 여자가 대답했다.

안젤라는 키라 세르게예브나와 눈빛을 주고받았다. 정부 관료들의 표현대로 문제가 해결된 것이다.

안젤라는 로잘리야 보리소브나의 집에 살기 시작했다. 이 집은 바닥에 카펫을 깔아 놓은 방 두 칸짜리 감옥이나 다름없었다. 카펫도 집을 장식한다기보다 집의 먼지를 모으는 용도라고 하는 편이 더 정확했다. 게다가 블록 시공으로 지었고 벽을 통해 공기가 순환되지 않아서인지 집 안 공기가 탁했다.

로잘리야 보리소브나는 하루 종일 상장과 훈장을 찾으러 다녔다. 모두 예전에 그녀가 받은 것인데 그때 그 순간을 지금도 또렷이 기억했다. 로잘리야는 오래전 1970년대 사건은 잘 기억하면서도 어제 있었던 일은 까맣게 잊곤 했다. 기억력이 저장 능력을 상실했는데, 뇌의 기억 장치가 완전히 망가진 것 같았다. 불쌍한 안젤라는 할머니가 발코니 문을 현관문으로 착각해서 뛰어내리지나 않을까 노심초사했다.

이따금 로잘리야가 갑자기 노발대발하며 격투기 자세로 달려들기도 했다. 그럴 때면 안젤라는 그녀의 깡마른 주먹을 단단히 잡았고, 노파는 어린아이처럼 발버둥 치며 벗어나려고 했다. 제정신으로 돌아올 때도 있긴 했다. 그런 순간이면 로잘리야는 상냥하고 온순했으며 안젤라를 '우리 아기'라고 부르기도 했다.

하루는 노파가 안젤라에게 물었다. "자기야, 자기는 왜 나랑 있어? 춤도 추러 다니고 자기 삶을 살아야 하잖아. 자기는 공부도 더 해야 하는데, 무슨 좋은 꼴을 보겠다고 말라 비틀어진 고목 옆에 앉아 있는 거야?"

"난 돈을 벌어야 해요. 노래를 사고 싶거든요." 안젤라가 대답했다.

"노래를 산다는 게 무슨 뜻이지?"

"요즘은 노래도 돈을 주면 주문할 수 있대요."

"뭐 하러 돈을 쓴담? 내가 선물할게. 젊을 때 내가 시를 좀 썼거든."

로잘리야는 책장으로 다가가서 두툼한 노트를 꺼냈다. 정치경제학 필기 노트였다. 노파의 머릿속은 모든 것이 뒤죽박죽이었다.

벽에는 젊은 로잘리야의 초상화 두 점이 걸려 있었다. 하나는 갈색을 배경으로 흰옷을 입고 풍성한 머리를 풀어헤친 미인에 가까운 여자였다. 다른 초상화에선 의사용 흰 가운을 걸치고 머리는 모두 모자 안에 집어넣은 채 함박웃음을 짓고 있었다. 누군가 그녀를 웃게 만든 것 같았다. 그녀 옆에는 길쭉한 얼굴에 안경을 낀 외과 의사가 무언가 억지스러운 데가 느껴지는 진지한 표정을 짓고 있었다. 그녀를 웃게 만든 장본인인 듯했다.

안젤라는 그녀의 과거를 들여다보곤 갑자기 떠올렸다. "이 모든 게 무슨 소용이람? 과거의 아름다움과 지식, 연애가 무슨 의미가 있단 말인가? 뇌 기능이 퇴화되어 자기 이름도 기억 못 할 바에야……"

로잘리야의 친척들은 한 달에 400달러의 지출을 부담스러워한 나머지 그녀를 시설 좋은 요양원으로 보냈다. 안젤라는 스스로 원한 건 아니지만 결과적으로 자유로운 몸이 되었다. 사실은 어느새 로잘리야에게 꽤 정이 들었다. 하지만 할머니들은 자연 속에 있어야 삶이 더 쾌적하고, 그 속에 깊게 뿌리내리고, 그 속에서 삶의 의미를 발견하는 법이다. 안젤라의 친할머니는 알코올 중독자인 나타샤와 충돌했고(사실 이 일은 충분히 예상 가능했다), 결국 손녀를 손녀의 어미와 함께 내쳤다. 하지만 그것은 큰 실수였다. 안젤라를 옆에 두었다면 누구보다 헌신적으로 할머니를 돌보고 사랑했을 것이다. 누가 뭐래도 피는 물보다 진하니까 말이다.

일자리를 잃고 급여가 끊기자 그 상실감 역시 상당했다. 그도 그럴 것이 그녀가 처음으로 손에 쥔 큰돈이었던 것이다. 그 돈이 있을 때는 알료시카와 함께 춤을 출 때처럼 자신감이 붙었다. 그녀는 시비 걸 사람이 있을 때가 좋았다는 것을 깨달았다.

안젤라는 매달 월급에서 100달러를 어머니에게 보냈다. 나타샤는 딸이 보내 준 돈을 술 마시는 데 쓰지 않고 돈이 마를 날을 대비해서 모아 두었다. 엄밀히 말해 그녀의 삶은 궁핍하고 우울했다. 단지 딸이 힘들게 번 돈을 증류주 마시는 데 탕진하고 싶지 않았을 뿐이고, 덕분에 전보다 맨정신으로 지내는 날이 많아졌다.

안젤라는 키라 세르게예브나의 집으로 되돌아갔다. 그리고 집안일을 계속했다. 달라진 점이 있다면 키라 세르게예브나의 집이라는 것과 노동에 대한 대가가 없다는 거였다. 하지만 그녀는 돈이 필요했으므로 얼마 후 인력사무소를 찾았고, 사무소 직원 타냐가 조건이 꽤 괜찮은 자리를 찾아 주었다. 러시아의 신흥 갑부 노브이 루스키의 저택에서 일하기로 한 것이다.

노브이 루스키의 저택은 지붕이 독특한 3층짜리 벽돌집이었다. 별장 밀집 지역이 아니라 평범한 시골인 마므리에, 그것도 기울어져 가는 농가들 사이에서 혼자 바보처럼 튀는 건물이었다. 자랑하듯 혼자 우뚝 서 있어서 단연 사람들 눈에 띄었다. 안젤라는 그 집을 보고 '불타 버리면 끝인 것을⋯⋯.'이라고 생각했지만 입 밖으로 내뱉지는 않았다. 마므리에 하나둘 다른 저택도 들어서기 시작했지만, 꽤 오랜 시간이 지난 후의 일이었다. 안젤라의 주인 부부는 그들의 선구자인 셈이었고, 상당히 오랜 시간 견디기 힘든 고독과 싸워야 했다.

여주인의 이름은 디아나였다. 그녀는 나이를 가늠하기 힘들었는데 30대 같기도 하고 60대 같기도 했다. 얼굴이 주름 하나 없이 달걀 표면처럼 매끈했다. 대화를 할 때도 복화술사처럼 얼굴 근육의 움직임이 전혀 없었다. 그녀가 내뱉는 소리는 배에서 나오는 거라 입술을 움직이지 않았다. 안젤라는 디아나가 얼굴 주름을 없애는 시술을 받은 터라 주름이 생기는 게 두려워 그러는 것이려니 생각했다.

디아나는 새로 온 가사도우미의 이름을 물어보지 않았다. 이름을 몰라도 문제 될 일이 없었으니까. 안젤라도 그런 일로 서운해하지는 않았다. 그녀 앞에는 킬리만자로의 눈처럼 빛나는 목표가 있었다. 그녀는 언젠가 '킬리만자로의 눈'이라는 멋진 표현을 들은 적이 있었다. 목표를 이루려면 5000달러를 벌어야 했다. 따라서 안젤라에게도 디아나라는 이름은 무의미했다. 안젤라에게도 디아나는 식기세척제처럼 하나의 수단에 불과했기 때문이다.

가끔 딸 야나가 디아나를 찾아오긴 했다. 안젤라보다 조금 나이가 많았다. 야나에게선 어떤 광채 같은 것이 났는데, 마치 다른 별에서 온 느낌이었다. 한마디로 지구인과 다른 묘한 매력이 있었다. 안젤라는 야나를 자세히 쳐다보고 싶었지만 선뜻 용기가 나지 않았다.

그러던 어느 날 용기를 내어 말을 붙였다. "야나, 당신은 정말 예뻐요. 내가 당신 얼굴 한 번만 쳐다봐도 돼요?"

"그러세요." 야나는 의외로 순순히 허락했다.

안젤라는 대놓고 야나를 자세히 뜯어보았고, 그녀가 설마 자연 미인일까 싶은 생각이 들었다. 예쁜 꽃이 피어나려면 배토가 필요한 법이다. 그녀가 지닌 아름다움은 가정교육, 문화, 학교 교육과 몸에 밴 예절이 어우러질 때 가능한 것이었다.

"다 보셨나요? 이제 가 봐도 되나요?" 야나가 물었다.

안젤라는 그제야 야나가 광대뼈 쪽에 통증을 느낀다는 걸 깨달았다. 안젤라가 자기를 뜯어보는 동안 의식적으로 미소를 짓고 있었던 것이다.

그날 저녁 안젤라는 거울에 비친 자신의 모습을 자세히 뜯어보았다. 있을 건 다 있는데 전체적인 분위기가 빈 컵 같았다. 아무것도 담기지 않은 빈 병 같은 인상을 주었다. 안젤라는 책을 읽기 시작했다. 디아나는 책을 차고에 보관해 두었다. 책이 차고의 절반을 차지했다. 디아나가 책을 차고에 버린 것인지 임시로 놔둔 것인지는 알 수 없었다. 안젤라는 닥치는 대로 읽어 댔다. 널리고 널린 게 시간이었다. 주인 부부는 주말에만 오기 때문에 나머지 5일은 그녀 마음대로 사용할 수 있었다.

하루는 레프 톨스토이의 책을 읽었다. 한 문장이 일곱 줄이었다. 문장 끝에 다다르면 앞부분을 잊어버리기 일쑤였다. 결국《안나 카레니나》를 다 읽긴 했지만, 안나가 달려오는 기차에 몸을 던져 자살한 이유는 이해하지 못했다. 브론스키는 그녀를 받아들였다. 그녀와 결혼까지 생각했다. 혼인 신고를 한 뒤 함께 애 낳고 사는 것이 여자의 행복 아닌가. 안젤라는 잠시 생각한 뒤 안나가 자살을 선택한 것은 무료함 때문이라고 단정 지었다. 그녀는 킬리만자로의 눈 같은 목적도 없이 브론스키만 의지했던 것이다. 브론스키는 그런 그녀를 부담스러워하고 그녀도 그런 자신이 싫었지만 다른 출구를 찾지 못했던 것이다…….

어느 날 안젤라는 첫 페이지가 없는 책을 발견했다. 안젤라는 그 책을 읽기 시작했고, 읽으면 읽을수록 자기가 그 책의 주인공인데 작가가 아주 그럴싸하게 포장을 잘해 준 것 같다는 생각이 들었다. 작가는 무례하지도 거만하지도 않게 써 내려갔다. 안젤라는 어떻게 다른 사람이 그녀의 마음을 꿰뚫고 있는지 이해하지 못한 채 한동안 생각에 잠겼다. 그리고 작가의 주소를 알아내서 직접 찾아가 그의 집 창문을 닦아 주기로 마음먹었다. 디아나에게 휴가를 받아 모스크바에 다녀올 생각이었다.

디아나는 안젤라의 말을 끝까지 들은 다음 책을 보고 나서 작가는 1904년, 즉 103년 전에 돌아가셨으니 그의 집을 찾아갈 이유가 전혀 없다고 말해 주었다.

안젤라는 기분이 상했지만 금세 활기를 찾았다. 책은 좋은 책과 나쁜 책으로 나뉘는 것이 아니라 자기에게 맞는 책과 맞지 않는 책으로 나뉜다는 것을 깨달았다. 아이들처럼 말이다. 자기 자식은 누구든 좋아하지만, 남의 자식은 모든 사람이 감탄하고 칭찬해도 무심하기 마련이다. 이를테면 도스토옙스키는 마음속 깊은 곳까지 파고들어서 어떤 감정을 찾아 밖으로 끄집어낸다. 그러고는 자세히 살펴보는 것이다. 병적인 상상력을 말이다. 반면 바보들도 이해할 만큼 쉽게 쓰는 작가들도 있다. 그런 글의 특징은 술술 읽힌다는 것이다. 하지만 읽고 나면 남는 게 없다. 모든 것이 잿빛 연기처럼 사라져 버린다.

안젤라는 우연찮게 현대 작가의 작품도 읽었다. 그 소설의 주인공도 아버지 바실리처럼 술주정뱅이였다. 그는 안젤라의 아버지를 너무도 많이 닮았는데, 심지어 내면조차 비슷했다. 무신론자에 지저분하고 텅 빈 삶이 똑닮았다. 주인공을 사랑하면 할수록 연민으로 가슴이 아파 왔다. 안젤라는 작가를 찾아 그의 집에 가서 점심을 차려 주고 싶어졌다.

디아나는 작가가 5년 전에 세상을 떠났다고, 그럴 필요 없다고 설명해 주었다.

"젊은 분인걸요!" 안젤라는 목소리를 높여 의아하다는 뜻을 전했다. 책표지에 실린 그의 사진을 기억하고 있었다.

"그래서요? 젊은 사람은 죽지 말라는 법이라도 있나요?" 디아나의 대답에는 아무런 감정이 실리지 않았다.

디아나는 자기 영역 밖에서 일어나는 일에 관심이 없었다. 그녀와 직접 관련된 것들, 이를테면 그녀가 먹는 음식, 돈, 건강, 섹스에 관심이 있었다. 다른 사람의 일은 관심 밖이었다.

사실 디아나는 밥을 주지 않았다. 급여에 밥값이 포함되었다. 따라서 안젤라 스스로 끼니를 해결해야 했다. 밥을 해 먹는 것은 어렵지 않았다. 문제는 식료품점의 위치였다. 가장 가까운 노점이 4킬로미터나 떨어진 역 주변에 있었다. 걸어서 다녀온다 하더라도 양손에 들고 올 수 있는 무게의 한계가 있을 터였다.

디아나 부부는 이 집에 올 때 어마어마하게 큰 렉서스를 타고 왔다. 안젤라는 그녀 몫의 감자 한 봉지와 해바라기씨유 한 통 정도도 사다 주지 않는 그들을 이해할 수 없었다. 안젤라가 부탁하기는 뭣한 일인데, 디아나가 알아서 챙겨 줄 것 같지 않았다. 이런 경우 마르트노프카 사람들은 "그런 부분에 대한 개념 자체가 없는 것이지."라고 말했다.

디아나의 남편은 운모색 눈에 머리가 벗겨진 사업가였다. 누가 봐도 그녀보다 연하였으며, 이 집에 오는 이유는 순전히 사우나를 하고 당구를 치기 위해서였다. 그는 디아나와 둘이서 말없이 당구만 쳤다. 지루하기가 이루 말할 수 없는 생활이었고, 돈도 전혀 필요 없어 보였다.

안젤라는 이 집 밖 어딘가에 서로 간섭하지 않는 그들 각자의 화려한 일상이 존재할지도 모른다고 생각했다. 이 집은 그들이 그 삶의 스위치를 끄고 쉬는 곳 같았다. 물론 이것은 그녀의 추측에 불과했지만, 그럴 가능성을 배제할 수 없었다.

안젤라가 할 일은 많지 않았다. 주인 부부가 이틀씩 집에 머물 때 그들이 시키는 일을 하고, 그들이 떠나면 집을 청소하는 게 전부였다. 집은 지은 지 얼마 안 됐고 물건도 많지 않은 데다 가구도 별로 없었다. 따라서 책 읽을 시간과 TV 볼 시간은 얼마든지 있었다.

한낮에는 마므리에 하나뿐인 거리를 따라 산책하곤 했다. 근처의 집들은 쓰러지기 일보 직전이며 일부는 지붕이 푹 꺼졌는데 대들보가 썩은 것 같았다. 노파들은 모직 가운 차림으로 벤치에 앉았고 개들은 줄에 묶여 있었다. 거지와 별반 다를 게 없는 가난한 삶이었다. 하지만 노파들의 눈망울만큼은 초롱초롱했고, 사람들을 바라보는 시선도 차분했다. 생활하는 데 큰 불편을 못 느끼는 듯했다. 노파들은 텃밭에서 나는 것으로 자급자족했다. 텃밭에서는 유기농 채소가 자라고, 직접 키우는 닭이 알을 낳았다. 옷은 모직 가운이면 족했다. 무릎 관절이 아프면 우엉 잎사귀를 구해다 치료했다.

안젤라는 새로운 곳에서 지내는 생활에 서서히 적응해 갔다. 시간이 지나도 적응하지 못한 게 있다면 허기였다. 그녀는 늘 배가 고팠다. 실제로 한 달 만에 4킬로그램이나 빠졌다. 그나마 일주일에 한 번은 쉴 수 있었다. 쉬는 날이면 키라 세르게예브나의 집에 가서 실컷 먹고 에너지를 충전하여 돌아오곤 했다.

"뭐야, 거기선 먹을 것도 안 준다니? 넌 창백한 게 아니야. 미역처럼 시퍼렇다고." 키라 세르게예브나가 뭔가 이상하다는 것을 눈치채고 말했다.

"내가 직접 해 먹어요."

"음식을 먹는 애 같지가 않은데. 너 혹시 밥값 줄이려고 그러는 거니?"

"가게가 멀어서요……."

"그 사람들은 차도 없다니?" 키라 세르게예브나가 물었다.

"차야 있죠. 렉서스 타고 다니던걸요."

"멀쩡하게 차도 있으면서 네가 주는 돈으로 식재료 좀 사다 주는 것도 못 한다니?"

안젤라는 대답 대신 어깨를 으쓱했다.

"그럴 생각 자체를 안 하는 사람들이구나. 사람이 무슨 쓰레기도 아니고 말이야. 그만큼 했으면 됐어. 더 이상 그 집에 갈 필요 없다." 키라 세르게예브나가 사색에 잠긴 듯 말했다.

안젤라는 디아나에게 전화해서 일을 그만두겠다고 말했다.

"왜지?" 디아나는 놀란 눈치였다.

"그냥 가기 싫어서요."

"별 이상한 애 다 보겠네……."

디아나는 마르트노프카라는 시골에서 올라온 인간쓰레기 같은 여자아이가 무언가를 원하거나 거부할 수 있다는 사실을 이해하지 못하는 것 같았다.

"죄송해요." 안젤라가 사과했다.

"네가 왜 죄송해? 그 여자 얼굴에 대고 침을 뱉어 줘도 모자랄 텐데!" 부엌에서 키라 세르게예브나가 소리 질렀다.

하지만 안젤라는 마음이 편치 않았다. 어쨌든 안젤라는 기한 전에 일을 그만둔 것이다. 계약을 어긴 쪽은 안젤라였다.

"그렇게 하세요. 우리는 당신네보다 적으니까." 디아나가 차분하게 대답했다.

그때만 하더라도 안젤라는 '우리'니 '당신네'니 하는 말의 뜻을 이해하지 못했다. 얼마간 시간이 흐른 후에야 그 뜻을 이해할 수 있었다. '우리'란 돈을 가진 쪽, 그러니까 저택에 사는 사람들을 의미했다. 한편 '당신네'란 판잣집에 사는 사람들과 시골 마르트노프카에 사는 사람들, 한마디로 가난한 사람들이었다. 가난한 사람들은 양팔을 뻗어 돈 가진 사람들에게 도움을 요청하고, 돈 가진 사람들은 그들을 분류해서 마음에 드는 사람들을 골라 가면 그만이라는 논리였다.

안젤라는 전화를 끊고 키라 세르게예브나에게 대화 내용을 그대로 전했다.

"집이나 확 불타 버려라!" 키라 세르게예브나가 흥분해서 말했다.

3일 후 마므리의 경찰이 안젤라에게 전화하여 디아나의 집이 불에 타서 조사 중이라고 알려 주었다. 얼굴을 아는 그 경찰은 아무래도 디아나가 임금을 체불한 데 불만을 품은 일꾼들의 소행으로 보인다고 덧붙였다. 우즈베크에서 온 이주노동자들이었다. 그들은 아무런 권리도 갖지 못한 노예 같은 사람들이었다.

"그들은 이제 어떻게 되나요?" 안젤라가 물었다.

"범인을 잡기는 힘들 거예요. 밤에 불을 질러서 목격자가 없는 데다 증거도 없이 함부로 잡아넣을 수는 없으니까요." 경찰은 신이 난 듯 말했다.

안젤라는 시간 낭비를 하고 싶지 않았다. 로켓 탑재기가 달을 향해 가듯이 목표를 향해 나아가기로 결심했다. 그녀의 목표는 가사와 곡이었다. 작사 비용은 로잘리야와 디아나의 집에서 번

돈으로 충당할 수 있었다. 이제 작사가를 찾는 일만 남았다

"우리가 써 볼까? 괜히 그런 데 돈 쓰지 말고." 인노켄치가 제안했다.

"못 할 건 또 뭐야? 항아리를 더럽히는 건 신이 아니니까."('인간의 능력은 무한하다'는 걸 의미하는 러시아 속담-옮긴이) 키라 세르게예브나가 맞장구를 쳤다.

"항아리를 만드는 거겠죠." 안젤라가 바로잡았다.

인노켄치는 종이 한 장과 볼펜 한 자루를 챙겨서 안락의자에 몸을 깊이 파묻고는 한동안 말이 없었다. 그리고 20분이 지나서야 첫 번째 버전을 내놓았다.

좁은 길을 따라 함께 걷다 카페에 들러
빵과 커피를 주문하고 얘기를 해 보자꾸나
결론은 중요하지 않으니 다 얘기해 보자꾸나
함께 괴로워하는 편이 나을까, 각자 힘들어하는 것이 나을까

"천재적이에요……." 안젤라가 한숨을 길게 내쉬고 나서 말했다.

인노켄치는 자리에서 벌떡 일어났다. 실로 오랜만에 들어 보는 칭찬이었던 것이다.

"후렴구는?" 키라 세르게예브나가 물었다. 그녀는 늘 이런 식이었다. 만족이란 걸 몰랐다.

키라 세르게예브나는 아는 작곡가에게 전화를 걸었다. 그의 이

름은 이고리였다.

"노래가 하나 필요한데." 키라 세르게예브나가 먼저 말을 꺼냈다.

"돈은 있고?" 이고리가 되물었다.

"돈은 없어요. 궤짝 안에 있는 걸로 아무거나 하나 주세요." 키라 세르게예브나가 그의 말을 잘랐다.

"무슨 궤짝을 말하는 거죠?" 이고리는 키라가 하는 말을 이해하지 못했다는 듯 반문했다.

"만들어 놓고 안 쓰는 거 말이에요……."

이고리는 잠시 생각에 잠겼다. "선생님이 쓸 건가요?"

"아니에요. 조카한테 필요해서 그래요. 선생님 아파트 청소를 해 드릴 수도 있어요. 일은 정말 잘해요."

"잠시만요." 이고리는 잠시 양해를 구하고 사라졌다.

이제 그의 아내 카리나가 수화기를 넘겨받아서 낮은 목소리로 반문했다. "아파트 청소는 50달러고 노래 한 곡은 5000달러예요. 말이 된다고 생각해요?"

"시골에서 올라온 여자애가 5000달러를 어디서 구해요?"

"벌면 되지. 따지고 보면 그렇게 큰돈도 아닌데."

"그건 어디까지나 그쪽 기준이죠." 키라 세르게예브나가 그녀의 말을 바로잡아 주었다. "게다가 이고리는 노래 한 곡 쓰는 데 30분도 안 걸리잖아요."

"그럴지도 모르죠. 하지만 그의 다락방 시절은 누가 보상하죠?"

다락방은 그들의 가난한 시절을 의미했다. 화가 피카소는 펜

하나로 평화의 상징인 비둘기를 그리고 100만 페세타를 받았다. 그는 이 돈을 가난한 화가들에게 나눠 주었다.

키라 세르게예브나는 '이고리는 피카소가 아니잖아요.'라고 말하려다 괜히 기분 상하게 만들 필요는 없다고 생각해서 그냥 삼켜 버리고 구슬리듯 말했다. "우리가 사는 곳은 유럽이 아니에요. 우리가 있는 곳은 러시아예요."

"언제 적 러시아를 얘기하는 거죠?" 카리니가 이해할 수 없다는 듯 말하며 덧붙였다. "당신 조카더러 우리 집에 와서 청소해 달라고 말해 줘요. 청소한 대가는 지불할 테니까요. 그거랑 별개로."

"주소 받아 적을게요." 키라 세르게예브나는 메모지를 끌어당겼다.

안젤라는 약속한 날짜에 작곡가의 집을 찾아가서 청소했다. 청소 전과 후는 하늘과 땅 차이였다. 단순히 깨끗한 게 아니라 눈이 부실 정도로 깨끗했다. 안젤라가 특별히 더 신경 쓴 덕이었다.

작곡가는 생각보다 사람도 좋고 심지어 외모도 훌륭했다. 머리가 벗겨졌지만 원래부터 머리카락이 없었던 것처럼 자연스러웠다. 안젤라는 머리카락이 없는 게 훨씬 낫다고 생각했다. 머리카락이 그의 잘생긴 얼굴을 가렸을 테니까.

"차 마실래?" 작곡가가 물었다.

"좋아요." 안젤라는 사양하지 않았다.

두 사람은 식탁 앞에 앉았다. 작곡가가 빵, 록포르 치즈, 칼바사를 내왔다. 그가 내온 치즈는 군데군데 곰팡이가 박혀 있고 더러운 발 냄새가 났다. 그래서 치즈는 건드리지 않았다. 하지만 구멍이 숭숭 뚫린 빵은 부드럽고 껍질이 바삭거리는 것이 그야말로 맛이 일품이었다.

"키라와 함께 산다고?" 작곡가가 물었다.

"키라 세르게예브나죠."

"어떻게 그 여자와 함께 살 수 있지?" 작곡가는 이해할 수 없다는 듯 말했다. "굉장히 수다스러운 여자인데……."

"좋은 분이에요."

"그건 그럴 수도 있지." 작곡가는 그녀의 말에 동의했다.

저녁이 되자 아내가 퇴근해서 돌아왔다. 특별하다고 할 수 없는 외모인데 얼굴이 말상이었다. 하지만 안젤라는 대번에 그 집에서 주도권을 가진 사람이 누구인지 이해했다. 그의 아내였다. 작곡가에게 허락된 것은 창작, 즉 작품 활동뿐이었다. 카리나는 매니저 역할을 했는데, 그가 작곡가로 자리 잡은 것도 그녀의 공이었다.

"토요일날 집에 손님이 올 거야." 카리나가 안젤라에게 용건을 말했다. "12인분을 준비해 줄 수 있을까?"

"뭘 준비할까요?"

"잘하는 게 뭐지?"

"플라친다 파이랑 소스요."

"그게 뭐지?" 카리나는 알 수 없다는 듯 반문했다.

"어떻게 말씀드려야 하나……. 음…… 음식이죠."

"뭐 하러 번거롭게 집에서 모여?" 이고리가 두 사람의 대화에 끼어들었다. "그러지 말고 레스토랑에 초대합시다."

"우리끼리는 레스토랑에서 모여도 상관없죠. 하지만 그쪽은 외국인이라 집에서 모이는 걸 더 선호해요." 아내가 상황을 설명했다.

"언제부터 그랬지?" 이고리가 의아해했다.

"집으로 초대하는 건 그 사람을 환대한다는 것과 자신의 가장 소중한 공간을 보여 준다는 걸 의미하죠. 레스토랑에 초대하는 건 접대 그 이상도 이하도 아니거든요."

안젤라는 적이 놀랐다. 그녀는 지금까지 반대로 알고 있었던 것이다.

손님을 초대한 날이 되었다. 안젤라는 오전 7시에 도착해서 오후 2시까지 손님 맞을 준비를 하느라 분주했다. 2시가 되자 독일인 은행장 부부가 도착했다. 상당히 젊어 보였다.

안젤라는 그들이 나누는 대화를 통해 작곡가가 독일 은행에 돈을 예치했다는 걸 추측해 냈다. 그들은 그 돈을 어떻게 투자하는 게 좋을지 이야기하고 있었다.

"이율이 높을수록 위험 부담도 더 커집니다." 독일인이 설명했다.

그의 아내가 통역을 해 주었다. 그녀는 러시아어를 자유자재로 구사했고, 안젤라는 그녀가 러시아인이라는 걸 알아챘다. 그다음엔 유로화, 달러, 마르크, 도구 같은 단어만 단편적으로 들려왔다. 양쪽 모두 주도권을 쥔 쪽은 아내라는 걸 알 수 있었다. 그들은 상황을 주도하며 문제를 해결해 나갔다. 가족이라는 자동차의 핸들을 쥔 쪽은 그들이었다. 방향을 잡아 나아가는 것 역시 그들의 몫이었다. 그런 점은 마르트노프카와 비슷했다. 고향 마을에서도 남자들은 아무것도 안 하고 여자들만 동분서주하며 바삐 움직였다.

그들 누구도 안젤라에게 음식을 권하지 않았다. 그녀는 그들에게서 멀리 떨어진 방에 들어가 TV를 보기 시작했다. 그녀도 이러는 편이 훨씬 좋았다. 온몸이 지친 데다 다리도 쑤시고 입맛도 없었다.

안젤라는 급여에 대해 구체적으로 합의한 일이 없는데 이제야 얼마를 받을지 궁금했다. 주는 대로 받으리라 결심했다. 집안일이 힘들지도 않은 데다 먼 곳에서 킬리만자로의 눈이 반짝이고 있으니 얼마든지 견뎌 낼 수 있었다.

머릿속에선 가사가 맴돌았다.

좁은 길을 따라 함께 걷다 카페에 들러
빵과 커피를 주문해 뭐든 먹자꾸나

가사에 곡이 절로 붙었다. 멜로디는 조금 거친 편이 좋을 듯싶었다. 대중은 그런 음악을 더 선호하니까. 안젤라는 온몸으로 노래하고, 관중도 그녀와 함께 긴장하며 감정을 나눌 것이다. 유행이 지나긴 했지만 왈츠 리듬도 나쁘지 않아 보였다. 안젤라가 노래하며 몸을 이리저리 흔들면 모두들 그녀와 함께 노래하고 싶어질 것이다. 객석에 있는 사람들도 함께 노래하고 버드나무 가지가 바람에 흔들리듯 다 같이 좌우로 몸을 흔들 것이다⋯⋯.

안젤라는 손님들이 있는 방으로 갔다. 접시를 치우고 새로운 음식을 내놓아야 했다. 그녀가 잠깐 자리를 비운 사이에 늦게 도착한 커플이 식탁 앞에 앉아 있었다. 그들 역시 부부였다. 아내 이름은 레나, 남편 이름은 니콜라이였다. 레나는 오렌지색을 띤 강렬한 구릿빛 머리카락하며 굉장히 아름답고 젊어 보였다. 30대 초반인 줄 알았는데, 사실은 손주까지 둔 할머니였다. 남편은 머리를 길게 길렀으며 목은 거위 목처럼 길고 힘줄이 많았다. 나중에 밝혀진 사실인데, 그는 돈이 조금 많은 정도가 아니라 엄청난 대부호였다.

작곡가의 아내가 물었다. "니콜라이, 일반인과 올리가르흐는 재산이 많고 적은 것 외에 또 어떤 차이가 있죠?"

니콜라이는 잠시 생각하고 대답했다. "공포를 갖고 있다는 점이랄까요?"

"그 말인즉⋯⋯."

"재산을 잃을까 봐 두렵고, 목숨을 잃을까 봐 노심초사하죠."

"그럴 바엔 돈이 없는 게 낫지 않나요?" 작곡가가 의아하다는 듯 질문했다.

"어떻게 하다 보니 이렇게 된 거죠." 니콜라이가 대답을 이어갔다. "마약 중독처럼 말이죠. 어느 정도 벌고 나면 돈이 돈을 만들어요. 판도 커지고요."

안젤라는 플라친다를 접시에 담아서 내왔다. 플라친다는 양젖으로 만든 브른자 치즈와 양배추를 곁들인 파이였다.

"이게 뭐지?" 레나가 안젤라를 향해 물었다. "무슨 반죽 같은 건가?"

"밀가루와 물을 넣어서 만들었어요." 안젤라가 당황해하며 설명했다.

"기름을 두르고 굽는 건가?"

"당연하지요. 물을 두르고 구울 수는 없으니까요……."

니콜라이는 손으로 플라친다를 집어 들었다. 한 입 베어 물자 입에서 신음 소리가 새어 나왔다.

"치아에 문제라도 있나요?" 이고리가 걱정스레 물었다.

"아뇨. 너무 맛있어서요. 그냥 입에서 녹아요."

독일인은 칼로 한 조각을 잘라서 포크로 찍어 입에 넣었다. "Sehr gut(아주 좋아요)." 그 역시 칭찬했다.

"이게 뭐라고 다들 난리죠?" 카리나가 의아해하며 한마디 했다. "그냥 양배추 넣은 체부레크(군만두 비슷한 터키와 몽골의 전통 음식-옮긴이)인데."

"그래도 맛있잖아요!" 니콜라이가 행복감에 젖어 소리쳤다.

"몸에 안 좋기 때문이죠! 몸에 안 좋은 건 죄다 맛있다고요!" 레나가 설명했다.

"그렇긴 하죠." 은행장의 아내도 동조했다.

안젤라는 모든 모스크바 여자가 다이어트 중이라는 걸 알아차렸다. 마르트노프카에서는 아무도 다이어트에 관심이 없었다. 안젤라는 개도 큰 개가 있고 작은 개가 있다고 생각했다. 사람도 덩치가 큰 사람이 있고 작은 사람이 있는 것일 뿐 이런 점이 누군가를 더 우월하다거나 열등하다고 말하는 기준이 될 수는 없었다.

"이런 음식을 계속 먹다가는 1년 후면 혈관에 콜레스테롤이 잔뜩 쌓일 거예요." 은행장의 아내가 지적했다.

"대신 삶의 질은 훨씬 더 높아질 거예요." 니콜라이가 지지 않고 말했다.

"그게 다 불어난 재물 덕이죠." 레나가 끼어들었다.

"그건 아무도 모를 일이죠." 작곡가가 장난스럽게 말했다.

"자기만 좋으면 그녀를 우리 집에 데리고 갈게요." 레나가 제안했다.

"좋지." 니콜라이가 흔쾌히 대답했다.

레나는 자리에서 일어나 안젤라를 현관 쪽으로 데려갔다.

"우리 집에서 일 좀 할 수 있을까?"

"급여는 어떻게 될까요?"

"얼마나 주면 될까?"

안젤라는 머릿속으로 빨리 계산해 보았다. 노래 한 곡에 5000달러다. 1년 열두 달로 나누면 대략 400달러 정도가 나온다. 하지만 이런 천문학적 금액을 먼저 말하는 게 망설여졌다.

"급여는 충분히 합의 가능한 부분이라고 생각해." 니콜라이의 아내가 말하고 미소 지었다. 그녀가 미소를 지을 때면 꼭 태양처럼 밝았다. 얼굴에서 빛이 났다. 눈은 어린아이가 그린 것처럼 눈꺼풀 아랫부분이 일자로 그려졌고, 눈썹 위쪽은 반원 모양이 되었다.

"선불로 줄 수 있을까요?" 안젤라가 용기를 내서 말했다.

이때 작곡가의 아내가 현관에 나타났다.

"돈을 선불로 달라는데……." 레나가 당황해서 말했다.

"본인이 그만큼 일해서 벌면 될 걸 모양새 빠지게 뭘 부탁을 하고 그래?" 카리나가 이해할 수 없다는 듯 말했다.

"그렇게 하죠, 그럼." 안젤라가 동의했다.

그녀는 집 안쪽에 있는 방으로 가서 TV를 보기 시작했다. TV에서는 마침 한 부자가 러시아에 반환할 목적으로 19세기 러시아 황실의 보물인 파베르제의 달걀을 어떤 과정을 거쳐서 구매했는지 방영하고 있었다.

거위같이 목이 길고 힘줄이 많은 니콜라이가 지갑에서 5000달러를 꺼내 작곡가에게 주는 건 일도 아닐 것 같았다. 작곡가가 노래 한 곡에 5000달러가 아닌 3000달러를 요구하는 것 역시 크게 어렵지 않을 거라는 생각이 들었다. 아예 곡을 선물로 줄 수도 있을 것이다. 아니, 그럼 안 되지……. 사람들이 보는 자리에서 선물한다면 모두가 호산나를 부를 테고, 선물을 하고도 무언가 폼이 날 것이다. 반면 조용히 비밀리에 무료로 무언가를 해 준다면……. 하지만 이런 사람들은 개개인의 요구에는 관심이 없었다. 그도 그럴 것이 일반인은 너무 많고, 그들이 모이면 나라 전체가 될 텐데 그들의 요구를 어찌 다 감당한단 말인가?

하지만 괜찮다. 안젤라는 사지가 멀쩡하고, 머리는 정상으로 어깨에 붙었고, 그리고 킬리만자로의 눈이 있었다. 게다가 적어도 발아래 땅이 있고 머리 위에 태양이 있다는 사실은 누구나 동등하니까 말이다. 그리고 죽음을 피해 갈 수 있는 사람도 없다. 영생하는 사람은 아무도 없다. 파베르제의 달걀을 가진다 해도 죽음을 피해 갈 순 없다.

안젤라는 새로운 곳에서 일하기 시작했다. 모스크바 근교지만 시골이 아니라 협동조합 형태의 마을이었다. 고가의 단독주택들이 서로 자기 자신을 뽐내듯 존재감을 드러냈다. 거리는 깨끗하고 집들은 녹음 가운데 잠겨 있는 모습이 할리우드가 따로 없었다.

안젤라는 그들의 주택 부지에 있는 별채에서 따로 살았다. 전원풍 통나무집이었다. 바닥을 패브릭 카펫으로 꾸며 놓아서 꼭 마르트노프카의 집 같았다. 창문에는 덧문이 달려 있었다.

밤마다 달빛이 집 안까지 들어왔고, 근심 어린 그림자가 벽을 따라 움직였다. 별의별 생각이 다 드는 시간이었다. 어서 빨리 노래를 받고 싶었다. 한편 그냥 사랑을 하고 싶어지기도 했다. 심지어는 철창에 갇힌 알료시카 셸리바노프조차 왕자로 보이고 그가 철가면과 겹쳐 보일 정도였다. 그녀의 심장을 꿰뚫던 그의 거친 입술도 떠올랐다. 이어서 머리, 가슴 그리고 말하기 곤란한 신체 부위를 포함하여 온몸이 그녀에게 신호를 보내왔다. 창피하고 말고 하는 것도 누군가 옆에 있어야 가능한 일이었다. 지금 그녀 옆에는 아무도 없었다. 당연히 그녀가 그러는 이유를 묻는 사람도 없었다.

안젤라는 지쳐 갔다. 청소, 다림질, 풀 먹인 셔츠가 꿈에 나왔다. 셔츠는 니콜라이가 매일 입고 나가기 때문에 매일 필요했다.

하지만 조금씩 새로운 생활 리듬에 적응해 갔고, 시간이 지나자 달라진 일상에 익숙해졌다. 옷은 세탁기가 했다. 설거지는 식기 세척기를 이용했다. 창문은 전용 액체 세제로 손쉽게 닦을 수 있었다. 한번 뿌리기만 하면 유리가 반짝반짝 빛났다.

안젤라는 하던 일이나 주위를 의식하지 않은 채 노래를 부르곤 했다. 그들의 집에는 게르메스라는 개가 있는데, 정돈된 음을 싫어해서 안젤라가 노래만 하면 짖어 댔다. 손녀 카튤레치카도 그녀에게 다가와 노래 좀 부르지 말아 달라고 부탁했다. 레나 할머니의 두통 때문이었다.

레나는 실제로 편두통을 앓았고, 오후 1시까지 늦잠을 잤다. 두통의 원인은 안나 카레니나처럼 '할 일 없음'이었다. 레나는 할 일이 없었다. 화단에 물이라도 주면 좋으련만……. 하긴 집안일을 하는 사람이 있는데 그녀가 일한다면 오히려 이상할 것이다.

집에는 운전기사와 경비원도 있었다. 안젤라는 그 집에서 일하는 사람이 주인보다 행복하다는 것을 깨달았다. 그들에게는 저마다 목표와 높은 이상이 있었다. 뇌물을 줘서 아들의 군복무를 면제받으려는 이도 있고, 딸이 전문의 자격증을 따도록 뒷바라지하는 사람도 있으며, 러시아제 가젤을 사기 위해 돈을 모으거나 작은 사업을 시작하는 데 돈이 필요한 사람도 있었다. 저마다 추구하는 게 다를 뿐이었다.

그런데 레나는 어떤가? 키프로스섬에 갔다가 좋은 물을 마시러 키를로비바리에 가는가 하면, 여름에는 생트로페의 바다에 가고, 겨울에는 스키를 타러 쿠셰빌에 가면 그만이었다. 이런 여행은 그녀의 단조로운 갈색 톤 삶에 묻은 얼룩 정도에 불과했다. 레나는 사랑에 목말라했다. 사랑 없이는 살 수 없었다. 사랑 말고는 달리 할 수 있는 것도 하고 싶은 것도 없기 때문이었다. 그녀가 할 수 있는 일이라곤 봉사하고, 만족시키고, 포옹하고, 말을 하고, 누군가를 위해 헌신하고, 온갖 천상의 향기를 내뿜는 거였다.

니콜라이는 부부 소유의 모스크바 아파트에서 시간을 보냈다. 가족의 보금자리인 교외의 이 집은 이따금 들렀는데, 그때마다 레나는 그를 나무라며 이런저런 요구를 늘어놓기 바빴고 니콜라이는 못 들은 척 침묵으로 일관했다.

나이 든 그의 부모님도 아픈 몸을 추스르며 이 집을 찾곤 했다. 그럴 때면 상냥하고 예쁜 두 딸도 집에 왔다. 다섯 살짜리 손녀 카튤레치카는 단연 식탁의 중앙을 차지했다. 그 아이가 주인공이었고, 다들 그 사실을 인정했다.

온 가족이 타원형 식탁에 둘러앉았다. 부모님, 레나 부부, 자식들과 손녀까지 4대가 함께 모인 자리였다. 전통을 중시하며 예의를 갖추고 말이다. 모두가 서로를 사랑했고, 그래서 괴로워했다. 노인들은 늙고 병든 몸 때문에 힘들어했다. 젊은 부부는 부모님의 간섭과 불투명한 미래 때문에 불안해했다.

레나와 니콜라이는 애정 결핍으로 힘들어했다. 두 사람 모두 사랑을 원했다. 그들의 옛사랑은 닳고 닳아서 구멍이 났는데, 새로운 사랑은 아직 오지 않았고, 언제 또 올지 알 수 없는 상황이었다…….

카튤레치카 혼자만 모두의 관심에 만족하며 행복해했다. 온 가족의 사랑을 한몸에 받았고, 그들 모두는 언제든 그 아이를 위해 자기 삶을 바칠 준비가 돼 있었다. 마치 동화 속 주인공처럼.

지난번에 일했던 집의 여주인인 디아나는 단 한 번도 안젤라와 단둘이서 허심탄회한 대화를 나눈 적이 없었다. 어쩌다 말을 나눠도 일과 연관된 건조한 대화가 전부였다. 이 집의 여주인인 레나는 정반대였다. '그 접시들 좀 그만 만지고 나랑 앉아서 얘기나 해요' 형이었다.

안젤라는 그녀의 얘기를 끝까지 들어 주는 것도 빨래, 청소, 요리처럼 그녀가 해야 하는 일이라는 걸 알고 있었다. 레나는 자기 자신이 불필요한 물건으로 가득 찬 옷장인 듯 안젤라에게 마음을 활짝 열어젖혔고, 안젤라는 오랜 세월 옷장 속에 있던 물건들을 꺼내서 털어 낸 다음 종류별로 나누어 일부는 빨래통에 넣고 일부는 쓰레기로 분류하는 일을 해야 했다.

레나에겐 두 얼굴이 있었다. 첫 번째 얼굴은 미소를 띠고 있으며, 그럴 때면 태양처럼 밝게 빛났다. 두 번째 얼굴은 미소를 띠지 않으며, 그럴 때면 윗입술이 일그러지고 화가 가득했다. 안젤라는 보통 가스레인지 옆에 서서 상황을 지켜보았다. 레나는 커피 한 잔을 들고 식탁 옆에 있었다.

"전체적으로 봤을 때 넌 나쁘지 않아." 레나가 사색에 잠긴 듯 말했다.

"그런데 뭔가 부족해. 너한테 부족한 게 뭔지 계속 생각해 봤거든. 바로 돈이야."

"감사하지만 나는 지금 내 상황에 불만 없어요." 안젤라가 대답했다.

"아니, 급여 문제가 아니야. 내 말은 화장이나 이미지야……. 넌 신데렐라의 이미지를 갖고 있어. 그걸 프린세스 이미지로 바꿔야만 해."

안젤라는 레나가 말하는 이미지가 정확히 뭘 의미하는지 알 수 없었지만, 대략 짐작하는 건 있었다.

"드레스와 크리스털 구두 말고 신데렐라는 또 어떤 점에서 프린세스와 다를까요?" 안젤라가 궁금하다는 듯 물었다.

"얼굴 표정이 달라. 얼굴 표정이라는 건 가정교육으로 결정되는 거야. 다시 말하면 책을 얼마나 읽었는가에 따라 결정된다는 뜻이지."

"그런 거라면 노력해서 얻을 수 있겠네요." 안젤라가 지적했다.

"이걸 어떻게 설명해야 하나……." 레나는 술 진열장으로 가서 코냑을 꺼내더니 커피에 살짝 넣었다. "젊을 땐 나도 진짜 예뻤어. 못 믿겠어?"

"왜요, 사모님은 지금도 한 미모 하는걸요. 아무리 많이 잡아도 삼십 이상으로는 안 보여요." 안젤라는 진심이라는 걸 어필하려고 애썼다.

"내가 네 나이 때는 경찰들도 내 발길을 멈춰 세우곤 했어."

"신분증을 검사하려고요?"

"신분증은 무슨……. 그때만 하더라도 모스크바는 테러도 없고 카프카스 사람들도 없어서 안전했어……."

"그럼 멀쩡하게 길 가는 사람을 왜 멈춰 세우죠?"

"내 얼굴 한 번 더 보려고. 내 한쪽 어깨에 키스한 젊은 경찰관도 있었어."

"어머나……."

"니콜라이도 나를 사랑해서 나라면 사족을 못 썼지. 그런데 어느 날 사고가 났어. 큰딸 레나가 발코니에서 떨어져 사경을 헤맸지. 나는 무릎을 꿇고 딸을 살려 달라 기도했어. 회개 기도도 했고. 레나는 기도로 새 생명을 얻은 딸인 셈이지. 하지만 그 무렵 꼬박 1년 동안 남편과 잠자리를 하지 않았어. 못 하겠더라고."

"이해해요……."

"그런데 그이는 이해를 못 하더라고. 대사관에서 일하는 비서랑 바람이 났어. 우리는 그 당시 파리에 살았거든."

"파리요?" 안젤라가 깜짝 놀라서 되물었다.

"그게 뭐……. 니콜라이가 외교부에서 근무하던 시절이야."

"무슨 부요?"

"외교부. 외교 업무를 맡아 보는 부처 말이야. 젊은 엘리트였지. 당시만 하더라도 다들 해외로 나가고 싶어 안달이었거든. 모스크바에 돌아올 때 옷이나 가전제품 같은 걸 사 오면 그걸 판 돈으로 생활하던 시절이었어. 지금 돈과 비교하면 돈도 아니었지만 말이야. 지금 벌어들이는 돈이 진짜 돈이지. 우리는 지금 부족한 것이 없어. 덴마크에 우리 소유의 섬도 있을 정도니까."

"섬은 왜 산 거예요? 두 분은 로빈슨 크루소도 아니잖아요. 게다가 섬에 혼자 있으면 무섭기도 하고요." 안젤라가 이해할 수 없다는 듯 말했다.

"혼자라니? 니콜라이는 친구들을 데리고 가. 비행기 한가득 암소를 싣고 가지."

"그 섬에는 소고기가 없나 보죠?"

레나는 다른 말을 했다. "술잔 좀 줘."

안젤라는 크리스털 잔을 건네고 사색에 잠긴 채 서 있었다.

"그렇게 많은 돈은 도대체 어디서 나는 거예요?"

"말하자면 길고, 말해도 넌 이해 못 할 거야. 한마디로 정리하면 푼돈으로 공기업을 사서 이윤을 남기는 식이야. 운도 따라 주었고. 그 후 우리는 모스크바로 돌아왔어. 그때부터 니콜라이는 정부를 만날 시간도 없을 정도로 바빴지. 사업을 하느라 정신없이 바쁜 나날의 연속이었어. 돈은 마약 같은 거야. 많으면 많을수록 욕심이 생기는 법이거든. 돈은 사람에게 날개를 달아 주기도 하지. 돈만 있으면 살고 싶은 곳에서 살 수 있으니까. 우리는 생트로페 바닷가에도 집을 갖고 있어. 테라스에 앉아서 담배를 피우다가 꽁초는 바다에 던지는 거지. 테라스가 바로 물 위에 있어서 꼭 배를 탄 것 같아. 해가 수평선 너머로 사라지면서 천천히 바다 속에 잠기는 광경을 감상하노라면……. 얼마나 아름답다고……. 저녁노을 말이야."

"내가 살던 마르트노프카랑 별반 다를 게 없는 것 같은데요."

"그럴 리가……. 생트로페를 마르트노프카와 비교하다니. 거기엔 소련이 있고, 생트로페에는 수세기에 걸쳐 발전한 문명이 존재한다고."

"하지만 태양은 하나잖아요." 안젤라가 반박했다.

"태양이라고 다 같나." 레나는 전면을 응시하면서 말했다.

안젤라는 굳이 반박하지 않았다. 말없이 끓고 있는 수프에서 거품을 걷어 낼 뿐이었다.

"1년 전에 그가 나를 버렸어." 레나가 다시 입을 열었다.

안젤라는 너무 놀라서 그 자리에 얼어붙었다.

"그러더니 다시 나한테 돌아왔지." 레나는 하던 이야기를 계속했다.

"얼마 동안 집을 비운 거죠?"

"한 달."

"그때 사모님은 어떻게 지냈어요?"

"술 마셨어. 그때부터 마신 게 이젠 멈출 수가 없어."

"마음을 단단히 먹어야 해요. 아내가 술 마시는 걸 좋아할 남자는 없을 테니까요."

"그는 나를 버릴 수가 없어. 자기 입으로 그이가 없으면 내가 잘못될 것 같다고 했거든. 그렇다고 나랑 살 수 있는 것도 아닌데 말이야. 어제는 집에 와서 잠자리에 눕더니 '하고 싶으면 당신이 해 봐. 난 할 생각 없으니까.'라고 말하는 거야. 그러곤 통나무처럼 꼼짝도 안 하고 누워 있더군. 나보고 하라며 기다리는 거야, 글쎄. 상상이 가?"

"그래서 어떻게 했어요?"

"자리에서 일어나 방을 나갔지, 뭐. 모멸감이 들더라고. 나한테 서비스를 받겠다는 거잖아……. 내가 무슨 창녀도 아니고."

점심때쯤 니콜라이가 집에 왔다.

레나는 잠옷을 입고 앉아 있었다. 그녀는 아직 하루를 시작할 준비가 안 된 상태였다.

안젤라가 점심을 차렸다. 토마토를 장미 모양으로 만들어서 장식한 샐러드에 전채 요리는 말린 하얀 버섯으로 만든 수프를 준비했다. 향긋한 숲의 버섯 내음이 났다. 버섯 수프에 밀가루와 크림을 넣어 만든 흰색 소스를 얹자 걸쭉하고 아름다웠다. 마지막으로 회향풀을 얹었다.

"당신한테는 해로운 음식이에요. 콜레스테롤 덩어리잖아요. 뇌졸중을 부르는 음식이라고요. 나중에 당신 똥 치울 생각 없으니 그것만 알아 둬요."

"넌 먹을 거니?" 니콜라이가 안젤라 쪽으로 몸을 돌리면서 물었다.

"내가 살던 마르트노프카에서는 모두 이런 음식을 먹는데 병원 신세도 안 지고 백 살까지 장수하더라고요. 그런 염려 말고 맛있게 드세요."

니콜라이는 사색에 잠긴 듯 안젤라를 쳐다보며 점심을 먹었다. 막 피어오르는 그녀의 젊음을 상상했는지 시선은 안젤라를 향했지만, 사실은 자기 자신에 대해 생각했는지도 모른다. 시선은 한곳에 멈췄지만 생각은 다른 곳을 헤매고 있었다.

"나 이 하고 싶어요." 레나가 불쑥 말을 꺼냈다.

"취리히로 가. 거기 잠깐 머물면서 하든지." 니콜라이가 제안했다.

"이럴 줄 알았어……. 언제나 당신이 지시하는 곳에서 살아야 할 테니까……."

레나는 그대로 자리에서 일어나 나가 버렸다.

니콜라이는 사색에 잠긴 채 식사를 계속했다. 그의 뒤통수는 무언가 미성숙한 면이 있었다. 안젤라는 그런 그가 안쓰러웠다. 레나도 예외는 아니었다. 그녀는 인생의 맛을 느끼지 못한 채 무미건조한 삶을 살고 있었다. 굳이 맛을 찾자면 서운함이랄까. 모든 게 니콜라이의 잘못이었지만, 그는 자기가 저지른 일의 결과를 관망할 뿐이었다. 콩 심은 데 콩 나는 법이니까. 그가 원인을 제공했지만 사실은 그도 피해자였다. 브론스키처럼.

한밤중에 안젤라는 누군가의 시선을 느끼고 잠에서 깼다. 눈을 떴다. 그녀 옆에 주인집 남자가 서 있었다. 안젤라는 겁에 질려 침대에 앉았다.

"겁먹을 필요 없어. 건드리지 않을 테니까." 니콜라이가 차분하게 말했다.

"겁 안 나요."

"네 옆에 잠시 누워도 될까? 그냥 누워만 있을게."

"왜요?"

"온기가 필요해서. 몸이 꽁꽁 얼었어. 무덤 속에 있는 것 같아. 뼛속까지 덜덜 떨려. 진짜 뼛속까지 말이야. 정말이야……."

"난방을 더 세게 할까요?" 안젤라가 물었다.

"난방의 문제가 아니야."

그는 정말로 떨고 있었다.

"누우세요, 그럼." 안젤라가 동의했다. "대신 딴마음 먹으면 안 돼요. 그럼 나 여기서 나가야 한단 말이에요. 난 돈이 필요해요."

"얼마나 필요한데?"

"5000이요."

"가져."

그는 안주머니에서 돈뭉치를 꺼내 침내 옆 협탁에 던지듯 올려놓았다.

"이러지 마세요." 안젤라가 겁먹은 목소리로 거절했다.

"필요하다고 했다가 이번에는 또 필요 없다고 하고." 니콜라이가 이해할 수 없다는 투로 말했다.

"이 돈 받으면 사장님이 하자는 대로 해야 할 것 같아서요. 나는 그러고 싶지 않거든요."

"뭘 그런 걸 갖고……. 이게 무슨 돈이라고……. 레나한테만 비밀로 하면 돼."

니콜라이는 재킷과 신발을 벗고 이불 위 안젤라 옆에 누웠다.

"너한테서 젖소 냄새가 나." 니콜라이가 입을 열었다.

"젖소 냄새라뇨? 거름 냄새 말이에요?"

"아니, 우유 냄새. 그런 옅은 냄새 말이야……."

"젖소 냄새 맡아 본 적 있어요?"

"일부러 맡은 건 아니고, 어렸을 때 여름이면 할머니 댁에서 지냈거든. 할머니 댁 이웃에 조리카라는 젖소가 있었어. 영리한 소였지. 사람처럼 영리했던 걸로 기억해. '네'라는 말도 할 줄 알았지."

"목소리로요?" 안젤라가 믿기 힘들다는 듯 반문했다.

"아니, 고개를 끄덕거렸지⋯⋯. 아무거나 말 좀 해 봐."

"예를 들면 어떤 거요?"

"내가 젊고 잘생겼다고 말해 줘."

"사장님은 아직 젊고 앞으로 얼마든지 좋은 기회가 많아요. 남자는 나이를 불문하고 언제나 기회가 많아요. 게다가 돈 많은 남자는 늙는 법이 없죠."

니콜라이는 숨을 고르게 쉬기 시작했다. 어느새 잠이 들었던 것이다.

안젤라는 그 모습을 보며 생각했다. '맙소사, 얼마나 피곤하면 저렇게 잠이 들까. 사람 꼴이 말이 아니네. 사실 늙는 걸 피해 갈 수 있는 사람은 아무도 없다. 죽음도 마찬가지다. 돈으로도 절대 해결할 수 없는 문제다.'

그 주 일요일 안젤라는 키라 세르게예브나의 집에 갔다. 그녀에겐 공식적인 휴일이 있었고, 안젤라는 그날만 기다렸다. 그녀는 환경을 한 번씩 바꾸는 게 중요했다.

"나 노래 살 돈 생겼어요." 안젤라는 이 말을 하고 키라 앞에 돈뭉치를 던졌다. "선불로 받았어요."

"대단하다⋯⋯. 나한텐 아무도 선불 같은 거 안 주던데. 이게 다 얼마야?" 키라 세르게예브나가 궁금해했다.

"다섯 장이죠. 작곡가 줄 돈이요."

"그 사람한테는 세 장이면 충분해. 두 장은 네가 갖고 있어. 옷도 사고 해야 하니까."

"어머니한테 보낼까 해요. 아버지 집 수리비로도 보내고요. 바
닥이 죄다 썩었다고 하더라고요. 바닥에 깔 판자를 사라고 할 참
이에요."

"너 진짜 효녀다. 요즘 애들은 죄다 부모한테 손 벌리느라 바쁜
데." 인노켄치가 안락의자에 앉아서 말했다.

키라 세르게예브나는 안경 너머로 안젤라를 한 번 쳐다보았다.
"너 우리 아들 안 만나 볼래? 항상 쓰레기 같은 것들하고만 어울
려 다녀서. 만나기가 무섭게 터키 여행이니 새 자동차니 하는 것
들을 요구하더라고."

"어디서 그런 애들을 만난대?" 인노켄치가 물었다.

"나이트클럽이지."

"지하철 타고 다니라고 해. 좋은 아가씨는 지하철을 이용하는
법이니까. 클럽은 창녀들로 득실거린다고." 인노켄치가 조언했다.

"커피 좀 끓여 줄래?" 키라 세르게예브나가 간절한 목소리로
부탁했다.

안젤라는 잽싸게 부엌으로 가서 아침을 뚝딱 준비했다. 그들은
함께 아침을 먹었다.

"주인집 남자가 널 건드리진 않고?" 키라 세르게예브나가 물
었다.

"뭐 별로……. 그냥 살짝이요……." 안젤라가 애매모호하게 대
답했다.

"정신 똑바로 차려." 키라 세르게예브나가 걱정스러운 듯 단단

히 주의를 주었다.

안젤라는 그녀가 하고 싶은 말이 정확히 뭔지 이해하지 못했지만, 그 말뜻을 굳이 확인하지는 않았다.

아침을 먹고 나자 안젤라는 욕실을 시작으로 집 청소를 시작했다. 그 누구도 부탁하지 않았지만, 말하지 않아도 알 수 있는 상황이라는 게 존재한다면 바로 이 경우를 말하는 것이리라. 키라 세르게예브나는 날 때부터 청결과 거리가 멀었다. 혼내서 고쳐질 문제가 아니었다. 그녀는 어질러진 걸 봐도 치워야 한다는 생각을 못 했다. 하지만 정리된 건 엄청나게 좋아했다.

청소를 할지 말지는 온전히 안젤라의 자유 의지였지만, 안젤라마저 청소를 안 한다면 키라와 인노켄치는 머지않아 먼지에 파묻혀서 그들을 찾으려면 먼지를 파내거나 지뢰탐지기를 동원해야 할지도 모를 일이었다. 안젤라가 박박 문질러서 닦아 내자 세면대가 하얀 크렘브륄레같이 자신의 원래 색인 밝은 베이지색을 보여 주었다. 다음은 부엌이었다. 싱크대 안팎을 닦았는데, 안쪽은 먼지가 더께로 앉아 있어서 칼로 긁어내야만 했다.

키라 세르게예브나가 미안해하면서 말했다. "네가 일한 건 내가 보상할게."

그녀는 약속을 지켰다. 안젤라를 영화관 돔키노의 시사회에 데려간 것이다.

오! 얼마나 많은 유명인사를 만났던가! 모두가 키라 세르게예브나와 인사했다. 그녀에게 어떤 결정권이 있는 것 같았다. 어쩌면 그냥 예의상 인사를 했는지도 모른다. 다들 많이 배우고 예의 바른 사람들이었다. 어쩌면 인사하는 게 어려운 것도 아니니 인사나 하자고 마음먹었는지도 모를 일이었다. 유명한 사람들은 모두 아내와 함께 왔다. 그들의 아내는 특유의 표정이 있었다. 안젤라에겐 없는 것이었다. 그녀는 텅 빈 잔처럼 서 있었다. 내세울 만한 건 젊음 하나뿐이었다.

어느 날 키라 세르게예브나는 아들에게 말도 안 하고 안젤라를 소개할 요량으로 아들을 집으로 불러들였다. 안젤라는 성실하고, 순박하고, 젊고, 돈맛을 모르며, 지금까지도 세상에서 당근이 가장 달다고 생각하는 아가씨였다. 게다가 키라 세르게예브나는 그녀를 사랑했고 정이 많이 들었다. 안젤라와 함께라면 노년도 두렵지 않았다. 최소한 양로원에 갈 걱정은 안 해도 될 것 같았다.

아들의 이름은 미샤였다. 등이 구부정하고 목은 앞으로 튀어나온 데다 얼굴은 몸과 평행하게 걸려 있었다. 목소리도 허스키했다. 키라 세르게예브나는 그가 철학을 전공했으며 아는 게 많다고 소개했다. 하지만 안젤라 생각에는 차라리 그 시간에 운동을 해서 근육이나 키웠으면 좋았을 것 같았다. 안젤라가 생각한 신랑감과는 거리가 멀어서 거저 준다 해도 갖고 싶은 마음이 없었다. 물론 안젤라만 좋다고 하면 모스크바 거주 등록은 물론이고, 아파트 한 채에 키라와 인노켄치도 덤으로 얻을 수는 있었다. 게다가 애까지 낳는다면 할머니 할아버지가 있는 든든한 가족이 생길 터였다. 명절이면 온 가족이 모일 것이며 새해 선물도 보장된 셈이었다. 마르트노프카에서 만난 알료시카 셸리바노프와는 비교도 안 되는 신랑감이라는 건 분명했다.

지금의 안젤라는 노래라는 정체를 알 수 없는 학 한 마리를 잡겠다며 남이 싸 놓은 똥을 치우고 끊임없이 닦고 청소하느라 세월을 낭비하고 있었다. 하지만 지저분한 것을 깨끗하게 만들고, 어두운 곳을 밝게 만드는 일 그리고 멀뚱멀뚱 쳐다보는 식재료로 맛있는 냄새가 나는 점심을 만드는 것도 기분 좋은 일이긴 했다. 모두 앉아서 기뻐하는 모습을 보는 것만으로도 흐뭇해지곤 하니까 말이다. 그럴 때면 그들의 얼굴도 밝아진다. 위는 음식으로 가득 차고 도파민이 분비된다. 사실 인간에게 노래와 점심 중 어느 것이 더 중요한지는 알 수 없는 일이었다.

작곡가는 약속대로 곡을 써 주었다. 고풍스런 왈츠 느낌의 곡이 완성되었다.

무롬스카야 도로에 소나무 세 그루가 있었다네
내 사랑하는 이와 내년 봄에 보자며 헤어졌다네

키라 세르게예브나는 음악편집자인 세마를 불렀다. 세마는 곡을 보더니 이대로는 쓸 수 없다고 잘라 말했다. 이런 곡은 새롭지 않다고, 20세기 초에 이미 유행한 곡이라고 설명했다. 곡은 다시 작곡가에게 넘어갔다. 그리고 기적이 일어났다! 이고리가 단순하면서도 슬픈 듯 멋진 멜로디를 만들어 낸 데다 3000달러만 받기로 한 것이다. 아내가 집에 없어서 가능한 일인 듯했다.

다음 단계는 스튜디오 녹음이었다. 이번에도 3000달러가 필요했다. 이고리는 몇 군데 좋은 스튜디오를 알고 있었고, 그중 한 곳을 알려 주었다. 하지만 키라 세르게예브나는 좀 더 저렴한 곳을 알아보기로 했다. 그녀는 전화기 옆에 앉았다. 그리고 누군가에게 전화를 걸었다. 무언가를 메모하더니 기쁨의 탄성을 질렀다.

안젤라가 봤을 때 그녀는 이제 늙었고 그녀의 기차는 이미 떠난 지 오래이며 레일은 해체되고 없었다. 하지만 키라 세르게예브나는 생각이 달랐는데, 좀 더 정확히 말하면 그녀는 생각 자체가 없었다. 그녀는 자신에게 주어진 삶을 사랑하는 소질을 타고났다. 젊었을 때는 어린 아들을 사랑해서 시간이 멈추길 원했지만, 아이는 그런 마음과 달리 무럭무럭 자랐다. 그녀가 연애할 때는 그때대로 마음 졸이는 과정을 즐겼다. 이때도 그녀는 이 시기가 영원히 끝나지 않기를 바랐다.

이제 아들은 성인이 되었고 남편도 옆에 있고 일도 마음에 들었으며 몸도 건강한 편이었다. 이 이상 무언가를 더 바란다면 욕심일 듯싶었다. 사람들을 도와주고 그들의 감사 속에 몸을 녹이는 일만 남아 있었다. 아무것도 안 하는 것보다는 뭐라도 하는 편이 나을 테니 말이다. 남이 봤을 때는 시답지 않은 행위라도 말이다.

안젤라는 니콜라이가 또다시 찾아올까 봐 마음을 졸였다. 하지만 그는 다시 오지 않았고, 안젤라는 오히려 잘된 일이라고 생각했다. 양심의 가책을 느끼지 않고 레나와 예전처럼 대화할 수 있을 테니까 말이다. 달라진 건 아무것도 없었다.

안젤라는 가스레인지 옆에 서 있고, 레나는 잠옷 차림으로 커피 한 잔과 코냑잔을 들고 식탁 앞에 앉아 있었다. 창밖에는 소나무와 자작나무로 이루어진 숲이 보였다. 근심걱정이 없는 개 샤르픽과 로자도 있었다. 하지만 레나는 이 모든 것을 의식하지 못했다. 삶은 그녀 옆을 흘러가고 있었다. 레나의 눈에는 그녀 안에 있는 상처받은 자신의 영혼만 보일 뿐이었다.

안젤라는 그녀가 딱해 보였다. '밭이라도 갈면 그런 생각에 빠질 틈이 없을 텐데.' 하지만 자기 생각을 입 밖으로 꺼낼 용기는 나지 않았다. 그녀가 하는 말을 조용히 고분고분 들어 줄 뿐이었다.

"젊은 시절의 니콜라이는 참 잘생겼는데, 지금은 꼭 악어 같아. 눈꺼풀은 처지고 눈동자에는 감정이 실리지 않아. 어떻게 사람이 그렇게 변할 수가 있지?"

"사장님을 사랑하나요?" 안젤라는 그녀의 말뜻을 이해하지 못해서 되물었다.

"나도 모르겠어. 그냥 그가 죽어 버렸으면 좋겠어. 아무도 못 가지게."

"그런 말은 함부로 하는 거 아니에요." 안젤라가 화들짝 놀라서 엄하게 말했다.

"그럴 수도 있고 아닐 수도 있어. 어쩌면 나도 참을 만큼 참았는지도 모르지. 그 사람 때문에 속앓이한 거 생각하면 이렇게는 더 이상 못 살겠다가도 그 사람 없이는 살 자신이 없고."

"지금이라도 사장님을 다시 사랑할 수 있을까요?"

"가능할 것도 같아. 하지만 나는 그를 다른 사람과 공유하고 싶지는 않아. 지금 그는 나보다 친구와 여자 친구들을 더 좋아해. 이제는 요트까지 사고 싶대. 대양을 횡단할 생각인가 봐. 그렇게 되면 나는 그를 영영 볼 수 없을지도 몰라."

"그럼 함께 항해하는 건 어떨까요?" 안젤라가 조심스레 말을 건넸다.

"말도 안 되는 소리야! 그가 원하는 건 어떻게 해서든 나와 만나지 않고 어떤 상황에서도 나와 마주치지 않는 거라고."

레나는 코냑을 잔에 따라서 단숨에 털어 넣었다.

안젤라는 사모님이 자신의 우울함에 도취된 것만 같았다. 자신의 우울함을 달래고 어르고 하면서 계속 함께 있고 싶은 것 같았다.

"사모님이 이렇듯 늘 술에 취해 있으면 사장님은 결국 사모님을 버릴 거예요." 안젤라가 경고했다.

"아니, 사실은 정반대야. 내가 어떻게 될까 봐 두려워서라도 그렇게는 안 할 거야. 내가 몸도 튼튼하고 의지도 강하고 독립적이었다면, 그는 손가락에 묻은 콧물을 털어 내듯이 나를 자기 인생에서 털어냈을지도 몰라. 가 버리라고, 혼자 잘 살라고 하면서 말이야……. 그러고는 서른 살은 어린 여자를 데려다가, 요즘 그런 게 유행이라나 봐, 그냥……. 아무도 모르게 밖에서 섹스하고는 집에 오는 거지. 아무 일도 없었다는 듯이 태연하게 말이지. 그럼 나는 아무 일도 없었다는 듯이 그를 맞겠지. 그 사람은 연필이 아니어서 닳지도 않으니 티도 안 나고 말이야. 그러다 보면 노년이 다가와서 몸 안의 모든 시스템이 그를 거부하고, 결국 그는 강물에 휩쓸려 고향 강가에 다다르는 오래된 통나무처럼 나한테 오겠지……."

"그럼 아직 희망이 있는 것 같은데요." 안젤라가 이해했다는 표정으로 밝게 말했다.

"아니, 좋지 않아."

레나는 말없이 식탁을 응시했다.

안젤라는 오븐을 열고 고기가 잘 익었는지 기다란 포크로 찔러서 확인했다.

"나는 그가 매일 날 보고 기뻐하면서 '당신이 최고야. 난 당신만 사랑해…….'라고 말해 주면 좋겠어."

안젤라는 오븐을 끄면서 '안나 카레니나랑 판박이야.'라고 생각했다. 주인 남자는 육즙이 너무 많이 빠지는 걸 안 좋아했다.

집은 자주 손님으로 북적거렸다. 그럴 때면 안젤라는 음식을 하고 식탁을 차려야 했다. 안젤라는 물렛가락이라도 되는 것처럼 쉴 새 없이 움직였다. 손님들은 음식을 내놓기가 무섭게 먹어 치웠다. 반달족이라도 온 것처럼 식탁의 음식이 순식간에 사라졌다.

다들 안젤라를 투명인간 취급했다. 안젤라는 구석에 세워 둔 대걸레 같은 신세였다. 레나 역시 평상시와 전혀 다른 모습으로 변했다. 황후라도 된 것처럼 거리가 느껴졌다. 일하는 사람과 단둘이 마주 앉아 속내를 털어놓던 모습은 온데간데없이 사라져 버렸다. 안젤라는 서운하지 않은 건 아니지만 참을 만했다. 자신의 모든 장점을 알기 때문이었다. 그녀는 앞길이 창창했지만 그들은 이미 자기 삶의 중간까지 온 터였다.

특별한 날은 폭죽전문가를 불렀는데, 그들은 하늘에 정말 아름다운 부케를 만들어 주었다. 한번은 하늘의 절반쯤 되는 크기로 '니콜라이'라고 적은 적도 있었다. 그의 생일이었다. 조명탄을 쏘아 올리는 권총이 큰 소리를 내고 하늘에 그의 이름이 빛나는 동안 정작 니콜라이 자신은 뒷문 쪽으로 나가서 메모지에 무언가를 적고 있었다.

"왜 혼자 여기에 있어요?" 안젤라가 물었다.

"재미없어." 니콜라이의 대답은 간단했다. 그리고 잠시 생각하더니 덧붙였다. "다른 거에 정신이 좀 팔렸어."

그는 일에 정신이 팔렸고, 일은 얼마든지 많았다.

레나는 사랑에 굶주렸지만 원하는 걸 얻지 못했다. 그 공허함 때문에 괴로워했는데, 허기와 비슷한 거였다.

안젤라는 어떤가? 그녀는 행복에 굶주렸다. 그래서 행복을 향해 경건하게 나아가고 있었다.

뒷문 현관 계단에 앉은 니콜라이의 등이 구부정했다. 무언가를 끼적이고는 앞을 응시하다가 또다시 무언가를 썼다.

안젤라는 부자들의 삶은 파티와 유희 그리고 연애로 이루어졌다고 생각했다. 반면 그녀의 삶은 첫째도 노동, 둘째도 노동, 셋째도 노동이었다. 그것도 아침부터 밤까지. 밤에 잠깐 잠드는 것 빼고는 또다시 쳇바퀴 같은 삶이 시작되었다. 니콜라이는 자신의 삶이 마음에 들었다. 원하는 것은 언제든 이룰 수 있었다. 삶은 연극이고, 그는 그 삶의 연출가였다.

날이 어둑어둑해졌다. 니콜라이는 손전등을 켜고 메모지를 비추었다. 그리고 고개를 들어 안젤라에게 물었다. "왜 서 있어?"

"쉬는 중이에요. 숨을 고르고 있어요."

"나 어때?"

"무슨 말인지……." 안젤라가 이해할 수 없다는 듯 되물었다.

"남자로서 말이야."

"아뇨."

"왜지?"

"사장님은 남의 남편이잖아요."

"그게 어때서?"

"난 남의 거 탐하는 여자 아니에요."

"다들 괜찮다는데 왜 너만 싫대?"

"안 그런 사람도 있어요." 안젤라가 반박했다.

"내가 너무 늙어서 그런 거겠지."

"난 그런 말 한 적 없어요. 사장님이 말한 거죠."

"고단수인걸……." 그는 마지막 말을 하면서 안젤라에게 바짝 다가섰다. "네 머리에서 연기 냄새가 나."

"샤슬릭 냄새겠죠." 안젤라가 바로잡았다.

재스민 관목이 머리 위에 낮게 걸려 있었다. 니콜라이는 그녀의 입술에 키스했다. 그의 입술은 알료시카 셀리바노프의 입술처럼 거칠었다. 안젤라는 서서 키스가 끝나기를 기다렸다. 아무것도 못 느꼈다고 할 수는 없었다. 사실은 느낀 것 이상이었다.

나무 사이에 레나가 나타났다. 키스하는 남녀를 발견했다. 잠시 서 있다가 돌아갔다. 그들이 레나를 발견했다면 난처했을 것이다. 만약 그랬다면 그릇을 깬다든지 하면서 소란을 피워야 했다. 하지만 그들이 레나를 못 봤다면 파티를 계속 즐기고, 마시고, 취하고, 머리끝부터 발끝까지 술로 가득 채우면 그만이었다.

페레스트로이카 이후 정신과 의사를 찾아가는 게 유행이 되었다. 미국의 영향인지도 모른다. 니콜라이는 모르는 사람 앞에서 속얘기를 하는 것이 불편했다. 그 사람 앞에서 바지를 내리고 서 있는 것과 다르지 않았다. 그는 친구 게오르기의 아내 라이사에게 고민을 털어놓았다. 라이사는 남편보다 여섯 살 연상이었다. 처음에는 별로 차이 나 보이지 않았지만 세월이 지나면서 확실히 티가 났다.

라이사는 현명하고 인내심도 많고 마음이 넓은 사람이었다. 그녀는 사람들에게 자신의 시간, 경험, 마음을 나눌 준비가 돼 있으며, 온전히 상대의 입장에서 그의 이야기를 들어 줄 줄 아는 사람이었다. 니콜라이는 그녀가 젊고 예뻤다면 현명함이라든지 관대함 같은 도구가 필요하지 않았을 것 같다는 생각을 했다. 하지만 유감스럽게도 기본적인 몸이 따라 주지 않으니 대신 마음을 사용할 수밖에 없었다. 상당히 간단한 이치였다.

라이사는 빨래집게를 코에 꽂은 것처럼 듣기 거북한 비음으로 말했다. "부부에게 위기가 온 거예요. 그 위기가 지나가길 기다려야죠. 그리고 이겨 내야죠."

"그런 다음에는요?" 니콜라이가 진지하게 물었다.

"그런 다음에는 모든 것이 잠잠해지는 거죠. 그러면 가족을 지킨 자신이 대견해질 거예요. 레나에게는 인내심을 갖고 버텨 준 것과 버틸 힘을 가진 걸 고마워할 거고요. 그러고 나면 새로운 활력을 얻겠죠."

"내가 지금 노년기에 접어들었다는 얘기를 하고 싶은 거죠? 그러니까 순리를 거스르지 말고 수긍하며 살아라, 뭐 그런 거죠?"

"그런 뜻이 아니에요. 예전의 레나와 나눈 사랑은 땅속 깊숙이 문화층으로 사라질 거란 뜻이에요. 대신 다른 사랑이 찾아올 거예요. 그 사랑의 이름은 우정이죠."

"난 우정이 필요한 게 아니에요. 우정은 게오르기만으로 충분해요. 난 열정이 필요하다고요."

"열정은 돈을 주고 사면 되죠." 라이사가 지적했다.

"대가성이 있는 사랑 말고요. 나는 다시 태어나고 싶다고요. 바보 이반이 세 개의 솥에 들어갔다 나와서 젊은 이반 왕자로 변한 것처럼 그렇게 되고 싶다고요."

"당신의 솥들은 똥으로 가득 찼을 거예요. 그 안에서 헤엄칠지 말지는 당신이 결정할 문제죠."

니콜라이는 라이사의 조언이 마음에 들지 않았다. 그래서 굉장히 파격적인 정신과 의사를 추천받았다. 그녀는 어떤 사람을 만나도 대화가 통하며, 안경을 쓰고 모직 조끼를 입었다. 깡 마른 데다 자기 주장도 강해서 사회주의혁명당원이었던 마리야 스피리도노바를 연상시켰다. 게다가 돈도 많이 받지 않아서 니콜라이는 그녀가 훌륭한 의사일 거라고 생각했다. 니콜라이는 현대 의학계가 부패했다는 걸 알고 있었다. 요즘 의사들은 먼저 환자의 손을 보고, 그 이후에야 환자에게 시선을 돌렸다.

사회혁명당원처럼 보이는 그녀는 달랐다. 돈에 관심이 없었다. 중요한 것은 영감이었다. 니콜라이는 그녀의 정신에도 무언가 문제가 있어서 그녀 역시 의사가 필요할지도 모른다는 생각까지 했다.

"다 던져 버려요! 하나도 남김 없이!" 사회혁명당원이 요구했다. "오래된 가죽을 벗어 버리듯 과거의 삶을 청산하세요."

"그러면 아내와 아이들은 어쩌고요?" 니콜라이가 조금 겁먹은 목소리로 물었다.

"선생님의 아내에게도 그러는 편이 나아요. 추락하는 비행기에 같이 타고 있어 봤자 좋을 거 없잖아요. 불필요한 것들을 던져 버려요. 선생님은 결국 그 비행기에서 탈출해야 합니다. 아내는 사회에서 자기 자리를 잡을 수 있게 해 주세요. 그러면 자연스럽게 술도 끊을 겁니다. 당연히 외모에도 신경 쓸 테고요."

"애들은 어쩌고요? 나는 애들을 사랑해요."

"욕심도 많군요. 하긴 이기주의자에게 자식은 자기 자신의 일부죠. 선생님이 자식을 사랑하는 이유는 자식이 선생님의 일부이기 때문입니다. 이건 나쁘지 않아요."

사회혁명당원은 니콜라이가 듣고 싶은 말을 해 주었다. 그는 가슴 깊은 곳에 있는 애수로부터 탈출할 방법을 찾고 있었다. 하지만 그녀의 말은 뭔가 무서운 데가 있었다.

"나는 그들이 딱해요." 니콜라이가 고백했다.

"동정에 얽매이면 안 돼요. 아니면 돈으로 해결하든지. 돈이 해결책이 될 수 있어요."

"굉장히 뻔뻔하게 들리는군요."

"맞아요. 인생이 원래 그렇죠. 안 그러면 선생님도 잼병에 빠진 파리 신세를 면하지 못할 거예요. 나이가 어떻게 되죠?"

"쉰둘입니다."

"5년만 더 지나면 두 분은 서로를 지긋지긋해하는 노인으로 변할 겁니다. 뒤를 돌아보면 후회로 점철된 삶이 있죠. 그다음은 죽음을 기다리며 버텨야 하는 삶이 기다리고 있고요. 돈이 아무리 많아도 그런 삶을 피할 수는 없을 겁니다. 그때는 돈 자체가 필요 없어질 테니까요."

"왜 그렇죠?"

"돈은 원하는 걸 이루기 위해 필요한 겁니다. 그런데 늙으면 하고 싶은 일이 없어져요. 돈은 맛있는 음식을 먹을 때나 필요해지죠."

"어떻게 그렇게 잘 알죠?"

"알고 보면 굉장히 단순하거든요. 인간은 어린 시절, 유년 시절, 인생의 황금기를 지나서 쇠퇴기로 향하도록 프로그래밍되었어요. 그 후에는 자신이 차지한 공간을 비워 주는 거죠."

"말도 안 돼요." 니콜라이가 반박했다. "일본에서 열린 대표자 회의에 간 적이 있어요. 그 자리에 참석한 일본인이 있었는데, 아흔두 살이지만 몸이 깡말랐을 뿐 우아하고 싱싱한 오이처럼 활기차 보였어요. 그분은 자신을 노인이라 생각하지 않았고, 주변 사람들도 그를 노인처럼 대하지 않았어요. 주름이 많은 젊은이 같다고나 할까요?"

"아……." 사회혁명당원은 일부러 천천히 길게 말했다. "선생님은 앞으로 40년이나 남은 셈이군요. 그렇다면 더더욱 서두를 필요가 없겠는데요? 지금까지 하던 대로 자기 자신과 주변 사람들을 괴롭히면서 살면 되겠어요."

니콜라이는 고개를 숙인 채 앉아 있었다.

사회혁명당원은 안경 너머로 그를 쳐다보았다.

"인생은 너무 짧아요……." 니콜라이가 입을 열었다.

"아직 40년이나 더 살 계획이라면서요?"

"그것도 너무 짧은걸요……."

12월 초 니콜라이는 친구들과 함께 한여름의 기운을 받아 오기 위해 따뜻한 곳으로 떠났다. 비행기로 열두 시간 거리에 있는 곳이었다. 그는 노트북을 가져갔고, 열두 시간은 눈 깜짝할 사이에 지나갔다.

그곳은 정말 따뜻했다. 황금빛 모래와 따뜻한 바다, 푸른 나뭇잎까지 한마디로 천국이었다. 아내와 함께 온 친구들도 있고 애인을 데려온 이들도 있었다. 애인은 애인대로 상륙부대처럼 따로 존재했으니 이따금 거리를 두고 만나면 그만이었다. 모델 에이전시 소속의 다리가 길쭉한 시골 아가씨들인데, 니콜라이는 그들을 일회용 식기 다루듯 대했다. 한 번 먹고 버리는 식이었다.

하지만 니콜라이는 단순히 몸을 섞는 것보다는 사랑을 하고 싶었다. 인생은 짧고 거칠고 로코모티브처럼 가차 없다. 로코모티브에 대적할 수 있는 것은 수많은 감정의 낙차와 설렘, 질투를 동반하는 사랑뿐이다.

음식은 흠잡을 데 없이 훌륭했다. 숯불에 구운 생선과 수많은 종류의 랍스타와 닭새우. 과일은 아침 일찍 나무에서 따온 것들이라 모스크바에서 아제르바이잔 장사꾼들이 사다 파는 것과는 차원이 달랐다. 들리는 소문에 의하면 그들은 덜 익은 바나나를 사다 시체안치실에서 후숙하는데, 거기서 바나나가 죽은 사람들의 에너지를 빨아들인다는 것이다(물론 죽은 이들에게 에너지가 있다면 말이다).

친구들과의 교제 역시 햇볕을 받은 샴페인잔처럼 기쁨과 거품으로 가득했다. 이곳에는 사회적으로 성공하여 돈이 많은 사내부터 명랑하고 순진한 아가씨, 남편에게 꼭 필요한 안정감을 선사하는 똑똑한 아내까지 있었다. 현실과 마주할 수도 있고, 날개를 달아 훨훨 날아갈 수도 있었다. '아, 영원히 이렇게 살 수만 있다면……' 하지만 일주일이 지나자 니콜라이는 싫증이 났다. 춥고 습한 겨울이 있는 집으로 돌아가고 싶어졌다. 떠나기 전 며칠을 꾸역꾸역 버텼고, 비행기가 이륙하는 순간 다시 행복해졌다. 비행기 날개 아래에는 에메랄드빛 바다가 끝없이 펼쳐져 있었다. 비행기가 고도를 높이자 지구가 둥글다는 말이 이해되었다.

비행을 시작하고 열 시간이 지나서 그들은 쓰나미가 섬을 덮쳤다는 사실을 알았다. 그들이 묵던 호텔도 사라졌다. 사람들은 흙

탕물로 범벅이 된 파도 속에서 헤엄쳐 나오려 했고, 옆에는 큰 뱀과 짐승들이 헤엄치고 있었다. 짐승과 사람은 서로에게 관심을 보이지 않았다. 그들 모두에게는 '헤엄쳐 나가야 한다'는 목표가 있었기 때문이다.

니콜라이는 문득 '존재하다'와 '존재하지 않는다'를 구별하는 경계가 얼마나 부서지기 쉬운지 깨달았고, '해야 한다'와 '하면 안 된다'라는 관습에 얽매일 필요가 있는지 생각하기 시작했다. 따지고 보면 누구도 뭔가를 해야 할 의무를 갖지 않은 것 같았다. 사실 쓰나미가 그를 쓸어가 버릴 수도 있었고, 비행기와 함께 추락할 수도 있었고, 병에 걸릴 수도 있었고, 죽을 수도 있었다. 게다가 러시아 남자는 수명이 짧다.

니콜라이는 교외에 있는 집으로 갔다. 그가 올 줄 몰랐기에 다들 기쁘게 맞아 주었다. 마침 일요일이라 큰딸이 남편 로마, 아이와 함께 주말을 친정에서 보내고 있었다. 레나가 직접 점심을 준비했다. 그녀는 안 해서 그렇지 마음만 먹으면 얼마든지 맛있는 음식을 차려 냈다. 문제는 그녀가 요리하는 걸 좋아하지 않는다는 거였지만. 최근 몇 년간 그녀는 아무것도 하려 들지 않고 자신의 불행한 모습에 취해 있었다.

"안젤라는 어디에 있지?" 니콜라이가 물었다.

"내가 해고했어요." 아내가 짧게 대답했다.

"돌려놔." 니콜라이가 명령조로 말했다.

"내가 하면 돼요……."

"그러면 나도 나를 해고하겠소." 니콜라이는 접시를 밀어냈다.

"무슨 말을 하는 거예요?" 큰딸이 당혹스러워하며 물었다.

큰딸 이름도 레나였다. 니콜라이가 이 이름에 빠져서 이 이름 외에 다른 이름은 듣고 싶어 하지도 않은 적이 있었다.

"내가 나가지." 니콜라이가 선언하듯이 말했다. "지쳤어."

"아빠는 이제 막 휴가에서 돌아온 거 아니었어요?" 큰딸이 의아한 표정으로 물었다.

레나는 자신과 상관없는 일이라는 듯 대화에 끼어들지 않았다.

"나 혼자 살고 싶어." 니콜라이가 모두를 향해 말했다.

"새삼스럽게 왜 그러는 거죠?" 사위가 이해하기 힘들다는 듯 물었다.

"갑자기가 아니야. 오래됐어."

큰딸이 한마디 거들었다. "나는 지친 노예요. 오래전부터 도망 치려 했소⋯⋯."(푸슈킨의 시구-옮긴이)

"나한테는 일과 돈밖에 없어." 니콜라이가 지친 목소리로 말했다.

"내가 봤을 땐 그것만 해도 어마어마한걸요." 사위가 지적했다.

"아빠 새장가 들려고?" 딸이 원인을 캐내려 하고 있었다.

"절대 그런 일은 없어. 난 그냥 혼자 살고 싶어. 그게 다야!"

니콜라이는 갑자기 울기 시작했다. 턱이 떨리고 입술은 서러움에 일그러졌다.

작은딸은 그가 안쓰러웠다.

"엄마, 아빠가 떠나게 해 주세요." 작은딸이 아빠 편을 들었다.

"아빠, 가세요……."

이번엔 큰딸이 물었다. "어디 살 곳은 있고요?"

사위가 장인 대신 시무룩하게 대답했다. "벨라루스키 기차역이겠지."

니콜라이는 자리에서 일어나 계속 울면서 나가 버렸다.

성경에 "밖에 나가서 심히 통곡하니라."(누가복음 22장 62절-옮긴이)라는 말이 있다. 그리스도를 배반한 베드로를 두고 한 말이다.

니콜라이는 도시의 아파트에 혼자 살면서 양심의 가책에 시달렸다. 이 양심의 가책이라는 것이 마치 살아 있는 생명체처럼 그를 괴롭혔다. 차라리 아내가 히스테리를 부리고 큰 소리로 원망하고 그에게 모욕을 주고 손찌검을 하거나 무거운 물건을 던지는 편이 나을 것 같았다. 분노의 표출 말이다. 하지만 그녀는 한마디도 하지 않았다. 전화도 받지 않았다. 그런 식으로 남편을 철저하게 무시했다. 그래서 더더욱 괴로웠다. 큰딸에게 전화해서 상황을 설명하려고 했으나 잘되지 않았다.

그녀는 경멸 섞인 어조로 잘라 말했다. "아빠의 선택이잖아요. 자유를 원했으니 훨훨 날아가세요……. Volare oo……."

〈Volare oo Cantare〉는 한때 유행한 이탈리아 노래였다. 노랫말의 의미는 '나는 날아간다. 나는 노래한다'였다. 레나 2세는 빠르게 대화를 종료했다. 그녀는 엄마 편이었다.

니콜라이는 짧은 통화 종료음을 들으면서 '이제 진짜 볼라레 칸타레네.'라고 생각했다.

"개새끼들……."

정확히 누구에게 뱉은 말인지는 알 수 없었다. 사회혁명당원이
거나 가족이거나, 아니면 모두 다일 수도 있었다. 어쩌면 그가 하
는 사업에 끼어든 뻔뻔한 일리야 오흐리츠인지도 모른다. 실제로
그는 긁어 부스럼을 내고 있었다.

니콜라이는 매일 술을 마셨다. 출근해서도 문을 잠그고 술을
마셨다. 머릿속이 맥주를 끓이는 거대한 드럼통처럼 울렸다. 일
은 진전이 없었다. 돈은 돈대로 들어가면서 사업은 생각처럼 되
지 않았다. 자유의 대가는 컸다.

싸구려 안경테를 쓴 사회혁명당원은 승리의 기쁨으로 반짝이
고 있었다. 그녀는 자신의 프로그램을 다른 이의 삶에 강요하고
있었다.

"무슨 일이 있어도 재혼은 안 됩니다." 사회혁명당원은 공표하
듯이 말했다. "아내는 어디까지나 자녀를 낳기 위해 필요한 겁니
다. 선생님한테는 이미 자녀가 있어요. 그렇다면 아내가 필요한
게 아니라 애인이 필요한 겁니다. 양질의 오르가슴과 영감으로
충만한 비행이 필요한 거죠. 여자는 남자가 쉽게 질리도록 만드
는 경향이 있어요. 싫증 나면 애인을 바꾸세요. 절벽 근처에서 헤
엄치는 물고기처럼 삶을 누려 보세요. 만약에 모든 것이 싫증 나
면 그때는 홀로 고요한 심연에 갇혀 노후를 맞이하는 겁니다. 노
년도 인생에서 좋은 시기입니다. '자연이 우리에게 주는 것은 다
이유가 있다.'고 하지 않습니까?"

니콜라이는 레스토랑을 돌아다니며 저녁을 해결한 뒤 텅 빈 집에 홀로 돌아오곤 했다. 가끔은 여자를 데리고 들어올 때도 있었다. 그는 창녀가 아닌 정숙한 여자를 원했다. 하지만 정숙한 여자들은 불편한 점이 있었다. 집에 오자마자 내보내기 곤란해서 오랜 시간 때가 오기를 기다려야 한다는 점이었다. 아침까지 말이다. 니콜라이는 그들이 찾아올 때와 돌아갈 때, 즉 하루에 두 번씩 기뻤다.

하루는 차를 타고 가다 인도를 따라 걷는 안젤라를 발견했다. 재빨리 다가갔지만 가까이에서 보니 안젤라가 아니었다. 그냥 안젤라를 닮은 여자였다.

니콜라이는 늦은 시간 잠자리에 들었다. 그는 밤늦게까지 영화 보는 걸 좋아했다. 주로 미국 영화를 보는데, 미국 영화는 좋은 영화와 나쁜 영화로 나뉜다. 물론 미국인들은 두 부류 모두 완성도 있게 만들 줄 아는 능력을 갖췄다. 훌륭한 영화는 걸작에 가깝다. 불필요한 부분을 찾기 힘든 군더더기 없는 영화를 만들어 낸다. 반면 나쁜 영화의 경우 완벽하게 쓰레기 같다.

이번에는 잘 만든 액션 영화였다. 금발의 아가씨가 주인공인데 안젤라와 똑같이 생겼다. 그녀 역시 팔이 가늘고 가벼운 데다 어린 백조처럼 기다란 목이 돋보였다. '안젤라, 도대체 어디 있는 거야?'

니콜라이는 그녀를 작곡가 이고리 마카로프의 집에서 만난 걸 기억해 냈다. 휴대전화에서 이고리를 찾아 버튼을 눌렀다.

"자네 혹시 어디 가면 안젤라를 찾을 수 있는지 아나?"

"안젤라라니, 이번엔 또 누구야?" 이고리는 기억해 내지 못했다.

"자네한테 노래를 써 달라고 했던 아가씨 말이야."

"아…… 그 플라친다 말이지? 잠깐만……."

이고리는 키라 세르게예브나의 집 전화번호를 불러 주었다. 번호는 모두 일곱 개였다. 굉장히 단순한 번호여서 외우고 말고 할 것도 없었다.

니콜라이는 전화를 끊고 어렵게 얻어 낸 일곱 개 번호를 눌렀다. 중년 여자가 전화를 받았다. 니콜라이는 목소리만으로도 대화 상대가 누군지 짐작할 수 있었다. 목소리는 나이라든지 지식, 심지어 성격까지 많은 정보를 내포하는 법이다.

"여보세요." 키라 세르게예브나가 전화를 받았다.

"실례지만, 안젤라 좀 바꿔 줄 수 있을까요?" 니콜라이는 최대한 공손하게 부탁했다.

"실례지만 누구시죠?" 키라 세르게예브나가 갑작스런 전화에 놀란 듯했다.

"니콜라이 페트로비치 일린이라고 합니다." 니콜라이가 자기 소개를 했다.

"무슨 일이죠?" 키라 세르게예브나는 다소 집요하게 물었다.

"개인적인 일입니다만."

"구체적으로 어떤 일이죠?"

니콜라이는 "꺼져!"라고 외치고 싶은 걸 예의가 아닌 것 같아 꾹 참았다. "안젤라한테 내가 전화했다고 전해 주세요. 그럼 안녕히 계세요.”

키라 세르게예브나는 전화를 끊고 남편에게 말했다. “돈 많은 사업가한테서 온 전화예요.”

“돈 많은 사업가라니 누굴 말하는 거요?” 인노켄치가 못 알아들었다는 듯 되물었다.

“예전에 일하던 집 남자요. 그 아이를 애인으로 만들고 싶은가 봐요.”

“그렇게 말했어?”

“바보예요, 그렇게 말하게? 내 촉이 그렇다고요…….”

“그 사람 나이가 어떻게 되지?” 인노켄치가 물었다.

“아내가 오십인데 또래니까 그 남자 나이도 그쯤 되겠죠.”

“안젤라가 뭐가 아쉬워서 그런 늙은이를 만나나?” 인노켄치가 알 수 없다는 듯 말했다.

“젊은 애들 만나서 좋을 건 또 뭐예요? 괜히 못된 놈이나 걸려들면 단물 다 빨아먹고 에이즈나 감염시키겠죠.”

“왜 그런 식으로 말하나, 당신은? 그 아이가 창녀도 아니고.” 인노켄치는 안젤라가 자기 딸이라도 되는 것처럼 속상해했다.

“정숙한 여자들은 병에 안 걸린답니까? 나이는 좀 있어도 든든한 파트너가 옆에 있는 편이 낫죠. 경제적으로 도움도 줄 테고요. 그렇게 해서 자립하고 혼자 잘 살 수 있는 힘을 키운 뒤에 좋아하는 사람 만나서 장가가도 늦지 않아요.”

“시집가는 거겠지.” 인노켄치가 아내의 말을 바로잡았다.

“그게 그거죠.”

"당신 생각도 충분히 납득되지만 너무 뻔뻔한 거 아닌가?" 인노켄치가 지적했다. "창녀와 다를 게 없잖소. 돈을 받고 자기를 파는 것과 뭐가 다르지?"

"지금 그 아이 생활을 보고도 그런 말이 나와요? 가사도우미잖아요. 푼돈 받고 자신을 팔아 산다고요. 필요한 돈을 벌려면 얼마나 일해야 할 것 같아요?"

"뭐 하는 데 필요한 돈이지?" 인노켄치가 이해하지 못했다는 듯 아내에게 물었다.

"유명해지는 데 필요한 돈이죠. 가수가 되고 싶다잖아요."

"재능만 있으면 되는 거 아닌가? 돈을 꼭 써야 하나?"

"그럼 누가 그 애의 재능을 알아보죠? 가족이 모인 자리에서 노래해 봤자 누가 알아주나요? 스타로 뜨려면 스폰서가 필요해요."

"당신이라면 스폰서를 만나는 데 동의했을까?" 인노켄치가 물었다.

"누가 나 같은 사람한테 돈을 쓰기나 한대요?"

"젊을 때라면?"

"글쎄요……." 키라 세르게예브나는 생각에 잠겼다가 말을 이었다. "우리가 블록 시공으로 지은 아파트를 사고 600제곱미터짜리 별장을 마련하고 자동차 지굴리(소련제 소형 자동차―옮긴이)를 장만하는 데 걸린 시간이 자그마치 30년이에요. 30년 동안 이 알량한 재산을 마련하느라 등골이 빠지도록 일했어요. 그런데 이 남자는 제 발로 찾아와서 한꺼번에 다 준다잖아요."

"당신은 그냥 등골이 휘도록 일만 한 게 아니잖소." 인노켄치가 반박했다. "당신은 일과 자신의 작가들을 사랑했고, 그들의 운명에 일조했고, 많은 사람의 존경을 받잖소."

"뭘 그렇게 거창하게……." 키라 세르게예브나는 한 손을 저으면서 부인했다.

그녀는 두 부류의 남편이 존재한다고 생각했다. 첫 번째 부류는 아무짝에도 쓸모없는 사람이고, 두 번째 부류는 돈 많은 남자였다. 아무짝에도 쓸모없는 남편은 아내한테 붙어서 살아간다. 그러면 여자는 둘이서 함께 움직이는 느낌이 든다. 물론 힘든 일이다. 반면 돈 많은 남자는 자기가 원하는 대로 행동하고 무례하며 결국은 아내를 버린다. 무거운 짐을 홀로 지고 가는 당나귀로 살 것인지, 자기를 마구 짓밟고 척추를 부러뜨려도 참고 살 것인지 선택은 각자의 몫이다. 물론 지조와 성공 두 가지를 다 갖고 싶은 게 사람 마음이다. 하지만 하나를 가지면 하나를 잃는 법이다.

안젤라는 가게에 다녀왔다. 더 정확히는 가게 몇 군데를 돌며 가루비누와 당근을 사 왔다.

"주인집 남자가 전화했어. 너를 찾던데." 인노켄치가 알려 주었다. "전화 달라고 했어. 번호도 알려 주었고."

"안 할래요." 안젤라는 덜컥 겁이 났다.

레나는 안젤라에게 도둑질 혐의를 씌워 집에서 쫓아냈다. 그녀의 다이아몬드 펜던트가 없어졌다며, 자기가 무슨 마르고 왕비라도 되는 것처럼 굴었다. 안젤라는 그녀가 말하는 펜던트를 본 적도 없지만 굳이 결백을 밝히고 싶지도 않았다.

전화벨 소리가 울렸다. 안젤라는 그 소리가 잦아들기를 기다렸지만 전화벨은 울리고 또 울렸다.

"전화 받아!" 인노켄치가 버럭 소리를 질렀다.

안젤라는 수화기를 들었고, 수화기 저편에서 니콜라이의 목소리가 들렸다.

"잘 안 들려요!" 안젤라가 소리 질렀다.

"들리는 거 알아." 주인집 남자가 말했다. 그의 목소리는 다정했다.

"무슨 일이죠?" 안젤라는 잔뜩 경계하는 목소리로 물었다.

"까칠하긴."

"그게……." 안젤라는 망설이며 입을 열었다. "나한테 원하는 게 뭐죠?"

"저녁이나 하지."

"무슨 음식으로 준비할까요?"

"이번에는 내가 널 레스토랑에 초대할 거야. 음식은 주문해서 먹으면 돼……. 사는 곳이 어디지?"

"노바토로프가 6번지예요. 그런데 그건 왜요?"

"출입구는?"

"세 번째예요. 그런데 그건 자꾸 왜 묻죠?"

"8시에 1층으로 내려와."

"아침이요?" 안젤라가 이해하지 못했다는 듯 물었다.

"누가 아침부터 레스토랑에 가나? 저녁 8시지."

"키라 세르게예브나 선생님한테 물어볼게요."

"뭘?"

"가도 되는지요."

"넌 성인이야. 그 정도는 스스로 결정할 수 있는 나이라는 뜻이지. 11시까지 집에 바래다줄 테니까 걱정하지 마."

"어머!" 자기도 모르게 입 밖으로 새어 나왔다.

'어떻게 저렇듯 순진할 수가 있지? 암튼 마음에 들어!' 니콜라이는 웃으며 생각했다.

레스토랑은 돌을 깔아서 바닥을 꾸몄는데, 손님이 하나도 없이 텅 비어 있었다. 기차역처럼 공명이 좋았다. 흑인 청년이 다가와 유창한 러시아어로 어떤 와인을 원하는지 물었다. 그는 니콜라이가 와인의 이름을 알려 주자 고개를 끄덕였다.

"혹시 모스크바에 사나요?" 안젤라가 물었다.

"미치시(모스크바주의 도시-옮긴이)에 살죠." 흑인이 정정했다.

"맙소사." 안젤라는 놀란 티를 내지 않으려고 애썼다.

흑인이 자리를 떠났다.

웨이트리스가 초록색 오일과 바삭바삭한 빵을 내왔다.

"그런 거 먹으면 입맛 없어." 니콜라이가 조언했다.

"먹지도 못할 거 왜 갖다 준 거예요?" 안젤라가 알 수 없다는 듯 물었다.

그녀는 니콜라이를 쳐다보았다. 아내가 옆에 없을 때는 뭔가 달라 보였는데, 좀 더 젊어 보이기도 하고 좀 더 매력적으로 보였다. 그는 독립적으로 보였고, 그래서 더 매력적으로 느껴지는 듯

했다. 하지만 안젤라는 그의 딸뻘이었다. 더 정확히는 손녀뻘에 가까웠다. 아버지, 그것도 이제 막 할아버지가 되려고 하는 아버지 말이다.

흑인이 와인병을 가져와서 두 사람에게 따라 주었다. 니콜라이는 입에 한 모금 넣고 음미한 뒤 긍정의 의미로 고개를 한 번 끄덕였다. 마치 하나의 의식처럼 보였다. 안젤라 역시 맛을 보았다. 시큼한 맛 그 이상도 그 이하도 아니었다. 얼마든지 뱉을 준비가 되어 있었지만 자리가 자리인 만큼 그러지는 못했다. 흑인은 와인병을 두고 자리를 떠났다.

"너를 원래 자리로 돌려놓고 싶어." 니콜라이가 건배를 대신하여 말했다.

"싫어요!" 안젤라는 단번에 거절했다. "옐레나 미하일로브나 밑에서 다시 일할 생각은 없어요. 그녀는 거짓말쟁이예요. 얼굴하나 안 붉히고 거짓말을 하는 사람이에요."

"레나와는 상관없는 일이야. 이제부터는 모스크바의 아파트에서 일하면 돼."

"사모님도 아는 일인가요?"

"상관없는 일이라니까. 우린 지금 별거 중이야."

'어딜 가나 똑같군.' 안젤라의 부모님도 떨어져 살았다.

"내가 뭘 하면 되죠?" 안젤라가 관심을 보였다.

"예전과 똑같아. 요리하고 청소하고."

"휴일도 있나요?"

"네가 원한다면 그렇게 해 줄게."

"거기에서 같이 사는 건가요, 아니면 출퇴근하는 건가요?"

"그것도 네가 하고 싶은 대로."

"급여는요?"

"그것도 네가 원하는 만큼……." 니콜라이는 미소 지으며 대답했다.

그는 편안하고 행복해 보였다. 흥정하기에 가장 적합한 타이밍이었다. 하지만 안젤라는 자기가 먼저 돈 얘기를 하는 게 민망했다.

"잘…… 모르겠어요……. 사장님은 혼자인 데다 해야 할 일도 많이 줄어들었으니……."

"나 혼자 아닌데. 네가 나랑 같이 있잖아." 니콜라이가 그녀의 말을 고쳐 주었다.

"나를 건드릴 건가요?" 안젤라가 갑자기 생각난 듯 물었다.

"그것도 네가 원하는 대로……."

꼭 옛날이야기의 주인공이 된 기분이었다. 자신이 신데렐라가 아닌 공주로 초대받은 것만 같았다.

악사 셋이 다가왔다. 한 명은 건반 악기를, 다른 한 명은 타악기를, 나머지 한 명은 기타를 들고 있었다. 기타리스트는 조각한 것처럼 멋진 입을 가진 사람이었다. 그녀가 프로듀서를 찾아갔을 때 거기서 본 적이 있었다. 안젤라는 '그때 프로듀서와 일이 잘 안 됐구나.'라고 생각했다. 스타가 될 정도의 돈은 없다는 뜻이었다. 하지만 레스토랑에서는 크게 애쓰지 않아도 일할 수 있었다.

안젤라는 음악가들에게 다가갔다. 그리고 연주하는 모습을 빤히 쳐다보았다. 그들은 젊었고 음악을 전문적으로 배운 이들이었다. 안젤라의 시선에 아랑곳하지 않고 자기 할 일을 했다. 기타리스트는 늘어뜨린 양손으로 기타를 쥐고 머리를 숙인 채 음을 조율했다. 안젤라는 갑자기 그가 안쓰러웠다.

안젤라의 눈이 반짝이기 시작했다. 하지만 기타리스트는 아무것도 보거나 느끼지 않았다. 그는 현에 손을 얹고서 눈을 살짝 감고 연주하기 시작했다. 명상하듯 몸을 살짝 흔들기도 했다. 타악기 연주자도 합류했다. 건반 악기를 연주하는 사람이 솔리스트여서 노래를 부르기 시작했다. 그 역시 관객을 전혀 의식하지 않고 차분히 노래했다.

웨이트리스가 니콜라이에게 다가와 메인 요리를 서빙했다.

집으로 돌아갈 때가 되었다.

얼마 후 안젤라는 니콜라이가 혼자 지내는 모스크바의 아파트에서 살기 시작했다. 레나가 억울하게 내쫓지만 않았어도 안젤라가 레나의 영역을 침범하는 일은 결코 없었을 것이다. 레나는 그녀를 절도범으로 내몰아 수치스럽게 내쫓았다. 그녀가 "나 질투 나."라고 솔직하게 말했다면 안젤라도 그 마음을 이해하여 스스로 떠났을 것이다. 하지만 레나는 작정하고 그녀를 모욕하고 발로 짓밟고 벽에다 납작하게 문질렀다. 안젤라는 자존심이 있는 독립된 인격체가 아니라 도둑년에 평민이고 시골 촌구석에서 올라온 알코올 중독자의 딸이니 그렇게 해도 된다고 생각한 것이었다.

그대로 기죽을 안젤라가 아니었다. 이제 막 피어나기 시작한 터, 꽃향기가 나오고 모든 벌이 그녀의 향기를 쫓아 몰려들었다. 반면 레나라는 꽃은 우울하고 하루가 다르게 시들어 갔다. 이제 남은 건 연민뿐인데 그것으로 자신의 매력을 어필하기엔 큰 한계가 있었다. 관계를 오래도록 유지하려면 열정이 필요했다. 열정이 있으면 멀리 가지는 못할지라도 최소한 빨리 갈 수는 있는 법이다.

니콜라이가 집을 나왔다는 소식은 굉장히 빠르게 퍼졌다. 돈 많은 중년 남자가, 그것도 바른 생활을 하는 사내가 한창 나이에 아내와 떨어져 사는 것이었다. 문자 그대로 그를 사로잡기 위한 사냥이 시작되었다. 전화와 초대 그리고 노골적인 제안이 줄을 이었다. 젊고 배울 만큼 배운 여자들이 손바닥에 있는 알약처럼 자기를 어서 삼켜 주기를 기다렸다. 니콜라이는 손으로 집어서 입에 털어 넣고 물만 마시면 되는 것이었다. 하지만 니콜라이가 원하는 사람은 성숙하고, 가치관이 뚜렷하고, 남자 경험도 장점도 많고, 훈장을 주렁주렁 매단 여자가 아니었다. 그는 천진난만하게 세상을 바라보는 때 묻지 않은 아이 같은 여자인 안젤라가 필요했다.

그녀는 니콜라이 옆에서 마치 짐승 새끼처럼 조용히 잠들었다. 그녀의 숨결은 가볍고도 깨끗했다. 그는 그녀의 얼굴을 마주 보며 잠이 들곤 했다. 그가 꾸는 꿈 역시 그녀처럼 가볍고 깨끗했다.

아침 무렵 안젤라는 오줌이 마려워서 잠을 깨곤 했다. 그녀는 아침 햇살을 받으며 실오라기 하나 걸치지 않은 채 작고 부드러운 가슴, 가느다란 발목과 팔목, 동그란 엉덩이를 드러내며 화장실로 갔는데 그 모습이 너무도 완벽해서 혼자 보기 아까울 정도였다. 니콜라이는 한편으론 아버지처럼 너그러운 마음이 들면서 또 한편으로는 남자의 열정을 느꼈다. 그는 젊었을 때도 이렇듯 강하고 잘생기지 않았다. 어쩌면 그가 그렇게 느끼고 싶었는지도 모른다. 그리고 영원히 이럴 것만 같았다. 지금 그는 자기 삶의 주인이고, 따라서 그가 모든 걸 결정했다.

니콜라이는 운명 대신 자기 자신을 믿었다. 이제 그에게 가장 소중한 건 삶이었고, 그 삶에서 가장 소중한 것은 젊음이었다. 무엇보다 중요한 사실은 그가 이것을 소유하고 있다는 점이었다. 그는 보물을 약탈했다. 안젤라가 그의 보물이었다. 이따금 아내와 아이들의 모습이 잠재의식 어딘가에 아른거려서 기분이 상하곤 했다. 하지만 그러다가도 금방 잊어버렸다. 니콜라이는 양심의 가책에서 자유롭기 위해 돈을 썼다.

가족들은 그가 주는 돈을 받으면서 그의 외도가 오래가지는 않을 거라 생각했다. 니콜라이가 자신의 실수를 깨닫고 돌아오기를 기다렸다. 유일하게 위험한 일이라면 애인의 임신이었다. 아이를 낳는다면 이야기가 달라진다. 아이가 생기면 오랫동안 그를 잃을 가능성이 높았다. 어쩌면 영원히 잃을 수도 있었다.

안젤라는 임신했지만 낙태를 선택했다.

"바보!" 키라 세르게예브나가 안타까운 듯이 말했다. "아이만 낳으면 그를 오래도록 옆에 둘 수 있는데, 그런 좋은 기회를 놓치다니. 결혼까지도 할 수 있었을 거라고."

"뭐 하러 그렇게 해요?" 안젤라는 그녀의 말뜻을 이해하지 못했다.

"아이란 말이다, 평생 받는 연금이라고 생각하면 돼. 네가 늙어 죽을 때까지 너한테 돈을 대 줄 수 있는 구실이란 말이지."

안젤라는 노후를 생각하지 않았다. 노년은 그녀에게 너무 먼 미래였으니까…….

니콜라이는 안젤라가 아이를 낳을 거라고 확신했다. 돈 많은 친구들을 보면 애인들이 앞 다투어 아이를 낳았다. 하지만 안젤라는 그들과 달랐다.

"아이는 언제든 또 낳을 수 있어요." 그녀가 차분하게 말했다. "아이를 낳기 전에 먼저 나 스스로 다시 태어나야 해요."

니콜라이는 안젤라를 사유화하고 싶은 동시에 그녀로부터 자유로운 존재이길 원하는 두 가지 마음을 갖고 있었다.

"왜 애를 지웠지?" 니콜라이가 물었다.

"낳아서 어쩌려고요?" 안젤라가 정말 궁금하다는 듯 말했다. "난 무일푼인걸요."

"당신한텐 나와 내 아파트가 있잖아."

"그렇게 보니 굉장히 많네요. 하지만 난 당신 아내가 경찰과 함께 찾아와서 나를 이 아파트에서 쫓아낼까 봐 그게 늘 두려워요."

"난 레나에게 별장을 주었어."

"그래도 사모님이 가진 권리는 엄청나잖아요. 나는 한쪽 다리만 걸쳤으니 언제든 떠날 수 있는 존재죠. 게다가 시골 출신이고요. 낙하산이기도 하죠."

"넌 가수가 될 거고, 나라 전체가 너를 알아보는 날이 올 거야." 니콜라이가 상기시켰다.

"나라는 나라이고 난 나예요. 나는 내 집에서 기뻐하든 슬퍼하든 하고 싶어요."

"아파트 한 채 사 줄까?" 니콜라이가 물었다.

"아파트는 뭐 하려요? 캄무날카(공동주택-옮긴이)의 방 한 칸만 있으면 되죠."

"나는 어쩌고?"

"캄무날카의 방 한 칸에서도 함께 살 수 있는 거 아닌가요, 안 그런가요?"

니콜라이는 머릿속으로 혼잣말을 했다. '캄무날카는 젊은 사람들한테나 어울리지. 그들은 어디에 사는가는 중요하지 않다. 중요한 건 누구랑 사느냐일 테니까. 젊은 시절이란 참 쉽게 행복해지는 때로군.'

니콜라이는 안락한 삶에 익숙해져 버렸다. 가난은 생각만으로도 우울해졌다. 그의 나이와 사회적 지위를 고려했을 때 캄무날카의 기다란 복도를 걸을 때마다 이웃들이 자신을 향해 던질 '오, 늙은 사내가 나왔군……' 따위의 시선을 견뎌 낼 자신이 없었다.

안젤라의 어머니인 알코올 중독자 나타샤도 딸이 사는 집을 보러 왔다. 물론 안젤라의 집에서 묵었다. 달리 갈 데가 없으니 당연

한 일이었다. 니콜라이는 지금껏 단 한 번도 남을 집에 들인 적이
없었다. 그는 나타샤를 위해 호텔을 예약하고 하루에 200유로를
지불했는데, 파리나 취리히보다 높은 금액이었다.

나타샤는 혼자 호텔에 앉아 있기도 심심했지만, 혼자 있다가
술이라도 입에 댈까 봐 겁이 났다. 그래서 아침 일찍 안젤라를 찾
아와 하루 종일 빈둥거리다 저녁에는 TV를 보았다. 안젤라는 엄
마와 함께 있는 것이 힘들었지만 쫓아내지 못했다. 낳아 준 분에
대한 예의라고나 할까…….

니콜라이는 '가슴속에 황금빛 먹구름이 하룻밤 묵어가던 늙은
절벽('인간의 고독'을 노래한 러시아 작가 레르몬토프의 시구-옮긴이)'처럼 깊
고 깊은 생각에 잠겼다. 그가 아는 한 친구들은 전부 애인에게 집
을 사 주었다. 사랑하는 대가인 셈이었다. 그도 못 할 건 없었다.
게다가 안젤라는 돈 때문에 의도적으로 접근하거나 그의 영역에
침범해서 주인 행세를 하는 뻔뻔한 여자들과 달랐다. 그를 압박
하지도 않고 자식을 내세워 협박하지도 않았다. 사랑스러운 데다
황금빛 먹구름처럼 우아한 여자였다. 그녀는 그의 삶을 아름답게
만들고 그의 삶에 의미를 부여해 주었다.

니콜라이는 이 문제를 맡기기 위해 몇몇 유능한 부동산업자를
불러들였고, 몇 가지 제안이 나왔다. 부동산 시장이 지나치게 과
열되면서 집값이 많이 올랐다. 그렇다고 수도에서 떨어진 외곽
의 집을 사고 싶지는 않았다. 이왕 돈을 쓸 거면 나중에 필요할
때 손해 보지 않고 팔 수 있도록 현금화하기 쉬운 아파트를 사
는 편이 나았다. '이왕 술을 마시기로 했으면 마지막 오이를 꺼

내서 안주 삼아라.'라는 말처럼. 물론 이것이 마지막 남은 오이
는 아니었다.

니콜라이는 아파트를 사는 데 들어간 50만 달러 외에도 꽤 많
은 돈을 써야 했다. 알코올 중독자 나타샤의 집도 살 수밖에 없었
는데, 안 그러면 온종일 안젤라의 집에서 빈둥거릴 터였다. 결국
주택가에 위치한 허름한 원룸을 샀다. 물론 허름하다는 것은 그
의 기준일 뿐 나타샤에게는 지상천국이나 다름없었다. 욕실과 화
장실, 가스레인지가 있는 부엌에 창밖에는 사계절 내내 푸른 숲
공원이 펼쳐져 있었다.

나타샤는 니콜라이에게 고마워하지 않았다. 어차피 돈 많은 사
람이니 그 정도 쓰는 건 일도 아니다 싶었던 것이다. 그게 뭐가 대
수라고……. 돈이 뭔가? 종이 아닌가? 하지만 아파트는 부동산이
고, 아파트는 테러의 위협만 아니라면 파괴될 염려가 없었다. 게
다가 테러리스트가 별로 중요하지도 않은 이런 동네까지 찾아올
리 만무했다. 무슨 꿀단지라도 두고 갔거나 그들이 찾는 누군가
가 숨어 있다면 모를까…….

가사와 곡이 만나서 온전한 작품이 완성되었다. 이 가사에 다
른 곡이 있을 수 없듯이 이 곡에 다른 가사를 생각할 수 없었다.
이제 스튜디오에서 CD에 녹음하는 일만 남았다. 작곡가는 전화
로 가야 하는 곳의 주소와 담당자 이름을 알려 주었다.

안젤라는 그가 말한 곳에 가서 그가 알려 준 사람을 찾았다. 음
향감독은 자신을 격의 없이 '파샤'라고 소개했다. 물론 그는 이미

오래전부터 파빌 페트로비치(파빌은 이름이고 페트로비치는 부칭인데, 러시아에서 사회적 지위나 신분이 있는 사람은 이름과 부칭을 합쳐서 부른다. 파샤는 파빌이라는 이름의 애칭이며 격의 없이 부를 때 사용한다.-옮긴이)였음에도 불구하고 말이다. 안젤라는 나이 지긋한 아저씨가 머리를 길게 기르는 거라든가 자기 이름을 애들처럼 애칭으로 소개하는 게 이해되지 않았다.

우려와 달리 파샤는 굉장히 예의 바르고 시간 관념이 확실한 사람이었다. 그는 무엇을 해야 하는지 짧고 명료하게 설명해 주었다. 안젤라는 그의 설명을 듣고 나서야 안심할 수 있었다.

비용은 전부 니콜라이가 부담했다. 안젤라는 이제 그에게 돈 받는 걸 미안해하지 않았다. 물론 처음에는 어려워했다. 하지만 모든 일이 그렇듯 처음이 힘들지 그다음부터는 익숙해지기 마련이었다.

가장 많은 돈을 요구한 건 편곡자 알렉스였다. 그는 말수가 적었다. 필요 이상의 말은 하지 않았다. 게다가 자기 분야에서는 훌륭한 전문가였고, 이 역시 그의 장점이었다.

CD는 준비되었다. 하지만 그다음에는 어떻게 해야 할지 알 수 없었다. 마르크 타마르킨에게 갖다 준다? 안젤라는 그에게 모욕을 당한 적이 있었다. 하지만 그녀가 아는 프로듀서는 마르크밖에 없었다. 그리고 '서운했다는 걸 곱씹어 봐야 무슨 도움이 되는가?'라고 생각했다. 서운한 마음은 이제 접어야 한다. 목표를 위해서라면 그런 감정들을 과감하게 내려놓아야 한다. 킬리만자로의 눈이 밝게 빛나는 정상으로 기어서 올라가야 한다. 물론 니콜라이는 굉장히 믿음직해서 돌벽과 같았지만, 영원히 계속되리라는 보장은 없었다. 게다가 아무리 돌벽이라도 그 뒤에만 앉아 있는 건 지루한 법이었다.

안젤라는 미리 약속하지도 않고 전화 한 통 없이 곧장 사무실을 찾아갔다. 마침 마르크 타마르킨이 사무실에 있었다. 방은 텅 비었고 전에 본 발레나 할 것 같은 사람도 보이지 않았다.

마르크는 고개를 들고 질문했다. "무슨 일로 왔나?"

"CD를 갖고 왔어요." 안젤라는 CD를 내밀었다.

"잘했어." 마르크가 칭찬했다. "들어 보고 전화하지."

"지금 들어 볼 수는 없나요?"

"지금은 머릿속이 복잡해. 지금 이 상태로는 집중할 수가 없어." 마르크가 냉정하게 설명했다.

"참 인색한 분이군요. 선생님이 해 오라는 대로 다 해 왔는데. 이거 만드는 데 반년이 걸렸어요. 선생님은 듣는 데 1분이면 되잖아요……." 안젤라가 서운한 듯 말했다.

"알았어." 결국 마르크가 고집을 꺾었다. 그는 CD를 컴퓨터에 집어넣었다. 첫 번째 코드가 공기를 갈랐다. "알렉스가 편곡했나?"

"어떻게 알았어요?" 안젤라가 놀랐다는 듯 되물었다.

"필체를 보면 알지."

그때 옆문에서 스타스가 나타났다. 그들은 말없이 노래를 듣고 나서 짧게 시선을 나누었다. 안젤라는 이 짧은 순간에 두 사람이 그녀의 노래를 마음에 들어 한다는 걸 눈치챘다. 아니, 마음에 들어 하는 것 이상이었다.

그들은 하던 일을 멈추고 낚싯대로 대어를 낚은 어부처럼 집중해서 노래를 들었다.

"한번 해 볼 만하겠는데……." 마르크가 건성으로 말했다.

"올해는 힘들고." 스타스가 거들었다.

그들의 각본대로라면 안젤라가 초조해하면서 매달려야 했다. 하지만 이상하게도 그녀는 아무 말이 없었다. 그들의 행동은 카드놀이에서 어설프게 사기를 치는 사람들 같았다. 그녀를 자기네 속임수의 희생양쯤으로 여긴 것이다. 한마디로 그녀를 순진한 바보라고 생각했다.

"힘들다면 할 수 없죠." 안젤라가 차분하게 말했다. "다른 프로듀서를 찾아보죠."

"프로듀서가 길바닥에 깔려서 네가 찾아 주기만 기다린다고 생각하나 보지?" 마르크가 코웃음을 쳤다.

"길에 깔려 있는지 어떤지 모르겠지만, 프로듀서가 세상에 단한 명만 있는 건 아닐 테니까요……."

마르크는 입을 다물었다가 단호하게 말했다. "알았어. 내가 너를 키워 주지. 하지만 처음 5년간은 내가 수익의 75퍼센트를 갖고 네가 25퍼센트를 갖는 방식으로 일할 거니까 알아 둬. 그 후에는 반대로 내가 25퍼센트를 갖고 네가 75퍼센트를 갖는 조건으로 바꿀 거야."

안젤라는 입을 다물었다. 그의 말뜻을 이해하는 데 시간이 필요했기 때문이다.

잠시 후 그녀가 물었다. "무슨 그런 경우가 있어요? 그 말인즉 내가 선생님을 위해 일해야 한다는 뜻이잖아요."

"너한테 돈을 투자하는 사람은 나니까. 50만 달러 가까이 쏟아 부을 거야. 뮤직비디오, 광고, TV 출연에 이어 노래를 라디오 랭킹 순위에 올려야 해. 안무가와 메이크업 아티스트를 섭외하고 콘서트용 의상을 구입하는 돈도 들어……. 너는 내가 투자한 이 돈을 공연 등으로 벌어 와야 하고……."

"푸가초바(러시아의 원로 가수-옮긴이)도 프로듀서 밑에서 일했나요?" 안젤라는 생각나는 대로 물었다.

"첫째, 푸가초바는 소련 시절에 활동을 시작했고, 당시는 사회주의 체제였어. 너는 소련이 해체된 후에 활동하는 거고. 게다가 지금은 자본주의 체제야. 하늘과 땅 차이라고 할 수 있지. 둘째, 푸가초바는 카리스마가 있어. 네 목소리는 그냥 호루라기 소리 그 이상도 그 이하도 아니고."

"생각 좀 해 볼게요." 안젤라는 시무룩하게 말했다.

스타스와 마르크는 시선을 나누었다. 잡은 물고기를 놓칠 수도 있는 상황이었다.

"그러든지." 마르크가 말을 이었다. "시간은 얼마든지 있으니까. 물론 프로듀서가 한둘은 아니지. 하지만 너 같은 사람도 널렸다는 걸 알아야 해. 네가 뭐 그렇게 특별한 줄 아나 보지? 넌 그들 중 한 명일 뿐이야."

"선생님한테 나는 수많은 사람 중 하나에 불과하겠죠. 하지만 우리 집에서 난 하나밖에 없는 외동딸이에요. 어떤 관점으로 보느냐에 따라 달라지니까요."

안젤라는 CD를 챙겨서 나왔다.

바로 집에 가고 싶진 않았다. 누군가에게 오늘 일을 얘기하고 상의할 필요가 있었다. 무엇보다 어서 빨리 킬리만자로의 눈이 있는 데까지 가고 싶었다. 문제는 반짝이는 하얀 눈 주변에 오물이 너무 많다는 거였다. 물론 피해 갈 수도 없었다.

키라 세르게예브나가 공식적으로 일하는 날은 월요일이었다. 다른 날은 집에서 컴퓨터 앞에 앉아 일했다. 그녀는 안젤라를 반갑게 맞이했다. 일할 때 누군가 찾아와서 머리를 식히는 게 좋았다. 자신이 누군가를 도와주는 것도 좋아했다.

키라 세르게예브나는 안젤라의 말을 끝까지 듣고 나서 말했다. "그들은 커미션을 받고 일해. 어떻게 해서든 이윤을 남겨야 하니까. 돈은 프로듀서가 가장 잘 벌지. 그들은 마이아미 해변에 집을 갖고 있어."

"헐……." 안젤라는 충격을 받았다.

"원래 작가보다 출판업자가 돈을 더 잘 버는 법이거든. 작가나 가수는 피고용인이야. 프로듀서는 고용인이고."

"그래도 불공평해요." 안젤라가 언짢은 듯 말했다. "가수나 작가에겐 재능이 있는데, 프로듀서가 하는 일은 그냥 사서 파는 것밖에 없잖아요."

"바로 그게 그들의 재능이야."

"그래도 잘 모르겠어요." 안젤라가 여전히 언짢은 목소리로 말했다.

"네가 뭐가 모자라서 그렇게 일하니? 여객기를 타고 다니며 값싼 호텔에 묵고, 주위에는 젊은 수컷이 득실대고, 술주정뱅이에 둘러싸여 노래하고……. 무슨 목적으로? 프로듀서 주머니나 채워 주려고?"

"그럼 어떡해요? 내 능력으론 콘서트홀에서 노래할 수 없는걸요. 아무도 나를 들여보내 주지 않을 텐데요."

"영화에 출연해 봐. 단역으로 말이야. 거기서 노래하면 되잖아. 뮤직비디오가 별건가. 게다가 돈 한 푼 안 들잖아. 오히려 너한테 출연료를 줄걸."

키라 세르게예브나는 전화기를 잡아당겼고, 수화기 너머의 소리를 잠시 듣더니 투덜거렸다. "서비스 지역을 벗어났다네. 허구한 날 서비스 지역 밖이래. 저세상에 간 거야, 뭐야?"

"누구한테 거는 거예요?"

"지마 사브라스킨이라고 있어. 젊은 영화감독이야. 그쪽도 신인이지. 널 좀 추천할까 하고."

다 함께 식탁 앞에 앉았다. 벽시계가 요란하게 똑딱 소리를 냈다. 키라 세르게예브나의 집은 풍족하다고 할 수는 없지만 아늑했다.

"그런데 뭐 하러 그런 수고를 하려는 거니?" 키라 세르게예브나가 이해할 수 없다는 듯이 말했다.

"보컬 그룹 '슬리프키'나 '비아그라'의 이름만 봐도 의도적인 부분이 있어. 누구를 유혹하려고 그러는 것 같니? 돈 많은 남자지. 니콜라이 같은 남자 말이야. 그런데 네 옆에는 벌써 그런 남자가 있잖니? 넌 벌써 그런 남자를 잡았잖아. 넌 벌써 목표를 이룬 거라고."

"그들은 노래가 좋아서 가수가 된 거예요. 새처럼 말이죠." 안젤라가 반박했다.

"새들은 뭐 아무 목적도 없이 노래하는 줄 아니? 걔들도 수컷을 부르거나 영역을 표시하려고 노래하는 거야. 사람들이 새들의 언어를 이해하지 못할 뿐이지. 하긴 그들이 주고받는 말을 알아들었으면 정말 끔찍했을 것 같긴 하다."

안젤라는 니콜라이와 협상하기에 적합한 시간을 저울질하고 있었다. 저녁 식탁이 나을까, 아니면 아름답고 우아한 레스토랑에서 하는 편이 나을까? 혹은 사랑을 나눈 뒤 침대에서 하는 편이 좋을까? 아니면 사랑을 나누기 전에 할까?

니콜라이가 프로듀서에게 돈을 투자한다면 안젤라는 5년 동안 프로듀서에게 75퍼센트를 주지 않아도 된다. 그렇게만 된다면 사실상 5년을 아낄 수 있었다. 안젤라는 참지 못하고 축구 경기를 내보내는 TV 앞에서 입을 열었다. '스파르타크'와 '디나모' 팀이 경기하고 있었다.

"프로모션 비용이 50만 달러래요. 줄래요?"

"무슨 프로모션 말이야?" 니콜라이는 그녀의 말뜻을 이해하지 못했다.

"뮤직비디오, 앨범, 홍보, TV 광고 등이 필요해요."

"아…… 그거……."

TV 화면에서 한 축구선수가 골을 넣기 위해 애쓰고 있었다. 그는 발사된 포탄처럼 몸을 날렸다. 니콜라이는 집중해서 경기를 지켜보았다. 선수는 골대를 향해 공을 찼다. 하지만 공이 골대 옆을 지나쳤다. 니콜라이는 긴장을 풀었다.

"그러니까 그 돈이라는 게, 그 돈 주면 자기는 허구한 날 집을 비울 거고, 사람들한테 웃음이나 팔 텐데 그 돈을 나한테 달라고?" 니콜라이가 질문했다.

"웃음이나 팔다뇨?" 안젤라는 그 말이 서운했다.

"네가 생각하기에 여자 가수란 직업이 뭐일 것 같아? 사람들에게 서비스하는 사람이라고. 내가 돈을 냈으니 나한테 노래 불러 달라는 식이지. 예전에 귀족과 상류층은 절대로 배우나 가수가 되지 않았어. 배우나 가수 역할을 하는 농노가 따로 존재했기 때문이지."

"언제 적 얘기를 하는 거예요……."

"그렇게 오래전 일도 아니야. 100년 전까지만 해도 그랬어."

니콜라이와 안젤라는 파티에 참석했다. 집에만 있기엔 지루했던 것이다. 안젤라는 자기보다 못하지 않은, 심지어 자기보다 나은 여자들이 무리를 지어서 이리저리 이동하는 걸 바라보았다. 하나같이 사냥을 나온 매처럼 주변을 두리번거리기 바빴다. 모두가 니콜라이 같은 사내를 찾고 있었다. 그녀들의 화사하고 싱그러운 젊음은 곧 시들 것이며, 따라서 젊고 예쁠 때 경제적으로 탄

탄한 남자를 만나 여유 있는 삶을 보장받고 싶은 것이었다.

그녀들은 시샘 가득한 시선을 안젤라에게 보내며 노골적으로 부러워했다. 그것도 모자라서 니콜라이가 자신들이 아닌 그녀를 선택한 이유를 의아해했다. 왜 누구는 다 갖고 누구는 아무것도 못 갖는가 말이다. 하지만 안젤라는 그녀들의 시샘과 달리 자신은 운이 좋다고 생각하지 않았다.

니콜라이가 욕실에서 나와 알몸으로 아파트를 어슬렁거릴 때면 작은 앞치마처럼 볼록 튀어나온 배가 출렁거렸다.

안젤라가 그 모습을 보고 지적했다. "자기 너무 뚱뚱해……."

니콜라이는 다이어트를 시작하여 식단에 있는 대로만 먹었다. 배가 들어가자 이번엔 두 번째 턱이 생겼다. 니콜라이는 옷을 화려하게 입기 시작했다. 미래파(전통 문화와 예술을 배격하고 기계 문명이 가져온 동적 감각의 새로운 형식을 통해 미래의 아름다움을 표현한 전위적 예술 운동. 1910년경 이탈리아에서 마리네티의 선언으로 시작되었다.-옮긴이)에서 활동하는 예술가처럼 노란색 카디건을 샀다. 그는 요즘 표현대로 괴상하고 자유분방한 젊은이처럼 보이고 싶었다.

"이런다고 달라질 거라 생각해? 비웃음거리나 될 거야." 레나가 빈정거렸다.

"우는 것보다야 웃는 게 낫지. 당신은 내 맘을 이해 못 해." 니콜라이가 받아쳤다.

"맞아. 알고 싶지도 않아." 레나가 그의 말에 동의했다.

"난 오십대야. 곧 늙어."

"당신은 이미 늙었거든."

"당신이 아무리 그래도 내 나이를 못 느끼겠고 새로운 삶을 시작하고 싶어."

"그럼 나는 어떡할 건데? 쓰레기통에 집어넣을 거야?"

"쓰레기통이라니."

"다 늙어서 버림받았으니까 말이야……."

"당신은 혼자가 아니야. 당신은 외롭지 않을 거야. 애들도 있고 돈도 있고."

"그럼 다 괜찮다는 거야, 그런 거야? 다 좋은데 나 혼자 호강에 겨워서 하는 말이다 이거지?"

"도대체 뭐가 문제야?" 니콜라이는 불편한 대화에서 벗어나고 싶었다.

"당신은 배신자야. 배신자가 어떻게 되는지 알아?"

"사형이겠지." 니콜라이가 대답했다.

"배신은 또 다른 배신을 부르지. 당신이 나를 배신했으니 그녀가 당신을 배신할 거야. 자기 또래 남자한테 가 버릴 거라고."

"그 애가 나를 버린다 해도 내 건 잘려 나가지 않을 테고, 예전처럼 남자 구실을 할 수 있을 텐데 뭐가 문제지?"

니콜라이는 씩 웃었다. 하지만 레나는 의사가 환자 보듯 그를 뚫어지게 쳐다보았다.

"웃을 수 있을 때 웃어 둬. 하지만 마지막에 웃는 자가 승자라는 걸 명심해." 그녀가 경고했다.

안젤라는 자기 소유의 아파트가 생기자 거기에 정신이 팔렸다. 니콜라이는 인테리어 전문가를 붙여 주었다. 릴랴 브릭(러시아의 여성 작가-옮긴이)이 젊을 때처럼 눈이 동그란 여자였다. 공교롭게 그녀의 이름도 릴랴였다. 릴랴는 조용하고 유순한 편이지만 무언가 마음에 안 드는 게 생기면 자기 주장을 절대 굽히지 않았다. 샹들리에, 조명등과 카펫을 장만하면서 안젤라는 중국식 카펫을 사고 싶었지만 릴랴는 투르크메니스탄식 전통 카펫을 고집했다. 게다가 발코니로 나가는 문 전체를 바닥까지 뚫어서 벽 한 면을 유리로 만들었다. 발코니에 방범창을 달았는데 있는 듯 없는 듯 투명했다. 마치 파리에 있는 것 같았다.

발코니에는 등받이 없는 의자와 테이블을 놓았다. 앉아서 커피를 마시며 발코니 밖에 있는 집의 지붕을 바라볼 수 있었다. 이런 지붕을 바라보노라면 생각에 잠기거나 꿈을 꿀 수 있었다. 무슨 생각이냐고? 물론 로맨틱한 사랑이다.

그녀는 니콜라이를 사랑했는데, 흔히 말하듯이 자기 식대로 사랑했다. 물론 니콜라이가 원하는 만큼은 아니겠지만, 그것도 사랑은 사랑이니까……. 안젤라는 니콜라이가 자기 아이인 양 돌봐 주었다.

하루는 니콜라이 이마에 아무 이유도 없이 혹이 생겼다. 의사들은 곧바로 인상을 쓰며 겁을 주기 시작했다. 하지만 안젤라는 병원에 보내지도 않고 혹을 잘라 내지도 못하게 했다. 대신 뜨거운 물에 겨를 적셔서 찜질팩을 직접 만들어 찜질하고는 혹이 무슨 예술 작품이라도 되는 듯 꼼꼼하게 살펴보았다. 마침내 혹이 부드러워지더니 크기가 작아졌다가 서서히 사라져 버렸다.

"그게 도대체 뭐였죠?" 의사가 의아한 듯 물었다.

"뇌가 자란 거죠. 니콜라이는 그게 너무 많아서 문제예요." 안젤라가 설명했다.

저녁마다 니콜라이는 프레페랑스(카드놀이의 일종-옮긴이)를 했다. 학교 친구 몇몇이 집에 찾아오곤 했는데, 대부분이 고위직 공무원이거나 성공한 사업가였다. 이들은 좋은 향수를 뿌리고 다니지만 배가 나오고 머리는 벗겨진 아저씨였다. 안젤라는 그들과 대화하는 게 지루했다. 그래서 차를 따라 주고 샌드위치를 예쁘게 담아냈다. 그럴 때면 게이샤처럼 조용하고 친절했다.

친구들은 부러운 듯 안젤라를 쳐다보았다. 그들 역시 자유로운 삶과 젊은 애인을 원했지만, 저마다 선뜻 결정하지 못하는 이유가 있었다. 이를테면 첫 번째 친구는 양심의 가책을 느꼈다. 두 번째 친구는 아내에 대한 연민 때문에 선뜻 실행에 옮기지 못했다. 세 번째 친구는 건강에 문제가 있었다. 네 번째 친구는 돈이 걸렸다. 지금껏 그 누구와도 혼인 신고를 한 적이 없었다. 이혼할 때 재산 분할을 하는 게 싫었기 때문이다. 돈은 많지만 건강이 문제가 되는 사람도 있었다. 혹은 그 반대의 경우도 있었다. 돈과 건강 그리고 결단력까지 모두 갖춘 사람은 니콜라이밖에 없었다.

니콜라이의 친구들은 프레페랑스에 빠져들었다. 안젤라는 수화기를 들고 발코니로 나왔다. 그녀는 키라 세르게예브나나 나타샤와 시쳇말로 '노가리' 푸는 걸 좋아했다.

엄마는 아파트 경비원으로 취직했다. 도둑이 못 들어가도록 감시하는 게 그녀의 임무였다. 하지만 참 황당한 임무가 아닐 수 없었다. 이마에 '도둑'이라고 써 붙이고 다니지 않는 이상 도둑을 어떻게 가려낸단 말인가. 결국 누구나 아파트를 자유로이 드나들 수 있었다.

나타샤는 아침부터 밤까지 드라마를 보며 시간을 보냈다. 드라마를 안 볼 때는 양말을 떠서 좋은 가격에 팔곤 했다. 드라마에 등장하는 인물들이 지인이라도 된 것처럼 낯이 익었다. 옆집 사람들 같았다. 드라마가 추구하는 점이기도 했다. 우리는 자기 삶이 만족스럽지 않다는 이유로 다른 사람들의 삶을 염탐한다. 물론 가상의 삶이었다.

나타샤는 마르트노프카 소식을 딸에게 들려주었다. 모스크바 사람들이 몰려와서 집을 사 대는 통에 하루가 아니라 한 시간마다 집값이 오른다는 거였다. 이럴 때 집을 파는 것도 나쁘지 않지만, 한편으론 고향에 조금은 땅을 남겨 두고 싶었다.

키라 세르게예브나와의 대화는 사실상 그녀의 독백에 가까웠다. 독백의 주제는 '불쌍하고 불쌍한 내 새끼 미샤'였다. 키라 세르게예브나의 아들은 돈을 전혀 벌지 않고, 기쁨이 상실된 우울한 삶을 이어 가며, 그의 삶이 연기가 굴뚝으로 사라지듯 소멸하고 있다는 것이었다. 세상 불쌍한 키라 세르게예브나는 자신의 미샤를 이대로 두고는 마음 편히 눈도 감지 못할 거라고 하소연했다.

그러던 어느 날 손님들이 프레페랑스에 빠졌을 때 안젤라가 다가가서 물었다. "교양 있는 철학과 졸업생 필요한 분 있나요?"

"누군데? 어디에서 굴러온 남잔데?" 니콜라이가 영문을 몰라

물었다.

"키라 세르게예브나의 아들이에요. 대학은 졸업했어요. 논문도 몇 편 썼고요." 안젤라는 거짓말을 했다.

"난 스피치 라이터가 필요해. 연설문 쓸 사람 말이지." 머리가 벗겨진 마카로프가 생각난 듯 말했다. "그러려면 자네 친구인 철학과 졸업생이 내 테스트를 통과해야 해. 여기 전화번호……."

마카로프는 냅킨에 담당자 연락처를 적어 주었다. 안젤라는 황금 열쇠라도 되는 듯 냅킨을 꼭 움켜쥐었다.

손님이 모두 떠난 뒤에 니콜라이가 살짝 나무랐다. "다음부터는 절대 그런 행동 하지 마."

"왜요?" 안젤라는 이해할 수 없었다.

"앞으로 내 허락 없이는 절대 내 친구들에게 부탁 같은 거 하지 마."

미샤는 테스트를 통과했다. 직위명이 길고 거창했다. 이사회 대표의 연설문을 쓰는 일을 맡았는데 본질적으로 아버지가 하던 일과 크게 다르지 않았다. 하지만 그가 써야 하는 연설문은 아버지가 쓰던 연설문과 많이 달랐다. 아버지는 공산주의 시절에 일했고, '할 말이 없을 때는 무슨 말을 해야 하는가?' 같은 원칙 아래 작성했기 때문에 연설문이 온갖 쓸데없는 말로 가득했다. 하지만 지금은 상황이 전혀 달랐다. 연설문은 정확한 정보를 근거로 써야 하고, 교훈을 담아야 하며, 필요하다면 농담도 섞는 것이 좋았다. 무엇보다 연설자 개인의 성향을 적절하게 대변해야 했다. 이런 일은 높은 평가를 받았다. 미샤의 한 달 급여가 5000달러였다.

미샤의 인생을 이끄는 배는 방향을 완전히 틀어서 광활한 대지를 향해 나아갔다. 미샤는 이제 온몸을 꼿꼿하게 펴고 다녔으며 얼굴 표정도 달라졌다. 예전엔 고민을 끌어안고 사는 못생긴 청년이었다면 지금은 소박하나마 자기 인생의 주인이었다. 이 모습이 그에게 어울렸다. 이제야 비로소 창조주가 처음에 의도한 사람이 된 것 같았다.

키라 세르게예브나는 너무 행복한 나머지 통곡했고, 심지어 안젤라에게 아끼는 산호 은팔찌까지 선물했다. 그녀는 마르트노프카라는 시골에서 온 거지나 다름없는 여자아이가 자기에게 행복을 가져다줄 거라곤 단 한 번도 생각해 본 적이 없었다.

"너 잘나가잖아. 그러니까 나눌 줄도 알아야지. 성경의 십일조처럼 말이야. 성공에 대한 보수라고나 할까."

"내가 성공하다니요?" 안젤라는 그녀의 말을 이해하지 못했다.

"니콜라이 말이야……."

"아……." 안젤라는 영혼 없이 '아'를 길게 발음했다. 그녀는 다른 사람의 성공이 아닌 자기 자신의 성공을 원했다.

니콜라이는 프로모션 비용을 내지 않기로 결정했다. 대중의 사랑을 받는 애인을 원한 건 아니기 때문이기도 했다. 대중의 사랑은 콤플렉스가 있는 사람들한테나 필요한 거라고 여겼다. 그들은 대중으로부터 확인받고 싶은 것이다. 하지만 니콜라이는 모든 결정을 스스로 내리는 사람이었다. 그는 자기의 모든 능력을 스스로 입증해 왔다.

프로모션은 마르크도 할 수 있다. 그 경우 5년 동안 노예 같은 생활을 해야 한다. 푼돈을 받고 살인적인 스케줄을 소화해야 하는 것이다. 키라 세르게예브나에게 마지막 희망을 걸어 보는 수밖에 없었다.

안젤라는 영화에 잠깐이라도 출연하고 싶었다. 그다음은 촬영 후에 생각해도 늦지 않을 것이다. 실제로 연기와 노래를 겸하는 배우들이 있는데, 이를테면 류보비 오를로바나 도로니나가 그랬다. 니콜라이도 영화 출연은 반대하지 않을 뿐만 아니라 심지어 제작비 일부를 투자하겠다고 나섰다.

키라 세르게예브나가 중개인 역할을 자처했다. 그녀는 사브라스킨에게 전화해서 영화에 출연한 적이 전혀 없는 안젤라라는 아가씨가 있다고 귀띔해 주었다.

"아르메니아 이름 같은데. 그런 데는 안젤라와 쟌나라는 이름이 발에 밟히도록 많죠." 사브라스킨이 대수롭지 않다는 듯 말했다.

"얘는 파란 눈의 금발 아가씨야. 이제 곧 스무 살이 되는데 실제로 보면 열여섯쯤 돼 보여. 아주 참신한 얼굴이라고."

"참신한 얼굴 좋죠. 하지만 주연은 이미 정해졌어요. 그것도 싱크로율 100퍼센트라고요."

"단역으로 써 보면 어떨까. 이건 우리끼리만 하는 얘긴데…… 돈 많은 애인도 있어. 말만 잘하면 투자도 할 수 있다나 봐. 아르메니아 시골의 널리고 널린 애들하곤 비교도 안 되지."

"미리 말씀드리지만 난 돈에 넘어가지 않습니다." 사브라스킨이 경고했다.

키라 세르게예브나는 '돈에 안 넘어가는 거 좋아하시네.'라고 생각했지만 입 밖에 내지는 않았다.

세 사람은 레스토랑 '푸슈킨'에서 만나기로 했다. 안젤라는 풀 메이크업을 하고 나왔다. 중요한 날이면 메이크업을 해 주는 전속 메이크업 아티스트가 있었다. 사브라스킨은 약속 시간이 되었는데도 나타나지 않았다. 니콜라이는 약속 장소에 늦는 사람들을 문자 그대로 증오했으므로 그의 지각 역시 허용하기 힘들었다. 지각은 뻔뻔한 행위이고 무엇보다 무례한 짓이었다. 게다가 니콜라이는 허기진 상태에서 위액이 분비되어 속이 쓰렸다.

낮 시간이라 레스토랑이 거의 비어 있었는데 창가에 앉은 인생 낙오자 같은 남자가 눈에 들어왔다. 나중에 안 사실이지만 이 사람이 바로 사브라스킨이었다. 그도 기다리기에 지친 나머지 자리에서 일어나 나가기 전에 혹시나 하는 마음으로 뒤를 돌아보았고, 이상한 커플을 발견하곤 뚫어지게 쳐다보았다. 바비 인형 옆에 아빠 같은 사람이 앉아 있었다. 어쩌면 아버지와 딸일 수도 있고 삼촌과 조카일지도 모른다. 물론 돈 많은 고객과 함께 온 몸값 비싼 창녀일 가능성도 배제할 수 없었다.

"저분인가 봐요." 안젤라가 그를 알아보았다.

양측의 만남이 성사되었다.

"자비로 책을 출간하는 작가들이 있다는 걸 알고 있습니다." 니콜라이는 단도직입적으로 말했다. 원래 빙 돌려서 말하는 걸 싫어했다. "영화 제작비를 댈 용의가 있습니다."

"그렇게 만만한 비용이 아닙니다. 장편영화 한 편 제작하는 데 150만 달러가 듭니다." 사브라스킨이 배려하는 척 말했다.

"지출결의서를 가져오면 내가 한번 검토하지요."

"하지만 선생님의……." 사브라스킨은 그녀를 뭐라고 불러야 할지 몰라 잠시 망설였다. "선생님의 피보호자는 배우가 아닙니다. 영화를 망칠 수도 있어요. 실패할 게 뻔한데 돈을 댈 이유가 있을까요?"

안젤라가 대화에 끼어들었다. "당신이 신경 쓸 일은 아닌 것 같은데요."

"그럼 누가 신경 쓸 일이죠?" 사브라스킨이 이해할 수 없다는 듯 반문했다.

"우리가 원해서 하는 일이에요."

"돈은 당신네 거지만 실패는 내 몫이잖소. 내 평판에 금이 갈 텐데요. 이번 영화를 망치면 앞으로 나한테 메가폰을 안 줄 거예요. 하지만 나는 이 영화 한 편 제작하려고 평생을 바쳤어요."

"선생님보다 말이 좀 더 잘 통하는 감독은 없나요?" 니콜라이가 질문했다.

"얼마든지 있습니다. 휘파람만 불면 바로 달려올 겁니다. 이 정도 돈이라면 토끼라도 잡아 올 거고, 심지어 훨씬 수다스러운 사람을 구할 수도 있어요."

정적이 흘렀다.

"출연하기 싫어졌어요." 안젤라가 잘라 말했다.

"잘 생각했어요. 아주 좋은 생각이에요." 사브라스킨이 그녀의 생각을 지지했다.

웨이터가 애피타이저로 파이와 홀로데츠(고깃국물을 식혀서 묵처럼 만든 요리-옮긴이)를 내왔다. 니콜라이는 이런 파이는 이 레스토랑에서만 먹을 수 있다는 걸 알고 있었다. 버섯, 양배추 그리고 고기를 넣은 파이였다. 사브라스킨은 보기만 할 뿐 손을 대지 않았다.

"드시죠." 니콜라이가 권했다.

사브라스킨은 잠시 생각하고 먹기 시작했다. 깨물고 삼키는 모양새로 봤을 때 매우 허기져 있음을 알 수 있었다. 그의 뾰족한 목젖이 가느다란 목에서 계속 움직였다.

"왜 안젤라가 연기를 못할 거라고 지레짐작하죠?" 니콜라이가 물었다. "아직 이 아이의 가능성을 눈으로 본 적이 없잖소."

"보이니까요. 재능은 있거나 없거나 둘 중 하나죠." 사브라스킨이 대답했다.

"그게 무슨 말이죠?" 니콜라이가 그의 말에 관심을 보였다.

"재능이라는 복사열은 사람 머리 위에 수증기처럼 올라가죠."

"제 머리 위에 그게 있는 것이 보이나요?" 니콜라이가 다시 질문했다.

"선생님이 배우의 재능이 있는지 어떤지는 모르겠지만, 재능은 1킬로미터 밖에서도 보입니다."

"내가 배우를 한다면 어떤 역할을 맡는 게 좋을까요?"

"킬러 역이요."

"내가 악당을 닮았나 보죠?"

"절대 그런 뜻이 아닙니다. 선생님은 지식인처럼 보입니다. 바로 그 점이 핵심이죠. 그 부분을 역으로 이용하는 겁니다."

니콜라이는 기분이 좋아져서 흐뭇한 얼굴로 사브라스킨을 바라보았다. 두 사람은 대화가 잘 통했다.

"영화에 출연할 생각이 있습니까?" 사브라스킨이 물었다.

"내가 뭐 하러요?" 니콜라이가 이해할 수 없다는 듯 반문했다.

"새로운 도전 같은 거죠……."

저녁 식사를 끝내고 니콜라이가 계산하러 가자 사브라스킨과 안젤라 둘만 남았다.

"넌 그 정도면 괜찮아. 화를 낼 때 특히 더 마음에 든단 말이야. 너한테 단역 하나 정도는 줄 수 있어. 길지 않은 장면으로 말이야. 네 예쁜 엉덩이나 한번 보여 주면 돼."

"나쁜 놈! 나랑은 이런 식으로 대화해도 된다고 생각하는 모양인데, 소스를 머리통에 쏟아 버릴까 보다."

안젤라는 마늘 소스가 담긴 종지를 잽싸게 낚아챘다. 하지만 사브라스킨이 그녀의 팔을 잡았다. 그녀는 그의 팔을 뿌리치려 했고, 그는 그녀를 보고 웃었다. 게다가 그의 팔은 진드기처럼 착 달라붙어서 떨어질 줄을 몰랐다.

니콜라이가 돌아왔다. 안젤라와 사브라스킨도 진정했다.

"내가 얼마를 내면 되죠?" 사브라스킨이 주머니에 손을 넣어 100달러를 꺼냈다.

"가난하지만 자존심은 있다는 거네요." 안젤라가 그의 모습을 분석하듯 말했다.

"예술가는 원래 자존심이 세니까. 자존심에 상처 내긴 싫다, 뭐 그런 거겠죠?" 니콜라이가 덧붙였다.

그날 두 사람은 늦은 시간 잠자리에 들었다. 미국 액션 영화를 본 후였다.

"나는 그 친구 마음에 들던데. 기분도 업되고." 니콜라이가 갑자기 말을 꺼냈다.

"그 전에는 기분이 안 좋았다는 뜻이에요?" 안젤라가 의아해 했다.

"그런 뜻이 아니라, 나한테 내일은 그냥 오늘의 연속에 불과하거든. 모든 것이 냉소로 가득 차 있어. 돈은 우리가 존재해야 하는 의미이며, 그 사람 말대로 푼돈만 쥐어 줘도 토끼도 잡아 오고 아첨도 하는 세상이긴 해."

"자기야 모든 일이 쉽죠. 바보가 연초를 모으듯이 당신은 돈을 쓸어 모으잖아요."

"돈 자체가 목적이 아니야. 목적은 일이지. 개가 사냥감을 쫓아가는 목적은 잡아먹기 위해서가 아니야. 잡는 일 자체가 목적인 것과 같은 이치지."

"그렇군요."

"그런 사람들을 보면 우리의 미래가 더 나을 것 같은 믿음이 생겨. 도덕적으로 바르면서 생각도 자유로운 새로운 세대가 오는 것 같은 생각 말이지."

"우리 이제 자요. 그 사람 얘기는 그만 하고요."

니콜라이는 안젤라를 끌어안았다.

"오늘은 안 하면 안 돼요? 그럴 기분이 아니에요." 안젤라가 부탁했다.

"자기는 조금 있으면 스무 살이잖아. 앞으로 기회가 얼마든지 많지만 난 하루하루가 소중하다고."

"알았어요……."

안젤라는 한숨을 쉬고 나서 그가 원하는 자세로 누웠다. 속으로는 '인도적 지원이라 치자. 적십자.'라고 생각했다.

다음 날 안젤라는 참지 못하고 사브라스킨에게 전화했다.

"아…… 샹트클레르의 여왕님이군!" 사브라스킨은 목소리로 그녀를 알아보았다.

안젤라는 그의 말뜻을 이해하지 못했으나 놀리는 말일 수도 있어서 일단 화부터 냈다. "그럼 당신은 뭐 하는 분이죠?"

"알았어, 그만 하자고. 무슨 일로 전화한 거지? 영화에 출연하려고?" 사브라스킨이 화해 모드로 물었다.

"주연을 맡고 싶어요." 안젤라가 구체적으로 요구했다.

"그 새끼가 돈은 낸대?"

"그분은 새끼가 아니에요."

"그럼 누군데?"

"인품이 훌륭한 분이에요."

"됐고, 내가 시나리오 작가한테 네가 3분쯤 나오도록 배역을 넣어 달라고 말해 둘게."

"150만 달러나 받고서 고작 3분짜리 배역을 준다고요?"

"공짜야. 여성의 날 선물이라 쳐."

"내가 영화를 망치면 어쩌려고요?"

"그럴 일은 없을 거야. 사실 어린 암소가 필요하기도 하고."

"암소에 대한 영화예요?" 안젤라가 놀란 얼굴을 하고 물었다.

"암소라니 무슨?"

"어린 암소가 필요하다고 했잖아요."

"아가씨를 속어로 어린 암소라고 하지." 사브라스킨이 설명하고 나서 물었다. "고향이 대체 어디지?"

"그래도 어린 암소는 되고 싶지 않아요."

"인정할 건 인정하라고. 바보가 찍는 영화에서 주연을 하는 것보다 천재가 찍는 영화에 3분 출연하는 게 낫잖아."

"그럼 누가 바보죠?"

"여기저기 다. 안 보여?"

"그럼 천재는 누구죠?"

"누구긴 누구야, 나지……."

사브라스킨은 《가린의 살인 광선》을 현대적으로 재해석한 뮤지컬을 찍고 있었다. 천부적 재능을 타고난 악당이 대량 살상 무기를 개발하고 지구가 멸망 위기에 처한다. 악당은 젊고 예쁜 이자벨라를 사랑한다. 이자벨라는 악당을 처치해야 하지만 두 사람은 서로를 사랑한다. 사랑을 선택할 것인가, 지구를 구할 것인가, 그것이 문제로다. 그녀는 선택의 기로에 서 있다.

사브라스킨은 줄담배를 피웠다. 눈알을 이리저리 굴리는 습관이 있긴 하지만 일 하나만큼은 아주 잘했다. 그는 영화 찍는 게 재미있었다. 배우들은 그와 작업하는 걸 재미있어했다. 그렇다면 관객들도 재밌어할 거란 결론이 나온다.

그해 여름은 유난히 더웠다. 영화 촬영 때문에 모스크바를 벗어날 수도 없는 노릇이었다. 그녀의 하루는 보컬 수업, 댄스 수업, 피트니스클럽, 운동 기구, 다이어트로 가득 차다 못해 하루가 모자랄 지경이었다. 하루 일과가 끝날 무렵이면 경주마처럼 녹초가 되곤 했다. 그야말로 기진맥진했다.

모스크바도 더위로 몸살을 앓고 있었다.

"우리가 왜 별장 살 생각을 못 했지?" 니콜라이가 어느 날 문득 말했다.

"자기한테는 이미 별장이 있잖아요." 안젤라가 상기시켜 주었다.

"내 건 있지만 우리 거는 없잖아."

니콜라이는 비서더러 부동산 중개인에게 연락하라고 지시했지만 그의 도움 없이도 문제가 해결되었다. 니콜라이의 친구가 파산했는데, 부도를 막기 위해 별장을 매물로 내놓은 것이었다. 값도 얼마 안 나가서 100만 달러에 불과했다. 구입한 금액 그대로 한 푼도 남기지 않고 원가에 넘기는 거였다. 그만큼 돈이 급했다. 니콜라이는 오랜 시간 고민하지 않았다. 친구의 별장을 잘 알았고, 그에겐 고향집 같은 곳이기도 했다. 그는 안젤라 명의로 별장을 샀다. 아내와 이혼할 때 니콜라이의 재산으로 드러나면 안 되기 때문이었다. 이 별장을 자신의 유산 목록에서 빼돌린 셈이었다. 그들은 새로 산 별장을 구경하기 위해 떠났다.

안젤라는 초록색 나무 담장과 흰색을 섞은 초록색 대문을 발견했다. 과거 이 집에 살았다는 착각이 들 정도로 친숙한 느낌이었다. 그들은 대문을 열었다. 그리고 한참을 들어가자 녹음에 뒤덮인 본채가 나왔다. 재스민 관목에 가려 현관이 잘 보이지 않았다. 이 관목 역시 가까운 친척처럼 친근하게 여겨졌다.

안젤라는 '자기' 집에 온 걸 깨달았다. 별장의 가구와 식기는 그대로 두었다. 안젤라는 이런 아방가르드한 가구를 치우고 다른 가구를 들여놓고 싶었지만, 집주인이 처치 곤란이라고 했다. 그렇다고 버릴 수도 없는 노릇이었다. 결국 가구와 식기 모두 그냥 두기로 했다.

술주정뱅이 나타샤는 그날 당장 별장으로 이사 와서 직접 농사를 짓고 가축을 돌보기 시작했다. 우리 안에 토끼들이 코를 킁킁대며 앉아 있었다. 풀밭에선 닭 몇 마리와 염소 한 마리가 돌아다녔다. 염소는 어리고 깨끗했다. 안젤라는 염소 목에 작은 방울을 달아 주었다.

나타샤는 정원과 텃밭도 가꿀 계획이었다. 흙을 만지는 일이 익숙하기도 했다. 그녀는 마르트노프카에 돌아온 듯한 착각이 들었다. 한편으로는 많은 변화가 있었지만, 또 한편으로는 아무것도 달라진 게 없는 것 같은 기분이 들었다. 흙의 질이 조금 나쁘다는 차이만 있을 뿐이었다. 물론 마르트노프카와 비교했을 때 옆집 사람들도 지루하긴 했다. 술도 안 하는 데다 고래고래 고함을 지르는 사람도 없었다. 자기 집 담장 안에서 TV만 보았다. 대신 이젠 석탄을 살 필요도 없고 난로를 피우려고 쪼그려 앉을 필요도 없어졌다.

마르트노프카에서 손님들이 물밀듯이 몰려들어 별장이 순식간에 사랑방으로 바뀌었다. 하지만 안젤라는 애써 말리지 않았다. 어머니는 지루한 걸 힘들어했고 사람들과의 교제가 필요했다.

나타샤는 여전히 술을 마셨지만 예전과 달리 매일은 아니었다. 며칠간 마시면 오랫동안 맨정신으로 생활했다. 이를테면 3일 동안 술을 마시고, 3일 동안 숙취가 지나고, 3주 동안 금주를 하는 식이었다. 의학 용어로 '관해(觀解)'라고 불렀다. 3주에 한 번 관해는 정말 엄청난 발전이었다. 하지만 의사들은 완치를 보장하지도 않았고, 그렇다고 최면술 치료를 권하지도 않았다.

최면술 치료는 가장 중요한 부분에 침투하는 것을 의미한다. 하지만 이 방법을 사용하면 사람이 변하는데, 보통 상태가 악화되곤 했다. 나타샤가 지금처럼 근면하고 명랑하고 착한 상태로 사는 편이 낫다는 것이었다. 맨정신으로 우울하고 탐욕스럽게 사는 것보다 낫다는 판단이었다.

바실리를 부르는 것도 생각했다. 가족이 모여 함께 일하는 것도 나쁘지 않다는 생각이었다. 하지만 바실리는 달가워하지 않았다. 담장 안에 사는 것은 감옥에 갇혀 지내는 것과 다를 바 없다고 생각했다. 하지만 그에게 선택권이 없다는 것은 자명한 사실이었다. 나타샤는 때가 되면 초록색 토마토가 붉게 익듯이 전남편도 철이 들기를 기다렸다.

레나는 아침을 먹고 미용실로 향했다. 최근 5년 동안 아르바트거리의 인기 있는 미용실을 정해 놓고 거기만 갔다. 그곳에서도 그녀를 친언니처럼 반갑게 맞이하는 타냐라는 미용사한테만 머리를 맡겼다. 타냐는 실키한 샴푸로 머리를 감긴 뒤 무언가를 이용해서 머릿결이 좋아지게 하고 팩 같은 걸로 두피를 문지르곤 했다. 그런 다음 머리카락에 부분 염색을 하고 커트와 스타일링을 했다. 이후에는 고려인 마사지사가 있는 옆방으로 옮겼다. 마사지사는 레나의 몸 몇 군데를 지압한 뒤 부황기를 붙였다. 이 모든 과정이 끝나면 비로소 눈이 떠지고 방금 잠에서 깬 것처럼 주위의 사물이 새롭게 보이며 시력이 갑자기 좋아진 기분까지 들곤 했다. 그리고 새로운 에너지를 얻었다. 전에 없던 삶의 활력을 얻고 새로운 목표도 생겼다.

그런데 최근 들어 마사지하는 고려인이 바빠지면서 두 명이나 기다리고 있었다.

타냐는 레나를 기다리게 할 수 없어 상냥한 목소리로 다른 사람을 소개해 주었다. "이분은 레나 구시코바예요. 구시코프 사장님의 사모님이죠."

"구시코프 사장의 아내는 다른 사람이야." 얼굴은 못생겼지만 관리를 잘 받아서 머릿결이 좋은 빨간 머리의 교양 없는 여자가 말꼬투리를 잡았다.

미용사 타냐는 못 들은 척하고 조용히 그 자리를 벗어났다.

한편 레나는 자리에 앉아서도 어떻게 대답해야 할지 난감했다. '어떻게 사람이 보는 앞에서 이렇게 무례한 말을 할 수 있지? 물론 그런 걸 좋아하는 사람도 있긴 하지만. 아드레날린이 부족해서 말이야. 그런데 이런 식으로 다른 사람에게 무례하게 행동하면 주사기로 약물을 투입하듯이 아드레날린이 분비되긴 하겠지.'

레나는 가방에 손을 넣어서 여권을 꺼내 필요한 페이지를 펼쳤다. 그리고 못생긴 여자의 코밑에 들이댔다.

"여길 보세요. 여기에 분명히 구시코프가 내 남편이라고 돼 있잖아요. 법적으로요. 어디서 누구랑 놀아나든 그건 내가 상관할 일 아니고요."

레나는 가방에 여권을 다시 던져 넣었지만 무례하기 짝이 없는 그 못생긴 여자 옆에 더 이상 앉아 있을 수가 없었다. 당장 일어나서 출구 쪽으로 향했다. 밖은 영하의 날씨였다.

운전기사 세르게이는 은색 지프에서 신문《논증과 사실》을 읽고 있었다. 그의 계산에 따르면 주인집 여자가 한 시간 반은 더 있다가 살롱을 나와야 했다. 하지만 레나는 그보다 일찍 나왔고, 얼굴은 온통 눈물범벅이었다. 세르게이는 차에서 내려 문을 열어주었다. 레나는 뒷자리 구석에 처박혀서는 말이 없었다.

"집으로 갈까요?" 세르게이가 물었다.

레나는 대답이 없었다.

세르게이는 운전석에 앉아 차를 몰기 시작했다. 평상시라면 미용실을 나와 에스카다 매장에 들렀다. 레나는 신제품 쇼핑을 좋아해서 새로 나온 상의나 바지 혹은 두 가지 모두 사곤 했다. 다음 차례는 스토크만 매장이었다. 거기에서는 고기이자 생선인 참치와 생선이면서 고기인 고래 고기 같은 것을 샀다. 하지만 지금

티끌 같은 나 135

은 고기고 생선이고 아무것도 사고 싶지 않았다. 그녀는 구석 자리에 앉아서 울었다.

세르게이는 집 쪽으로 차를 몰았다. 그는 현관 앞에 차를 멈추고 옐레나 미하일로브나가 내리는 걸 도와주었다. 그리고 트렁크를 열어서 오늘 아침 미용실 가는 길에 구매한 샹들리에를 꺼냈다. 세르게이는 상자를 한쪽 어깨에 멨다.

레나는 오래전부터 크리스털 샹들리에를 갖는 게 소원이었다. 1930년대와 1960년대 스타일을 결합한 디자인이었다. 이런 샹들리에는 식탁 위에 낮게 매달려서 은은하게 비춘다. 상상해 본다. 아버지와 어머니부터 레나 부부, 자식들과 손주까지 4대가 식탁 앞에 둘러앉아 있다. 샹들리에도 있고 식탁도 있고 4대도 있는데 지금은 모두가 흩어져서 단 한 번도 한자리에 모인 적이 없다. 레나는 이번에도 혼자서 식탁 앞에 앉아 있거나 남편한테 버림받은 친구와 함께 앉아 있을 것이다. 그들은 함께 술을 마시면서 아무 문제 없는 척할 것이다. 하지만 실제로는 잘되는 일이 없다.

레나는 마음속 깊이 니콜라이가 돌아오기를 기다렸다. 하지만 그가 없는 시간이 흘러가고 있었다. 그들의 삶도 바다 위 두 개의 얼음 덩어리같이 서로 다른 방향으로 흩어지고 있었으며, 둘 사이의 간격은 점점 더 넓어질 뿐이었다. 이젠 한쪽에서 다른 쪽으로 뛰어 건널 거리를 넘어섰다. 게다가 이젠 그들의 가정사가 담장을 넘어 버렸다. 사실은 가장 속상한 일이었다. 사실 집에서 무슨 일이 일어나든 사람들 앞에서 우아한 표정을 유지하면 그만이었다. 미용실 사건은 그 표정의 상실을 의미했다. 좀 더 정확히 말하자면 사람들은 그녀의 얼굴에 침을 뱉었다.

"네가 나를 버려서 슬픈 것이 아니라 사람들 입에 오르내리는 것이 힘들다."라는 옛 노랫말이 있다. 사람들은 짐승처럼 잔인하다. 친분이 있는 의사가 병이 난 유럽밍크를 건강한 밍크들이 있는 우리에 넣은 경험을 들려준 적이 있었다. 그 실험에서 건강한 개체들은 병든 녀석에게 달려들어 실컷 괴롭혔다. 사람은 어떤가…… 사람의 본능도 동물과 다르지 않다. 잘나가는 친구들은 내가 너보다 행복하다는 우월감에 젖곤 했다. 한편 패배주의자들은 자신 같은 사람이 한 명 더 생긴 걸 반기는 눈치였다. '내가 힘드니 너도 힘들면 좋겠어. 네가 나보다 나은 게 뭔데?' 이런 식이었다.

레나는 옷을 벗고 모피 코트를 옷걸이에 걸었다. 그러고는 침실로 들어갔다.

"차 좀 우려 줘요." 세르게이에게 부탁했다.

새로 고용한 가사도우미가 쉬는 날이어서 집에 없었다. 세르게이는 부엌에 가서 중국산 녹차를 우렸다. 그가 찻잔을 들고 침실에 들어갔을 때 레나는 자고 있었다. 그는 찻잔을 협탁에 놓았다. 그리고 조용히 서서 잠시 그녀를 바라보았다.

세르게이는 은퇴한 장교였다. 과거에는 잠수함을 탔다. 결코 쉽지 않은 군복무였다. 한번은 폐쇄된 공간을 견디지 못한 장병이 배를 침몰시키려 한 일이 있었다. 다행히 잠수함은 구조상 한 사람이 그럴 수 없도록 만들어졌다. 복무가 힘든 만큼 사람들은 강인해졌다. 그들은 침몰되지 않는 기계의 일부가 되어 갔다. 그러던 어느 날……. 떠올리고 싶지 않은 기억이긴 하지만, 그들은 산소 부족으로 곧 고통스러운 죽음을 맞이하리라는 걸 알아챘다. 그러자 사병과 장교가 함께 서로의 어깨에 손을 얹고 서로의 따뜻한 마음과 온기를 느끼면서 죽음을 기다리기 시작했다. 그들은 이렇게 서로를 지지했고, 놀랍게도 구조되었다. 너무도 갑자기 일어난 일이었다. 기뻐할 틈도 없을 정도였다. 슬픔이 이미 너무 크게 자리 잡은 나머지 기쁨이 스며들 틈이 없었던 것이다.

세르게이는 쉰 살까지 못 기다리고 은퇴했다. 사실은 은퇴이면서 불명예 제대였다. 그는 은퇴와 함께 클라우스트로 포비아, 즉 밀실공포증을 앓았다. 엘리베이터를 타거나 지하철 역사 안으로 들어갈 수 없을 정도로 증상이 심했다.

니콜라이의 집에 고용된 건 우연이었다. 그는 이 집에서 운전기사 외에 이런저런 일들을 했다. 중요한 건 그들이 지시하는 임무를 수행하는 거였다. 세르게이는 이 일이 마음에 들었다. 그는 마른 나무를 베는 일이 좋았다. 봄과 가을이면 바닥에 떨어진 나뭇잎을 쓸어다 커다란 폴리에틸렌 자루에 담곤 했다. 지붕도 청소했다. 옆 마을에 가서 감자를 대량으로 구매하는 것도 그의 일이었다.

니콜라이의 집에는 모브달리라는 체첸 출신의 경비원이 있었다. 다들 그를 볼로치카라고 불렀다. 볼로치카는 오브차카 두 마리를 돌봤는데, 한 마리는 독일견이고 나머지 한 마리는 코카시안오브차카였다. 그의 주요 임무는 녀석들에게 먹이를 주고 같이 산책하는 거였다. 나머지 시간엔 탑같이 생긴 발코니에 앉아서 오고 가는 사람들을 감시했다.

볼로치카는 고향에 아내와 세 아이를 두고 왔다. 그는 1년에 한 번꼴로 고향에 내려가서 돈을 쥐어 주고 아내를 임신시킨 뒤 러시아로 돌아오는 생활을 반복했다.

세르게이는 홀아비였다. 아내가 서른 살에 요절했다.

그는 의사에게 묻곤 했다. "어떻게 이럴 수가 있습니까? 이렇게 젊고 예쁜데요……."

"인간은 암 앞에서 평등하지요. 젊고 예쁜 사람도 예외는 아니에요."

"손을 쓸 수 있는 방법이 없나요?"

"아직은 그렇습니다." 의사가 슬프게 대답했다.

"신은 뭘 하시는 걸까요?"

의사는 이 질문에 대답하지 않았다. 어쩌면 신은 이때 잠시 딴 생각을 하느라 그녀가 고통받는 걸 놓쳤는지도 모른다. 이것은 신의 영역이 아닐 가능성도 배제할 수 없었다. 신은 사람들에게 생명을 줄 뿐 그 이후에는 혼자 바둥거리며 살아가야 하는 것인지도 모른다.

아내는 병원에서 죽어 가던 어느 날 여기서 도망치면 완치될 것 같은 착각에 휩싸였다.

"날 여기서 빼내 줘." 아내가 부탁했다.

"의사의 허락 없인 안 돼." 세르게이가 설명했다.

"그럼 의사한테 말 안 하면 되지."

그는 아내를 안아서 병실의 플란넬 이불로 감싼 다음 병원을 나왔다.

군사도시 전체가 그녀의 죽음을 애도했다. 요즘 부자들이 군사도시가 뭔지 알기나 할까……. 그림과 함께 칠이 벗겨진 층계를 의미한다. 그리고 그곳에 사는 장교들의 가족을 의미한다.

그의 아내 타마라는 무엇을 보았을까? 레나 구시코바가 보는 것은 또 무엇일까?

레나는 고급 미용실과 마사지 숍에 다니고 식료품은 스웨덴 매장인 스토크만에서 사며 옷은 에스카다에서 고른다. 세르게이는 아내에게 사랑밖에 줄 게 없었다. 반면 레나는 사랑 빼고 모든 걸 다 가졌다. 결과적으로 어떤가? 사랑 없는 부와 명예는 무의미하다. 사랑이라는 빛으로 비추지 않는 삶은 추위와 어둠 속에서 동요하는 잠수함과 다를 게 없다.

세르게이는 찻잔을 들고 마시기 시작했다. 어느새 레나가 눈을 뜨고 세르게이를 한참 동안 쳐다보았다. 그가 여기서 무엇을 하는 건지 이해하려고 노력하는 것 같았다.

"퇴근해도 될까요?" 세르게이가 물었다.

"샹들리에 좀 달아 주고 갈래요?" 레나가 부탁했다.

세르게이의 근무 시간은 끝났다. 따라서 그녀가 그를 더 붙잡아 둘 자격은 없었다. 하지만 그녀는 잠시라도 혼자 있는 시간을 줄이고 싶었다.

"어려울 거 없죠!"

세르게이는 샹들리에 포장을 풀기 시작했다.

레나는 안락의자에 앉아 담요로 몸을 덮더니 그가 일하는 모습을 넋 놓고 바라보았다. 고양이 무르지크는 좋아하는 상자에 들어가서 자리를 잡았다. 그리고 실눈을 떴다. 아주 만족스럽다는 뜻이었다.

한 시간 후 UFO처럼 동그란 샹들리에가 천장에서 반짝거렸다. 현대식 전등갓이었다. 전등갓은 식탁 위에 매달려 있었다. 고양이 한 마리 그리고 중년의 남녀. 시간은 멈춰 서서 움직일 생각을 하지 않았다. 사실 그럴 필요도 없었다.

레나의 생일이 다가오고 있었다. 쉰 번째 생일이었다. 그녀는 값비싼 레스토랑을 예약하여 딸과 사위 그리고 친구들을 초대했다. 친지와 가까운 이들만 부른 거였다. 모두 여덟 명이었다. 하지만 아무도 오지 않았다. 딸은 아이가 아파서 오지 못했다. 친구 하나는 넘어져서 다리를 삐었단다. 집 나간 남편 니콜라이는 파리로 떠나고 없었다.

레나는 혼자 레스토랑에 앉아서 테이블에 놓인 음식을 바라보았다. 산해진미가 따로 없었다. 혼자 먹을 수 있는 양이 아니었다. 이미 차린 음식을 취소할 수도 없는 노릇이었다.

레나는 레스토랑 밖으로 나가서 경비원인 모브달리를 초대했다. 오늘은 그가 세르게이 대신 왔다. 세르게이는 누군가의 결혼식에 참석한다며 니즈니노브고로드에 가고 없었다. 모브달리는 운전을 굉장히 잘했고, 세르게이는 개를 잘 다루었다. 그들은 서로 부족한 부분을 잘 보완하고 있었다.

모브달리는 식탁을 한 번 둘러보았다. 그가 한 번도 먹어 본 적 없는 생선초밥 같은 애피타이저들이 테이블에 놓여 있었다. 날생선을 잘못 먹었다가는 회충 때문에 고생할 수도 있기 때문에 입에 넣기가 꺼려졌다. 하지만 배는 고팠다.

모브달리는 한때 전쟁에 참전했다. 하지만 전쟁이 길어지자 이산 저 산 옮겨 다니고 야전에서 잠드는 게 징글징글해졌다. 집은 온통 폐허가 되었고 일자리도 없었다. 반면 모스크바에는 할 일이 많았다. 부자들에겐 경비원이 필요했고, 체첸 사람들은 타고난 군인이었다. 예카테리나 여제도 체첸 사람을 경비병으로 뽑았다는 말이 있을 정도였다.

"손 씻을 텐가?" 레나가 물었다.

"손은 왜요?" 모브달리가 이해할 수 없다는 듯 반문했다.

"밥 먹기 전에는 손을 씻으니까." 레나가 설명했다.

"어차피 손으로 먹는 것도 아니고 포크를 쓸 텐데요." 모브달리가 반박했다.

"마음대로 해……."

모브달리는 먹기 시작했다. 레나는 그의 목을 바라보았다. 얼굴이 주름 하나 없이 팽팽했다. 머리카락은 밝은 갈색이고 눈은 천진난만했다. 체첸 사람 중에도 밝은 갈색 머리에 눈망울이 맑은 경우가 있었다.

니콜라이는 그를 경비원으로 채용했는데, 체첸 사람은 군인의 기질을 타고났기 때문이었다. 그들은 태어날 때부터 군인이었다. 하지만 레나는 체첸인은 사랑하기 위해 태어난 사람들이라는 생각을 떨쳐 버릴 수가 없었다. 사랑을 위한 게 아니라면 한쪽 팔 끝에서 다른 한쪽 팔 끝까지 왜 이리도 길며, 콧구멍은 왜 이리도 크게 벌렁거린단 말인가.

"나이가 어떻게 되지?" 레나가 물었다.

"스물여섯 살입니다." 모브달리가 대답했다.

"내 나이는 몇 살인지 아나?"

"모릅니다."

"쉰이야."

"우리 엄마 나이랑 같군요." 모브달리는 아무 생각 없이 대답했다.

"그럼 누가 더 예뻐? 엄마야, 나야?"

"엄마죠. 엄마는 뚱뚱하거든요." 모브달리가 설명했다.

"뚱뚱한 사람이 나보다 낫다는 거야?"

"나이가 들면 그렇죠. 나이 들어서 마르면 피부가 탱탱하지 않아서요."

"내 피부가 탱탱하지 않다는 거야?"

모브달리는 고개를 돌려서 사모님의 얼굴을 스스럼없이 찬찬히 뜯어보았다. 눈화장도 하고 립스틱도 바르고 심지어 볼터치도 했다.

"뭐가 궁금한 건가요?" 모브달리는 이해할 수 없다는 듯 반문했다. "손주를 둔 여자는 손주들이나 잘 보면 되죠. 그게 노파들이 사는 이유죠."

"말이 너무 심하네." 레나가 발끈해서 말을 이었다. "그럼 남자는 젊은 여자를 데리고 살아도 되고 여자는 안 된다는 거야?"

"남자가 여자를 품는 건 종족을 번식하기 위한 거예요. 여자가 애를 잘 낳으려면 젊고 건강해야 하고요."

"그러니까 넌 여자를 암소 고르듯이 자세히 살펴본단 말이지? 설마 그게 다는 아닐 텐데……."

모브달리는 대답하지 않았다.

"한잔하자고." 레나가 제안했다.

"술은 못 마십니다. 운전을 해야 해서요." 모브달리가 정중히 거절했다.

"택시 부르면 되지."

"주인어른이 알면 곤란해집니다."

"얘기 안 하면 되지."

"그래도 못 마십니다. 규정을 어길 순 없습니다."

"오늘은 내가 주인이야. 그러니까 내가 하자는 대로 하면 돼."

"주인어른은 어디 있죠?" 모브달리는 진심으로 이 상황을 이해하지 못하는 듯했다.

"다른 여자한테 가 버렸어. 젊은 애한테 말이야."

"집으로 불렀어야죠. 어린 아내 말이에요. 알라의 뜻이니까요."

"나는 어쩌고?"

"집에서 평상시대로 살림하면 되죠. 조강지처로서요."

"난 버림받았다고."

"아내를 버리는 건 죄예요. 알라가 금하는 일입니다. 사모님 형제들이 그를 벌해야 해요."

"결국 죗값을 치르고 말 거야." 레나가 확신에 차서 말했다.

그녀는 자신과 그의 잔에 코냑을 따랐다.

한밤중에 레나가 눈을 떴다. 옆에서 젊은 체첸 남자가 그녀의 몸에 묵직한 한쪽 다리를 올린 채 자고 있었다.

오! 이게 얼마 만이란 말인가! 따뜻한 사람의 체온을 옆에서 느낀다는 게 얼마나 큰 행복인가!

"사랑해." 이렇게 말한 순간만큼은 그녀 자신의 감정에 솔직했다.

"뭐?" 모브달리가 잠에서 깨어 초롱초롱한 눈을 떴다. "뭐라고요?"

그는 양팔을 뻗어서 팔베개를 했다. 겨드랑이에서 말 오줌 냄새가 났는데, 고약한 것까지는 아니지만 약초 비슷한 냄새가 강렬했다.

"좀 씻지." 레나가 부탁했다. "고약한 냄새가 나."

"어?" 모브달리가 다시 물었다. "무슨 냄새요?"

"말 냄새."

"3년 동안 말을 탔어요……."

모브달리는 일어나서 욕실로 향했다. 이어서 물 떨어지는 소리가 크게 들렸다가 이내 그쳤다. 잠시 후 그가 신이 인간을 창조할 당시의 모습으로 나타났는데, 키는 크지 않았지만 몸은 발레리노처럼 유연했다. 만져 보지 않아도 매끈한 몸이 뜨겁게 달아오른 걸 알 수 있었다.

불현듯 노벨라 마트베예바의 시가 떠올랐다.

오! 나는 얼마나 행복한가!
수탉은 마당에서 소리를 지르는구나
금방 잘라 낸 통나무의 절단면은 치즈 같구나
건조한 포플러스의 솜털이 영혼처럼 춤을 추는구나

레나는 니콜라이에게 전화를 걸어 말했다. "우리 얘기 좀 해요. 집에 와 줘요."

"난 지금 파리에 있어." 니콜라이가 상황을 설명했다.

"나 오래 못 기다려요."

"그럼 지금 말해."

"돈 좀 줘요."

"이혼하고 싶은 거야?" 니콜라이는 그녀의 의도가 궁금했다.

"그건 아니고, 그냥 내 돈이 들어 있는 통장이 갖고 싶은 것뿐이고, 그 돈을 자유롭게 쓰고 싶어요. 당신한테 간섭받기 싫어요."

"그럼 그렇게 해." 니콜라이가 순순히 허락했다.

"당신이 돈을 쥐고 있으니까 그렇게 자기 하고 싶은 대로 하고 나를 함부로 대하잖아요. 나도 내 돈을 갖고 싶어요."

"그런 일은 없을 거야." 니콜라이는 단호했다.

"왜죠?"

"나는 당신을 조종하고 싶으니까."

"이유가 뭐죠?" 레나는 이해할 수 없었다.

"당신은 나의 일부니까. 당신은 내 과거야. 그래서 나는 당신을 놓아줄 생각이 없어."

"당신한테는 애인이 있잖아요."

"애인은 애인이고 당신은 당신이니까."

"지옥에나 떨어져 버려!" 레나는 악담을 하고 전화를 끊었다.

니콜라이는 가만히 서서 짧은 신호음을 들었다.

돌을 던질 때가 있으면 돌을 모을 때도 있는 법이다. 하지만 니콜라이의 경우는 순서가 뒤바뀌었다. 그는 인생의 첫 번째 부분을 돌, 그러니까 돈을 모으는 데 시간을 소비했다. 첫 월급을 받고 기뻐했으며, 쓰기가 아까워서 모았고, 인색했다. 가난한 어린 시절과 그보다 더 형편이 안 좋았던 유년의 기억 탓이기도 했다.

어느 날 라야 이모가 400루블을 빌려 달라고 부탁했다. 니콜라이는 이미 돈을 벌었고, 돈도 있었지만, 빌려 주지 않았다. 라야 이모는 어린 시절 그를 무척 사랑해 주었다. 일하느라 늘 바쁜 어머니 대신 힘닿는 대로 정성껏 그를 돌봐 주었다. 어머니는 재봉사였고, 봉제 공장에서 2교대로 근무했다. 어린 니콜라이는 길가에 나는 잡초나 다름없었고, 이모 아니었으면 부랑아 신세를 면치 못했을 것이다. 라야 이모가 그를 먹이고, 학교 숙제를 검사하고, 누가 그를 괴롭히면 괴롭힌 아이들을 찾아가서 직접 해결하곤 했다. 말을 해서 듣지 않을 때는 주먹을 써서라도 해결했다.

어머니와 다름없는 이모가 다 늙어서 빌려 달라고 한 400루블이 그는 아까웠다. 그러던 이모가 갑자기 돌아가셨다. 허망하게

가 버린 것이다. 니콜라이는 장례식장에서 자신의 잘못을 떠올리며 울었다. 장례식 이후에도 울었다. 그리고 그가 쓸 수 있는 것보다 돈이 많아졌다. 이제 그는 이모를 얼마든지 편하게 모실 수 있었다. 하지만 이미 늦은 일⋯⋯.

그때부터 니콜라이는 돈을 물 쓰듯 쓰기 시작했다. 그렇게 함으로써 그가 지은 죄를 덮고 싶었다. 누가 돈을 달라고 부탁하면 오히려 좋아했다. 많은 사람이 그에게 손을 벌렸는데, 특히 예술 쪽 사람들이 심했다. 이를테면 가수들은 앨범 내는 데 필요한 돈을 부탁했고, 시인들은 생일 파티 비용을 원했으며, 연예인들은 이를 치료하는 데 돈이 필요하다는 이유로 손을 벌리곤 했다.

니콜라이는 단 한 번도 그런 부탁을 거절하지 않았지만, 대신 그들을 존경하는 마음은 사라졌다.

촬영을 시작할 무렵 사브라스킨은 자신이 무너진 건물의 잔해에 깔려서 절대로 빠져나오지 못할 것만 같았다. 하지만 시작이 반이라고 했던가. 영화는 더디긴 하지만 만들어지고 있었고, 올바른 방향으로 가고 있었으며, 이젠 희망의 빛줄기도 보이기 시작했다.

키라 세르게예브나가 대본을 보고 말했다. "이런 게 진짜 영화지. 모든 러시아 사람이 이 영화를 보려고 TV 앞으로 모여들걸."

안젤라는 영화에 두 번 짧게 모습을 드러냈다. 한 번은 물속에서, 또 한 번은 안개 속에 있는 모습이 스치듯 지나갔다. 두 번 모두 나체였다.

"이게 다야?" 키라 세르게예브나가 물었다.

"카리스마가 없어요. 새벽 여명처럼 회색빛이라고요." 사브라 스킨이 설명했다.

"네 생각엔 러시아 사람들의 취향이 어떤 것 같아?"

"다양하죠. 나도 그중 하나고요."

"자기는 지성인이잖아. 안젤라에게 두 장면 정도 더 할애해 봐. 노래를 부르게 해도 좋고."

"화재가 일어나는 장면에요, 아님 물속에 있을 때요?" 사브라 스킨은 그녀의 말뜻을 이해하지 못했다.

사브라스킨은 누군가의 말을 듣는 사람이 아니었다. 그는 자신이 원하는 것과 자신이 싫어하는 게 무엇인지 정확하게 알고 있었다. 이 두 가지를 바꾸는 것은 불가능했다.

한번은 안젤라가 영화 촬영에 늦었다. 고작 30분 늦은 거였다. 하지만 사브라스킨은 입을 크게 벌려서 고래고래 소리를 질렀다. 그 소리가 어찌나 컸는지 천장이 들썩거릴 정도였다. 촬영 스태 프들은 머리끝까지 화가 나서 그런다는 걸 알고 있었다. 그들에 겐 익숙한 장면이었다.

훌륭한 영화감독은 병적인 측면이 있는 법이다. 술을 많이 마 시는가 하면 여자를 자주 바꾸기도 하는데, 사브라스킨은 사이코 였다. 그가 한번 소리 지르기 시작하면 제어가 안 되는 것도 문제 지만 단어를 선별하지도 않았다.

안젤라는 낙석 아래에 서 있는 것처럼 서서 그의 고성을 듣고 있었다. 그가 던지는 말이 돌이 되어 안젤라의 얼굴을 가격했고,

그녀는 울음을 터뜨렸다.

사브라스킨은 몸을 돌려 세트장을 뛰쳐나갔다. 그리고 10분 후에 돌아왔다.

변한 것은 없었다. 안젤라는 여전히 울고 있었다.

사브라스킨은 그녀에게 다가가서 울음 때문에 일그러진 작은 얼굴을 보며 말했다. "알았어⋯⋯."

그 순간 안젤라는 더 서럽게 울기 시작했다.

"미안하다니까⋯⋯." 사브라스킨은 그녀를 꼭 끌어안았다.

안젤라는 그의 목을 눈물로 적시면서 그의 품에 안겼다.

저녁에 전화벨 소리가 들렸다. 안젤라는 몸을 부르르 떨었다. '그'의 전화임을 직관적으로 알았다. 그리고 그녀의 짐작은 맞아떨어졌다.

"너 지금 뭐 하고 있어?" 사브라스킨이 다짜고짜 물었다.

"그건 왜요?"

"아래로 내려와. 나 지금 너희 집 근처에 있어."

안젤라는 엘리베이터를 타고 내려가서 밖으로 뛰어나갔다.

사브라스킨은 차문을 활짝 열어 놓은 채 지굴리 안에 앉아 있었다. 안젤라는 일말의 망설임도 없이 차에 올라탔다. 그는 문을 세게 닫고 출발했다.

"어디 가는 거예요?"

"네가 가자는 대로."

해는 보라색 지평선 너머로 가라앉았고, 그 보라색은 분홍색

노을로 덧칠한 모습이었다. 대양에서 본 석양처럼 아름다웠다.

"저길 봐요……." 안젤라가 입을 열었다.

"어디 말이야?"

"석양이요."

그는 차를 세우고 안젤라를 바라보았다.

"왜 나를 그렇게……." 그녀는 당황해서 말끝을 맺지 못했다.

"석양을 보면서 운전할 수는 없으니까."

그녀의 어깨가 어떤 알 수 없는 힘에 이끌려 그녀를 그의 얼굴 쪽으로 밀어 넣었다. 그의 얼굴에서 쓴 내가 느껴졌다. 그가 먼저 그녀에게 키스했다. 안젤라는 키스가 끊어지지 않기를 원했지만, 그러기엔 호흡이 모자랐다. 그들은 서로를 잠시 밀친 뒤에 숨을 한 번 몰아쉬고는 또다시 행복의 열기 속으로 빠져들었다. 심장이 너무 두근거린 나머지 갈비뼈가 부러질까 봐 두려울 정도였다.

사브라스킨과 안젤라가 연인 사이라는 소문은 스튜디오 안에 빠르게 퍼졌다. 결국 키라 세르게예브나의 귀에도 들어갔다.

"그게 사실이니?" 키라 세르게예브나가 물었다.

둘은 그녀의 사무실에서 대화를 나눴다.

"무슨 말씀을 하는 거예요?" 안젤라는 다 알면서도 모르는 척 되물었다.

"니콜라이 알렉세이비치 씨는 너에게 아낌없이 주었어. 지금 네가 이만큼 사는 건 다 그 사람 덕이라고. 너한테 100만 달러까지 썼잖아."

"그 사람한테 100만 달러는 선생님의 1루블과 같아요. 쓰고 싶
으니까 썼겠죠. 아까우면 안 썼을 거예요." 안젤라는 침착하게 설
명했다.

"넌 지금 사기꾼처럼 행동하고 있어."

"그럼 나더러 어쩌란 말이죠? 나도 사브라스킨이랑 사랑에 빠
지고 싶었던 건 아니에요. 나도 모르게 사랑에 빠져 버린걸요."

"섹스가 그렇게 좋니, 어?"

"너무 좋더라고요. 사랑해서 섹스하는 건 정말 행복하더라고
요." 안젤라는 순순히 인정했다.

"네가 아는지 모르겠지만, '정숙'이라는 개념이 있어." 키라 세
르게예브나가 상기시켜 주었다.

"사랑만이 있을 뿐이에요." 안젤라가 확신에 차서 말했다.

"언제까지 속일 셈이야?"

"누구한테요?" 안젤라가 확인하려고 되물었다.

"니콜라이 알렉세이비치 씨 말이지."

"속일 생각은 애초에 없었어요."

휴대전화가 울렸다. 안젤라는 사브라스킨의 전화라는 걸 알고
있었다.

"네!" 안젤라가 잔뜩 들뜬 목소리로 외쳤다.

"들려?" 그가 물었다.

"잠깐만요……."

휴대전화에서 음악이 흘러나오기 시작했다. 누군가 그랜드피

아노를 연주했다.

"나 지금 작곡가 집에 잠깐 들렀어. 이게 영화 주제곡이야. 들어 봐……."

음악 소리가 더 크게 들리기 시작했다. 수화기를 건반 쪽에 바짝 붙인 것 같았다.

안젤라는 눈을 감고 들었다.

"하긴……." 키라 세르게예브나는 사색에 잠겨서 말했다. 그리고 생각했다. '사랑 앞에 몇 백만 달러가 무슨 소용이람.'

니콜라이는 안젤라에게 줄 선물을 찾아 파리 시내를 돌아다녔다. 안젤라도 이제 곧 스무 살이 된다. 인생에서 중요한 나이다. 진짜 인생이 시작되는 시기였다. 안젤라가 보고 싶었다. 그보단 안젤라가 그 안에 계속 있었다고 말하는 편이 정확했다. 심지어 프랑스 여자와 로맨틱한 밤을 보내기로 했어도 그와 프랑스 여자 그리고 안젤라, 이렇게 셋이서 함께 앉아 있거나 누워 있는 기분이 들 정도였다.

니콜라이는 주얼리 숍에 들러서 다이아몬드 반지를 골랐다. 아내 레나는 "다이아몬드 1캐럿 이하는 사랑도 아니죠."라는 말을 입버릇처럼 했다. 그는 체리 씨처럼 동그란 다이아몬드 알이 둥지에서 불쑥 솟은 것처럼 박힌 플래티넘 반지를 샀다. 하얀 무광택 메탈에 투명한 다면체 다이아몬드가 전부인 반지. 단순하고 깔끔하면서도 화려했다. 니콜라이는 반지를 받고 좋아할 안젤라의 작고 사랑스러운 얼굴을 상상해 보았다.

반지는 비싼 자동차 한 대와 맞먹는 가격이었다. 하지만 니콜라이의 사업은 탄탄대로였다. 파리에서 맺은 업무 협약도 만족스러웠다. 돈을 아낄 이유가 없었다. 지금이 아니라면 또 언제 이 돈을 쓰겠는가. 게다가 안젤라가 아니라면 또 누구에게 이 돈을 쓸 것인가. 안젤라는 니콜라이의 일부였다. 안젤라에게 돈을 쓰는 건 본질적으로 자기 자신에게 돈을 쓰는 것과 같았다. 그는 지금 행복의 대가를 지불하는 중이었다.

아침에 안젤라는 해외에서 걸려 온 전화 때문에 잠에서 깼다. 니콜라이가 파리에서 그녀의 목소리도 듣고 자신의 목소리도 그녀에게 들려주려고 전화한 것이다.

안젤라가 허스키한 목소리로 물었다. "지금이 몇 시죠?"

"'지금 시간이 어떻게 되죠?'라고 해야지." 니콜라이가 지적했다. "여기는 7시고 거긴 9시지."

안젤라는 말이 없었다. 그와 무슨 얘기를 해야 할지 몰랐다. 더 정확히 말하면 알지만 말할 결심이 서지 않았다.

"나 내일 저녁에 갈게."

안젤라는 대답하지 않았다.

"왜 말이 없어? 별일 없는 거지?" 니콜라이가 걱정 섞인 목소리로 물었다.

안젤라는 여전히 말이 없다가 겨우 입술을 움직였다. "잘 안 들려요……."

"알았어. 집에 가서 얘기하자고, 그럼." 니콜라이가 큰 소리로 말했다.

안젤라는 통화 종료 버튼을 누른 뒤 수화기를 들고 있는 자신의 손을 한참 동안 바라보았다. 종이를 집어 들고 책상 앞에 앉았다. "저 사랑하는 사람이 생겼어요. 안녕히 계세요."라고 적었다. 안젤라는 자기가 쓴 메모를 한참 동안 바라보았다.

그녀가 떠난 이유는 사브라스킨과 있는 것이 좋고, 그가 없는 삶은 텅 빈 삶이기 때문이었다. 이제 그가 없는 삶은 생각하기도 싫었다. 그들은 함께 프로그램을 만들었고, 그들은 육체적으로나 정신적으로나 아주 잘 어울리는 한 쌍이었다. 그들은 각자 외눈이었고, 둘이 함께 힘을 합쳐야만 독립된 개체가 완성되었다. 한쪽 눈만 있어도 생명에는 지장이 없지만 시야가 제한된다. 불편하기도 하지만 미관상 안 좋다.

사브라스킨은 안젤라를 성장시켰다. 그는 '존재하기'와 '소유하기'에 대해 알려 주었다. '존재하면서' 아무것도 소유하지 못할 수도 있다. 그래도 '존재해야' 한다. 반면 모든 것을 가졌지만 존재하지 않을 수도 있다. 안젤라는 사브라스킨의 눈동자를 쳐다보면서 그의 말을 경청했다. 사브라스킨의 날개가 자라고 있었다. 그는 피그말리온처럼 자신의 작품을 조각했고, 자신이 만든 작품에 마음을 빼앗겼다.

물론 항상 좋지는 않았다. 사브라스킨은 화가 머리끝까지 나면 돌을 던지듯 이 말 저 말 가리지 않고 퍼부어 댔다. 하지만 촬영팀에서 위안을 삼는 건 '그는 성격이 고약하지만 금방 진정한다'는 사실이었다. 콘센트에서 플러그를 뽑은 커피포트처럼 빨리 진정했다. 주변 사람들은 그의 감정 기복에 지쳐 갔지만, 단점 없는 사람이 어디 있는가.

아파트의 여자 수위는 낮 1시에 캐리어를 끌고 나오는 안젤라를 보았다. 꽉 끼는 점퍼와 지저분한 청바지 차림의 못생긴 청년이 그녀를 기다리고 있었다. 그들은 작고 지저분한 자동차 트렁크에 캐리어를 쑤셔 넣었다. 그리고 차에 올라 빠른 속도로 사라졌다. 그들이 탄 차는 봄의 먼지를 깨워서 축제의 불꽃놀이처럼 들뜬 듯 하늘로 올라갔다.

니콜라이가 집에 들어왔다. 집 안이 조용했다. 그는 방방마다 들어가 보았다. 옷장이 활짝 열린 채 빈 옷걸이만 덩그러니 매달려 있었다. 그리고 테이블에 놓인 쪽지가 보였다.

니콜라이는 쪽지를 읽고 의자에 무너져 내렸다.

"저 사랑하는 사람이 생겼어요. 안녕히 계세요."

짧고 명료하다. 니콜라이는 그 말을 읽자마자 그대로 믿었다. 그리고 부정했다. 그에게는 죽음과도 같은 일이었다. 사람은 결국 죽는다는 걸 모르는 사람은 없다. 하지만 적어도 살아 있는 동안은 불멸한다.

목이 타들어 갔다. 니콜라이는 홈바에서 위스키 한 병을 꺼내 벌컥벌컥 마시기 시작했다. 술은 마취제처럼 그에게 스며들었다. 마취제가 들어가 있는 동안은 사는 것이 그렇게 아프지 않은 법이니까.

니콜라이는 휴대전화를 꺼내서 입술이 두툼한 개인 변호사 레프 야코블레비치의 전화번호를 눌렀다.

"나 털렸어." 니콜라이가 고백했다.

"누가 그랬는데요?"

"여자가."

"손해액이 커요?"

"커."

"얼마나요?"

"많다니까……."

"속상해요, 아님 참을 만해요?"

"당연히 속상하지. 머릿속이 부글부글 끓어."

"그럼 이렇게 하시죠. 다섯 장은 킬러에게 주고 열 장은 이 사건을 수사하지 않도록 수사관에게 주는 거예요."

"자네 무슨 말을 하는 건가?" 니콜라이가 미간을 찡그렸다.

"알면서 그러시네. 배신자는 응당 벌을 받아야죠."

"벌이라니? 난 기독교도라고."

"그럼 교도답게 사세요. 우리가 우리에게 죄지은 자를 사하여 준 것같이 우리 죄를 사하여 주옵시고, 우리를 시험에 들게 하지 마옵시고, 다만 악에서 구하옵소서……."

니콜라이는 술을 몇 모금 더 마셨다.

"프촐킨처럼 할 수도 있긴 하죠." 변호사가 사색에 잠긴 듯 제안했다.

"어떻게?"

"준 거 다 빼앗고 정신병원에 집어넣는 거죠."

"그런 짓을 왜?"

"그나마 신사적인 복수죠."

"그게 무슨 신사적인 방법인가? 그냥 복수지. 복수가 무슨 건축 자재라도 되는 줄 아나?"

"그럼 모든 것이 이미 무너진 상황에서 도대체 뭘 지으려고 하는 거죠?"

"생각 좀 해 보고……." 니콜라이는 시무룩하게 말하고 전화를 끊었다.

그는 캔버스천으로 만든 긴 환자복을 입고 머리를 풀어헤치고 정신병원에 갇힌 안젤라의 모습을 떠올려 보았다. 안젤라는 침대에 앉아서 몸을 이리저리 흔들며 기계적으로 반복해서 말한다. "3, 7, 에이스 카드, 3, 7, 에이스 카드……."

하긴 꼭 에이스 카드란 법도 없지. 포커 퀸일 수도 있지.

심장과 팔이 아팠다. 삶은 그가 생각한 것보다 짧았다. 그는 자신이 젊고 멋진 사람이라고 생각했다. 그런데 사실은 구세대 사람이었다. 태양은 이미 다른 사람들에게 빛을 비추고 있었다. 그의 회사에서 일하는 젊은 컴퓨터 프로그래머들은 이해하기도 어려운 단어를 만들어 썼다. 앞으로는 늙는 일만 남았으니 아등바등 애쓰면서 살 필요도 없어 보였다. '자리를 비워 줄 때가 된 거야.'라고 생각했다.

목이 타들어 갔다. 혀에 모래알이 낀 것처럼 입 안이 까끌까끌했다. 심근경색이라도 올까 봐 두려웠다. 니콜라이는 눈을 감고 소리 내서 반복해 보았다. "우리가 우리에게 죄지은 자를 사하여 준 것같이 우리 죄를 사하여 주옵시고." 그러자 마음이 좀 가벼워졌다. 그는 안젤라가 의도적으로 배신한 게 아님을 알고 있었다. 어쩌다 보니 그렇게 된 거였다. 이를테면 우발적 살인이었다.

니콜라이는 아내 레나에게 칼을 댔다. 그는 그래도 되고 안젤라는 안 된다는 법은 없지 않은가? 모두가 할 수 있거나 그 누구도 할 수 없어야 공평한 법이다.

레나와 모브달리는 스키장에 갔다. 레나는 스위스의 알프스산맥에 가고 싶었지만 모브달리가 해외용 여권(러시아는 해외여행용 여권과 국내에서 신분증으로 쓰이는 여권이 따로 있다.-옮긴이)이 없어서 러시아의 스키장으로 만족해야 했다.

그런데 도착한 호텔에 객실이 없었다. 레나는 호텔 직원에게 부탁도 하고 돈도 주면서 문제를 해결하려고 애썼다. 이 와중에 모브달리가 증발해 버렸다. 호텔 여직원이 재빨리 상황을 파악하고 일부러 시간을 끌었다. 그러자 레나는 숙박비를 두 배에서 세 배까지 올려 불렀고, 결국 객실 열쇠를 받아 냈다.

레나는 캐리어를 끌고 복도 끝까지 가서야 비로소 모브달리를 발견했다. 그는 점프를 잘하는 사람과 탁구를 치고 있었다. 그러니까 레나가 객실을 구하려고 아쉬운 소리를 하며 숙박료를 지불하는 동안 그는 즐거운 시간을 보냈다는 뜻이었다. 그가 레나를 놈팡이 아들을 보살피는 엄마 정도로 이해했다는 걸 의미했다. 그녀는 갑자기 그가 역겨워졌다.

객실도 실망스럽긴 마찬가지였다. 호텔 객실이라고 말하기 민망할 정도였다. 소련 시절을 연상시키는 데다 가구는 반짝반짝 윤이 났다. 그녀는 대체 무엇을 기대하고 여기까지 왔을까?

호텔 복도에서 아는 사람을 만나지 않는다면 그나마 다행이었다. 만에 하나 아는 사람이라도 마주친다면? 그들이 무슨 생각을 할 것인가? 물론 사람들의 생각 따위는 무시할 수도 있다. 하지만 그녀 자신의 얼굴을 잃는 거였다. 남편을 잃을 수는 있어도 자기 자신을 잃는 건 견디기 힘들었다.

레나는 호텔 카운터 직원에게 가서 열쇠를 내밀었다. "계획이 바뀌었어요. 떠나려고요."

"그럼 사모님의 저기⋯⋯." 카운터 직원은 모브달리를 뭐라고 불러야 할지 몰라서 말끝을 맺지 못했다.

"자기가 알아서 하겠죠."

레나는 엘리베이터 쪽으로 갔다. 그 순간 그녀가 바라는 거라고는 양처럼 예쁜 두 눈을 크게 뜨고 이런저런 질문을 해대는 모브달리와 마주치지 않았으면 하는 것뿐이었다.

모스크바에 도착했지만 레나를 마중 나온 사람은 없었다. 그녀는 세르게이를 포함해서 집안 식구들에게 여행 가는 걸 숨겼다. 게다가 레나는 세르게이를 어려워했다. 레나는 택시를 타고 집에 갔다. 러시아제 차를 안 타 본 지도 꽤 됐다. 싸구려 승용차 말이다. 이건 마치 통조림 같다. 사고라도 나면 부상을 면치 못할 것이다. 볼보나 벤츠와는 비교가 안 되었다. 돈이 많아서 운전기사도 있고 안락한 삶을 누린다는 건 참 좋은 일이다. 어려움을 이겨 낼 필요 없이 그냥 주어진 대로 살아가면 그만이니까.

레나는 집에 들어갔다. 깨끗함이 주는 상쾌한 냄새가 느껴졌다. 청결이 풍기는 냄새가 있다는 것을 전에는 몰랐다. 부엌에 불이 켜져 있었다. 레나는 겉옷을 벗지 않고 부엌에 들어갔다. 니콜라이가 식탁 앞에 앉아 위스키를 마시고 있었다. 식탁에 빈 병 하나가 놓여 있었다. 의자 옆에도 빈 병 하나가 더 있었다.

레나는 마음속에 희망이 꿈틀거리는 걸 느꼈다.

"당신 돌아온 거야, 아니면 그냥 들른 건가?" 그녀가 물었다.

"나 이혼하고 싶어." 니콜라이가 대답 대신 말했다.

"애인이 임신이라도 한 거야?" 레나가 넘겨짚고 물었다.

"애인은 없어." 니콜라이가 대답했다.

"당신이 버린 거야?"

"그녀가 날 버렸어. 손가락 사이에 묻은 콧물이라도 되는 것처럼 털어내 버렸어."

"그러면 이혼은 왜 한다는 거지?"

"자유로워지고 싶어."

"누가 말리나." 레나는 순순히 받아들였다. "구속하지 않을 테니까 가끔 집에 와요. 저녁이면 다 같이 TV나 보게."

"함께 TV를 보는 건 늙어 가는 거야. 나는 살고 싶어. 인생은 단 한 번밖에 주어지지 않으니까."

"나도 알아. 학교 다닐 때 배웠어. 온몸이 마비된 니콜라이 오스트롭스키(러시아의 극작가-옮긴이)가 그렇게 말했지. 그는 산송장이나 다름없었어."

"나는 아직 건재해. 젊고 재능 있고 게다가 부자라고. 돈 많은 남자는 늙는 법이 없어. 난 아직 짱짱해."

"당신이 아무리 그래도 나이는 못 속여."

레나는 겉옷을 벗으러 현관으로 갔다.

니콜라이는 3개월 동안 술을 마셨다. 첫 달은 레나가 아무 말 없이 시중을 들어 주었다. 그다음에는 그의 발에 걸려 넘어지는 데 이력이 났다. 결국 그녀는 남편을 게스트하우스에 보냈다. 세르게이는 주인어른에게 평면TV를 사다 넣어 주었다. 그리고 빈 상자를 술병이 가득 찬 상자로 바꿔 놓는 일을 했다.

최근 들어 세르게이는 운전기사와 경비 두 가지 일을 하고 있었다. 모브달리는 홀로 세 아이를 키우는 아내에게 돌아가고 없었다. 그는 일자리가 없어진 걸 크게 아쉬워하지 않았다. 사지만 멀쩡하면 일자리는 얼마든지 찾을 거라고 믿었던 것이다.

니콜라이는 술을 마시면서 TV를 보았다. 하루는 5번 채널에서 대학 합창단이 나와 천상의 목소리로 노래를 불렀다. 가사도 목소리도 완벽했다.

니콜라이는 가사를 알아보았다. 레르몬토프의 시였다.

거대한 절벽의 가슴속에서
황금빛 먹구름이 하룻밤을 청했다네
먹구름은 화창한 날 이른 아침
신나게 떠났다네

하지만 늙은 절벽의 주름에
축축한 흔적이 남았고
절벽은 홀로 서서 깊은 생각에 잠겨
텅 빈 사막에서 조용히 흐느낀다네

처음 사행시는 황금빛 먹구름이 가볍게 하늘을 훨훨 나는 것
같은 느낌이었다. 하지만 두 번째 사행시는 군데군데 휴지(休止)
가 있었다. 그 휴지는 심호흡을 위한 것으로 절벽에 관한 부분
이었다. 그리고 마지막 구절인 "텅 빈 사막에서 조용히 흐느낀다
네."에서는 남자들이 통곡했다.

니콜라이는 울기 시작했다.

레나가 문지방에 서서 말했다. "당신 지금 안 멈추면 죽을 수도
있어……."

니콜라이는 그녀의 말이 옳다는 걸 깨달았다. 지금 멈추지 않
으면 저세상에 갈 수도 있었다. 하지만 이 세상을 등지는 것도 나
쁘지 않을 듯싶었다. 사실 그의 삶은 빈곤, 부, 사랑, 미움 그리고
무관심 등 다채로운 편이었다. 앞으로도 일, 돈 그리고 여자 등 지
금껏 해 온 대로 반복될 터였다. 거대한 절벽의 가슴에 또 다른 먹
구름이 하룻밤을 청하고 떠날 것이다…….

니콜라이는 한밤중에 잠에서 깼다. 그는 눈을 뜨고서 오흐리츠
와 대립하는 게 무의미하다는 걸 깨달았다. 그들은 한 프로젝트
를 붙잡고서 각자 자기에게 유리한 쪽으로 끌고 가려 했다. 그런

데 이 프로젝트는 계속하는 것보다 그만두는 쪽이 더 유익했다. 기존의 상황을 돌려놓으려고 애쓰면서 힘들어하는 것보다는 새로운 것을 만드는 편이 더 빠른 법이었다.

아침에 비서한테 전화해서 말했다. "오흐리츠한테 전화 오면 그의 제안을 받아들일 수 없다고 말해요."

"무슨 말인지……."

"겁을 먹게 하려는 거예요." 니콜라이가 설명했다.

"네, 이해했습니다." 새로 온 비서는 니콜라이의 말을 빠르게 이해했다.

경쟁자인 오흐리츠는 니콜라이가 자신을 무시한다고 생각하여 두려운 나머지 오줌을 지릴 것이다. 두려워하는 사람은 이기기 쉽다. 결국 오흐리츠는 상대방이 원하는 돈을 지불할 것이며, 그 후에는 행복을 되찾을 것이다. 니콜라이는 자기 몫을 챙겨서 그 돈을 다른 프로젝트에 투자하면 그만이었다. 그는 이미 어떤 프로젝트에 투자할지 생각해 두었다.

니콜라이는 찬물과 뜨거운 물을 번갈아서 몸에 끼얹으며 샤워했다. 그리고 물기를 닦았다. 몸은 뜨거웠고 그는 몸속 세포 하나하나를 느낄 수 있었다. 그는 잠시 생각에 잠겼다. '애인은 도망갔지만 불알은 붙어 있지 않은가.' 사지도 멀쩡하게 붙어 있었다. 돈 많은 남자는 늙는 법이 없다. 재능 많은 남자도 마찬가지다. 그는 돈도 많고 재능도 많았다.

정원이 금빛 자작나무 잎사귀로 가득 차 있었다. 니콜라이는 정원을 걸으면서 그가 구두창으로 지구의 축을 건드리자 지구가

164

힘들게 축을 중심으로 돌아가는 듯한 생각이 들었다. 머릿속으로 오흐리츠 일을 정리했고, 그러자 그를 미워하던 마음이 사라졌다. 방 안을 차지한 옷장을 치운 것처럼 마음속이 한결 더 넓고 밝아지는 기분이었다. 지구는 발아래에서 더 빨리 돌고 있었다. 니콜라이는 그 속도에 맞춰서 걷는 게 버거워졌다. 지구가 발밑에서 멀어지고 있었다.

날이 어두워졌다. 지구가 밤 속으로 빠져든 것이 분명했다.

니콜라이는 병원에 입원했다. 몸의 절반인 왼쪽 부분에 마비가 왔다. 팔다리가 움직여지지 않고 입술이 비뚤어졌다. 레나는 매일 병원에 들렀다. 마사지사, 언어치료사, 물리치료사 등 전문가들을 데려왔다. 돈이 물처럼 빠져나갔다. 레나는 '이 사람들을 고용할 돈이 없는 일반인은 도대체 어떻게 치료한단 말인가?'라는 의문을 가졌다.

니콜라이는 어떻게 해야 할지 몰랐다. 몸이 뜻대로 움직여지지 않았다. 특별히 아픈 데는 없었다. 생각 같아서는 자리를 털고 일어나 걸어 나가면 될 것 같았다. 하지만 어디까지나 그의 생각일 뿐이었다. 니콜라이는 아무것도 할 수 없었다. 지금껏 그는 자기 인생의 주인이었다. 그런데 지금은 전지전능하고 무자비한 누군가에게 짓밟혀 버린 노예의 모습을 하고 있었다.

절망감에 휩싸여 울 때면 그의 얼굴이 심하게 일그러지곤 했다. 레나가 찬란한 미소를 띠고 병실에 들어올 때면 니콜라이는 광기에 휩싸였다. 빵, 사과, 물컵 등 손에 집히는 대로 레나를 향해 던졌다.

주치의 타이르 바흘룰로비치가 이런 병을 앓는 환자는 공격적이며 자기중심적이라고 설명했다. "뇌졸중으로 인한 신경과적 문제입니다. 곧 익숙해질 겁니다. 덤덤해지도록 노력해 보세요."

"혹시나 위험한 물건을 던지면 어떻게 하죠?"

"잘 피해야죠."

레나는 어이가 없었다. '맙소사, 이게 전문가의 조언이라니.'

친지와 가까운 이들이 병원을 찾았다. 레나는 그들의 방문 횟수를 제한했다. 맏딸은 조용히 울었다. 아버지처럼 젊은 사람이 이렇게 속수무책으로 병에 걸린 게 속상했다. 그녀는 여전히 아버지한테 서운했다. 하지만 지금은 서운함을 뛰어넘는 뭔가가 있다는 것을 깨달았다. '자비는 정의 위에 있습니다.'라는 현자의 말이 옳았다.

작은딸 조야는 어떻게 해야 할지 몰랐다. 그녀는 아빠를 사랑했지만 외할머니한테는 내색하지 못했다. 소위 말하는 이중잣대를 적용했다. 아직 이성적인 논리가 서지 않아 판단 기준을 찾아 헤맸지만 번번이 실패했다. 조야는 손으로 삶을 더듬으며 움직였다.

니콜라이의 장모는 나이보다 젊어 보이는데, 딸을 두고 바람을 피운 사위가 관 속에 누워 있는 모습을 보는 게 소원이었다. 그녀의 꿈은 부분적으로 이루어진 셈이었다. 니콜라이는 찌그러져 상품성이 떨어졌다는 이유로 보르시(러시아식 수프-옮긴이) 만들 때나 쓰는 토마토처럼 누워 있었다. 하지만 이상하게도 기쁘지 않았다. 가슴이 텅 빈 것만 같았다.

　니콜라이의 누이는 사색에 잠긴 채 그를 바라보았다. 그녀는 니콜라이가 유언장을 쓰지 않았다는 걸 알았고, 무슨 일이 생길 경우 계좌의 돈은 전부 레나에게 상속된다는 것도 알고 있었다. 레나가 돈을 다 차지한다면 신발끈 값 하나도 챙기지 못하리란 것 역시 잘 알았다. 이런 생각은 슬픈 진심과 오버랩되었다. 누이는 니콜라이가 어릴 때 모습이 떠올랐고, 그러자 동생이 불쌍해서 마음이 찢어지는 것 같았다.

　그러던 어느 날 오흐리츠가 병실을 찾아왔다. 그는 기쁨을 숨기는 데 서툴렀고, 결국 기쁨의 눈물을 흘리고야 말았다. 가장 위험한 경쟁자가 스스로 기권했고, 그렇게 함으로써 오흐리츠에게 커다란 선물을 안겨 준 셈이었다. 오흐리츠는 니콜라이가 무척 고마웠다. 아니, 고마움보단 사랑에 가까운 감정이었다.

　전화벨이 쉴 새 없이 울렸다. 레나는 전화를 철저하게 걸러 냈다. 니콜라이는 안정을 취해야 하기 때문이었다.

　하루는 레나가 잠깐 병실을 비운 터라 니콜라이가 직접 전화를 받았다. 안젤라였다.

　"잘 지내요?" 안젤라가 떨리는 목소리로 어렵게 입을 열었다.

　"살아 있었네?" 니콜라이가 대답했다.

　"몸은 어때요?"

　"그냥 그래……."

잠시 둘 다 말이 없었다.

"원하는 게 뭐지?" 니콜라이가 물었다.

"원하는 거 없어요. 사실은 그 반대예요⋯⋯."

"반대라니 무슨 뜻이지?"

"집은 비워 뒀어요. 도로 가져가면 돼요."

"난 한번 준 선물은 도로 가져가지 않아." 니콜라이가 대답했다.

"자기는 좋은 사람이에요⋯⋯."

"좋은 사람은 사랑받지 못하더라고. 나쁜 사람을 사랑하지."

안젤라는 결국 눈물을 터뜨렸다. 그리고 어렵게 물었다. "자기
나한테 아직도 화났어요?"

"좋은 질문이군⋯⋯."

니콜라이는 실소했다. 그는 혼자서 행복한 대가로 몸의 절반을
바쳤고 이제는 만신창이가 된 수캐처럼 기어 다니는데⋯⋯ 그녀
는 "자기 나한테 아직도 화났어요?"라고 한다.

마침 레나가 들어왔고, 니콜라이는 통화 종료 버튼을 눌렀다.

친한 친구들이 놀라서 당황했다. 니콜라이는 뇌졸중을 앓기엔
너무 젊기 때문이었다. 오십대 초반이면 아직은 한창 활동할 나
이였다.

주치의 타이르 바흘룰로비치는 이 나잇대가 남자에겐 가장 위
험하다고 차분히 설명했다. 오십대야말로 스트레스를 피하고 식
단 조절을 하면서 각별히 건강에 신경 써야 하는 나이라는 것이다.

"그럼 이미 풍을 맞았으면 어떻게 하나요?" 한 친구가 질문했다.

"뭘 맞아요?" 타이르 바흘룰로비치는 질문을 이해하지 못했다. 그는 아제르바이잔 사람이었고, 러시아어 표현을 잘 이해하지 못했던 것이다.

"그러니까 이미 뇌졸중 증세가 있으면 어떻게 하죠?" 누군가 친구의 말을 통역해 주었다.

"중요한 건 직립 치료입니다. 결과적으로 재활할 수 있도록 해야 합니다." 의과대 교수인 주치의가 강조했다.

두 달이 지났다. 니콜라이는 직립에 성공했다. 지팡이를 짚고 걸을 수 있었다. 하지만 한쪽 팔은 채찍처럼 힘없이 대롱거렸다.

퇴원 수속을 밟을 때 타이르 바흘룰로비치가 니콜라이의 얼굴 앞에서 핑거스냅을 하고 말했다. "인지 능력은 이상 없습니다. 뇌 손상도 없습니다. 다리 역시 좋아질 조짐이 보이고요."

"그럼 팔은요?" 레나가 물었다.

"팔은 '다음 생에서 봅시다.'라고 하는군요."

레나는 속으로 투덜거렸다. '하필 이런 순간에 농담을 하는 건 뭐람. 멍청한 아제르바이잔 사람 같으니⋯⋯.'

레나는 남편을 별장에 데려다 놓았다. 그에게 스위스제 휠체어를 사 주고, 휠체어에 낙타 담요를 깔았다.

겨울이 끝나 가고 있었다. 하늘은 눈이 부실 정도로 파랬다. 니콜라이는 하늘과 소나무를 바라보았다. 파란 하늘색에 휘어지고 울퉁불퉁한 소나무의 팔다리가 일본 회화를 연상시켰다. 니콜라이는 아무 생각 없이, 아니 이런저런 생각을 조금씩 하면서 하늘을 보고 있었다. 인생에서 오십은 가장 활발하게 움직이는 시기다. 그는 돈이라는 돌을 던지기도 하고, 모으기도 하고, 아끼기도 하고, 물 쓰듯 쓰기도 했다. 그가 사랑한 사람도 있었고, 그를 사랑한 사람들도 있었다. 그가 배신하기도 하고, 누군가에게 버림받기도 했다. 이 모든 것은 시간과 함께 흘러갔고, 과거 속으로 사라졌다.

그런데 지금 머리 위에 하늘이 있다. 그리고 여기 분홍색 줄기를 가진 소나무 한 그루……. 이들은 과거에도 있었고 앞으로도 존재할 것이다. 니콜라이는 지금껏 단 한 번도 이런 데 관심을 둔 적이 없었다. 고개를 들고 위를 올려다볼 생각은 하지 않았던 것이다. 그는 지금까지 멧돼지처럼 앞과 아래만 보고 살았다.

레나가 테라스로 나와서 말했다. "지금 TV에 당신 애인이 나오네요. 안 볼래요?"

니콜라이는 말이 없었다.

"엉덩이 3초, 젖꼭지 3초, 얼굴 3초네요. 그중 얼굴이 임팩트가 가장 적은 것 같아요."

니콜라이는 여전히 대답이 없었다.

"1번 채널은 '스파르타크'와 '디나모'의 축구 경기가 나오네요. 당신은 스파르타크 좋아하잖아요."

니콜라이는 젊고 강인하고 위험한 몸싸움을 하면서 골이라는 목표를 향해 역동적으로 움직이는 이들을 보고 싶지 않았다. 몸과 마음 모두 쉬고 싶었다.

모스크바는 벌써 눈이 녹았는데, 모스크바 근교는 아직 여기 저기 눈이 덮여 있었다. 이제 막 모습을 드러낸 마르트노프카의 태양이 이글거렸다. 눈과 태양. 스키 시즌이 돌아왔다. 상의를 벗고 스키를 타는 이가 많았다.

레나는 숲을 따라서 스키 자국이 가득한 길을 걸었다. 그녀는 세르게이와 함께 동행했다. 스키 타다가 무슨 일이 생길지 누가 아는가? 넘어질 수도 있고, 다리를 접질릴 수도 있고, 스키 스틱을 잃어버릴 수도 있고…….

플라스틱 스키를 타는 레나와 달리 세르게이의 스키는 나무 재질인데, 스키를 많이 타서 길도 잘 들고 왁싱도 잘돼 있었다. 그는 플라스틱을 싫어했다.

사브라스킨은 새로운 프로젝트를 기획했다. 제작비의 절반은 정부 지원을 받았지만 나머지 절반은 아직 구하지 못한 터였다. 사브라스킨은 개인 은행에 문의했다. 그들은 그의 제안을 거절했는데, 처음부터 거절한 게 아니라 엄청나게 뜸을 들인 후였다. "고려해 보겠습니다." "저희가 다시 전화 드리겠습니다." 하고는 감감무소식이었다.

사브라스킨은 무시당하는 걸 유독 힘들어했다. 사람들은 그가 남긴 부스러기를 먹고 그를 골탕 먹이기 시작했다. 그 무렵 안젤라의 귀에는 종이 달려 있었다. 그녀는 사브라스킨이 창문 밖으로 뛰어내리지나 않을까 걱정되었다.

안젤라는 키라 세르게예브나의 집으로 갔다. 거기 말곤 갈 데가 없었다.

"얼마나 필요한데?" 키라 세르게예브나가 금액 확인 차 물었다.

"150만 달러요." 안젤라가 대답했다.

"아파트랑 별장 팔면 정확히 150만 달러 나오겠네."

안젤라는 말이 없었다. 그녀는 아파트도 별장도 아까웠다.

"나중에 그 돈 돌려받아서 원상복귀하면 되잖니." 키라 세르게
예브나가 안심시켰다.

"정말 그럴까요?" 안젤라가 의심이 가득한 목소리로 물었다.

"그냥 돌아오는 정도가 아니라 딸린 식구까지 있을걸……."

"딸린 식구라뇨?"

"이자가 많이 붙었을 거라고. 영화는 지금 가장 돈이 되는 사
업이야. 석유보다 수익성이 더 좋아." 키라 세르게예브나가 설명
했다.

아무도 안젤라에게 계약서를 써야 한다는 말을 해 주지 않았
다. 돈은 '아샨'이라고 적힌 셀로판 봉지에 넣어서 영화 프로듀서
인 세이풀린에게 전달되었다. 그런데 '아샨'은 매장 이름이었고
프랑스어로는 '참새'를 뜻했다. 돈은 그 길로 참새 떼처럼 날아가
서는 더 이상 안젤라에게 돌아오지 않았다.

안젤라의 엄마 나타샤는 매듭을 연결하면서 "쉽게 얻은 돈은
쉽게 사라지는 법이지."라고 철학적인 말을 했다. 더 정확히는 매
듭을 연결했다기보다 뜨개질로 중국식 체크무늬 가방을 만들고
있었다. 나타샤는 낙천적인 사람이어서 잃어버린 걸 아쉬워하지

않았다. 없어졌다면 어차피 내 몫이 아니라는 것이다. 그리고 위기는 기회라고 생각했다. 나타샤는 마르트노프카로 돌아갈 채비를 했다. 진짜 땅이 있는 곳으로. 마르트노프카의 깨끗한 흑토는 모스크바 근교의 점토보다 훨씬 비옥했다. 비교하는 것 자체가 우스울 정도였다.

사브라스킨은 재정적인 부분을 전혀 몰랐다. 그는 예술밖에 모르는 사람이었다. 하지만 안젤라에게 죄책감을 느꼈고, 늘 변명을 늘어놓았다. 그는 늘 죄책감에 시달리다 어느 날 갑자기 뻔뻔해지기로 했다. 사실 자기 때문에 피해를 입은 여자와 매일 침대에 눕는 것이 불편하기도 했다. 그가 의도하지 않은 상황이라도 말이다.

이런저런 약속을 핑계로 사브라스킨의 귀가가 늦어지기 시작했다. 그는 젊고 재능이 있으며 다른 사람과는 허심탄회하게 마음이 잘 통했다. 하지만 안젤라에겐 거리를 두었다.

안젤라는 그런 사브라스킨을 비난하지 않았다. 그가 사라지기라도 할까 봐 오히려 노심초사했다. 하지만 불같은 성격의 사브라스킨은 그녀의 고귀한 심성도 거슬렸다. 그녀가 잘해 주면 잘해 줄수록 자신이 얼마나 못난 사람인지 깨닫기 때문이었다.

늘 그렇듯 우려하는 일은 현실로 일어나는 법이다. 어느 멋진 날 사브라스킨이 사라졌다. 말 그대로 증발해 버린 것이다. 그리고 배우 가누시키나에게 빌붙어 살았다. 가누시키나는 카리스마가 넘치는 여자였다. 문제의 카리스마는 귀와 눈을 포함한 몸의 모든 구멍에서 몸 밖으로 나왔다.

레나의 말이 옳았다. 배신은 고리로 연결되어 또 다른 배신을 낳는다. 가누시키나 역시 언젠가는 사브라스킨을 배신할 것이다. 하지만 그건 어디까지나 미래의 이야기였다. 지금 안젤라는 이 거대한 도시에서 철저하게 혼자였다. 그녀가 가진 거라곤 공원이 보이는 작은 아파트와 젊음 그리고 호루라기 소리가 나는 목소리뿐이었다.

킬리만자로의 눈이 흐릿해지고 조금 녹았지만 아직 늦지 않았으니 자신에게 오라며 손짓하고 있었다.

프로듀서 마르크 타마르킨은 아내 타마르카와 통화하고 있었다(그는 아내 이름으로 예명을 만들었다).

이때 문이 열리고 안젤라가 들어왔다.

프로듀서는 굉장히 기뻤지만 애써 감추고 침착하게 타마르카와 대화를 이어 갔다.

안젤라는 통화가 끝나기를 기다렸다.

마르크는 전화를 끊고 무표정하게 인사했다. "잘 지냈나? 항복하는 건가?"

"웬 항복요? 투쟁하러 온 거예요. 그래서 이기려고요." 안젤라는 그의 말을 바로잡았다.

마르크는 그녀를 좀 더 자세히 살펴보았다. 무언가 달라졌다. 그녀는 좀 더 성숙해졌고, 예전과 달리 뭔가 채워져 있었다.

옆문에서 스타스가 나타났다.

"이런, 마음에 드는 프로듀서를 못 찾았나 보지?" 그가 푸근한 목소리로 뼈 있는 농담을 했다.

"찾으러 다닌 적 없는데요."

"고향이 시골 어디라고 그랬지?" 마르크가 질문했다.

"마르트노프카라고 전에 말씀드렸는데. 그리고 시골이 아니라 도시형 마을이에요."

"아조브해 있는 데 맞지?"

"아조브해 맞아요. 그런데 그건 왜요?"

"지금 거기에 라스베이거스를 만든대. 대도시에 흩어진 도박장을 전부 한곳에 모은다는 승인이 떨어졌다나 봐. 이제 대도시의 모든 악이 너희 고향에 모일 거야."

"열정과 악이겠죠. 열정 없는 악은 없으니까요." 스타스가 그의 말을 정정했다.

안젤라는 순간 바다 위에 우뚝 솟아 있는 높은 바닷가가 떠올랐다. 해변이 파헤쳐질 것이다. 허름한 흰색 집도 철거될 테고 마당도 사라질 것이다. 대신 일자리가 생길 것이다. 누군가는 기뻐하고, 또 누군가는 속상해할 것이다.

하지만 바다는 흔들리지 않는다. 바다는 달에 의해서만 동요될 뿐이니까…….

이유

Своя правда

그녀의 삶은 한편으론 단순하고 또 한편으론 복잡하다. 그런 점에서는 다른 사람들의 삶과 다르지 않다.

마리나 이바노브나 구시코는 바쿠의 평범한 러시아 가정에서 태어났다. 구소련 시절 바쿠는 다양한 민족이 모여서 사이좋고 평화롭게 사는 다민족 도시였다.

그녀 인생의 주요 무대는 동네 마당이었다. 어린 마리나는 옆집에 사는 하칙, 솔로몬칙, 폴라드, 다비드하고 놀았다. 점심때가 되면 엄마나 할머니가 창밖으로 얼굴을 내밀고 자기 아이를 불러들였는데, 그들의 러시아어는 저마다 다양한 억양이 섞여 있었다. 익숙한 풍경이었고, 그럴 수밖에 없기도 했다.

마리나는 바닷가로 뛰어가서 사내아이들과 함께 채유탑 꼭대기까지 기어 올라가는 걸 좋아했다. 물론 위험한 놀이였다. 떨어져 다치거나 발을 헛디뎌서 미끄러지면 죽을 수도 있었다. 하지만 아이들은 위험한 걸 몰랐다. 아이들이니까.

부모님은 마리나에게 신경 쓸 여유가 없었다. 마리나 스스로 하루 계획을 세우고, 그렇게 하루하루 살아갔다. 하루 종일 실컷 뛰어놀다가 집에 돌아오면 녹초가 되어 곯아떨어지기 일쑤였다. 다리는 늘 지저분한 데다 찬바람에 트기 마련이었다. 하지만 어린 시절은 삶이 시작되는 시기였고, 그 삶은 마리나를 부드럽게 비춰 주었다. 마리나는 늘 소리를 질러 대는 어머니나 항상 싸우고 들어오는 오빠를 사랑했다. 사랑에는 조건이 없으니까, 마음 가는 대로 사랑하면 그만이니까.

다른 과목은 B, C를 유지했지만 노래는 A를 받았다. 힘 있고 맑은 목소리로 노래를 잘해서 항상 솔로였다. 마리나가 솔로로 노래를 시작하면 합창단이 후렴구를 불렀다. 합창단에서 혼자 솔로를 하다니, 얼마나 행복한가.

마리나는 고등학교를 졸업하고 교육대학에 들어갔다. 교사는 좋은 직업이었다. 존경받으면서 배부르게 살 수 있었다.

마리나는 아제르바이잔의 부모들이 집에서 기른 닭이나 과일, 푸성귀 등을 바구니에 담아 들고 교사를 찾아가는 걸 보곤 했다. 교사는 답례로 부모가 원하는 점수를 아이들에게 주었다. 중앙아시아 여자들은 깊이 있는 지식이 필요 없었다. 고등학교를 졸업하면 결혼해서 아이를 낳고 살 테니까 말이다. 수학은 시장에서 물건 살 때나 필요했다. 러시아어는 몰라도 상관없었다.

마리나는 부모와 학생들이 잘 보이려고 알랑거리는 얼굴을 기억했다. 그녀는 그들을 두려움에 떨게 하고 복종시키는 게 좋았다. 그런 식으로 나라를 다스린 스탈린에 비해 그녀는 규모가 좀 작을 뿐이었다.

마리나는 권력을 휘두르고 싶었다. 그런 식으로 어린 시절의 억압받은 콤플렉스를 극복하고 있었다.

대학 시절에도 외출복 원피스가 한 벌밖에 없어서 저녁에 빨아 아침에 다려 입어야 했다. 하지만 늘 똑같은 원피스만 입고 다니는 마리나에게도 사랑이 찾아왔으니 공대생 볼로치카 시도로프였다. 그들은 야외 무도회장에서 처음 만났다.

볼로치카는 마리나를 초대하기 전에 친구 보리스를 보내서 그녀가 자기와 춤추러 갈지 여부를 물었다.

마리나는 훤칠한 미남인 보리스가 다가오자 심장이 쿵쾅거렸고, 그의 팔에 안길 준비가 되어 있었다. 하지만 보리스는 단지 그의 친구와 함께 춤을 출 건지 물어보러 온 것뿐이었다.

"그럼 걔는 어디 있는데?" 마리나는 실망한 목소리로 물었다.

마침내 모습을 드러낸 볼로치카는 키는 짤따란데 어깨가 넓어서 꼭 꼽게 같았다. 보리스와는 비교가 안 됐다. 물론 데리고 다니기 민망할 만큼은 아니어서 춤 정도는 함께 춰도 상관없다고 생각했다. 직접 와서 물어봤으면 더 좋았을 거라는 아쉬움은 남지만 말이다.

다음 날 두 사람은 영화관에 갔다. 볼로치카는 어둠 속에서 그녀의 손을 잡았다. 마리나는 오줌이 마려워서 화장실에 가고 싶었지만 영화가 끝날 때까지 기다리기로 했다. 그녀는 생리 현상을 참느라 괴로웠고, 볼로치카의 부드러운 손길은 그가 원한 효과를 얻지 못했다.

영화관을 나와서 공원에 갔다. 볼로치카는 마리나를 나무에 밀착시키고 그녀의 가녀린 몸을 누르면서 자기 입술을 그녀의 입술에 대고 누르기 시작했다.

요즘 아가씨라면 아무 고민 안 하고 "다섯 발자국만 가서 뒤돌아서 있어."라고 말했을 것이다. 그리고 10초 후면 완전 다른 세상이 눈앞에 펼쳐졌을 것이다. 하지만 1950년대 아가씨는 그러지 못했다. 남자는 여자의 방광에도 오줌이 모인다는 걸 몰라야 한다 여겼고, 그 말을 입에 담는 것도 창피해했다. 여자는 엄지공주처럼 꽃에서 태어난 존재로 기억돼야 하는 시절이었다.

결국 마리나는 볼로치카가 키스하는 순간에 오줌을 싸고 말았다. 다행히도 사방이 캄캄하여 바닥에 물줄기 떨어지는 소리만 들릴 뿐 아무것도 보이지는 않았다.

볼로치카는 작달막한 고개를 갸웃거리면서 물었다. "이게 무슨 소리지?"

마리나도 무슨 소리인지 듣는 척하면서 고개를 갸웃거리고는 되물었다. "어디서 나는 소리지?"

그녀는 재빨리 볼로치카를 다른 나무로 데려갔고, 그제야 긴장을 풀고 키스에 몰입할 수 있었다. 그녀의 허리 아래로 내려가려 하는 그의 손을 막아 내면서 말이다.

그날 저녁에도 원피스를 빨아야 했다. 볼로치카는 그날 아무것도 눈치채지 못한 듯했다. 눈치챘다 하더라도 이해하고 넘어갔을 것이다. 볼로치카는 마리나를, 그녀의 온기와 냄새, 비밀스런 오솔길을 알고 싶었고, 그 무엇도 그를 막을 수는 없었다. 그는 계속해서 더 깊이 그녀를 알아 가고 싶었다. 영원히.

그들은 결혼했다.

어머니는 이웃들에게 "걔네는 언제 가 봐도 항상 누워 있어."라고 이야기했다. 그건 사실이었다.

9개월 후 아이가 태어났다. 사내아이였다. 아이는 예뻤고, 어린 레닌처럼 금발에 곱슬이었다.

마리나는 시험을 앞둔 터라 아이를 탁아소에 맡겼다. 아이를 데리러 오면 목까지 젖고 감기에 걸린 데다 히기져 있었다. 기저귀부터 갈아야 할지 시험 공부 먼저 해야 할지 몰라 머리가 어지러웠다. 그러다 우연히 거울에 비친 얼굴을 보니, 안색은 창백하다 못해 잿빛이고 눈 밑에는 다크서클까지 있었다. 아무 생각 없이 혼수상태에 빠진 것처럼 깊이 잠들고 싶었다. 볼로치카는 집안일을 도와주지 않았고, 머릿속에는 오로지 그 생각밖에 없었다. 마리나는 한 마리 양처럼 그의 요구에 응하긴 했지만, 심지어 그와 사랑을 나눌 때도 어디 가서 돈을 구할지, 내일 아침에는 뭘 만들지, 시험을 어떻게 볼지 등을 고민했다.

모성애는 축복이라고들 한다. 하지만 돈과 집안일을 도와줄 사람이 있을 때라야 비로소 행복을 느낄 수 있는 법이다. 이 모든 것이 있고 아이가 있어야 가능한 일이다. 아무것도 없이 힘만 든다면 스스로 사람이 아닌 비 맞는 한 마리 말이라고 느낄 수밖에 없다.

그리고 10년이 흘렀다.

볼로치카는 대학을 졸업하고 공장에서 반장으로 일했다. 소음과 선별기 돌아가는 소리 그리고 술 취한 노동자들이 있는 곳이었다. 그들이 맨정신으로 일하는 건 점심시간 전까지였다. 낮 12시가 지나면 한잔씩 술을 걸쳤다. 볼로치카도 그들과 함께 했지만 정량만 마셨다. 그래서인지 노동자들에게 존경받았다.

볼로치카는 일이 좋았다. 일하는 거 자체를 좋아하는 사람이라 일하는 과정을 좋아했다. 목표는 정해졌고, 매일 그 목표를 달성하기 위해 노력하는 게 유쾌했다.

하지만 집은 무료했다. 마리나는 매사에 불만이고 늘 돈타령이었다. 아들도 목마를 태워 달라, 학교 공부를 가르쳐 달라, 숨바꼭질을 하자, 늘 무언가를 요구했다. 볼로치카는 피곤할 뿐이었다. 숨바꼭질은 무슨, 그는 소파에 누워 자는 게 더 좋은 사람이었다. 자기가 하고 싶은 대로만 했다. 신문으로 얼굴을 덮고 깊은 수면에 빠져들었다.

마리나는 집에 돌아오면 그가 낚싯대에 걸려든 물고기라도 되는 것처럼 폭풍 질문으로 이리저리 흔들어 댔다. 그러면 볼로치카는 수면 위로 헤엄쳐 올라와 붙어 있던 눈꺼풀을 떼어 냈다. 하지만 그는 국가가 지불하는 월급 이상을 가져다줄 수 없었다. 사람들과 어울리는 게 재미없기 때문에 다른 집에 놀러 가지도 않았다. 그가 할 수 있는 것은 자고 일하는 것뿐이었다. 그의 몸은 그렇게 만들어진 터였다.

하지만 시간이 갈수록 문제는 해결되지 않고 오히려 악화되었다. 마리나는 시위를 하듯 부부 관계, 즉 삶에서 꼭 필요한 부분을 거부했다. 그 결과 볼로치카가 아르메니아 여자와 바람이 나 버렸다.·마리나는 지인들을 통해 상대가 다리에 털이 있는 여자라는 걸 알았다. 볼로치카는 집에 오면 저녁 먹고 자는 사람이었다. 그런데 이제는 집에 와서 밥을 먹고 나갔다. 잠은 아르메니아 여자와 잤다.

그동안 부부 싸움의 원인이 두 가지였다면 이제 하나가 더 늘어난 셈이었다.

마리나가 바람피운 남편을 집에서 쫓아내려고 하자 어머니가 말렸다. "너 지금 제정신이니? 자기 남편을 남에게 주는 법이 어디 있어?"

마리나는 망설였다. 볼로치카는 온전히 자기 남자여서 자기만 바라봤는데, 하루아침에 은밀한 부분을 포함하여 다른 여자의 다리와 눈을 좋아했고, 그래서 마리나는 속이 상했다.

그녀는 학교에서 저학년을 가르쳤다. 수업 시간 외에도 숙제 검사에 모든 여가 시간을 오롯이 쓰곤 했다.

교무실에서는 그녀의 사생활을 놓고 열띤 논의를 벌였다. 마리나는 친구인 지리 교사에게 고민을 털어놨는데, "두 명이 알면 돼지들도 안다."(소련 드라마《봄의 17개 순간》에 등장하는 명언으로 독일 격언이기도 하다.-옮긴이)고 하지 않는가. "너에게 버림받아서 힘든 것보다 사람들의 손가락질이 더 견디기 힘들구나."라는 노랫말도 있다.

마리나는 교무실 한가운데 알몸으로 서 있는데 모두가 주위를 뱅뱅 돌면서 편견의 시선을 던지는 기분이 들었다. 창피하고 춥고 외로웠다.

동료 교사들은 마리나 편을 들었는데, 독립심이 강한 데다 도덕적으로 비난받을 일도 하지 않았고 자신의 분야에서 훌륭한 전문가였기 때문이다. 학교의 교과 과정이란 게 군대와 흡사해서 늘 하던 대로 하면 되는 거였다. 여권에 혼인 신고 도장이 찍혀 있고 아이까지 있으니 법도 그녀의 편이었다. 그런데 아르메니아 여자는 어떤가.

물론 모두가 마리나 편은 아니었다. 다른 중앙아시아 여자들처럼 아르메니아 여자 역시 남자에게 절대적으로 순종하며 불필요한 질문을 하지 않는 데다 남자의 행동을 비판하지도 않고 혹시라도 비위를 건드리지 않을까 노심초사했다. 맛있는 음식을 만들고 남편에게 순종하며 살았다. 그것 역시 상당히 열정적으로 했다. 온 마음을 다 바쳐서. 이것이 바로 남쪽 여자의 성향이었다. 게다가 눈도 크고 시선도 온화했다. 남쪽 여자는 죄다 눈이 크고 예뻤다. 예쁘고 온유하고 순종적이면서도 다혈질이라 상당히 매력적이었다. 볼로치카의 입장도 이해가 안 가는 건 아니었다.

마리나는 상심에 빠졌다. 어떻게 해야 하는가?

교무실 동료들은 그래도 가정을 지켜야 하니 미우나 고우나 서로 맞추면서 살아야 한다고 달랬다. 둘째를 갖는 방법도 제안했다. 아이 때문에라도 돌아올 거라고 위로했다. 양육비 문제도 있었다. 아이가 둘이면 한쪽 부모는 수입의 33퍼센트를 양육비로 보내야 한다. 아르메니아 여자가 아무리 마리나의 남편을 사랑해도 그렇게까지 하면서 살고 싶겠는가. 아르메니아 사람들은 돈 계산에 밝은 편이다. 그러다 딸이라도 낳는다면 볼로치카는 절대 마리나를 떠나지 않을 것이다. 아빠들은 딸이라면 사족을 못 쓰니까 말이다.

　마리나는 애를 낳기로 결심했다. 결국 남편 몰래 아이를 가졌고, 10개월 후 딸을 낳았다. 이름을 스네자나라고 지어 주었다. 듣기 좋고 부르기 좋은 이름이지만 러시아 이름은 아니었다. 마리나는 뭐든 이국적인 것을 좋아했는데, 유럽을 동경하는 성향과 맞닿아 있었다. 얼마 안 있어 스네자나가 불가리아 이름으로 밝혀지긴 했지만 말이다. 닭이 새가 아니듯이 불가리아도 외국은 아니었다. 차라리 유럽 여러 나라에 두루 있는 마리야라고 붙여 주는 편이 나았을지도 모른다. 하지만 스네자나는 결국 스네자나로 남았고, 애칭은 스네시카였다. 그녀에게 잘 어울리는 이름이었다.

　볼로치카는 사색에 잠긴 듯 보였지만 생활 방식을 바꾸지는 않았다. 퇴근하면 집에 와서 밥을 먹고 다시 나갔다. 생활은 주로 아르메니아 여자 집에서 했다.

　"내가 혼내 줄까?" 마리나의 오빠 파벨이 물었다.

　"나도 잘 모르겠어요. 어떻게 해야 할지." 마리나는 상념에 잠긴 채 대답했다.

　마리나는 정말로 어떻게 해야 할지 몰랐다. 볼로치카를 단단히 혼내 주거나 아예 죽여 버려서 아무도 못 갖게 만들고 싶은 마음이 없는 것도 아니었다. 그런데 그가 떠난 지금 마리나는 그 어느 때보다 그의 품이 그리웠다. 갑자기 그의 장점이 연이어 떠올랐다. 그는 말수가 적고, 정직하고, 성실하며, 무엇보다 남자였다. 이상하게도 남자의 힘은 그가 어깨에 힘을 쓰거나 한 여자만 사랑할 때 보이는 법이다. 그는 10년 이상 마리나만 보며 살았고, 이제부터 죽을 때까지는 그 여자 하나만 보고 살 것이다. 여자 혼자서는 한 남자를 평생 만족시킬 수 없는 모양이다.

한편 파벨은 마리나에게 물어보지도 않고 볼로치카에게 주먹을 날렸다. 스스로 판단해서 혼내 주기로 결정한 것이다. 그렇게 해서라도 여동생의 명예를 지켜 주고 싶었다. 게다가 혼자 한 게 아니라 친구를 끌어들였다. 그들은 볼로치카가 쓰러질 때까지 때리고는 그가 쓰러지자 두어 번 구둣발로 얼굴을 가격했다. 남자 대 남자로 진심을 담아서. 볼로치카는 집에 돌아와서 부러진 이를 뱉어 낸 뒤 짐을 챙겼다. 그리고 도시를 떠났다. 물론 아르메니아 여자와 함께였다. 두 남자가 그 여자마저 건드릴까 봐 겁이 났던 것이다.

마리나는 파벨을 심하게 질책했다. 그로 인해 모든 계획이 틀어졌다. 가만히 있었으면 딸은 자라날 거고, 볼로치카는 점점 가족과 함께 사는 생활에 익숙해져서 아르메니아 여자를 잊을 수도 있을 터였다. 아르메니아 여자를 못 잊는다면 두 집 살림을 하게 내버려 두는 방법도 있었다. 남자가 없는 것보다야 그렇게라도 함께 있는 편이 낫지 않은가 말이다. 그런데 이제 어떻게 되었는가. 그녀는 서른두 살에 애 둘 딸린 여자였다. 어떤 사내가 그런 여자를 반기겠는가. 그것도 다른 남자의 애를 데리고 있는 여자를.

어떻게 해서든 살아야 했다. 하지만 어쩐단 말인가?

마리나는 작은딸을 탁아소에 맡기고 자기도 탁아소에서 일하는 수밖에 없었다. 물론 그러려면 학교를 그만둬야 했다. 그래도 탁아소에서 일하면 아이 둘 밥은 안 굶기고 작은딸도 그녀가 돌볼 수 있었다. 그녀는 퇴근할 때면 탁아소 식당에서 만든 수프 냄비에 마카로니와 커틀릿 냄비 그리고 콤포트(과일이나 말린 과일을 설탕물에 넣고 졸여 낸 디저트 음료-옮긴이) 병을 챙기곤 했다. 아들 사샤를 위한 단백질과 비타민이 풍부한 영양 만점 식사였다. 굶지는 않으니 어떻게든 살아갈 수 있었다. 아이들 옷값은 그녀의 월급과 볼로치카가 보내는 양육비로 충당했다. 온 가족이 풍족하게 먹고 옷도 사 입었는데, 아이들에게는 그냥 옷을 사 입히는 데서 그치지 않고 좋은 옷을 입혔다. 명절에 초록색 벨벳 원피스를 입고 에나멜 구두를 신은 스네자나는 또래 아이들 가운데 가장 예뻤다.

하지만 사람이 어디 빵만으로 살 수 있는가. 한창 혈기 왕성한 나이라면 더더욱 힘든 일이다.

가장 먼저 유치원 원장이 접근했다. 그런데 입에서 완두콩 냄새가 났다. 사랑하지 않는 사람은 안 좋은 냄새가 난다고들 한다. 반면 누군가를 사랑하면 그 사람에게 좋은 냄새가 난다는 것이다. 사랑하는 사람은 그 냄새로 알 수 있다는 말이다. 마치 개처럼. 단지 사람들은 이 사실을 인지하지 못할 뿐이다. 마리나는 원장과 키스할 수 없었다. 입냄새가 너무 역겨웠다.

그다음은 홀아비를 만났다. 그들은 가게에서 감자를 사려고 줄서 있을 때 처음 만났다. 홀아비에게도 사샤와 같은 나이의 아들이 있었다. 마흔다섯쯤 됐으니까 나이도 많은 편은 아니었다. 그 정도면 만날 만했다. 마리나는 그의 아파트 평수라든지 월급 등을 꼼꼼히 따져 보기 시작했다. 하지만 그가 뜻밖의 말을 꺼내고 말았다.

"당신 아들은 어머니한테 맡기고 스네자나만 키웁시다. 각자 공평하게 당신은 딸을, 나는 아들을 데리고 와서 합치면 어떨까 싶은데."

마리나는 1분 만에 그가 한 말을 이해했고, 그 순간부터 그 홀 아비는 존재하지 않는 사람이 돼 버렸다. 물론 그는 여전히 방 한 가운데 서 있었지만, 그가 현관까지 가서 옷을 입고 문 밖으로 나 가기까지 3분이면 충분했다. 그 길로 마리나의 기억과 마리나의 삶에서 사라졌다.

당시 사샤는 열두 살이었다. 길쭉한 키에 다리는 사슴 새끼처 럼 가늘고 무릎이 유난히 도드라져 보였다. 어딜 가나 어머니를 졸졸 따라다니며 무거운 가방을 들어 주는 등 성인 남자처럼 잘 도와주었다. 마리나는 헤어스타일이나 메이크업 같은 것도 사샤 와 상의했는데, 그럴 때면 "엄마는 보라색 립스틱이 안 어울려요. 입술이 파리한 게 꼭 물에 빠진 사람 같아요."라는 조언을 하곤 했다. 마리나는 아들의 말대로 당시 유행하던 보라색을 입술에서 지우고 연분홍색 립스틱을 발랐다. 그러자 정말로 더 젊어 보이 고 입술색도 더 자연스러웠다.

사샤는 게으르고 주체적이지 않았지만 마리나는 아들을 끔찍 하리만치 사랑했다. 사실 자기 자식을 사랑하는 데 장점이니 단 점이니 하는 게 무슨 의미가 있단 말인가. 마리나는 아들의 단점 을 장점으로 바꿔서 생각했다. 사샤는 게으르긴 하지만 뻔뻔하지 않다. 게다가 겸손하다. 소위 '게으르지 않은' 사람들은 인간의 존엄성을 코뿔소처럼 짓밟아 버린다.

마리나는 홀아비가 나가자 문을 세게 닫고 나서 울음을 터뜨렸다. 하지만 그 눈물은 희망적이며 단단했다. 앞으로 좋은 남자 만나서 사랑하기는 글러 버린 인생인 터, 아이들에게 날개를 달아 주면서 살아야겠다고 결심했다.

스네자나가 초등학교에 입학하면서 마리나도 학교로 돌아갔다. 스네자나는 이해력이 빠르고 공부를 잘했다. 스네자나가 비범한 건 분명했다. 다른 사람들도 알아차릴 정도였다.

마리나가 여자의 삶을 포기할 즈음 운명이 너무도 멋진 선물을 했다. 바로 루스탐이었다.

마리나는 그를 만나기 전에 그의 목소리를 먼저 들었다.

그녀가 집에서 숙제 검사를 하고 있을 때 전화벨이 울렸다. 마리나는 수화기를 들었다. "여보세요!"

"쟈말 좀 바꿔 주세요." 듣기 좋은 남자 목소리가 수화기에서 들려왔다.

"전화 잘못 걸었어요." 마리나는 정중하게 대답하고 전화를 끊었다. 다시 숙제 검사에 집중하려는데 또다시 전화벨 소리가 들렸다.

좀전의 그 남자였다. "쟈말 좀 바꿔 주세요."

"전화 잘못 걸었다고 말씀드렸는데요." 마리나는 전화를 끊었다. 그리고 5초쯤 지났을까, 또다시 전화벨 소리가 울렸다. "여기엔 쟈말인가 하는 사람 없다고요. 몇 번으로 걸었죠?" 마리나의 목소리에 살짝 짜증이 섞여 있었다.

목소리 좋은 남자는 전화번호를 말했다.

"그럼 그 번호로 걸면 되겠네요." 마리나가 명령조로 말했다.

"죄송합니다." 그가 듣기 좋은 중저음으로 대답했다.

마리나는 전화를 끊었지만 이젠 더 이상 일에 집중할 수가 없었다. 왠지 그가 또다시 전화를 걸 것만 같았기 때문이었다. 그리고 그는 다시 전화했다.

"여보세요!" 마리나가 퉁명스럽게 받았다.

수화기 저편에서는 말이 없었다. 불쌍한 바리톤은 이제 쟈말을 바꿔 달라고 말할 결심이 서지 않는 듯했다.

"아까 그분이죠?" 마리나가 확인 차 물었다.

"네, 맞아요." 그가 정직하게 인정했다.

"전신국에서 전화를 잘못 연결하나 보네요."

"그럼 어쩌죠?"

"쟈말의 전화번호 좀 주세요. 내가 전화해서 전화 좀 해 달라고 말해 볼게요. 이름이 어떻게 되죠?"

"루스탐입니다."

"서로 아는 사이인가요?"

"네, 그럼요. 내가 친동생이거든요."

"좋아요. 그럼 쟈말한테 전화 좀 해 달라고 부탁할게요. 전화번호가 어떻게 되죠?"

"내 전화번호요?"

"아뇨. 당신의 전화번호는 뭐 하려요? 쟈말의 전화번호요."

루스탐은 전화번호를 말해 주었고, 마리나는 메모한 뒤 전화를 끊었다.

그녀는 쟈말의 전화번호를 눌렀다. 방금 전에 통화한 남자와 소름 끼칠 정도로 똑같은 목소리가 전화를 받았다. 루스탐과 쟈말은 친형제가 분명해 보였다.

"루스탐 씨가 전화 좀 해 달라고 합니다. 전화를 할 수가 없다고 하는군요." 마리나는 감정이 전혀 실리지 않은 딱딱한 목소리로 말했다.

"누구신지?" 쟈말이 물었다.

"전화교환원입니다."

마리나는 전화를 끊고 다시 일에 집중했다. 공책 네 권을 검사했을 때 또다시 전화벨이 울렸다.

"정말 고마워요. 통화가 됐습니다." 루스탐이 보고했다.

"잘됐네요."

"이름이 어떻게 되죠?" 루스탐이 예상 밖의 질문을 해 왔다.

"그건 알아서 뭐 하게요?" 마리나는 질문의 의도를 알 수 없다는 듯 반문했다.

"그게…… 내가 그새 정이 들었나 봐요. 목소리도 예쁘고."

마리나는 어처구니가 없어서 웃음이 툭 터져 나왔다.

"우리 만나서 영화나 봅시다." 루스탐이 제안했다.

"나를 어떻게 알아보려고요?"

"양손에 신문을 들고 있어요."

바리톤은 위험한 사람 같지 않았고 굉장히 부드러워 보였다.

하긴 영화관 같이 가는 게 뭐 그리 대단한 일이라고.

"혹시 나이가 어떻게 되죠?" 마리나가 물었다.

"스물여섯입니다. 나이가 좀 많죠."

마리나는 상심했다. 그녀는 서른둘이었다. 무려 여섯 살 차이였다. 하긴 지금 당장 결혼하자는 것도 아니지 않은가. 영화 한번 보는 데 여섯 살 차이가 무슨 대수인가 싶었다.

"그럼 이렇게 하죠. 저는 흰색 바탕에 검은색 도트 무늬가 있는 숄을 두르고 있을 겁니다. 만약 내가 마음에 안 들면 그냥 지나가세요." 마리나가 상황을 정리하여 제안했다.

"목소리만으로도 벌써 마음에 드는걸요." 루스탐의 말에서 진심이 묻어났다.

젊고 순진한 청년 같았다. 인생의 온갖 쓴맛을 다 본 홀아비와는 차원이 달랐다.

마리나는 사샤에게 스네자나를 맡기고 집을 나왔다. 몇 시에 무엇을 먹이면 되는지 알려 준 다음 한껏 차려입고 '하얀 라일락'(1946~1947년에 생산된 러시아제 향수-옮긴이)까지 듬뿍 뿌린 뒤 영화관으로 갔다.

마리나는 30분을 기다린 후에야 루스탐이 오지 않을 거라고 생각했다. 어쩌면 보고 지나쳤을 수도 있었다. 애 둘 딸린 유부녀가 뭐가 좋다고 만나겠는가. 물론 애가 있는지 없는지는 모르겠지만, 그건 알아보면 되는 거고. 마리나는 한숨을 쉬고는 집에 가는 버스를 타기 위해 정류장으로 갔다. 그런데 열 발자국쯤 걸었을 때 마치 땅 밑에서 솟아나기라도 한 것처럼 갑자기 실물 크기의 오마 샤리프가 나타났다. 흰 셔츠에 하얀 이와 밝은 갈색 머리카락을 가진 남자였다. 정리하면 밝은 갈색 머리카락의 아제르바이잔 남자였다. 아제르바이잔 남자 중에도 그런 사람이 있었다. 그는 마리나의 손을 재빠르게 낚아채고는 헐떡이면서 말했다.

"쟈말 때문에 늦었어요. 나가려고 하는 순간에 왔지 뭐예요."

"약속 있다고 그냥 나오지 그랬어요?"

"그럴 수가 없어요. 형이니까요."

형한테는 그러면 안 되고 마리나는 기다려도 된다는 의미였다. 무슬림의 가족은 양날의 검처럼 장단점을 모두 갖고 있었다.

마리나는 그와의 만남도 별 볼일 없으리라는 걸 간파했다. 루스탐은 대단한 미남이었다. 그런 사람이 왜? 생각만 해도 웃음이 나왔다. 딱해서? 그렇다면 큰 오산이다. 그녀는 가진 것도 없지만 그렇다고 잃은 것도 없었다. 게다가 아직 그녀의 인생에 저녁은 오지 않았고, 앞으로 좋은 기회는 얼마든지 있을 터였다. 이 남자가 아니라면 다른 남자를 만나면 된다. 물론 아예 안 만날 수도 있다. 사실 남자는 종족 번식을 위해 필요할 뿐이고, 그녀에겐 이미 아이들이 있었다. 프로그램은 완료된 셈이었다.

"늦어서 영화는 못 보겠네요. 그래도 괜찮아요." 루스탐이 입을 열었다.

그는 마치 오래전부터 아는 사이처럼 마리나의 손을 잡고 함께 뛰었다. 마리나가 두른 검은색 도트 무늬가 있는 숄도 덩달아 바람에 흩날렸다.

영화는 이미 시작했지만, 두 사람을 들여보내 주었다. 그들은

194

자기 자리로 가서 나란히 앉았다.

곡물은 나라 곳곳에 있는 곡물 창고로 보내졌고, 우즈베키스탄 사람들은 목화를 수확했는데 쉽지 않은 일이었다. 마리나는 의도적으로 화면에 집중하면서도 루스탐의 시선이 자기를 향하는 걸 흘깃거림으로 눈치챘다. 그가 뚫어지게 바라보고 있었다. 그녀가 자기에게 어울리는 사람인지 맞춰 보는 거였다.

루스탐은 아제르바이잔 명문가의 훌륭한 젊은이였다. 바쿠에 있는 유명 극장의 주연급 배우로 활동하는 어머니는 아제르바이잔의 명문가 따님 중 배우가 아닌 참한 아가씨를 신붓감으로 찾아 주고 싶어 했다. 하지만 그런 아가씨는 좀처럼 찾기가 어려웠다. 장차 아이를 낳아 기를 인생의 동반자를 찾는 일이 쉬운 건 아니었으니까.

루스탐은 어두운 객석에서 젊은 러시아 여자를 자세히 살펴보았고, 보면 볼수록 그녀가 마음에 들었다. 달걀형 얼굴선이나 연한 베이지색 머리카락은 물론 파란 눈이 보내는 시선에서도 부드러움이 느껴졌다. 아제르바이잔 아가씨 중에는 이렇듯 파란 눈도 없지만 이런 연한 베이지색 부드러움을 지닌 사람은 더더욱 찾기 힘들었다.

영화가 끝날 즈음 루스탐은 마리나에게 완전히 빠져서 어떤 모험이든 함께 할 준비가 되어 있었다. 실제로 그녀와의 모험은 꽤 오랫동안 지속되었다.

마리나도 마찬가지였다. '그때 볼로치카가 나를 버린 게 얼마나 다행인가. 안 그랬으면 이렇듯 좋은 사람을 만나지 못했을 거야.'

루스탐은 사법 기관에서 근무하는 대위였다. 아버지와 형도 이쪽에서 일했다. 아버지는 장군이었고 쟈말은 부대장이었다. 어쩌면 자기들끼리 붙인 계급인지도 모를 일이었다.

루스탐이 출근해서 사무실 벽 쪽으로 시선을 향한 채 마리나의 학교에 전화를 걸면 그의 전화를 기다리던 마리나가 수화기를 들었다.

"쟈말 좀 바꿔 주시겠어요?" 루스탐이 말문을 열었다.

마리나는 기분이 좋아서 크게 웃었는데 그럴 때면 목소리가 꼭 종소리 같았다. 루스탐은 행복에 겨운 그녀의 목소리를 들었다. 공명 있는 목소리엔 힘이 있었고 그녀 역시 그를 사랑한다는 게 느껴졌다. 그러면 루스탐은 입 밖으로 내기 민망한 이야기를 귓속말로 속삭였다. 마리나는 '누구 들은 사람 없겠지?'라고 생각하면서 주위를 살펴보았다. 물론 들은 사람도 없지만 그런 이야기가 오갈 거라곤 아무도 상상조차 하지 못했다.

마리나는 그의 속삭임에 심장이 멎을 것만 같았다. 맥박은 전혀 예상하지 못한 목이나 입술, 훨씬 아래쪽 어딘가에서 뛰기 시작했다.

"감사합니다. 굉장히 친절하시군요."

마리나는 교무실에 있는 사람들이 두 사람의 대화 내용을 눈치채지 못하도록 사무적으로 말했다. 업무 전화임을 보여 주려는 것이었다. 하긴 따지고 보면 사랑도 일 아닌가? 인간의 삶에 존재하는 모든 일 중에서 가장 중요한 일인지도 모른다.

수업을 알리는 종소리가 울렸다. 마리나는 출석부를 들고 수업을 하러 갔다. 몽유병 환자처럼 멍한 시선으로 알 듯 말 듯한 미소를 지으며 걸었다.

루스탐은 트렌치 코트를 낚아채듯 들고 밖으로 뛰어 나가서는 전차에 올라탔다. 20분 후에는 그녀의 학교 근처였다. 그는 벤치에 앉아서 고개를 들고 시선을 2층에 고정했다. 마리나가 창가로 다가왔다. 루스탐을 발견하고는 그녀 역시 시선을 그의 눈높이에 맞췄다. 그들의 시선이 만나는 자리에 엄청난 양의 전류가 흐르기 시작했다. 이 전기장에 모기나 딱정벌레가 앉는다면 그대로 죽어서 떨어질 것이다.

마리나는 수업에 집중할 수가 없었다. 그렇다고 밖으로 나갈 수도 없었다. 교장 눈밖에 날 수도 있는 일이었다. 마리나는 그들의 사랑과 아무 연관도 없는 아이들에게 '새 한 마리 그리기' 같은 과제를 주곤 했다. '나는 어떻게 여름을 보냈는가?'라는 주제로 작문을 쓰라고 할 때도 있었다. 그러고는 또다시 창가로 가서 그대로 붙박이곤 했다. 딱정벌레가 그들의 사랑이 만든 전기장에 걸려들면 죽어서 떨어지곤 했다.

저녁이 되면 루스탐이 스네자나의 학교 공부를 봐 주고 사샤와는 체스를 두었다. 사실상 남편과 아버지 역할을 하고 있었다. 두 아이 모두 그를 사랑했는데, 특히 스네자나가 더 따랐다. 스네자나는 친아버지를 기억하지 못했다. 그 아이에게 친아버지는 루스탐이었다. 게다가 많은 이가 스네자나와 루스탐이 닮았다고 입을 모았다. 정말 그런 것 같기도 했다.

그들은 친구 집에 함께 놀러 가기도 했다. 하지만 어디까지나

마리나 지인들의 집이었다. 루스탐은 친구나 지인의 집에 그녀를 데리고 가지 않았다. 마리나는 정부에 불과했고, 아제르바이잔에서 이런 관계는 그다지 미래가 밝지 않았다. 하지만 사람들의 시선 따위는 상관없었다. 그녀는 그를 그 누구보다 가깝게 느꼈다. 마리나와 루스탐은 함께 밥을 먹고 함께 잠을 자고 같은 생각을 했다. 그 무엇도 두 사람을 갈라 놓지 못할 것 같았다.

마리나의 오빠 파벨이 죽었다. 볼로치카에게 주먹을 휘두른 그 오빠였다. 그는 호지킨림프종이라는 길고 어려운 병을 앓았다. 혈액에 생기는 병이었다. 이런 병은 왜 생기는 것인가?

마리나는 사망증명서를 발급받기 위해 병원에 갔다가 그의 유품을 받았는데 재킷과 바지, 시계가 전부였다. 시계는 아직 움직이고 있었다. 마리나는 울음을 터뜨렸다. 루스탐이 옆에 서서 함께 아파했다. 그는 파벨을 만난 적이 없지만 심장이 찢어지듯 아팠다.

그들은 병원에 있는 공원을 따라 걸었다. 루스탐이 갑자기 길 한가운데 멈춰 서서 그녀의 얼굴과 눈 그리고 입에 정열적인 키스를 퍼붓기 시작했다. 사람들 앞에서, 그것도 대낮에 키스하는 건 무슬림의 통념으로는 용납될 수 없는 일이었다. 게다가 러시아는 프랑스가 아니었다. 하지만 루스탐은 그 순간만큼은 통념 따위를 무시했다. 마리나 역시 그의 키스를 열정적으로 받아들였다. 갑자기 솟구친 열정이 슬픔을 밀어내 줄 것도 같았다. 하지만 전혀 그렇지 않았다. 마리나는 자신의 슬픔을 사랑 속에 넣어 따듯하게 어루만졌고, 저수지나 연못에 무언가 큰 것을 넣으면 수면이 올라가는 것처럼 사랑의 수면이 더 높아졌다.

슬픔이 피 속에 아드레날린을 주입하자 행복이 그것을 잘게 쪼개서 몸 밖으로 배출한 것인지도 모른다. 더욱이 사람은 본능적으로 사랑을 통해 슬픔을 치료하는지도 모른다. 하지만 행복과 슬픔은 양날의 칼인지도 모른다. 그리고 이 둘이 합쳐서 하나의 몸을 이룬다.

두 사람은 사랑의 결실과 낙태라는 불편한 현실과 마주했다. 피임은 불가능했다. 그녀는 그토록 원하는 남자의 품 안에서 사랑의 결과에 대해 생각할 수도 없었지만 생각하기도 싫었다. 부드러운 정열의 불빛 속에서 다른 것은 보이지도 들리지도 않았다. 하지만 자연은 그녀의 경솔한 행동을 응징하기로 했다. 자연에는 법칙이 있으니까.

마리나는 낙태에 대해 루스탐보다 쉽게 생각했다. 사랑하는 여자가 낙태를 하러 수술실로 들어갈 때 그는 옆에서 벌에 쏘인 말처럼 고개를 강하게 내저었다.

"내 아이를 이대로 지운단 말인가?"

루스탐은 그녀를 나무랐다. 그는 아이를 원했지만 청혼하지 않았다. 아이가 태어난다 하더라도 지금처럼 이 관계를 유지하고 싶었다. 달라지는 게 있다면 그들 사이에 아이가 하나 더 생긴다는 거였다. 태어났다면 '파르파직'이라는 이름을 붙여 주었을 것이다.

문득 마리나는 생각이 바뀌었다. '하긴 못 할 건 또 뭐지?' 파르파직이라는 아들 하나쯤 더 있어도 나쁠 건 없지 않은가?

이번 낙태는 선뜻 결정하기 어려웠다. 사랑의 결실을 이렇게 살해하고 싶지 않았다. 그녀는 어머니를 찾아가서 상의하기로 결심했다. 어머니는 바쿠 근교의 작은 마을에 살았다. 마리나는 기차를 타고 갔는데, 마을에 가까워질수록 아이를 낳고 싶은 쪽으로 생각이 기울었다. 벌써부터 그 작은 아이가 사랑스러웠다.

"생각도 하지 마! 아비도 없이 애를 낳아 어쩌려고? 너한텐 벌써 애가 둘이나 있어!" 어머니는 단호했다.

"난 그 사람을 사랑해요." 마리나가 들릴 듯 말 듯한 목소리로 말했다.

"그래서? 아제르바이잔 남자는 자기 나라 여자하고만 결혼해. 종교 때문이지. 러시아 여자는 그냥 잠깐 데리고 노는 거라고. 자기 나라 여자들하고는 못 그러니까. 거기에선 그랬다 하면 바로 결혼해야 하거든. 그들에게 러시아 여자는 줄랍이야."

마리나는 줄랍('아무 남자하고나 즐기는 여자'를 뜻하는 속어—옮긴이)이 어떤 의미인지 잘 알고 있었다.

어머니는 늘 그렇듯 딸의 기분은 아랑곳하지 않고 직설적으로 말했다. 그녀도 딸 때문에 마음이 아팠는데 이런 식으로 성난 파도처럼 표출된 것 같았다.

"그만 갈게요. 엄마한테 양배추 냄새가 나서 속이 울렁거려요" 마리나는 일어나면서 말했다.

그녀는 정말로 속이 계속 메슥거렸다. 어머니한테 나는 냄새 역시 역했다.

마리나는 집으로 돌아오는 길에 어머니는 남자의 사랑을 받아 본 적이 없어서 그게 어떤 건지 모른다고 생각했다. 어머니가 생각하는 사랑은 여권에 찍힌 혼인 신고 도장과 함께 그 남자와 합법적으로 동거하는 거였다. 꼭 함께 살아야 사랑하는 건가? 감정 없는 잠자리를 갖고 서로 늘 짜증을 내며 보드카로 귀결되는 끝임없는 부부싸움이 사랑이란 말인가? 사람들은 흔한 말로 릴랙스하기 위해 술을 마신다고도 하지만 결국 보드카의 도움으로 슬픔을 치료하고 그로 인해 다시 쇠퇴한다.

여자는 남자보다 강하고 인내심이 많다. 어머니는 술도 입에 대지 않고 맨정신으로 자신의 삶을 견뎌 낸다. 하지만 딱하게도 사랑하는 남자한테 어떤 냄새가 나는지 모른다. 루스탐은 몇 가지 냄새가 난다. 입에서는 딸기 냄새가 나고 겨드랑이에서는 블랙커런트 잎사귀 냄새가 나고 배에서는 드라이 와인 냄새가 난다. 루스탐은 대지의 온갖 좋은 냄새를 온몸으로 풍겼는데, 젖먹이 아이처럼 깨끗하고 감동적이었다. 그녀는 그의 냄새를 맡고, 암컷 늑대처럼 뜨거운 혀로 그를 핥고, 천적으로부터 그를 보호할 준비가 되어 있었다.

볼로치카는 사랑할 때 이기적인 사람이었다. 솔리스트처럼 자기 생각만 했다. 그는 혼자 주역이었고 모두가 그에게 맞춰 줘야 했다. 하지만 루스탐은 전혀 다른 사람이었다. 그는 그녀와 함께 듀엣을 하고 싶어 했다. 그와 그녀 둘이서 말이다. 두 사람 모두 서로에게 행복을 주려고 노력했다. 그리고 상대의 행복을 보며 자기도 행복감을 느꼈다.

오! 그녀는 얼마나 이 남자를 사랑했는가! 그가 먹는 모습, 그가 무언가를 씹고 삼키는 모습이 좋았다. 잘 때는 숨을 고르게 쉬고, 배 위에 손을 대고 있으면 배가 위아래로 움직이는 모습도 좋았다. 그는 많이 배운 사람이 아니었지만 그가 하는 말을 듣는 것도 좋았다. 그는 책을 읽지 않았다. 책을 읽어서 뭐 하는가? 어차피 남의 생각인 것을 말이다. 음악이 좋으년 노래를 부르면 된다. 음악 이론은 어디까지나 선택 사항인 것이다. 그림만 하더라도 벽에 걸라고 있는 것 아닌가. 꼭 보면서 감상할 필요는 없다.

그의 존재 이유는 바로 사랑이다. 이 분야에서 그는 누구보다 위대했다. 강렬한 감정을 끄집어내고 강렬한 감정을 받아들이는 것 역시 재능이다.

마리나가 가장 중요하게 생각하는 것은 세 가지인데 아이들, 집안일 그리고 루스탐이었다. 그녀는 요리를 잘했다. 냄비로 요술 부리는 걸 좋아했고 실제로 잘하기도 했다. 그녀는 영락없는 여자였다. 하지만 어머니는 요리를 잘하지 못했다. 그렇다고 자식을 많이 예뻐한 것도 아니었다. 그러니까 사랑을 하긴 했지만 아이들을 위해 노력한 건 아무것도 없었다. 남자를 사랑하는 건 더러운 일이라고 여겼다. 삶의 의미가 무엇인지 문득 궁금해지는 이유였다.

그럼에도 불구하고 마리나는 어머니와 상의한 뒤 병원에 가서 아이를 지웠다. 아이가 하나 더 있든 없든 크게 달라질 것은 없는데도 말이다.

루스탐은 고개를 강하게 내저으며 물었다. "어떻게 자기 안에 있는 생명을 죽일 수가 있어?"

마리나는 대답하지 않았다. 사실 "나한테 청혼이나 하고 요구하든가!"라고 말할까도 했다. 하지만 그랬다면 루스탐이 기분 상했을 것이다. 루스탐이 정말 결혼을 생각했다면 그녀도 눈치챘을 것이다. 그는 청혼하지 않았고, 그건 결혼 생각이 없다는 뜻이었다. 그러니 이 문제를 거론하는 건 위험했다. 자칫하면 이런 관계조차 이어 가지 못할 수도 있으니까. 루스탐을 잃고 진실을 마주하는 것 말이다. 차라리 아무것도 모른 채 행복한 편이 낫지 않겠는가.

마리나가 용기 내어 요구할 수 있는 건 이 정도였다. "자기 나안 버릴 거지?"

그는 가슴에 양손을 대고는 눈을 크게 뜨며 맹세했다. "난 자기절대 안 버려. 우리는 영원히 함께 할 거야. 죽을 때까지."

그녀는 마음을 가라앉혔다. 죽음은 먼 미래의 일이었다. 그 먼미래를 만드는 일상에 루스탐이 있었다.

세월이 훌쩍 흘렀다. 사샤가 어느새 열여덟 살이 되었다. 입대하여 어딘가에 배치되었고 병영도 정해졌다. 하지만 6개월 후 탈영하여 기차를 타고 바쿠까지 와서 문지방에 모습을 드러냈다. 마리나는 상황을 이해하고 너무 놀란 나머지 망연자실했다. 다리에 힘이 쭉 빠졌다. 탈영은 영창감이었다. 감옥에 가야 했다. 열여덟 살짜리에게 감옥이 어떤 곳인지는 상상만 해도 끔찍했다.

마리나는 루스탐에게 희망을 걸었다. 루스탐은 아버지인 장군에게 부탁했다. 장군은 어딘가로 전화를 걸었다. 그리고 사샤는 부대로 돌아갔다. 부대에서는 그의 탈영을 못 본 척 눈감아 주었다. 아파서 잠시 입원했다가 다 나아서 돌아온 것으로 말이다.

장군은 3개월 후 또 한 번 어딘가로 전화를 걸었고, 사샤는 바쿠 근처에 있는 부대로 전출되었다. 그는 군내 요양원에서 특별한 보직 없이 빗자루로 길을 쓸고 수도관이나 벽돌 나르는 일을 하며 시간을 보냈다. 시키는 일을 하면 그만이었다. 그러다 주말이면 집에 가서 늘어지게 잠만 잤다. 덕분에 모두 마음이 편했다. 이 모든 게 누구 덕인가. 루스탐이 있기에 가능한 일이었다.

루스탐은 생활비를 보태지 않았다. 그가 받는 월급은 용돈으로 쓰기에도 빠듯했다. 하지만 가까운 친척들이 같은 지역에 살아서 한 달에 한 번 정도 차 한가득 음식을 실어 오곤 했는데 종류도 다양하고 양도 어마어마했다. 이를테면 하우스 와인, 직접 잡은 칠면조, 새끼 돼지, 과일, 아직 살아서 입을 벌린 철갑상어 같은 것이었다. 루스탐은 그 모든 걸 식탁에 쏟아 놓았다. 그 모습이 한폭의 정물화를 연상시킬 만큼 아름다워서 먹기도 아까울 정도였다. 그런 순간이면 루스탐은 자신이 밥이나 축내는 사람이 아니라 가족을 먹여 살리는 가장이 된 기분이었다.

이제는 운명을 달리한 새끼 돼지의 얼굴과 죽은 불새(러시아 전래동화에 등장하는 불멸의 새. 젊음과 아름다움을 주는 황금 사과를 먹고 산다.–옮긴이)를 연상시키는 창백한 칠면조의 목을 사색에 잠겨서 바라보노라면, 스네자나는 여린 마음에 인간의 잔인함에 대한 상념이 고개를 들곤 했다. 그 잔인함이 인간의 삶을 구성하는 근본 조건인지도 모른다.

주말이면 마리나와 루스탐은 스네자나를 데리고 바다에 갔다. 당시 카스피해는 깨끗하고 병을 치료하는 능력이 있었다. 루스탐은 멀리까지 헤엄쳐 갔는데, 보는 사람이 다 무서울 정도였다. 수영복을 입은 스네자나는 모래로 성을 만들었다. 마리나는 여기서도 채소를 씻어 냅킨에 나눠 담는 등 분주했다. 수프는 보온병에 담아 왔는데, 그녀는 전채 요리와 메인 요리를 위한 주둥이가 넓은 보온병이 있었다.

루스탐이 해변으로 돌아왔다. 온몸이 싸늘해진 데다 허기가 지자 식구들이 그리웠다. 그는 햇볕을 받아 뜨거운 그녀의 몸에 북실북실한 가슴을 갖다 댔다. 그리고 모래 위에서 그녀에게 키스했다. 이런 게 행복 아닌가! 행복은 두 사람이 텅 빈 해변에서 보낼 때 찾아오는 것 아닌가 말이다.

한편 루스탐의 어머니는 포기하지 않고 아제르바이잔 명문가의 아가씨를 물색했다. 그리고 마침내 딱 맞는 아가씨를 찾아냈다. 나이는 스무 살, 이름은 이라다였다.

루스탐은 그녀의 이름이 마음에 들었다. 겸손하고 조금 겁먹은 듯한 그녀도 마음에 들었다. 사실은 그녀가 가여웠다. 루스탐은 원래 천성이 좋은 사람이었다. 이라다는 가슴이 큰 데다 허벅지도 둥글고 풍성하지만 아직 그녀 안에 내재된 여성성이 깨어나지 못한 상태였다. 그녀는 수족관에 있는 특이한 물고기를 보듯 흥미롭지만 경계하는 눈빛으로 루스탐을 쳐다보았다.

이라다는 스무 살이고 루스탐은 서른여섯이었다. 마리나는 마흔둘이었다. 마흔둘은 아이를 낳기에 늦은 나이였다. 하지만 스무 살은 낳는 정도가 아니라 생각만 있다면 얼마든지 낳을 수 있었다. 게임은 끝난 셈이었다. 루스탐은 아이를 원했다. 그는 아버지가 될 만반의 준비가 되어 있었지만, 마리나는 아이 낳을 기회를 전부 놓쳐 버렸다. 마리나는 몸을 상하면시까지 아이 낳을 생각이 없었다. 그리고 모험하지 않는 사람은 지기 마련이었다.

루스탐의 어머니는 하루라도 빨리 손주를 보고 싶었고, 루스탐은 어머니의 소원을 들어줘야 했다. 무슬림 세계에서 어머니의 소원은 법이나 다름없었다.

결국 그들은 작스(결혼식을 올리고 혼인 신고, 출생 신고, 이혼 신고 등을 하는 공공 기관-옮긴이)에서 혼인 신고를 했다. 단출하게 결혼식도 올렸다. 결혼식 후에는 함께 잠자리를 했다. 루스탐은 이라다 역시 사랑했다. 물론 듀엣만큼은 아니었다. 어차피 모차르트도 아니니, 그냥 고양이 춤 정도.

루스탐은 잠이 들었고 꿈속에서 울었다.

다음 날 아침 어머니가 물었다. "그 여자한테 말했니?"

어머니는 '그 여자'를 힘주어 발음했다. 어머니는 단 한 번도 마리나를 이름으로 부른 적이 없었다.

"아뇨." 루스탐이 시무룩하게 대답했다.

"가서 말해. 결국 알게 될 거니까. 남한테 듣는 것보단 네가 직접 말하는 편이 나을 거야." 어머니가 단호하게 명령했다.

루스탐은 전차를 타고 그녀의 학교로 향했다. 그녀에게 할 말을 머릿속으로 생각해 보려 했지만 아무리 고민해도 적합한 말이 떠오르지 않았다. 결국 목적지에 도착하면 어떻게든 될 거라고 생각했다. 해야 할 말이 자연스럽게 떠오를 거라고 말이다. 마리나는 체념하듯 말할 것이다. "재미는 러시아 여자랑 보고 결혼은 자기 나라 사람이랑 하는군요." 틀린 말은 아니지만 맞는 말이라고 볼 수도 없었다. 거짓말이니까. 그는 거짓말이라고 말할 것이다. 그러면 마리나가 따지듯 받아칠 것이다. "당신은 열흘 전에 만난 여자랑 결혼했잖아요. 나하곤 10년 동안 만났으면서. 그리고 죽을 때까지 안 버리겠다고 약속했잖아요……."

루스탐은 학교 앞에 도착했다. 하지만 들어갈 용기가 나지 않았다. 그곳은 엄연히 마리나의 영역이었고, 그는 그녀의 영역을 침범하는 게 두려웠다. 두 발로 엉덩이를 걷어차여서 머리가 바닥에 고꾸라져 버릴 것만 같았다.

체육교사인 게이다르가 나왔다. 그들은 구면이었다.

"잘 지내요?" 루스탐이 먼저 인사했다.

"살람(안녕, 평안을 뜻하는 아랍어-옮긴이)" 게이다르가 말을 이었다. "마리나 불러 줘요? 지금 보충 수업 중인데."

"그래 주면 고마울 것 같은데." 루스탐이 부탁했다.

게이다르는 문을 열고 건물로 들어갔다가 이내 다시 나왔다. "나온대요." 그리고 운동장으로 뛰어갔다.

운동장에서는 아까부터 고학년 학생들이 젊은 짐승처럼 이리저리 뛰어다니고 있었다.

루스탐이 시를 읽는 사람이라면 훌륭한 시인의 시구가 떠올랐을 것이다. "오, 저 싱싱한 젊음을 보라!" 하지만 루스탐은 시를 생각하지 않았다. 그는 마리나에게 나쁜 소식을 가져왔다. 오래전에는 이런 사람을 비보 전령이라 불렀고, 아무 잘못이 없는데도 그들의 목을 벴다. 그들은 단지 소식을 전하는 자일 뿐인데 말이다. 하지만 루스탐의 경우는 그들과 달라서 목을 두 번 베어 내야 옳았다. 한 번은 잘못을 저질렀기 때문이고, 또 한 번은 나쁜 소식을 전했기 때문이다.

마리나는 잿빛 오렌부르크식 숄(염소 털로 짠 러시아 숄-옮긴이)을 두르고 건물 입구의 넓은 계단으로 나왔다. 3월 초라 바람이 심술궂게 불었다. 그녀는 여성스러웠고 보호 본능을 불러일으켰다. 숄을 두른 모습이 어떻게 보면 소녀 같고, 또 어떻게 보면 할머니 같았다. 그 순간 루스탐은 자신이 그녀를 운명의 횡포에 던져 버렸음을 두 눈으로 보고 깨닫고는 통곡했다.

"무슨 일 있어요?" 마리나는 가뜩이나 높은 눈썹을 더 높게 치켜 올렸다.

루스탐은 통곡을 할 뿐 한마디도 할 수 없었다.

마리나는 그가 우는 모습을 자주 봐 왔다. 그는 사랑을 하고 나서도 울었는데, 행복의 무게를 주체하지 못하기 때문이었다. 전화 통화를 하다가도 보고 싶다며 울었다. 루스탐은 눈물도 많고 지나치게 감성적이며 자주 감정에 북받쳤다. 열흘간의 출장에서 돌아온 지금도 그는 감정에 북받쳐 울었다. 바보 같으니라고.

마리나는 그에게 따스한 미소를 지었다. 물론 고학년 학생들이 보는 터라 현관에서 그를 포옹하지는 않았다. 대신 그에게 물었다. "저녁에 올래요?"

"갈게." 루스탐이 대답했다.

"그만 가 봐야 해요. 방과 후 수업이 있어서요."

그녀는 뒤돌아서 건물로 들어갔다. 아무것도 눈치채지 못한 건 이상한 일이었다. 마리나는 직감이 아주 뛰어난 여자였다. 그녀는 사랑하는 사람한테서 일어나는 모든 일을 감지했다. 하지만 이번엔 조용했다. 어쩌면 루스탐 스스로가 전혀 변하지 않았기 때문인지도 모른다. 그의 여권에는 혼인을 증명하는 도장이 찍혀 있다. 하지만 어디까지나 여권에 있는 것이지 그의 마음과는 상관없는 일이었다.

마리나는 돌아갔다. 루스탐은 여전히 서 있었다. 바람이 눈물을 말려 버렸다. 하긴 저녁에 가면 되지. 그런다고 무슨 일이 생기겠는가? 아무 일도 안 생길 것이다. 게다가 그는 칼로 무 자르듯이 과거의 모든 뿌리를 한 번에 잘라 버릴 수가 없다. 그리고 서른여섯이라는 나이는 자신의 가치를 아는 측면으로 보나 누군가를 사랑하는 마음으로 보나 한창 무르익은 나이였다. 그 어느 때보다 말이다.

저녁 무렵 루스탐은 정물화 재료로 쓸 법한 제철 채소와 과일, 스네자나에게 선물할 인형, 마리나에게 줄 사랑을 갖고 왔다. 그의 사랑은 눈에서 홍수처럼 쏟아지고 손가락 끝에서 뚝뚝 떨어졌다. 하지만 이상하게도 밤 12시가 되자 집에 돌아갈 채비를 했다. 그동안 루스탐은 늘 마리나 집에서 자고 갔기 때문에 그의 행동이 의아해 보였다. 사실 밤에는 서로의 몸을 마음껏 탐할 수 있기에 새로우면서도 아주 친밀한 수준에 이르곤 했다. 사실 마리나는 이런 친밀함이 오르가슴보다 중요했다.

"오늘은 안 되겠어. 어머니가 아파서." 루스탐이 변명했다.

엄마가 아프면 당연히 가 봐야 한다.

마리나는 그의 말을 믿었다.

어머니는 그 후로 오래도록 아팠다. 1년 그리고 또 1년이 지나도록. 하지만 어쩌겠는가? 나이 탓인 걸.

마리나는 밤이 되면 그가 돌아가는 데 차츰 익숙해졌다. 사실 걱정할 일은 없었다. 어차피 그는 돌아올 테니까.

루스탐은 일주일에 두 번 월요일과 목요일이면 마리나의 집에 왔다. 이틀 동안은 루스탐이 집에 있고 다른 날은 어머니와 함께 지내는 생활 패턴이 굳어졌다. 마리나는 이런 생활이 좋았다. 그가 오지 않는 날은 아이들과 더 많은 시간을 보낼 수 있기 때문이었다.

사샤는 발정 난 고양이처럼 집을 비우기 일쑤였다. 집에서 위만 채우고는 바로 나갔다. 마리나도 처음에는 걱정했지만 시간이 지나자 그러려니 하고 받아들였다. 어차피 사내아이는 새가 둥지를 떠나듯이 언젠가는 집을 떠날 테니 미리 준비하는 셈 쳤다.

스네자나는 열세 살이 되면서 사춘기에 접어들었다. 학교에서 많은 시간을 보냈다. 볼로치카는 법적으로 친부였지만 아이들에게 관심이 없었다. 마리나가 그에 대해 아는 거라곤 이르쿠츠크 어딘가에서 그때 그 아르메니아 여자와 함께 산다는 정도였다. 그녀와의 사이에도 아이 둘이 있었다.

마리나는 이렇듯 예쁘고 잘 자란 딸에게 무심한 그를 이해할 수 없었다. 남들은 입에 침이 마르도록 칭찬하는데 정작 그는 아무런 관심이 없었다. 무슬림은 그렇지 않았다. 남쪽 사람들은 아이를 사랑했다. 차라리 루스탐에게 자식을 낳아 줄걸 하는 생각마저 들었다. 하지만 그건 어디까지나 희망 사항에 불과했다.

스네자나는 학교 축제를 위해 구석에 앉아 예세닌의 시를 외우고 있었다. "고이, 나의 성스러운 루시여!"

"엄마, 고이가 뭐야?" 스네자나가 질문했다.

"이봐란 뜻이야." 마리나가 설명해 주었다.

"그런데 왜 고이라고 해요?"

마리나는 생각에 잠겼다. 그들이 러시아에 살았다면 이런 질문은 하지 않았을 것이다. 그녀는 살짝 한숨을 쉬었다. 마리나는 바쿠에서 태어났고, 튀르크식 표현과 문화와 음식을 흡수하면서 살았다. 그녀는 이 순진하고 아름다운 민족을 사랑했다. 아제르바이잔식 러시아어에 노출되어 살다 보니 어느새 자기도 그들 식의 악센트가 섞인 러시아어를 했는데, 그 악센트를 거부하지 않고 오히려 발전시켰다. 물론 블린(러시아식 부침개-옮긴이)이라든지 노래, 러시아인의 얼굴 등도 좋아했다. 마리나는 진정한 다민족주의자로 성장했고, 그래서 좋은 사람과 나쁜 사람으로만 분류했다. 민족이 무슨 의미가 있단 말인가.

어느 날 루스탐이 모스크바로 출장을 떠났다. 무슨 교육을 받는다고 했다. 그는 승진해서 이제 부대장이었다. 모스크바에서 전화를 걸어 3일 후인 화요일에 돌아온다고 했다.

"골룹치(고기를 양배추로 말아서 익힌 음식-옮긴이)랑 슈르파(고기와 채소 등을 넣고 끓인 국-옮긴이) 중에 뭘 만들어 놓을까요?" 마리나가 들뜬 목소리로 물었다.

"둘 다." 루스탐은 금방 대답했다.

마리나는 그가 매우 시장한가 보다 생각했다. 그와는 상관없는 타인들 속에서 이리저리 치일 거라 생각하니 딱했다. 사실 그는 사랑받는 데 익숙했다. 어머니, 마리나, 그녀의 아이들 그리고 쟈말 모두 그를 아주 많이 사랑했다. 그는 그 사랑이라는 강에서 헤엄치고 있었기에 사랑을 못 받으면 몸이 꽁꽁 얼어붙어 급기야 동상에 걸리고 마는 것이었다. 그의 피는 사랑 없이는 흐르지 않았다.

"거기 간 일은 잘돼요?" 마리나가 큰 소리로 물었다.

"교육받으러 온 거야." 루스탐 역시 큰 소리로 대답했다.

그 말을 끝으로 딸깍 소리가 나더니 전화가 끊어졌다.

저녁에 쟈말이 잔뜩 걱정하는 목소리로 전화했다. 마리나는 그를 잘 알았고 서로 친한 편이었다. 하지만 쟈말의 아내와는 친분이 없었다. 그의 아내는 마리나를 2등급 제품쯤으로 취급했다. 쥴랍까지는 아니어도 그 근처까지는 가는 사람 정도로 말이다.

"혹시 루스탐이 전화했어?" 쟈말이 물었다.

"네. 화요일에 온다네요." 마리나가 공손하게 대답했다.

"아이는 어떤가?"

"어떤 아이 말이죠?" 마리나는 그의 말을 알아듣지 못했다.

"수술은 할 수 있대? 의사가 뭐라고 했대?" 쟈말이 추궁하듯 물었다.

"의사라뇨?" 마리나는 여전히 그의 말을 이해하지 못했다.

쟈말은 입을 다물었다. 그의 아내가 수화기를 넘겨 받았다. "의사가 아이를 수술한대요, 아니면 수술을 거부했대요?" 그의 아내는 더 구체적으로 물었다.

"누구 아이를 말하는 거죠?" 마리나는 똑같은 질문만 되풀이했다.

"몰랐어요?"

"내가 뭘 알아야 하는데요?"

형의 아내는 잠시 침묵한 후에 말했다. "알았어요. 둘이 알아서 하세요." 그러고는 전화를 끊었다.

마리나는 전화기 옆에 앉았다. 입이 바짝 말랐다. 그녀는 집중해서 생각하려고 애썼다. 그러니까 루스탐은 어떤 아이와 함께 모스크바로 떠났다. 그가 말한 교육과는 전혀 상관없이 교수에게 그 아이를 보여 주려고 한 것이었다. 그리고 수술을 해야 한다. 그러니까 아이는 아프다. 그 아이는 누구의 아이인가? 쟈말의 아이인가? 그렇다면 쟈말이 직접 갔을 것이다. 그렇다면 루스탐의 아이다. 그가 결혼해서 아이를 낳았는데 몸이 아픈 아이가 태어난 것이다.

마리나는 그가 학교 건물 앞 계단에서 통곡하던 일이 떠올랐다. 그러니까 그때 결혼한 거였다. 그때부터 자기 집에서 아내와 함께 잤던 것이다. 모든 것이 들어맞았다. 거짓은 자루 속에 있는 송곳처럼 그 모습을 드러냈다.

루스탐이 돌아왔다. 약속대로 화요일에 왔다. 마리나는 약속대로 골룹치와 슈르파를 만들어 놓고 기다렸다. 그는 기름기 때문에 입술이 번들거리고 국물이 턱을 따라 흘러내리는데도 아랑곳하지 않고 맛있게 먹었다. 마리나는 식사를 망치고 싶지 않아서 가만히 있다가 그가 다 먹고 접시를 한쪽으로 지우자 입을 열었다.

"의사가 뭐래요? 수술한대요, 만대요?"

순간 루스탐의 파란 눈이 마리나를 향했고, 그는 초롱초롱한 눈으로 그녀를 쳐다보았다.

"자기는 결혼했고 아이도 있어요." 마리나는 그의 파랗고 정직한 눈을 똑바로 보면서 말했다.

"누가 그래?"

"쟈말이요."

"그 말을 믿어?"

"믿다마다요."

"다 거짓말이야. 내가 부러워서 그런 거야. 형은 아내를 사랑하지 않고 두려워하거든. 다른 사람 말 듣지 마."

표정이 차분하고 정직해 보여서 루스탐이 거짓말하는 것 같진 않았다. 거짓말은 눈 깊은 곳에 숨어도 불꽃처럼 드러나고 결국은 입술로 새어 나오기 마련이다. 마리나는 루스탐과 쟈말 중에 누구의 말을 믿어야 할지 몰랐다. 직접 물어볼 수도 있고 대질신문을 할 수도 있었다. 최악의 경우에는 루스탐의 집에 가 볼 수도 있었다. 정말로 그의 집에 가서 아내와 아들을 본다 치자. 그래서 달라질 것은 무엇인가? 마리나는 그에게 "당신은 나를 속였어."라고 말할 수도 있다. 하지만 그가 정말 그녀를 속인 걸까? 그가 결혼을 약속한 적이 있는가? 그는 사랑을 주었을 뿐이다. 지금도 그 사랑은 변함이 없다. 아픈 아이를 두고 그녀에게 온 것만 봐도 알 수 있다. 이성 간의 사랑은 연민보다 강하다. 루스탐은 과거에도 그랬고 지금도 여전히 그녀의 연인이었다. 마리나의 어머니가 옳았다. 그들은 자기 나라 사람하고만 결혼한다고 하지 않는가.

"나 말고 다른 사람 말은 절대 듣지 마!" 루스탐은 명령조로 말하고는 식탁에서 일어났다. "다들 시샘하는 거야. 우리처럼 서로를 사랑하는 사람은 없어." 그는 딸꾹질을 한 번 하고 샤워하러 갔다.

마리나는 잠자리를 준비하려고 했지만 웬일인지 손이 말을 듣지 않았다. 손이 더 이상 그녀의 말을 들으려 하지 않았다. 예감이 좋지 않았다.

그들은 함께 침대에 누웠다. 루스탐에게서 전처럼 딸기 냄새가 나지 않고 그가 먹은 음식 냄새가 났다. 고기와 양파 냄새 말이다. 그가 그녀를 마주 보면서 숨을 쉬었다.

마리나가 참다 못해 말했다. "가서 가글 좀 하고 와요."

루스탐은 무거운 몸을 이끌고 침대에서 내려와서는 네안데르탈인처럼 알몸으로 욕실에 들어갔다. 그를 쳐다보기가 민망했다. 이 역시 나쁜 징조였다.

사샤가 먼저 집을 떠났다. 그는 아제르바이잔의 채소 도매업자들과 함께 모스크바로 떠났다. 모스크바에 도착해서는 시장에서 채소를 팔았다. 아제르바이잔 도매업자들은 그를 자기네 나라 사람처럼 잘 대해 주었다. 아제르바이잔식 억양이 모국어처럼 입에 뱄다.

그 시장에서 금발 아가씨를 만났고, 얼마 후 마리나는 사샤가 보낸 결혼식 사진을 받았다. 사진 속에서 사샤는 어린 신부의 손가락에 결혼반지를 끼워 주었다.

마리나는 신부에게서 아무런 매력을 찾지 못했다. 눈도 작고 코도 참새 코만큼 작았다. 그녀가 짝지어 주고 싶었던 신붓감과는 거리가 멀었다. 하지만 결혼은 아들이 하는 것이었다.

마리나는 조금 울고 나서 모든 희망을 스네자나에게 걸었다. 딸은 어머니와 가까우니까.

스네자나는 고등학교 졸업을 앞두고 있었다. 그런데 동급생인 막수트 구세이노프가 스네자나한테 빠져 버렸다. 무엇보다 중요한 건 막수트의 아버지가 장관이라는 사실이었다.

마리나는 생각만으로도 심장이 멎어 버릴 것만 같았다. 딸이 명문가 부잣집에 들어간다면 마리나의 사회적 지위도 급격히 상승할 것이다. 그녀는 더 이상 저학년을 가르치는 학교 선생님도 이혼녀도 러시아인 줄랍도 아니다. 그녀는 구세이노프가의 사위를 둔 여자이며 그 가문과 손주를 공유한다. 구세이노프가의 사돈 정도면 자녀, 손자뿐만 아니라 그다음 4대까지도 충분할 것이다. 더 이상 보충 수업을 안 해도 될 것이며, 어쩌면 아예 직장을 그만둬도 될 것이다. 그녀는 루스탐의 부모님처럼 배우, 장교 같은 사람들을 만날 것이며 점잖게 인사를 나눌 것이다.

하지만 끔찍한 일이 일어났다. 스네자나가 옆 동네 사는 올렉이라는 타타르인을 사랑한 것이다. 올렉은 장남인 데다 형제자매가 열이나 있었다. 그 열 명은 바지도 안 입고 마당을 기어 다니면서 송충이를 잡아먹었다.

아니, 어쩌다 이런 일이 생긴 것일까? 마리나는 어떻게 일이 이 지경이 되도록 몰랐을까? 그나마도 옆집 사람들이 말해 줘서 알았다. 올렉은 매일 스네자나를 집까지 바래다주며 아파트 1층 현관에서 떨어질 줄을 몰랐다. 어머니는 줄랍이고 딸도 엄마를 닮아서…….

마리나는 절망에 빠져서 허비할 시간이 없다는 것을 깨달았다. 하루빨리 스네자나를 집에서 내보내고 올렉과도 떼어 놔야 했다. 모스크바로 보내야 했다. 사샤의 집에 보내면 된다. 사샤는 간호전문대학을 찾아냈다. 졸업 후에는 의사가 아니라 간호사가 될 것이다. 그 정도면 나쁘지 않을 듯싶었다. 필요한 서류를 보냈다. 그리고 스네자나는 학교 출입증을 받았다. 이제 모스크바로 가는 일만 남았다.

마리나는 딸을 배웅하러 갔다. 비행기가 지연되자 그들은 잠깐 카페에 들렀다. 마리나는 스네자나를 위해 맛있는 조각 케이크를 주문했다. 딸이 생판 모르는 남과 잘 지낼까? 그 생각을 하니 마음이 아파서 심장이 멎어 버릴 것만 같았다. 스네자나는 입도 크게 안 벌리고 케이크를 먹었다. 스네자나는 고양이처럼 입도 작고 사랑스러웠다. 반면 눈은 크고 동그랗지만 경계를 많이 했다. 마리나는 딸의 작은 얼굴과 아기 같은 손을 얼마나 사랑하는가. 하지만 그 사랑은 가슴 깊숙이 숨겨 두고 매캐한 연기처럼 거칠게 말했다. 꼭 어머니가 마리나에게 하던 식이었다. 마리나는 나이를 먹을수록 얼굴도 성격도 점점 더 어머니를 닮아 갔다. 그녀는 들소처럼 목표물을 향해 물불 안 가리고 돌진했다.

"막수트는 네가 모스크바에 가는 거 아니?" 마리나가 물었다.

"그 애 이야기는 뭐 하러 해요?" 스네자나가 시큰둥하게 대답했다.

이제야 모든 것이 명확해졌다. 그 말은 마리나의 사회적 지위가 현재를 유지하거나 현재보다 더 떨어질 수 있다는 것을 의미했다. 구세이노프 집안의 돈은 다른 집안 사람들의 주머니를 채워 줄 것이다.

"그럼 왜 그…… 그 애 말이야…… 그 앤 아니?" 마리나는 올렉이라는 이름을 입 밖에 꺼내기도 싫었다.

"편지 쓰려고요. 소문 나는 게 싫어서요." 스네자나가 대답했다.

"정말 궁금해서 그러는데." 마리나가 최대한 침착하게 말을 꺼냈다. "넌 왜 그런 쓰레기 같은 애가 끌리는 거니?"

"난 그 애를 사랑해요. 엄마가 좋아하는 막수트는 보기만 해도 역겨워요. 손가락이 꼭 돼지고기로 만든 소시지 같아요."

"여기서 손가락이 왜 나오는데?"

"상관이 있죠."

"장래성." 마리나는 음절 하나하나를 정확하게 발음했다. "그럼 네가 사랑한다는 시골 촌구석에 사는 타타르인은 괜찮고? 그런 놈을 뭐에 쓴다니? 어떤 애를 낳을 것 같은데?"

스네자나는 눈을 한 번 깜빡이더니 이내 눈물 두 방울을 찻잔에 떨어뜨렸다.

"숨을 못 쉬겠어." 마리나는 상의 단추를 끌렀다. 갑자기 호흡이 가빠 왔던 것이다.

마리나의 제자였던 쟈밀랴라는 웨이트리스가 다가왔다. 그녀의 제자가 도시 곳곳에 깔려 있었다. 여자들은 통상 대학에 들어가지 않았다.

"안녕하세요, 마리나 이바노브나 선생님." 쟈밀랴가 인사를 건넸다.

"비행기가 또 연착된다고 합니다. 혹시 들으셨어요?"

"엄마는 그만 가요. 내가 알아서 출발할게요." 스네자나가 마리나를 걱정하면서 말했다.

마리나는 어떻게 해야 할지 몰라서 쟈밀랴만 쳐다보았다.

"가세요. 가는 편이 좋을 것 같아요. 내가 잘 감시할게요."

"나를 감시하다니? 내가 무슨 애도 아니고." 스네자나는 어깨를 으쓱했다.

마리나는 딸과 진지한 대화를 이어 가기 힘들다는 걸 알았다. 두 사람 모두 감정이 격해진 상태였다. 스네자나는 지나친 간섭을 더 못 견뎌 했다. 마리나가 사라져서 자기를 그만 괴롭히는 편이 더 마음 편할 듯싶었다.

마리나는 버스를 타고 돌아가면서 조용히 흐느꼈다. 볼에 흘러내린 눈물을 닦아 냈다. 하루가 너무도 길게 느껴지는 날이었다. 17년은 또 왜 이리 빨리 지났단 말인가. 이제 스네자나가 떠난다. 오히려 잘된 일이다. 첫사랑은 부서지기 쉬운 법이다. 눈에서 멀어지면 마음도 멀어진다.

마리나가 집에 도착해서 30분이 지나자 전화벨이 울렸다. 쟈밀랴였다. 그녀는 스네자나가 비행기를 기다리지 않고 먼저 갔다고 말해 주었다. 키가 크고 가무잡잡한 청년이 그녀를 데리러 왔고, 둘은 말 그대로 증발해 버렸단다. 물론 탑승자 명단에도 스네자나는 없었다.

"그럼 표는?" 마리나는 어안이 벙벙해서 물었다.

"그런 거죠, 뭐." 쟈밀랴가 대답했다. 하긴 그녀가 뭐라고 말할 수 있겠는가.

표는 그대로 날아갔다. 스네자나는 올렉과 도주했다. 문에 얼굴을 세게 부딪힌 것처럼 얼굴이 후끈거렸다.

"그런 거죠……." 마리나는 쟈밀랴의 말을 되풀이했다.

어머니는 사랑을 몰라서 마리나를 이해하지 못했다. 마리나는 정열적인 사랑을 잘 아는데도 딸의 행동을 이해할 수가 없었다. 도대체 뭐가 문제인가? 세대 차이인가? 아니다. 스네자나가 막수트처럼 박학다식한 지식인이며 졸업할 때 금메달(러시아에서는 고등학교를 우수한 성적으로 졸업하는 학생에게 금메달을 수여한다.-옮긴이) 받은 사람을 선택했다면 세대 차이니 뭐니 하는 문제는 생기지도 않았을 것이다.

돈 때문만은 아니었다. 교제의 문제였다. 가정교육의 문제이기도 했다. 또 한편으로는 루스탐의 경우만 봐도 철학자는 아니었다. 하지만 그녀는 그와 있을 때 행복했다. 심지어 그가 속인 걸 안 지금도 여전히 행복하다.

마리나는 아파트를 이리저리 왔다 갔다 했다. 어디든 도망 가고 싶었지만 어디로 가야 할지 몰랐다. 그녀는 세 번이나 저주받아 마땅할 그놈의 올렉이란 녀석이 어디에 사는지 몰랐다. 마리나는 식식거리면서 마치 우연히 날아 들어온 한 마리 새처럼 자기 집 벽에 몸을 부딪쳤다.

그러다가 언제나처럼 맑고 사람 좋은 루스탐이 왔다. 마리나는 그에게 달려들었다. 그는 그녀를 꼭 끌어안고는 그녀의 언 몸을 녹여 주었다. 그녀는 그의 품 안에서 진정했다.

"이왕 이렇게 된 거 어떻게 하겠어? 열일곱 살이란 나이가 뭐야? 인생을 막 시작하는 시기잖아. 새벽 여명이라고. 어쩌면 그보다 더 이른지도 몰라. 해가 뜨기 전에 처음으로 빛을 내뿜는 순간인지도 모르지. 올렉이면 어때. 다음에는 다른 남자를 만나면 되잖아. 지금 둘이서 그렇게 좋다는데 생이별시킬 필요가 있을까? 때가 되면 저절로 헤어질 것을. 둘 사이에 사랑의 결실만 없으면 큰 문제는 안 될 것 같은데." 루스탐이 철학적으로 말했다.

유감스럽게도 사랑의 결실은 그리 오래 기다리지 않아도 됐다. 스네자나는 임신한 몸으로 동네를 돌아다녔다. 마리나는 이번에도 다른 사람들을 통해 알았다. 스네자나는 집에 전화도 안 하고 찾아오지도 않았다. 엄마가 무서웠던 것이리라.

마리나는 눈을 감고 그 아이가 제발 세상 빛을 보지 않게 해 달라고 신에게 기도했다. 자궁 속에서 죽어 버렸으면 했다. 이런 기도를 하는 것은 끔찍한 죄다. 하지만 아이는 단단한 실처럼 스네자나와 올렉을 꼭 붙여 놓을 것이다. 사실 마리나는 딸을 다시 데려와 과거를 청산한 뒤 예쁜 옷을 입혀 깨끗하고 밝은 곳에서 새 삶을 시작하게 해 주고 싶었다. 헤밍웨이처럼 말이다.

스네자나는 1년 반 후에 8개월 된 여자아이를 안고 나타났다. 그날 공항에 데려갔을 때 이미 임신 중이었던 것이다. 스네자나가 누더기 같은 천으로 꽁꽁 싸맨 것을 풀자 작은 지렁이처럼 길쭉하고 비쩍 마른 여자아이가 모습을 드러냈다. 이름은 러시아식으로 알렉산드라이고 애칭은 알랴였다. 아이는 마리나를 보자 핏줄인 걸 알아본 것처럼 활짝 웃었다. 그 순간 이 없는 미소가 그녀의 심장에 꽂혀 버렸다. 마리나도 핏줄을 단번에 알아보았다. 그녀의 핏줄이 우주에서 날아온 것이다.

마리나는 손녀를 품에 안고는 더 이상 딸에게 내주지 않았다. 스네자나도 달라고 하지 않았다. 그녀는 모스크바에 가서 간호전문대학 입학 준비를 했다.

어머니 말이 옳았다. 이제 스네자나는 마리나의 지시를 무조건 따랐다. 올렉은 정말 바닥이었다. 그곳은 사람 살 곳이 못 되었다. 개보다도 못한 삶이었다.

"모스크바로, 어서 모스크바로."라고 말했던 체호프의 《세 자매》(극작가이자 단편작가인 체호프의 희곡-옮긴이)처럼 말이다.

스네자나는 모스크바로 떠났다. 한편 마리나는 손녀와 함께 남았고, 일주일에 두 번 루스탐이 그녀와 함께 했다. 알랴를 향한 마리나의 감정은 사랑 이상이었다. 그녀는 알랴를 신처럼 떠받들다시피 했다. 손녀는 아비를 닮아서 가무잡잡한 피부에 칼로 파낸 듯 크고 검은 눈을 갖고 있었다. 눈꼬리는 이콘화처럼 위로 올라가지도 않고 아래로 처지지도 않은 채 정면을 향했다. 코는 오똑하고 입은 새끼 고양이처럼 귀여웠다. 스네자나의 입을 닮은 것 같았다. 보진 않았지만 올렉도 잘생겼을 것이다. 마리나는 그가 너무 미워서 어떻게 생겼는지 자세히 보지도 않았다. 그는 잘생기고 부드러운 사람인 것 같았다.

스네자나가 그를 버린 터라 예전보다는 올렉을 부드럽게 대했지만 여전히 보기 싫었다. 볼 이유가 없지 않은가? 심지어 아이도 보여 주기 싫었다. 마리나는 알랴를 누군가와 나누고 싶지 않았다. 그가 아비라 할지라도 말이다. 올렉도 요구하지 않았다. 그는 초식동물이 덩치 큰 동물을 두려워하듯이 마리나를 무서워했다. 들소 같은 동물 말이다. 잡아먹지는 않더라도 발로 짓이길 테니까.

마리나는 스네자나가 임신했을 때 했던 기도를 떠올리자 너무도 끔찍하고 너무도 창피했다. 신이 그녀의 기도를 들어줬다면 어쩔 뻔했는가? 다행히도 신은 그런 어리석은 기도는 들어주지 않고 그냥 무시한다. 어리석은 할망구를 용서했으리라.

알랴는 무럭무럭 자라서 달이 바뀔 때마다 하나씩 새로운 능력을 드러냈다. "할매!" "줘!"라든지 손뼉을 치는 것 말이다.

가을이 되자 마리나는 학교 수업 때문에 알랴를 탁아소에 맡겼다. 더 자라면 유치원에 갈 것이다. 30년 전과 똑같았다. 차이가 있다면 처음부터 다시 시작한다는 것뿐이었다. 그때처럼 지금도 가난했다.

루스탐은 도와주지 않았다. 그가 무슨 수로 도와주겠는가? 친척들이 보내 주는 정물화 재료 같은 식재료는 이제 그의 가족 몫이었다. 그는 두 집 중 한 군데를 선택할 수밖에 없었다. 3월 8일 여성의 날에는 초록색과 검은색 그리고 빨간색이 섞인 비쿠냐 털실로 짠 체크무늬 목도리를 선물 받았다. 조금 우중충하지만 그래도 예쁜 목도리였다. 이게 루스탐이 해 줄 수 있는 전부였다. 하지만 마리나는 그에게 무언가를 받아야겠다는 생각을 해 본 적이 없었다. 루스탐은 그녀의 삶을 아름답게 장식하고 의미를 부여하기 위해 존재했다. 이것이 그의 역할이자 기능이었다. 들소인 마리나를 무장해제시킨 유일한 사람이 루스탐이었다. 그와 함께 있을 때만큼은 '내 사랑'이었다. 일주일에 두 번 그가 찾아오면 일주일 내내 기뻤다.

물론 삶의 의미를 부여하면서 돈도 벌고 결혼도 하는 남자들도 있다. 하지만 그건 어디까지나 다른 여자들의 남자였다.

사샤가 편지를 보내 아들이 태어났다고 알려 주었다. 이름은 막심이라고 지었단다. 요즘은 사내아이가 태어나면 죄다 막심이나 데니스라고 이름을 지어 준다. 에르몰라이라는 이름은 없었다. 그건 솔제니친뿐이었다.

스네자나는 좋은 청년을 만나서 결혼했는데, 그의 이름 역시 올렉이었다. 이번에도 올렉이다. 러시아 사람이고 손재주가 좋으며 자동차 정비사로 일한단다.

마리나는 편지에서 눈을 뗐다. 자동차 정비공 역시 선망받는 직업은 아니다. 노동자 계급이다. 사샤는 시장에서 채소를 판다. 그녀의 아이들도 그녀보다 나은 삶을 살지 않는다.

무엇보다 가장 흥미로운 사실은 스네자나가 자기 딸인 알랴의 건강이라든지 생활비 등을 궁금해하지 않는다는 거였다. 알랴 역시 과거의 일부였기 때문에 스네자나는 알랴를 포함한 과거를 자기 자신으로부터 잘라 내 버렸다. 어미가 어떻게 그런단 말인가.

마리나는 자기 아니면 돌봐 줄 사람도 사랑해 줄 사람도 없는 어린 손녀가 너무 가여웠다. 하지만 그러면 어떠랴. 할머니는 아직 손녀를 키울 힘이 있다. 이 힘은 앞으로 오랫동안 버텨 줄 것이다.

그들은 아침 일찍 일어났다. 마리나는 학교에 가야 하고 알랴는 유치원에 가야 했다. 마리나가 먼저 일어났다. 손녀는 양손을 볼 아래에 깐 채 세상 달콤하게 자고 있었다. 그런 손녀가 안쓰러웠지만 마리나는 불을 켰다. 알랴의 눈꺼풀이 파르르 떨렸다. 환한 조명이 아이를 깊은 잠에서 끄집어내고 있었다.

마리나는 방 안을 왔다 갔다 하기 시작했다. 바닥에서 삐그덕거리는 소리가 나면서 진열장에 있는 식기가 작게나마 흔들리는 소리가 들렸다. 이 소리가 알랴를 깊은 잠에서 끌어냈다. 마침내 알랴가 눈을 뜨고 징징댔다. 더 자고 싶었던 것이다. 한창 자랄 나이라 잠이 많았다. 하지만 일어나야 한다. 고약한 '해야 한다' 좀 그만 쓰면 얼마나 좋을까. 하고 싶어서가 아니라 해야 하니까 하는 것 말이다. 과연 하고 싶은 사람이 누가 있겠는가.

루스탐은 알랴 역시 사랑해서 한쪽 다리에 앉히고는 흔들어 주다가 터키어로 노래도 불러 주었다. 마리나는 옆에 서서 애를 떨어뜨리기라도 할까 봐 노심초사했다.

루스탐은 이해할 수 없는 노래를 불렀는데 그 모습이 우스웠다. 알랴는 기분이 좋아서 얼굴을 까딱까딱했다. 마리나는 긴장을 풀고 그제야 미소 지었다. 진정한 가족의 모습이었다.

언제나 이렇게 살면 얼마나 좋을까. 하지만 영원한 것은 없다. 옆집 할머니 말마따나 좋은 건 아무리 많이 먹어도 더 먹고 싶은 법이다.

페레스트로이카가 왔다. 숨가이트(아제르바이잔의 도시-옮긴이)가 소란스러워졌다. 아제르바이잔 사람들은 시골에서 도시로 물밀듯이 밀려들었다. 그러고는 아르메니아 사람들을 칼로 찔러 죽였다. 아제르바이잔 사람들은 아파트 관리 사무소로 가서 입주자 명단을 받아다 아르메니아 사람을 따로 추려 내서는 그들의 아파트를 찾아갔다. 그들이 가는 족족 사람이 죽어 나갔다.

1915년 터키 사람들이 아르메니아인을 무참히 살해한 이후 이런 일은 없었다. 70년이 지난 지금 그때 그 일이 반복된 것이다. 아제르바이잔 사람들은 단지 그들이 아르메니아인이라는 이유만으로 찾아다녔다. 아르메니아인들도 힘 닿는 데까지는 방어를 하려고 애썼다. 카로 시작해서 흐로 끝나는 카라바흐(아제르바이잔의 자치주. 그러나 역사적으로 아르메니아인이 대다수다.-옮긴이)로 인해 온

나라가 몸살을 앓았다. 아제르바이잔 사람들은 카라바흐가 지리적으로 아제르바이잔 영토에 있으니 자기네 땅이라고 주장했다. 한편 아르메니아인들은 수세기 전부터 아르메이나인이 이 땅을 일구고 살았으니 카라바흐는 자기네 땅이라고 맞섰다.

사실 누구의 땅이든 그대로 두고 살아도 상관없을 것 같았다. 무슨 상관이란 말인가. 함께 사이좋게 살면 그만인 것을. 하지만 그들 사이엔 우정 대신 미움이 자리 잡고 말았다.

미움은 사랑과 마찬가지로 운명적인데, 단지 차이가 있다면 부정적인 감정이라는 것이다. 미움은 전염병과도 같다. 모든 공간을 차지할 뿐만 아니라 어디로든 퍼질 수 있었다. 아르메니아인에 대한 미움은 러시아인을 향한 미움으로 바뀌었다. 종교가 다른 사람은 무슬림 땅에서 나가야 한다. 아제르바이잔인은 아제르바이잔인하고만 협력한다. 종교가 다르거나 민족이 다르면 자기 나라로 가라는 식이었다. 이런 다툼은 심지어 학교까지 옮아 왔다. 아제르바이잔인 학교 교장은 꿀 먹은 벙어리처럼 한참 동안 침묵으로 일관했다. 아이들은 아무 이유도 없이 몸싸움을 했다.

마리나는 영문도 모른 채 죄책감에 시달렸다. 그녀는 버스를 타거나 가게에 들르는 것이 두려웠다. 사람들은 그녀를 향해 혐오와 경멸의 시선을 던졌다. 대놓고 괴롭혔다. 그녀가 기대할 수 있는 가장 약한 욕이 '러시아인 줄랍'이었다. 한번은 고약한 냄새를 풍기는 젊은이 둘이 그녀를 으슥한 통로 쪽으로 끌고 가서는 머리를 벽돌 조각으로 내리쳤다. 다행히 머리를 살짝 비켜서 맞긴 했다. 마리나는 꼬리 잘린 양처럼 머리에서 피가 났다. 마리나는 폐활량

이 허락하는 한도 내에서 최대한 큰 소리로 외쳤다. 아제르바이잔 청년들은 그녀에게서 가방을 빼앗아 그대로 달아났다.

가방에 있는 거라고는 5루블과 립스틱이 전부였다. 그들이 머리를 내리친 것도 생명에 지장을 줄 만큼 위협적이진 않았다. 그러니까 피해는 경미한 편이었다. 하지만 마리나는 좀처럼 진정할 수가 없었다. 서서 계속 소리를 질러 대며 울었는데, 그 울음 속에는 도시의 배신과 루스탐의 배신을 포함한 많은 것이 내포돼 있었다. 더 이상 아무것도 바꿀 수 없다는 사실도 명확하게 깨달았다.

마리나는 그곳을 떠나기로 결심했다. 모스크바로 가는 것이다. 아이들이 있는 곳으로. 그녀가 있을 곳은 아이들 옆이었다. 언제까지나 유부남인 루스탐 옆에 있을 수도 없는 일이었다.

러시아 모스크바로, 모스크바로.

헤어질 시간이 되었다. 루스탐은 모로코산 오렌지가 들어 있던 빈 박스와 빨랫줄을 가져와서 짐 싸는 것을 도왔다. 이렇게 보면 루스탐이란 남자가 전혀 쓸모 없는 것도 아니었다. 둘은 말없이 책이며 그릇을 쌌다.

루스탐은 분주하지만 우울해 보였는데 문득 고개를 들고 물었다. "나는 어쩌고?"

"당신은 아내도 있고 아들도 있잖아요." 마리나가 대답했다.

그는 그녀가 다 알고 있다는 것을 깨달았다. 순진하게도 지금까지 마리나가 그의 말을 곧이곧대로 믿는 줄 알았다.

루스탐은 고개를 푹 숙였다. 더 이상 속일 생각은 없었다. 사실 계속 아니라고 우기고 싶은 마음이 없지는 않았지만 더 이상 의미가 없어 보였다.

"당신 아들은 어떻게 된 거예요?" 마리나가 불쑥 물었다.

"선천성 심장병이래."

"위험한 건가요?"

"열다섯 살까지 산다나 봐." 루스탐이 설명했다.

"지금은 몇 살인데요?"

"다섯 살."

그러니까 앞으로 10년이 남은 셈이었다. 자기 후손을 키우는 것과, 그러니까 그건…… 마리나는 생각하는 것조차 무서웠다. 자기가 루스탐이라면 어떨까, 라는 생각조차 하기 싫었다. 가엾은 루스탐…….

"결혼은 언제 한 거예요? 학교 왔을 때? 그때 울었잖아요." 마리나가 물었다.

"응…….."

"그런데 왜 말을 안 했어요?"

"할 수가 없었어. 용서해 줘……."

루스탐의 눈물은 예전과 달랐다. 보통은 누구든 그가 우는 모습을 보고 불쌍해하며 위로해 주길 원하는 아이처럼 울었다. 남을 의식하는 울음이었다. 하지만 지금은 남자답게 울었다. 얼굴을 양손으로 가린 채 말이다.

"용서할게요." 마리나가 조용히 말했다. 그는 이미 죗값을 치렀다. 이제 와서 무슨 계산을 또 한단 말인가.

그녀는 그의 머리를 감싸 쥐고 안았다. 그의 머리카락에서 무언가 고향의 냄새 같은 진한 행복감이 느껴졌다. 그들은 더 이상 미래를 함께 할 수 없지만 둘의 과거가 세포 하나하나에 새겨져 있었다. 진정한 사랑은 뇌리 속에 영원히 남는 법이니까. 지병처럼 말이다.

마리나는 모스크바에 빈손으로 가는 게 아니었다. 아파트 시세를 잘 알아본 뒤 6000달러라는 좋은 가격으로 이웃에게 팔았는데 당시로서는 큰돈이었다. 루블화로 환전하면 수백만 루블이었다. 루블이나마 백만장자인 셈이었다.

마리나는 모스크바에 가서 아들 밑으로 거주 등록을 하거나 딸 밑으로 거주 등록을 할 수 있다는 것도 이미 알아봤다. 잠깐 동안이 아니라 영원히 말이다. 거주 등록만 된다면 전공에 맞는 일자리를 찾는 건 별 어려움이 없었다. 게다가 학교 교사는 월급이 너무 적어서 기피하는 탓에 늘 모자랐다. 하지만 쥐꼬리만 한 월급도 돈은 돈이다. 게다가 마리나는 아껴 쓰는 거라면 도가 텄다. '현대 사회에서 개인이 살아남기'라는 주제로 논문까지 쓸 수 있을 정도였다.

그녀는 이제 사샤, 사샤의 아내 그리고 막심, 알랴와 함께 부대끼며 살 것이다. 그 가정에서 아이들 교육이나 집안일에 관한 한 주도권을 잡을 것이다. 젊은 사람들은 열심히 일하고 마리나는 집안을 지탱할 것이다. 모든 것이 논리적이다. 앞으로는 행복한 노년만이 있을 뿐이다. 자식을 위해 헌신하는 것보다 더 큰 행복은 없기 때문이다.

　기차는 45분 후에 출발했다. 상자나 보따리를 포함한 짐이 너무 많아서 쿠페(이층 침대 두 개에 좌석 네 개가 있는 폐쇄형 침대칸-옮긴이) 하나 값을 모두 지불할 수밖에 없었다. 루스탐이 배웅했다. 하긴 누가 또 올 수 있겠는가.

　마리나는 기차역에서 모스크바로 전화했다. 모스크바시 번호를 누르고 사샤네 집 전화번호를 눌렀다.

　"여보세요."

　젊은 사람의 차분한 목소리가 들려왔다. 마리나는 사샤의 아내 류트카일 거라 짐작했다.

　"사샤 좀 바꿔 줄래요?" 마리나가 큰 소리로 말했다.

　그녀는 기계를 신뢰하지 않았고, 지금은 상대방이 반드시 자기 말을 들을 수 있어야 했다.

　"지금 없어요. 그런데 누구시죠?"

　"마리나 이바노브나라고 합니다. 어미 되는 사람이죠."

　"아, 어떻게 할까요?" 류트카는 다소 실망한 듯한 목소리였다.

　"사샤에게 내가 간다고 전해 주세요. 모레 아침 7시에 바쿠발 모스크바행 기차, 4번 칸 16번 자리 티켓이니 마중 나오라고 좀 전해 주세요."

　마리나는 류트카가 연필을 들고 그녀가 하는 말을 전부 다 메모할 거라 생각하며 기다렸다. 중요한 건 도착하는 시간과 날짜 그리고 차량 번호였다.

하지만 류트카는 불만 섞인 목소리로 물었다. "놀러 오는 건가요?"

"놀러라뇨? 거기서 살려고 가는 거예요."

"우리 집에서요?"

"그럼 어디에서 살겠어요?"

마리나는 적이 놀랐다. 정말 답답한 노릇이었다. 어머니가 아들을 보러 간다는 게 오랫동안 이야기할 일인가 말이다. 하지만 류트카는 그런 일은 통보보다 양해를 구하는 게 순서라고 생각하는 모양이다.

마리나는 전화를 끊고 열차로 돌아갔다. 루스탐이 알랴의 손을 잡고 시계를 보았다.

"그만 가 봐요." 마리나는 그를 보내며 알랴를 넘겨받았다.

마리나는 기차가 출발하자 루스탐이 기차와 나란히 뛰면서 이별을 조금이라도 더 늦추려 애쓰는 모습이 떠올랐고, 그러는 게 싫었다. 그가 안쓰러웠다.

도착하면 누가 마중 나올지, 혹은 마중을 나오기나 할지 알 수 없는 상황에서 집도 절도 없이 나무에서 떨어져 나온 가을 낙엽 같은 처지는 바로 그녀 아닌가. 그 순간 누구보다 자기 자신을 걱정해야 했지만, 그 순간에도 세 번째 아이인 루스탐을 걱정했다. 불쌍한 아들을 둔 불쌍한 사람이 어떻게 삶을 헤쳐 나갈지 염려스러웠다. 눈물 때문에 눈이 화끈거렸지만 이를 악물었다.

"가 봐요, 루스탐. 뒤도 돌아보지 말고 가요." 그녀가 단호하게 말했다.

루스탐은 늘 그녀가 시키는 대로 해 왔기 때문에 뒤도 안 돌아보고 갔다. 행복은 없고 의무와 고통만이 있는 자기 삶 속으로 떠났다.

마리나는 밤새 잠들지 못했다. 안쓰러움과 원망이 사포처럼 가슴에 생채기를 냈다. 사샤가 역에 마중 나올지 여부도 알 수 없었다.

사샤는 그녀가 탄 차량 앞까지 친구들을 데리고 왔다. 그들은 그녀의 보따리와 상자들을 솜씨 좋게 라픽(소련 시절에 생산된 미니버스-옮긴이)에 실었다.

알랴는 꽁꽁 싸맨 채 차 옆에 서 있었다. 마리나는 기후 변화가 두려웠다.

"꿈에 말들이 나왔어요." 알랴가 입을 열었다.

"그래?" 사샤는 말을 받아 줄 뿐 건성으로 흘려들었다.

마리나는 기차가 밤새 흔들려서 알랴가 말을 타고 가는 것처럼 느꼈다는 걸 깨달았다.

마리나는 몸을 숙여서 친딸 같은 손녀에게 뽀뽀했다. 생판 모르는 사람들 틈에 서 있는 피붙이가 안쓰러웠다.

이로써 모스크바 생활이 시작되었다.

사샤는 아내와 심하게 다퉜고, 마리나와 알랴는 아들 부부가 사는 브라테예보의 방 두 칸짜리 아파트에서 함께 지내기 시작했다. 브라테예보는 옛날 시골 이름이었다. 마리나는 모스크바가 아니라 천편일률적인 블록집이 옹기종기 모여 있는 세프첸코(카자흐스탄의 도시-옮긴이)에 살러 온 기분이었다. 브라테예보에 살 줄 알았으면 오지도 않았을 것이다. 그 돈이면 탐보프나 툴라(러시아의 도시들-옮긴이)로 갔을 것이다.

스네자나는 힘키에서 방 하나를 빌려 살았다. 하지만 거기조차 마리나는 딸이 오란 소리를 안 해서 못 갔다. 대신 스네자나가 남편과 함께 케이크와 샴페인 한 병을 사서 오빠네 집에 왔다. 정작 자기 딸인 알랴에게 줄 선물은 가져오지 않았다.

마리나는 너무 화가 나서 말문이 막혔다. 4년이나 못 만났는데 딸을 보러 오면서 선물 하나 안 사 오다니 이해할 수가 없었다. 해도 해도 너무한다 싶었다.

사실 마리나는 모스크바에 오면서 스네자나가 알랴를 데려가면 어쩌나 염려했다. 하지만 스네자나는 그럴 생각이 전혀 없었다. 새로 만난 남자한테만 빠져 있었다.

스네자나의 새 남자인 올렉은 턱수염을 길렀고 눈은 체 게바라를 닮았다. 차이가 있다면 베레모가 없다는 정도였다. 그리고 점잖은 사람 같았다.

마리나는 바로 그 자리에서 집 문제를 물었고, 올렉과 스네자나가 캄무날카에서 방 하나를 얻어 산다는 사실을 알아냈다.

"그럼 전에는 어디 살았죠?" 마리나가 올렉에게 물었다.

"부모님과 함께 살았습니다." 올렉이 대답했다.

"부모님도 캄무날카에 사나요?"

"아닙니다. 방 세 칸짜리 집이 있습니다."

"당신은 그 주소로 거주 등록이 돼 있나요?" 마리나가 심문하듯 캐물었다.

"그렇긴 한데요……."

"방이 세 칸이나 있다면서 한 칸 정도 내줄 수 없다는 게 이해가 안 가네요. 같이 사는 편이 낫지 않나요? 쓸데없는 돈도 안 나가고."

스네자나는 두 사람 사이에서 조마조마했다. 어머니가 들소 모드로 전환해서 장애물이 되는 건 뭐든 발로 짓이기며 거침없이 돌진하는 걸 지켜보았다.

"저는 따로 사는 쪽이 더 좋은데요." 올렉은 최대한 공손하게 대답했다. 장모가 자기를 탐탁지 않아 한다는 걸 느끼고 기가 죽었다.

마리나는 올렉의 부모님이 애 딸린 여자와 결혼하는 걸 반대한 게 근본 이유라고 생각했다. 스네자나가 자기네 집 주소에 거주 등록을 하면 알라 역시 자동으로 등록될 터였다. 그들은 남의 핏줄은 원치 않았을 것이다. 하긴 남의 핏줄을 좋아하는 사람이 누가 있겠는가.

"부모님과 집을 나눌 수도 있을 텐데요." 마리나가 귀띔했다.

"부모님은 집을 옮길 생각이 없어요. 그 집에 정이 들어서요. 그렇다고 부모님을 상대로 소송하고 싶지는 않습니다."

"왜요?" 마리나는 소송 말고는 답이 보이지 않았다.

"제 원칙에 어긋나기 때문입니다." 올렉은 장모를 뚫어지게 쳐다보았다.

"부모님은 연로하고 나는 젊습니다. 나는 직업도 있고요. 집은 내가 벌어서 사면 됩니다."

"그 말이 맞네. 저런 게 진짜 남자지." 류트카가 그를 지지했다.

류트카는 어서 빨리 그들이 대화를 멈추고 술잔을 들었으면 했다. 식탁에 마리나가 만든 맛있는 안주를 차려 놓은 터였다. 간으로 만든 햄, 샐러드 세 가지, 염장 청어를 넣은 샐러드 그리고 메인은 꿀을 발라서 오븐에 구운 오리였다. 집 안이 맛있는 음식 냄새로 가득했다.

"가족의 재회를 위하여!" 사샤는 이 말을 하고 술잔을 들어 한 입에 털어 넣었다.

마리나는 그가 술을 마시는 게 아니라 한 잔 한 잔 털어 넣는다는 걸 깨달았다. 어디서 배운 모양이었다. 아들은 더 남자다워지고 어깨도 넓어졌으며, 키만 좀 더 큰 것 빼고는 체형이 볼로치카를 빼닮았다.

다들 전채 요리를 더 많이 먹으려고 달려들었다. 막심은 입에 더 많이 넣으려고 포크가 아니라 숟가락으로 먹었다.

마리나는 막심에게 포크를 넌지시 건네고 손을 탁 쳤다. 막심이 류트카를 닮았다는 이유로 정이 안 갔다. 제 엄마를 그대로 복사해 놓은 것만 같았다. 똑같이 작은 눈에 코도 참새같이 작은 아이였다. 그녀는 피붙이인 손자를 싫어하는 자신이 부끄러웠다. 알랴는 자기 자신보다 더 사랑했지만 막심에게서는 아무런 감정을 느끼지 못했다. 피 한 방울 섞이지 않은 남처럼 말이다. 류트카는 그녀의 감정을 알고 기분이 상했다. 마리나가 애를 달고 온 것도 부족해서 방 두 칸짜리 아파트에 다섯 명이 살게 생겼으니 말이다. 기숙사가 따로 없었다. 게다가 그녀가 막심을 싫어하는 것도 모자라서 그 감정을 드러낸다는 게 마음에 안 들었다. 마리나는 이런 식으로 남의 영역에 침범해서 자기 규칙을 강요하고 있었다. 이 집의 안주인인 류트카는 이 모든 일을 참아야 한다는 것이다.

하지만 지금부터 술도 많이 마시고 맛있는 안주에 장미까지 올린 케이크를 먹을 생각에 잔뜩 들떠 있었다.

마리나는 샴페인을 마시고 나면 트림이 올라와서 싫어했다. 버터가 많이 들어간 음식은 간에 안 좋아서 케이크 역시 먹지 않았다.

마리나는 식탁에서 일어나 부엌으로 갔다. 부엌에 가면 항상 할 일이 있는데, 오븐에서 지글지글 오리 익는 소리가 났다. 마리나는 오븐을 열었다. 뜨거운 열기가 얼굴을 덮쳤다.

'벌어서 산다고? 그래서 돈은 언제 벌 건데? 10년은 족히 일해야 할 텐데, 그러다 보면 돈 버느라 젊음이 속절없이 흘러가 버릴 거야. 물론 열심히 모으겠지. 허리띠를 졸라맬 거고. 그럼 진짜 인생은 언제 산단 말인가?'

그때 스네자나가 부엌에 들어와서 말없이 멈춰 섰다.

"그 사람 마음에 안 들어요?" 스네자나가 조용히 물었다.

"내가 마음에 안 드는 게 무슨 상관인데? 네 남편이잖니." 마리나가 짐짓 놀란 것처럼 말했다.

"그러니까요. 제발 부탁인데 우리 일에 상관하지 말아 줘요, 알았어요? 그 사람이 마음에 안 들면 여기에 다시 안 올게요." 스네자나는 단호했다.

스네자나는 피 한 방울 안 섞인 가난뱅이 남자랑 어머니와 딸을 맞바꿀 준비가 되어 있다는 뜻이었다. 그녀는 들소에게 자기 밀을 짓밟지 말아 달라고 부탁하는 거였다.

마리나는 허리를 펴고 스네자나를 쳐다보았다. 스네자나는 5년 전 공항에 있을 때 입은 검은 정장을 그대로 입었다. 그 이후로 옷을 안 샀다는 의미였다. 고양이같이 작고 귀여운 입에 겁을 잔뜩 먹은 아이 같은 눈도 여전했다. 그때나 지금이나 달라진 건 없었다. 어딘가 낯익은 풍경이었다.

마리나는 스네자나를 끌어안았다. 비쩍 말라 병아리 같은 딸의 어깨가 품에 들어왔다.

"엄마한테서 오리 냄새 나요." 스네자나가 품에서 벗어나며 말했다.

이것도 마리나와 어머니 사이에 있었던 일이다. 그때는 양배추 냄새였다는 차이밖에 없었다.

왜 가장 가깝고 서로에게 꼭 필요한 사람들이 마음이 안 맞는 걸까? 러시아는 아제르바이잔이 아니기 때문이다. 거기에서는 연장자를 존경한다. 연장자는 무알림, 즉 스승이라고 생각한다. 그런데 여기에서는 늙은 바보 취급을 한다.

류트카는 기분이 좋거나 나쁘거나 했다. 그녀는 대형 백화점의 화장품 코너에서 일했다. 일이 끝나고 돌아오면 사람들에게 치여 몹시 피곤해했다. 퇴근하고 집에 올 때는 기분이 나빴는데, 허기도 지고 사샤를 질투했다. 그녀 생각에는 사샤가 모든 사람에게 필요한 존재 같았다. 그가 시장에 서 있으면 진열장에 전시된 물건처럼 아무 여자(그런 여자는 수천 명에 달했다)나 다가와서 채소라도 되는 것처럼 만지작거렸다. 류트카 눈에 사샤는 너무 멋진 남자였고, 자기 친구나 가까운 이들의 남편 중에 사샤만 한 사람이 없었다. 그녀는 누구든 사샤를 안 좋게 말하면 오히려 좋아했다. 그를 싫어하는 사람도 있다는 사실이 좋은 것이다. 경쟁자가 줄어들기 때문이었다.

류트카는 퇴근해서 올 때면 너무 지친 나머지 너덜너덜해졌고, 집에 와서는 바로 식탁 앞에 앉았다. 식사는 깨끗한 냅킨으로 장식한 식탁에 이미 준비돼 있었다. 전에도 마리나는 루스탐을 기다리면서 이렇게 차려 놓았다. 냅킨에는 강낭콩, 푸성귀, 페이스트를 올려놓았고, 프라이팬에는 양고기로 만든 률랴케밥(다진 고기를 길고 동그랗게 만든 다음 꼬챙이에 꽂아서 만든 케밥-옮긴이)이 들어 있었다. 마리나는 아제르바이잔 학교에 다녔는데 그곳에는 푸성귀와 향신료가 넘쳐났다. 불쌍한 류트카는 한 번도 이런 음식을 먹어본 적이 없었다. 그녀가 매일 먹는 음식은 달걀프라이에 베이컨이나 냉동 만두에서 크게 벗어나지 않았다.

류트카는 여전히 기분이 안 좋은 상태에서 말없이 음식을 삼킨 뒤 화장실로 달려갔는데, 나올 때는 가벼운 발걸음에 교활한 미소를 띤 채 생기 가득한 모습이 되었다.

"엄마." 그녀는 마리나를 그렇게 불렀다.

마리나는 시어머니를 엄마라고 부르는 격의 없는 태도가 거슬렸다. 하지만 어쩌겠는가.

"우리 건물 1층에 사는 남자가 딤카 프로조로프라는 알코올 중독자예요."

마리나는 프로조로프라는 성은 귀족의 성이라고 알려 주었다. 딤카는 정말로 쇠락한 귀족 가문의 후손인지도 모른다.

"아무튼 그 사람 집은 방 세 칸짜리 아파트인데, 추가로 돈을 더 내면 방 두 칸짜리 아파트와 맞바꾼대요."

"방 두 칸짜리 아파트라니?" 마리나는 그녀의 말뜻을 이해하지 못했다.

"우리 집이죠. 우리 집은 방이 두 칸이잖아요. 그렇게 되면 방이 총 세 개가 되죠. 각자 방 한 칸씩 차지할 수 있잖아요. 어머니랑 알랴가 같이 쓰고, 저와 사샤가 침실을 쓰고, 막심은 나머지 방을 쓰는 거죠."

"TV는 어디에 두려고?" 마리나가 물었다.

"엄마 방이죠. 침실에 둘 순 없으니까요."

"그러니까 다들 자기가 보고 싶은 드라마 다 볼 때까지 기다려라? 알랴는 어려서 일찍 재워야 해."

"알았어요, 엄마. 그런 건 그때 가서 상의하면 되죠. 아무튼 방 두 칸짜리에서 사는 것보다는 세 칸이 낫잖아요." 류트카가 나긋나긋하게 설명했다.

류트카가 일어나서 또다시 화장실에 갔다. 화장실에서 나올 때는 얼굴이 온통 빨개져서 브레이크가 고장난 자동차처럼 자유롭게 움직였다.

마리나는 알코올 중독자의 집을 상상해 보았다. 그 집에 들어가는 건 생각만으로도 끔찍했다.

"얼마를 더 내야 하는데?" 마리나가 물었다.

"오천이요."

류트카가 가방에서 비싼 담배를 꺼냈다.

"무슨 오천?"

"뭐긴 뭐예요? 설마 루블이겠어요?"

"달러?" 마리나가 확인 차원에서 한 번 더 물었다.

"뭐⋯⋯."

류트카는 담배를 피우기 시작했다. 아이들이 있는 집에서 담배를 피워 대는 건 옳지 않았지만 마리나는 지적하지 않았다.

"그래서 왜 방이 세 칸이나 있는데도 혼자 산대?" 마리나가 놀라서 물었다.

"가족과 함께 살았는데, 지금은 다 도망가고 없대요."

류트카는 다리를 꼬고 앉아서 예쁘게 담배를 피웠다. 나일론 스타킹 속에 있는 다리가 이따금 반짝였다.

"도망갔다고는 해도 그 주소로 다들 거주 등록은 돼 있을 텐데." 마리나가 짚어 주었다.

"그렇게 되면 우리 집으로 옮겨지죠. 우리가 그 사람들을 거리로 내쫓는 것도 아니고요. 그들에게 지금 우리가 사는 방 두 칸짜리 아파트를 줄 거예요. 같은 건물에 있고 1층 출입구도 같아요. 층만 옮기는 거니까 크게 바뀌지도 않고요."

마리나는 '5000달러를 더 지불하고 1000달러는 리모델링 비용

으로 쓰면 다 해서 6000인 셈'이라고 따져 봤다. 그녀에겐 전 재
산인 터라 그렇게 되면 손녀와 단둘이 무일푼으로 남는다. 아파
도 안 된다. 하지만 아프고 고독한 노년이 그녀를 기다리고 있었
다. 노년은 아이들과 함께 살아도 외롭고 아프기 마련이다.

"나 돈 없어." 마리나가 딱 잘라 말했다.

"에이, 엄마, 아파트 판 돈 있잖아요. 저희보다 부자면서."

그걸 어떻게 알았지? 말할 사람이라곤 알랴밖에 없다. 알랴는
할머니처럼 여기저기 참견하는 걸 좋아한다. 두 명이 알면 돼지
들도 안다지 않은가. 류트카 말이다.

"안 줘! 내 나이 오십이야. 이 나이에 무일푼으로 살긴 싫어."
마리나는 냉정하게 거절했다.

"엄마, 우리 집에 왔잖아요. 우리랑 같이 살고요. 우리가 뭐 내
쫓기라도 하나요. 이왕 같이 사는 거 돈 좀 투자하면 좋잖아요. 자
기 몫을 낸다고 생각해도 되고요."

마리나는 류트카의 남편을 키워 주었다. 이것으로 자기 몫은
했다고 생각했다.

"아뇨, 라는 단어 알아?" 마리나가 질문했다.

"알았어요. 본인이 싫다면 재판장도 어쩔 수 없죠?" 류트카는
철학적으로 말하고는 화장실로 들어갔다.

그런데 화장실에서 걸어 나오지 않고 쓰러져 버렸다. 머리를
앞으로 처박은 채 말이다. 마리나는 어떻게 해야 할지 몰라 그 앞
에 서 있었다. 류트카는 말처럼 덩치도 크고 무거웠다. 마리나는
그녀를 발판 쪽으로 잡아당겨서 썰매를 타듯이 발판을 끌고 침

실까지 데려갔다. 아이들이 나란히 뛰어갔는데, 무슨 게임이라고
생각한 듯 신이 나 보였다. 그들 셋이 힘을 합쳐서 류트카를 침대
에 뉘었다. 막심은 신발을 벗기고 알랴는 이불을 덮어 주었다. 아
이들은 자기 방식대로 류트카를 사랑했다. 결코 무서워하지 않
았다.

마리나는 화장실을 확인하려고 들어갔다가 변기 물탱크에서
보드카병을 발견했다. 그제야 류트카가 화장실만 갔다 하면 기분
이 좋아져서 나오는 이유를 알 것 같았다.

마리나는 저녁에 사샤가 오기를 기다렸다가 물었다. "류트카
술 마시는 거 알고 있니?"

"엄마 생각은 어떤데요? 엄마가 아는 걸 내가 모를까 봐요?"

사샤는 지치고 허기도 졌다. 마리나는 아들이 먹는 모습을 보
면서 흐뭇해했다. 배고픈 자식의 허기를 달래 주는 것보다 더 기
쁜 일은 없을 테니까. 사샤가 식사하는 동안은 마음 편히 먹도록
물어보지 않으려고 했지만, 마리나는 참지 못하고 입을 열었다.

"제대로 된 아가씨가 그렇게 없었니? 술꾼 아니면 가난뱅이밖
에 없디?"

"시기를 놓쳤어요. 막심이 태어났거든요." 사샤가 차분하게 대
답했다.

"나한테 편지 쓸 생각은 못 했니?"

"무슨 편지요? 막심이 태어났을 때 편지 보냈잖아요." 사샤가
질문을 이해하지 못한다는 듯 대답했다.

"아내가 알코올 중독자라고 말이야."

"엄마가 아는 게 싫었어요. 그런데 이제 알아 버렸네요."

"이제 어쩔 건데? "

"나도 잘 모르겠어요. 알코올 중독자한테 애를 맡길 수는 없어요. 류트카도 못 버리겠고요."

"왜지?"

"그 사람이 딱해서요. 내가 버리면 어떻게 되겠어요?"

"너는 어쩌고? 네 삶이 어떻게 변할지는 생각 안 했니?"

"그게 내 운명인가 보죠."

사샤의 표정은 차분하다고 할 수도 있고, 모든 걸 단념한 사람의 얼굴이라고 할 수도 있었다. 볼로치카처럼 말이다. 하지만 자기보다 남을 더 딱하게 생각하는 건 마리나 자신을 닮았다. 그래도 마리나는 동정심 외에 들소 특유의 고집이 있었다. 하지만 사샤는 그런 고집은 눈을 씻고 찾아봐도 없는 데다 출세욕도 없었다. 동정심과 운명에 굴복하는 것밖에 모르는 사람이었다.

마리나는 새로운 삶에 적응하기 시작했다. 그녀는 기차의 쿠페에서조차 찻잔이나 냅킨 등을 꺼내 놓고 집처럼 안락하게 꾸미는 천상 여자였다. 루스탐이 그렇게 오랜 세월 옆에 붙어 있었던 것도 마리나의 이런 면 때문이리라.

마리나는 가장 먼저 오래된 민스크(백러시아의 민스크 냉장고 공장에서 생산하는 냉장고-옮긴이)를 버렸다. 냉장고 나이가 무려 마흔 살이었다. 고무 패킹이 문을 지탱하지 못해서 냉장고 안으로 더운 공기가 들어갔고, 당연히 음식이 상했다. 마리나는 민스크를 딤카 프로조로프 씨한테 주고 대신 독일 보쉬사의 냉장고를 샀다. 목숨만큼 소중하게 생각하는 돈 600달러를 꺼내서 냉동칸이 무려 세 개나 되고 해동 기능이 있는 하얀 냉장고를 들여놓은 것이다. 최고 중의 최고였다.

류트카는 새로운 냉장고를 보고 너무 놀란 나머지 다리 힘이 풀리면서 그 자리에 털썩 주저앉았다.

"우……와…….." 류트카는 길게 발음했다. "이렇게 하얀 백조는 얼마나 해요?"

"그런 건 알아서 뭐 하게." 마리나는 흐뭇하다는 듯 점잖은 어조로 대답했다. 이건 일종의 투자였다. 자기 몫 말이다.

류트카는 화장실로 갔다. 마리나는 지금이야말로 중요한 이야기를 할 때라고 생각했다.

"나 여기로 거주 등록을 해 줘."

마리나는 류트카가 화장실에 갔다 와서 담배를 피우려고 할 때 발표했다. 나중에 재산 분배를 확실히 해 두려는 의도였다.

"거주 등록을 해 줘." 마리나는 다시 한번 말했다.

늘 이런 식이었다. 그녀는 어떤 결정을 내리기 전에 누군가의 허락을 받지 않고 제멋대로 통보해 왔다.

"어디 말하는 거죠?"

류트카는 신경이 곤두서서 술이 확 깨는 것 같았다. 그녀의 표정도 진지해졌다.

"어디긴 어디야. 여기 내 아들 집이지." 마리나는 류트카의 말을 흉내 내며 대답했다.

"그렇다면 알아야 할 게 있어요." 류트카는 술이 완전히 깨서 단호하게 말했다.

"첫째, 어머니 아들은 이 아파트 사는 데 동전 한 푼 안 보탰어요. 이 아파트는 우리 아빠가 나한테 사 준 거예요. 두 분이 노후를 대비해서 모은 돈을 나한테 줘서 내가 협동조합에 돈을 내고 산 겁니다. 내가 모스크바가 아닌 다른 도시의 남자와 결혼했기 때문이죠."

"그래도 사샤는 이 집에 거주 등록이 돼 있잖아." 마리나가 끼어들었다.

"둘째, 어머니가 이 주소로 거주 등록을 하면 이 집에 대한 권한이 생겨서 나중에 집을 팔 때 나한테는 3분의 1만 남죠. 집을 판 뒤 나를 캄무날카로 보낼 거잖아요." 류트카는 마리나를 믿지 않았고, 따라서 마리나로 인해 피해를 입을 수 있는 모든 상황을 예상해 둔 것이다. "어머니가 나랑 사샤의 생활이 좀 더 나아지길 원한다면 돈을 투자했을 거예요. 그런데 어머니는 그게 싫잖아요."

마리나는 류트카가 생각만큼 멍청하지 않다는 걸 깨달았다.

"류다……." 마리나가 나긋나긋하게 말문을 열었다.

그녀는 거주 등록이 없으면 사회 밖에 있는 사람이 된다는 걸 말하고 싶었다. 노숙자와 다름없다고 말이다. 결국 그녀는 취직도 못 하고 지역 의료보험 혜택도 못 받을 것이다. 하지만 류트카는 아무 말도 듣고 싶어 하지 않았다.

"아뇨!" 류트카가 소리 질렀다. "아뇨, 라는 단어 알죠?"

마리나가 만든 삶의 계획이 폭파된 집처럼 한순간에 무너져 내렸다. "본인이 싫다면 재판장도 어쩔 수 없지."라고 말할까 하다 그만두었다. 하지만 그들을 중재할 사람이 없는 것도 아니었다. 사샤에게 희망을 걸어 볼 수 있었다.

사샤는 시장에서 과일과 채소를 팔았는데 경쟁에서 밀리고 있었다. 아제르바이잔 사람들은 채소를 기르고 파는 데 천부적 재능을 타고났다. 그들은 손님을 끌어들이고 마술사처럼 강매하는 능력이 뛰어났다. 금발 아가씨한테는 싸게 팔고 할머니한테는 무게를 속여서 돈을 더 뜯어냈다. 또한 킬로그램을 '칠로그램'이라고 발음했다. 아무리 발음을 고쳐 주려고 해도 배우려 하지 않아서 불쌍한 킬로그램만 칠로그램으로 변질되어 그들의 입에 오르내렸다.

하지만 사샤는 한자리에서 움직일 생각을 하지 않았다. 손님들이 그를 피해 다니는데도 사샤는 손님들의 관심을 끌 만한 에너지를 뿜어 내지 못했다.

손님이 "이 포도 수입산이에요?"라고 물으면 경쟁자들은 눈을 크게 뜨고 가슴을 치면서 "크라스노다르산 포도예요."라고 대답하는 식이었다. 4월에 포도가 날 리 만무한데도 말이다. 하지만 사샤는 "네, 수입산입니다."라고 순순히 인정해 버렸다. 수경 재배를 했다는 거고, 당연히 비타민이 없다는 뜻이었다. 모양만 그럴싸한 포도인 셈이었다. 수분밖에 없어서 물 냄새가 나는 포도였다.

사정이 이렇다 보니 비싼 과일만 상해 나갔고, 주인은 그만큼을 급여에서 제하는 통에 사샤는 늘 마이너스였다. 그는 누군가의 지시를 받거나 눈치를 보는 게 싫었지만 결국 손님과 주인 양쪽의 눈치를 볼 수밖에 없었다.

사샤는 너덜너덜하게 지친 몸을 이끌고 집으로 돌아왔다. 마리나는 그에게 밥을 주고 따뜻하게 위로하며 사랑스러운 표정으로 바라보았다. 그리고 조용히 물었다.

"더 일찍 올 수는 없는 거야?"

"내 노점이 있다면 아흐메드를 꽂아 놓고 집에서 엄마랑 아이랑 많은 시간을 보냈을 거예요."

"아흐메드가 누군데?" 마리나는 이해할 수가 없었다.

"피고용인이죠. 타지크 사람이요."

"네가 아는 사람이니?"

"아뇨. 그냥 그쪽 사람들은 죄다 아흐메드예요. 타지크 사람들은 아제르바이잔 사람보다는 나은 편이에요. 도둑질을 덜 하거든요."

"그럼 노점을 차리면 되잖아."

"그러려면 초기 자본금이 필요해요. 노점 하나가 얼만 줄 알아요? 3000달러예요."

마리나는 기분이 울적해졌다. 3000이라면 아파트를 판 돈의 절반이었다.

"돈만 있으면 지하철 근처에 노점을 차리고 등록하고 자릿세 내고 신나게 장사했을 거예요. 10퍼센트는 아흐메드 주고 나머지는 내가 갖는 거죠. 굉장히 투명한 이익 구조예요. 작은 자본주의라고도 볼 수 있고요."

"더 싼 노점은 없어?" 마리나가 관심을 보였다.

"자릿세만 내면 싸져요. 자리 등록을 할 때 서명하는 사람한테 돈을 내야 해요."

"돈을 안 낼 수도 있니?"

"그럴 수도 있죠. 하지만 거기서 장사할 수가 없어요."

"마피아?" 마리나가 추측해서 물었다.

"사람마다 각자 사는 방식이 다르니까요. 돈을 벌고 싶으면 당연히 돈을 내야죠."

마리나는 사샤가 어릴 때처럼 빵을 크게 베어 먹는 모습을 보자니 안쓰러웠다. 몸을 일으켜 부엌에서 나갔다가 몇 분 후 다시 돌아와 사샤 앞에 100달러짜리 지폐 30장을 꺼내 놓았다.

사샤는 그걸 두 손으로 집고는 얼굴에 갖다 대고 뽀뽀를 해댔다. 꿈일지도 모른다고 생각한 것 같았다. 실제로 꿈인지 생시인지 확인했다.

"뭐 하는 거야? 더럽게……." 마리나가 놀란 표정을 지었다.

"엄마 돈은 안 더러워요. 성스럽죠. 반년 후에 갚을게요."

"천천히 해. 여유 생길 때 갚으면 되지." 마리나는 느긋한 마음으로 대답했다.

그녀는 아들에게 베풀 수 있다는 사실이 뿌듯했다. 그 순간 그녀 안에 있는 모든 것이 노래를 부르며 빛이 났다.

"안 아까워요?" 사샤가 확인 차 물었다.

"아니." 마리나는 고개를 내저었다. 진심이었다.

류트카는 옆방에서 누군가와 전화 통화를 하고 있었다. 저음으로 똑같은 말만 반복했다. 그녀는 등 뒤에서 어떤 세기적 사건이 일어나는지 알지 못했다.

마리나는 남은 돈을 류트카 몰래 MMM은행에 넣어 두었다. TV
를 통해 이 은행을 알았다. 모든 프로그램은 레냐 골루프코프가
세웠다. 레냐는 체파예프(제1차 세계대전 참전 용사-옮긴이)처럼 국민
영웅이 되었다. 많은 돈을 쉽게 벌고 싶은 사람들의 꿈을 실현시
켜 준 것이다.

사람들은 순진하게도 은행에 돈을 넣어 두면 니무가 자라듯이
저절로 불어날 거라고 믿었다. 영악한 세르게이 마브로디(MMM은
행 창업자-옮긴이) 같은 자들은 순진해서 남의 말을 잘 믿는 사람들
의 심리와 무지를 악용했다. 마브로디는 파산할 수밖에 없는 다
단계 회사를 설립했고, 파산했다. 그보다 더 흥미로운 사실은 그
회사에 돈을 투자한 많은 사람이 여전히 마브로디를 믿고 그의
무고를 호소하며 집회를 열었다는 것이다.

마리나는 집회에 참석하지 않았다. 단번에 모든 사실을 이해
했다. 마리나는 순진하지만 인생 경험이 풍부했다. 순진한 국민
도 그들을 이용한 마브로디도 이해했다. 그리고 돈이 작별 인사
를 남긴 채 사라져 버렸다는 걸 깨달았다. 흔적도 찾을 수 없을 것
이다.

마리나는 입이 타 들어가고 혈관에 아드레날린이 분비되었다.
인간의 몸은 이런 식으로 스트레스에 반응한다. 그녀는 여러 번
짧게 성호를 긋고는 주기도문을 처음부터 끝까지 읽었다. 그녀가
할 수 있는 유일한 일이었다. 경찰한테 간다고 해결될 문제가 아
니었다.

그리고 반년이 흘렀다. 사샤는 아주 단순한 이유로 돈을 돌려주지 않았다. 사실은 예견된 이유였다. 경쟁자들이 나타나서 그의 노점을 불태워 버린 것이다. 아침 나절 사샤는 지하철에서 나오기 무섭게 불길에 휩싸인 노점을 발견했다. 3000달러는 연기가 되어 하늘로 올라가 버렸다.

사샤는 불타 버린 노점처럼 겉도 속도 시커멓게 타서 집에 돌아왔다. 마리나는 문득 사샤 역시 노점과 함께 불타거나 아파트 입구에서 총에 맞아 죽었을 수도 있다는 생각이 들었다. 노점이 불탄 것으로 그친 게 어디인가. 사샤가 무사한 것이 얼마나 다행인가. 마리나는 또다시 여러 번 짧게 성호를 그으면서 "주님, 우리를 보호하고 구원하소서."라고 기도했다. 사실 주님 말고는 도움을 청할 곳이 없었다.

불만이 점점 쌓여서 임계치가 되더니 어느 날 폭발해 버렸다. 대부분의 경우처럼 원인은 사소한 데서 출발했다. 아이들이 서로 장난감을 갖겠다고 싸웠다. 마리나는 알랴 편을 들고 류트카는 당연히 막심 편을 들었다. 아이들 싸움 때문에 서로 인신공격을 하다가 결국 몸싸움으로 번졌다.

사샤가 방으로 뛰어 들어와 어머니한테서 류트카를 떼어 놓기 시작했다. 하지만 류트카는 불테리어처럼 잔뜩 흥분해서 싸웠다. 사샤는 물병을 갖고 와서 그녀에게 뿌렸다. 류트카는 그 즉시 어머니에게서 떨어졌다. 사샤는 양팔로 그녀를 끌어안고는 어디로 가야 할지 몰라 천천히 발코니로 나갔다.

류트카가 고함을 치기 시작했다. "사람 살려요! 나를 발코니에서 밀려고 해요!"

아이들은 큰 소리로 울기 시작했다. 사샤가 험상궂은 얼굴을 하고 있었다. 마리나는 이러다 그가 정말로 아내를 7층에서 떨어뜨릴 수도 있겠다는 생각이 들어 겁이 났다. 그랬다가는 사샤가 감옥에 갈 것이다.

마리나는 두 사람 사이에 달려들어서 사샤와 류트카를 겨우 갈라 놓을 수 있었다.

류트카는 통곡을 했다. 사샤는 신경성 오한이 와서 온몸을 떨었다. 마리나는 입이 바짝 마르고 혀에 모래가 낀 것처럼 까끌거렸다. 다행히 소동은 아무 사고 없이 잘 마무리되었다. 다들 잠을 청하러 방으로 들어갔다. 밤 11시였다.

마리나는 잠들지 않았다. 불만은 절대 어딘가로 사라지지 않으며 오히려 쌓이기만 할 뿐이라는 걸 깨달았다. 대립은 시간이 지나면 사라지는 게 아니라 오히려 첨예해질 뿐이다. 마리나는 절대 류트카의 알코올 중독을 받아들이지 못할 것이다. 류트카도 사사건건 시비를 걸며 집 안 곳곳을 도깨비불처럼 왔다 갔다 하는 노인네와 화해하지 못할 것이다. 어느 날 갑자기 달려들어서 온 집을 태워 버릴지 누가 알겠는가.

사실 류트카가 알코올 중독자가 된 데는 아버지 영향이 컸다. 유전 질환인 셈이다. 당뇨병 같은 질환과 크게 다르지 않다. 그런데 당뇨병은 괜찮고 알코올 중독은 창피한 것인가? 그녀가 좋아하는 시인 비소츠키도 알코올 중독자였다. 하지만 문제 될 것은

252

없었다. 그래서인지 일찍 죽긴 했지만, 대신 살아 있는 동안 많은 작품을 남겼다.

물론 치료를 해 볼 수도 있지만 여자는 치료가 더 힘들다고 한다. 심리 치료나 약물 치료 등을 해 볼 수는 있지만 중독자가 다른 사람이 되어 버린다. 그리고 만에 하나 환자가 치료를 견디지 못하고 다시 술을 입에 대면 그 즉시 죽을 수도 있다. 살자고 치료하다가 죽을 수는 없지 않은가. 그럴 바에는 그냥 놔두는 편이 나을 것이다.

류트카에게 마리나는 방 한가운데 세워 놓은 옷장처럼 방해만 될 뿐이었다. 시어머니라는 사람이 마른하늘에 눈 내리듯 갑자기 나타나서는 생쥐처럼 얌전히 지낼 생각은 않고 남의 영역에서 명령이나 하고 자기 규칙을 강요하다니, 짐승도 참지 못해서 목을 물고 뿔로 찌를 것이다.

마리나는 그날 밤 잠을 이루지 못했다. 사샤가 너무 걱정되었다. 사샤를 계속 몰아세운다면 정말로 류트카를 발코니에서 밀어 버리거나 변기 물에 얼굴을 처박아 익사시킬지도 모른다. 그러면 장기형을 선고받고 감옥에 수감될 것이다.

차라리 그녀가 나가는 편이 나을 듯싶었다. 제 발로 걸어 나가는 것이다. 하지만 어디로 간단 말인가? 스네자나의 집은 갈 수도 없지만 가기도 싫었다. 그러면 정부에 의지하는 수밖에 없다. 분쟁 지역을 탈출한 난민 문제를 담당하는 이민국이 떠올랐다. 난민을 분류해서 숙소에 배치하는 기관이 있다고 한다. 그 기관만 알아내면 된다. 정수장 같은 데 말이다.

아침 무렵 마리나는 결정을 내렸다. 알랴는 제 어미에게 보내고 자신은 정수장으로 가는 것이다. 그야말로 최악의 장소다. 그래도 자기 걱정은 하지 않았다. 마리나는 아이들만 잘 산다면 동굴에서도 살 수 있었고, 그래야 한다면 빵 껍질만 먹고도 살 수 있는 사람이었다.

마리나는 아침 6시에 일어났다. 쪽지를 남기고 가방에 500루블만 챙겨서 집을 나왔다.

러시아 난민들은 우즈베키스탄, 바쿠, 체첸 등에서 왔다. 분쟁 지역을 떠나 온 난민의 문제를 해결하는 공무원들은 문자 그대로 미쳐 가고 있었다. 한꺼번에 모든 걸 잃은 사람들이 몰려들자 눈사태를 방불케 했다. 한쪽에서는 모든 것을 잃어버렸는데 그 옆에서는 아무것도 잃지 않았을 뿐만 아니라 자기 집에 살며 자기 접시로 밥을 먹었다. 이것은 공평의 낙차였다. 그리고 억울한 사람들, 좀 더 정확히는 자신이 그런 상황에 처한 것에 대해 억울해하는 사람들이 들개처럼 사나워지고, 다른 사람들을 미워하고, 아무나 보면 짖고, 바닥에 누웠다. 좀 더 나은 먹거리를 물기 위해 달려들 준비가 돼 있었고, 가장 먼저 먹거리 등을 낚아채기 위해 높이 뛰어오를 준비가 되어 있었다.

마리나는 바닥에 누울 필요도 없고 높이 뛰어오를 필요도 없었다. 침착하게 모스크바의 정부 청사까지 갔다. 그곳에서 난민 등록을 할 수 있었기 때문이다. 그녀는 처지가 같은 사람들과 함께 난민으로 등록되었다. 난민 중에 바쿠에서 온 사람이 많아서 기뻤다. 전쟁터에서 고향 사람을 만난 기분이었다.

등록이 끝난 사람들은 버스에 태워서 볼세보역에 있는 텅 빈 요양원에 보냈다.

난민들은 곳곳의 요양원에 배치되었는데, 마리나는 운이 좋은 편이었다. 얼마 전 요양원 직원들의 숙소로 지은 빨간 벽돌 건물에 배정된 것이다. 그들은 집이 있으니 임시로 난민에게 대여해준 것이었다. 어차피 난민은 집도 절도 없으니 말이다.

마리나는 방 두 칸짜리 아파트에서 방 하나를 배정받았다. 옆방에는 체첸공화국에서 온 러시아인 베르카와 그녀의 열 살짜리 딸 알라가 들어왔다. 베르카는 어린 딸을 두기에는 나이가 좀 있어 보였다. 어림잡아도 오십은 되어 보였다. 어쩌면 늦둥이인지도 모른다.

그런데 여자아이는 베르카를 전혀 닮지 않고 한국 사람을 닮았다. 어쩌면 납치했는지도 모른다. 어쩌면 남편이 한국 사람인지도 모를 일이다.

베르카는 자기가 겪은 끔찍한 이야기를 들려주었다. 무장공비들이 들이닥쳐서 고문하더니 이를 뽑아냈다는 것이다. 마리나는 그 이야기를 들으면서 온몸이 와들와들 떨렸다. 마리나는 머리를 약하게 맞은 것뿐이니 운이 좋은 편이라고 했다.

"왜 그랬대요?" 마리나가 물었다.

"왜라뇨? 러시아인이라는 이유 때문이죠."

세상이 미쳐 돌아가고 있었다. 아르메니아 사람들은 단지 그들이 아르메니아인이라는 이유만으로 살해당했다. 유대인 역시 유대인이라는 이유만으로 학살을 당했다. 러시아인 역시 단지 러시아인이라는 이유로 죽어 나갔다.

"뭘로 이를 뽑았는데요?" 마리나가 다시 물었다.

"펜치요." 베르카는 입을 크게 벌려서 아기처럼 이가 없는 잇몸을 보여 주었다.

마리나는 적이 놀랐다. 베르카는 앞니가 멀쩡한데 어금니가 없었다.

무장공비들이 펜치를 갖고 왔다면 집기 편한 앞니를 뽑았을 것이다. 마리나는 베르카가 사기꾼이거나 프리메이슨 회원이 아닌가 싶었다. 난민 중에는 정말 다양한 사람이 섞여 있었다. 불쌍하게 보이도록 누더기를 걸치고 다니는 부류도 있었다. 반면 금으로 치장하고 학자를 자처하는 사람들도 있었다. 그중에는 막스레닌주의를 연구하는 진짜 교수도 있었다. 그는 연구 외에도 요리를 잘해서 요리사가 되기 위해 다시 공부한 뒤 요양원에서 급식을 담당했다.

난민에게는 하루 세 끼가 나왔다. 식사는 나쁘지 않았기 때문에 동굴이라든지 빵 껍데기나 먹는 생활과는 거리가 멀었다.

베르카는 한 달에 한 번 모스크바의 아르만스키 골목에 다녀왔다. 그곳 적십자사에서 자녀 보조금을 지급했다. 푼돈이지만 없는 것보다 나았으리라.

마리나는 그곳 생활에 빨리 적응했고 근처 별장들을 돌며 아르바이트해서 돈을 벌기 시작했다. 요양원 주위에 러시아 신흥 부자들 소유의 벽돌 주택들이 있었다. 마리나는 그들의 집에 가서 창문을 닦고 청소를 하고 음식을 만들었다. 한 시간당 2달러였다.

모스크바의 적십자사에 가서 돈을 받는 것보다 나았다.

베르카는 대학을 나온 터라 부잣집에 가서 일하는 건 자존심이 허락하지 않는다고 말했다. 그런 일은 '뒤를 닦아 주는 것'이라고 표현했다. 하지만 마리나의 생각은 달랐다. 물론 그녀 말대로 뒤를 닦아 주는 일일 수 있다. 하지만 일하는 건 창피하지 않다고 생각했다. 정말 부끄러운 일은 남의 것을 훔치는 거라고 말이다.

러시아의 신흥 부자와 아내들은 마리나랑 말을 섞지 않았다. 그들은 무엇을 해야 하는지 지시하고 돈을 지불할 뿐이었다. 그들은 마리나가 어떤 사람인지 알 필요도 없었고, 알고 싶어 하지도 않았다.

두 번째 유형의 주인은 돈 많은 연금수급자들이었다. 전처라든지 전 애인 같은, 과거에 부자와 함께 산 여자들이었다. 그들은 마리나와 어울리기도 하고, 문제를 해결하기 위해 노력하고, 그녀의 말을 끝까지 들어 주며 함께 아파했다. 마리나도 그들과 기꺼이 어울렸고, 그들과의 우정에서 무엇을 얻을 수 있는지 빠르게 판단했다. 하지만 유감스럽게도 그녀는 그들에게서 아무것도 얻지 못했다. 헌옷가지 정도가 가장 큰 수혜였다. 우정과 돈은 별개니까.

마리나는 꼴도 보기 싫은 류트카를 더 이상 안 보고 살아서 행복했다. 하지만 안 보니까 미운 감정이 더 깊어졌다. 며느리 생각을 하면 온몸이 떨렸다. 하지만 알랴는 보고 싶었다. 다섯 살짜리 여자아이가 어른들과 한방에서 산다는 생각을 하니 마음이 찢어졌다.

알랴 없는 삶은 그 의미를 조금 상실했다. 생존으로 삶의 의미를 찾기에는 무언가 부족했다. 마리나 주변에는 그녀처럼 상처받은 사람들이 있었다. 그들 역시 그녀와 같다고 생각하면 안심이 되었다. 마리나가 부러워하는 사람은 딱 한 명인데, 바로 요리사가 된 교수였다. 그는 아내와 함께 바쿠에서 왔다. 두 사람은 곡과 마곡('곡'은 로스와 메섹과 두발 지역을 다스린 '마곡왕국'의 통치자다.-옮긴이) 처럼 고개를 푹 숙이고 두 손을 가슴에 모은 채 걸어 다녔다. 마리나도 자식들한테 짐이 되기보다는 고개를 숙이고 가슴에 손을 모은 채 걸어다니고 싶었다.

행복하지 않으면 건강에 해롭다. 뇌가 불만 호르몬을 분비하면 습기 찬 그랜드피아노처럼 기분이 다운되어 위선적인 행동을 하게 된다. 그래서 짝이 필요한 것이다. 둘이 모여 한 세트를 이룬다. 마리나는 자신의 결핍을 숨기려고 했지만 눈 속 깊은 곳에 괴로움이 묻어 있었다.

루스탐, 자기는 어디 있는 거야? 하긴 그가 있는 곳은 뻔하다. 아내 이라다와 있을 것이다. 그렇다면 다른 남자가 필요하다. 이제 누구든 상관없다.

아래층의 경리로 일하는 갈리나는 마흔 살인데도 신랑감을 찾았다. 하지만 그녀는 아무한테도 신랑감을 소개하지 않았다. 수줍어서 그랬을 수도 있다. 베르카는 그녀가 부러운 나머지 돈 보고 결혼하는 거라 추측했다. 물론 진정한 사랑도 계산적인 행위다. 사람은 누군가에게 강한 감정을 받으면 상대방에게도 그만큼의 강한 감정을 주게 된다. 받은 만큼 돌려주는 것이다.

어느 날 갈리나가 알 듯 말 듯한 표정으로 나타났다. 남편한테 쉰다섯 먹은 친척이 있는데 가정을 꾸릴 여자를 원한다는 것이었다. 모스크바의 집 말고도 이것저것 불편하지만 교외에 장작 난방을 하는 집이 한 채 더 있으며, 신문 광고를 낼까 하다 이상한 여자를 만날까 싶어 소개를 원한다고 했다. 갈리나는 마리나를 추천했다.

"그런데 난 나이가 많잖아요." 마리나가 사실대로 말했다.

"나이가 많기는 그도 마찬가지예요."

"부자들은 원래 나이 육십에도 서른 살 먹은 여자를 찾잖아요." 베르카가 끼어들었다.

"서른 살 먹은 여자는 안 돼요. 그는 심장이 약하거든요." 갈리나가 설명했다.

"그러다 죽으면 어쩌려고요." 마리나가 못 미덥다는 듯 말했다.

"죽으면 집을 유산으로 남기겠죠." 갈리나는 전화번호를 남기고 나갔다.

마리나는 체면상 이틀을 기다렸다가 전화했다. 일단 목소리는 지성인답지 않았다. 장교의 목소리라고나 할까. 하긴 그게 어때서? 루스탐도 군인이었는걸. 대단한 사람을 소개받으려고 생각한 건가? 노벨상 수상자라도 기다린 건가?

마리나는 약속 장소와 시간을 정하기 시작했다.

"제 이름은 블라디미르 콘스탄티노비치입니다." 상대방이 자기 소개를 했다. "소콜 지하철역 앞에서 기다리겠습니다."

"벨로루스카야에서 만나는 게 더 좋겠어요." 마리나가 제안했다.

"왜죠?"

"내가 있는 곳에서 더 가깝거든요." 사실 마리나는 모스크바 지리를 잘 몰라서 길을 잃을까 봐 두려웠다. "내가 그쪽을 어떻게 알아보죠?"

"양손에 신문을 들고 있겠습니다. 성은 미콜라이축입니다."

"아니, 성은 왜 말하는 거죠? 내가 무슨 경찰도 아니고요."

이렇게 만나는 날짜와 시간, 장소를 정했다.

마리나는 전에 루스탐을 만나러 갈 때처럼 약속 장소로 향했다. 하지만 도트 무늬 숄 대신 절반쯤 하얗게 센 머리카락을 가릴 요량으로 베레모를 썼다.

마리나는 기차역에서 나와 지하철역까지 걸어갔고, 도착하기가 무섭게 블라디미르 콘스탄티노비치 씨를 발견했다. 그는 회색 트렌치 코트를 입었는데, 큰 키에 필통처럼 직사각형 같은 사람이었다. 흰 머리는 단정하게 빗어서 뒤로 넘겼으며 회색빛 얼굴에 콧날이 오똑했다. 꼭 고인 같았다. 전화로 약속한 것처럼 양손에 신문을 쥐고 있었다.

마리나는 멈춰 서지 않았다. 걷는 속도를 그대로 유지하면서 그 옆을 지나갔고, 플랫폼까지 걸어가서는 기차에 올라탔다. 기차는 바로 출발했다. 마리나는 뒤따라오는 사람을 따돌린 것처럼 기뻤다.

기차에서 내내 창밖을 바라보았다. 이 스토리는 과거와 완벽하게 일치하면서도 완벽하게 반대였다. 과거에도 만나기 전에 전화 통화로 목소리부터 들었다. 손에 신문을 들고 있는 것도 그렇고,

운명이 바뀌기를 기대한 것도 그랬다. 하지만 그때는 손을 잡고 함께 가벼운 마음으로 뛰었다. 하지만 지금 블라디미르 콘스탄티노비치 씨는 세로로 세워 둔 관처럼 서 있었다. 얼굴도 관처럼 핏기가 없었다. 오마 샤리프, 당신은 도대체 어디 있는 건가요? 당신은, 내 젊음은, 내 도시는 어디 있는 거죠?

마리나는 새끼손가락으로 흐르는 눈물을 닦으며 조용히 울었다. 그리고 방에 들어서자마자 겉옷도 안 벗고 침대에 쓰러져서는 으슥한 곳에서 맞을 때처럼 있는 힘껏 통곡하기 시작했다. 그때와 똑같이 아무것도 바꿀 수 없다는 절망감에 사로잡혔다. 어쩌면 무너져 내린 탄광에 갇힌 광부의 심정인지도 모른다.

마리나는 생을 마감하기라도 하는 듯이 서럽게 울었다. 한편 여자아이는 마리나를 향해 한국인 특유의 검은 눈망울을 깜빡이며 겁을 먹은 채 서 있었다.

베르카는 회사에서 자기 일을 찾았다. 인공 감미료를 판매하는 일인데, 팔 때마다 일정한 금액의 커미션을 받았다. 급여는 얼마나 끈기 있게 물건을 파느냐에 달려 있었다. 그녀는 진드기처럼 사람들의 피를 빨아먹었다. 실랑이를 벌이느니 그냥 사는 게 더 쉬울 정도였다.

마리나는 단호했다. 인공 감미료 따위는 믿지 않았으며, 마브로디 같은 자가 또다시 사람들의 건강을 빌미로 사업하는 거라고 생각했다. 베르카는 집시처럼 맹세하고 주먹으로 가슴을 쳤다. 마리나도 지지 않았다. 돈을 모아서 알랴를 여름 한 철이라도 데려오겠다는 목표가 있었다. 알랴는 3개월 동안 자연을 벗 삼아 지낼 것이며 신흥 부자들의 아이와 비교해도 밀리지 않을 터였다. 물론 그들보다는 못하겠지만. 하지만 누구에게나 하늘은 하나이며, 누구나 똑같은 공기를 마시지 않는가.

정수장에서 난리가 났다. 요양원 측에서 원래 주인들을 위해 난민들에게 건물을 비워 달라고 한 것이다. 난민들은 저마다 떠날 수 없는 사정이 있었다. 그들은 자신이야말로 국가의 희생양이라고 맞섰다. 유기견 집단이 아니라 엄연히 사람이라고 말이다.

한편 요양원에 들어가려고 줄을 섰던 사람들은 10년 동안 요양원에 들어가기 위해 무보수로 일했기 때문에 양보할 수가 없었다. 그들은 하늘에서 떨어지는 만나를 기다린 이스라엘 사람들처럼 이 아파트를 기다렸다. 그들에게 이 집은 만나 그 이상이었는지도 모른다. 만나는 허기만 채워 주지만, 집은 생이 끝나는 날까지 먹고 잘 수 있다. 합법적으로 이 집을 얻으려고 기다린 만큼 정부의 실수 때문에 돈을 지불할 의향이 없었다. 난민들은 네체르노제미예(러시아에서 농업과 산업이 발달한 지역-옮긴이)라도 가길 원했다. 아무도 주인 행세를 하지 않는 넓디넓은 땅으로 말이다. 여기에서 남의 집을 차지할 것이 아니라 거기 가서 집도 짓고 농사도 짓고 하면 되지 않느냐고.

교수는 두마(한국의 국회에 해당하는 기관-옮긴이)에 아는 사람이 있었다. 그는 법은 난민 편이니 집을 비우지 말라고 조언했다.

팔레스타인의 가자 지구처럼 양쪽이 팽팽하게 대치하기 시작했다. 난민들은 자기가 사는 아파트에 바리케이드를 쳐 놓았고, 합법적인 집주인들은 잔뜩 흥분한 채 건물 아래쪽에 모여서 큰 소리로 협박하거나 심지어 돌을 던지기도 했다.

마리나가 사는 아파트로 주인 부부가 찾아왔다. 젊은 부부는 마리나가 3일 안에 꺼지지 않으면 그녀의 가족을 차로 덮쳐 버릴 거라고 차분하게 설명했다. 마리나는 '덮친다'는 게 무슨 의미인지 모르면서도 말 그대로 차로 밀어 버리겠다는 것임을 깨달았다. 류트카를 해치는 건 고마운 일이다. 하지만 알랴에게 손을 댄다면⋯⋯.

마리나는 동네 곳곳을 수소문하여 역 근처에서 베란다가 딸린 방 하나를 구했다. 블라디미르 콘스탄티노비치 씨네처럼 생활하기 불편한 집이었다. 대신 집세가 쌌다. 그녀는 보자기에 짐을 싸서는 하루 종일 이사 갈 집으로 옮겼다.

"난민 사이에서 네가 무슨 영웅이라도 되는 것처럼 생각하나 본데, 그래 봐야 너도 난민이야." 베르카가 지적했다.

"그러는 넌 누군데?" 마리나가 되물었다.

"난 아무도 안 무서워. 난 산전수전 다 겪었거든." 베르카가 강한 어조로 말했다.

결국 베르카는 남았다. 그녀는 투쟁이나 대적과 관련해서는 잔뼈가 굵은 사람이었다. 생존에 꼭 필요한 두 가지를 갖췄으니, 겁도 없고 양심도 없었다. 교수 부부는 요양원에 있게 해 주었다. 그는 요리사였고, 이 분야에서는 아마추어가 프로보다 낫기 때문이었다. 경리 일을 보는 갈리나도 남겨 두었다. 그녀는 모든 서류를 정확하게 작성할 줄 알았기 때문에 그녀만 있으면 국세청 감사도 전혀 겁나지 않았다.

홀륭한 전문가는 거기에서도 필요한 존재였다. 그들 외에도 겁이 없거나 모험을 감수할 준비가 된 사람들은 자발적으로 남았다. 나머지는 농사를 짓기 위해 킴프리로 떠났다. 킴프리가 어디에 있는 도시인지 아무도 몰랐고, 킴프리라는 단어 자체도 믿음이 안 갔다. 그들이 추측하는 것은 키키모라(러시아의 서승사자—옮긴이)와 미므라(지루하고 말수가 적은 여자—옮긴이)의 중간 어디쯤일 거라는 정도였다.

마리나는 여름 동안 함께 지내려고 알랴를 데려왔다. 그들은 매일 아침 나무 냄새가 나는 집에서 일어나고 활짝 열린 창문을 통해 꽃이 핀 사과나무를 보았다. 알랴는 부모와 지낸 겨울 내내 제대로 못 먹은 듯 보였다. 마리나는 염소젖을 비롯해 온갖 비타민이 들어 있는 음식을 잔뜩 먹였다. 덕분에 알랴는 볼살이 예쁘게 올라서 붉으스름한 살구 같아 보였다. 알랴가 지나가면 다들 눈을 떼지 못했다.

여름이 절반쯤 지났을 때 스네자나가 올렉과 함께 찾아왔다. 마리나는 그들에게 방을 내주고 자기와 알랴는 베란다로 옮겼다. 마리나는 드디어 가족이 다 모인 게 기뻤다. 이제 사람 사는 것 같았다. 그녀는 딸네 가족을 돌봐 주고 시중 들 준비가 되어 있었으며, 이제 사위까지 예뻐 보였다.

올렉은 일하러 나가지 않았다. 스네자나는 그가 휴가를 냈다고

했다. 그런데 어느 날 점심 무렵 그들이 함께 사는 별장 앞에 차 한 대가 멈춰 서더니 새끼 돼지처럼 검은 머리를 짧게 자른 남자 둘이 내려서 담을 훌쩍 넘었다.

"어디 가려고? 애가 자는데." 마리나가 그들을 거칠게 멈춰 세 웠다.

알랴는 정말로 점심을 먹고 잠들어 있었다.

그들이 멈춰 서자 창밖으로 그들을 발견한 올렉이 다가왔다. 그렇게 셋이서 담장 밖으로 나갔다. 그리고 동시에 차에 올라타 서 떠나 버렸다. 셋 다 말 한마디 없이 말이다. 영화의 한 장면 같 았다.

스네자나는 공터 한가운데 서서 그들의 뒷모습을 지켜보았다.

"어디로 데려간 거니?" 마리나가 걱정스럽게 물었다.

"일하러요." 스네자나가 시무룩하게 대답했다.

마리나는 불길한 마음이 들어서 딸을 추궁하여 자초지종을 들 었다. 올렉이 1년 전에 거액을 빌리고 제때 갚지 못하자 그를 잡 아다 돈을 갚을 때까지 일을 시키는 거였다. 마리나는 올렉이 폭 력배들한테 돈을 빌렸다는 걸 눈치챘다. 평범한 사람한테 빌렸다 면 그렇게 하지 않았을 것이다.

"그런 폭력배는 어디서 찾았대? 어디서 그런 사람을 만난 거 야?" 마리나는 이해할 수가 없었다.

"지금은 나라의 절반이 폭력배예요. 제대로 된 사람을 찾는 게 힘들 정도죠." 스네자나가 설명했다.

올렉은 천부적인 기계공이었다. 훌륭한 의사처럼 소리로 차를 진단했다. 소리만 듣고도 어디가 잘못된 건지 알았다. 보통 올렉 같은 일류 전문가들은 카센터를 열면 입소문이 나서 돈을 끌어모았다. 하지만 폭력배들은 올렉을 감시하면서 시키는 일을 하게 했는데, 그들이 훔친 차에 새 번호판을 새기는 일이었다. 그렇게 해서 올렉을 공범으로 만들었고, 만약 그들의 범죄가 들통 날 경우 올렉은 자동으로 감옥에 수감될 것이다. 그것도 모자라서 올렉에게 동전 한 푼 지불하지 않았다. 올렉이 벌어다 준 돈은 고스란히 그들의 주머니로 들어갔다.

올렉은 숨어 버리는 게 낫겠다 싶어 볼세보(러시아 코롤료프의 지역 이름-옮긴이)로 도망갔다. 장모 뒤에 몸을 숨기기로 한 것이다. 순진하게도 그를 찾지 못할 거라고 생각했다. 하지만 그들은 발빠르게 찾아냈다. 어떻게? 이해할 수 없었다.

"어디에 쓰려고 돈을 빌린 거야?" 마리나가 캐물었다.

"차고 하나가 필요해서요."

"차고가 얼마나 하는데?"

"6000이요." 스네자나가 대답했다.

공중분해돼 버린 금액과 정확히 일치했다. 차라리 딸 부부에게 줬으면 좋았을 텐데, 라는 뒤늦은 후회를 해 보았다. 그렇게만 했으면 올렉은 하루 종일 차 밑에 누워 있다가 집으로 돌아오자마자 샤워도 건너뛰고 스네자나 품으로 들어갔을 텐데. 그는 자동차 기름 냄새가 싫지 않았고, 스네자나도 싫지 않은 것 같았다. 어쩌면 이 냄새가 과장되게 남성다움을 강조해서 더 흥분되는지도 모른다.

하지만 마리나는 더러운 거라면 질색이라 이 냄새를 참을 수가 없었다.

"가서 좀 씻고 오라고 해! 네가 말 못 하면 나라도 할 거니까!" 마리나가 명령조로 말했다.

"사방이 캄캄하고 물도 찬데 어떻게 그러라고 해요?" 스네자나가 남편을 편들었다.

문제는 마리나가 사는 별장이 생활하기 불편한 구조라는 점이었다. 샤워하려면 밖으로 나가야 했다. 말이 샤워실이지 3미터 높이의 드럼통 같은 게 전부였다.

"물은 양동이에다 데우면 되지." 마리나가 해결책을 제시했다.

"하루 종일 일하고 온 사람이잖아요. 그리고 엄마가 무슨 상관이에요? 어차피 엄마 옆에 누울 것도 아니고 내 옆에 누울 거잖아요." 스네자나는 여전히 고집을 굽히지 않았다.

마리나 역시 자기 방식대로 행동했다. 집 앞에서 올렉이 돌아오기를 기다렸다가 뚱뚱한 몸으로 문을 가리고 막아선 것이다.

"샤워하면 들여보내 주겠네." 그녀가 자기 조건을 제시했다.

장모와 몸싸움을 벌일 수는 없었기에 올렉은 너그러운 마음으로 웃으며 샤워를 하러 갔다. 마리나는 낡은 침대보와 가루 비누를 갖다 주었다. 비누만으로는 깨끗하게 닦이지 않을 것 같았다.

30분 후 온몸이 꽁꽁 얼어붙은 올렉은 스네자나의 품으로 파고들었다.

달빛이 창문으로 스며들었다. 올렉은 새끼 강아지처럼 몸을 떨었다. 너무 추워서 윗니와 아랫니가 서로 어긋났다. 스네자나는 양팔과 다리, 입술 그리고 모든 살결로 그를 안아 주었다. 그가 안쓰러웠다. 그리고 그를 믿었다. 그녀는 범죄 조직이 쳐 놓은 거미줄이 언젠가는 끊어지고 그들과의 모든 악연도 악몽처럼 사라질 거라 믿었다.

하지만 그 거미줄이 어떻게 끊어진단 말인가? 무슨 일이 생길 수 있단 말인가? 범죄 조직의 세계에서는 별의별 일이 다 생겼다. 그들은 그렇게 살고 있다. 산전수전을 다 겪거나, 아무 일도 안 생기거나였다. 어느 날 아무 일도 없던 것처럼 예전으로 돌아올 수도 있는 일이었다. 스네자나는 그런 날을 기대했고, 그녀의 확신은 올렉에게 전해졌다. 그는 더 나은 내일을 기대하며 잠들곤 했다. 언제나 희망을 품고 살았다. 그들은 행복했다. 암울한 현실도 그들의 행복을 방해하지 못했다.

하지만 마리나는 나름의 해결 방식을 갖고 있었다.

"넌 그를 버려야 해. 떠나라고 말해. 너랑 알랴는 여기 두고 말이야. 너희는 내가 돌볼 테니까." 마리나가 진지하게 설득했다.

"나는 그이를 버릴 생각이 없고 여기 남기도 싫어요. 올렉과 같이 있을래요." 스네자나는 어머니의 말에 차분하게 대답했다.

"감옥에 사식이나 넣어 주면서 말이지?"

"만약 그래야 한다면 그렇게 해야죠."

"데카브리스트 부인 나셨네." 마리나가 비꼬듯이 말했다.

"뭐가 더 나은데요? 평생 유부남 애인으로 사는 게 나은가요?" 스네자나는 어머니의 가장 아픈 치부를 건드렸다.

"나야 사랑해서 그런 거고."

"나도 사랑해요. 그리고 내 인생이니 간섭하지 마세요. 엄마가 원하는 게 뭐예요? 그이랑 헤어져서 엄마 치마폭에 둘러싸이는 거요?"

마리나가 울음을 터뜨리자 알랴는 할머니가 안쓰러워 위로하고 싶었다. 파란색 사인펜을 잡고는 자작나무에 인쇄체로 "나는 할머니 사랑해요."라고 썼다. 그런데 '나'라고 쓰지 않고 '너'라고 썼다.

마리나는 밤새 잠을 못 자고 뒤척였다. 어제 류트카 옆집에 사는 여자한테 전화를 걸었다. 그녀는 사샤와 류트카가 화해해서 화목하게 지낸다고 말해 주었다. 사샤는 일하고, 아이는 자라고, 류트카는 여전히 술을 마신단다. 그렇게 모두 잘 지낸다고 했다.

스네자나는 마리나의 충고를 따를 생각이 없다. 그렇다면 이런 상황은 앞으로도 계속될 것이다. 며느리는 알코올 중독자다. 사위는 범죄에 연루되었다. 둘 다 거기서 거기였다.

왜 다른 이들은 사람답게 사는데 그녀의 자식들만 그 모양일까? 도대체 그녀가 무슨 실수를 한 것일까? 그녀가 뭘 그렇게 잘못한 것일까? 러시아 지식인들이 자주 하는 질문인 '누구의 잘못인가?' 그리고 '무엇을 할 것인가?'가 떠올랐다. 그녀는 잘못한 사람이 있고, 무슨 일이든 해야 할 것 같았다. 저마다 자기에게 주어진 삶을 산다. 아무도 남의 경험을 귀담아들으려 하지 않는다.

아침 무렵 마리나는 갑자기 무언가를 깨달았다. 모두가 일어나기를 기다렸다. 그리고 아침 식탁에서 기쁜 소식이라도 알리는 듯한 톤으로 말했다.

"올렉! 나는 자네가 해야 할 일을 알고 있네. 자네는 지금 당장 경찰서에 가서 자네를 괴롭히는 놈들을 신고해야 해. 그럼 경찰서에서 그들을 체포할 거고, 자네는 새처럼 자유를 얻을 거야!"

"장모님, 세상 물정을 어쩜 이렇게 모르실까요." 올렉은 싱글벙글하며 대답했다. 아침부터 기분이 좋아 보였다. "통밥 좀 굴리세요."

"뭐라고?" 마리나는 이해하지 못했다.

"생각 좀 하고 말하라고요." 스네자나가 러시아어로 번역했다.

"통밥이라니?"

"머리를 뜻해요?"

"어느 나라 말이지?"

"감옥에서 쓰는 말이에요." 알랴가 설명했다.

"맙소사……."

마리나는 겁이 났다. 여섯 살짜리 알랴가 감옥에서 쓰는 은어를 너무 잘 알고 있었다. 나중에 커서 뭐가 되려고…….

"그들을 경찰에 넘기면 나중에 그들이 찾아와서 온 가족을 쓸어 버리겠죠." 올렉이 설명했다.

"쓸어 버린다고? 강간한다는 뜻인가?" 마리나가 되물었다.

"죽인다고요." 스네자나가 설명했다.

"누구를?" 순간 마리나는 온몸이 얼어붙었다.

"전부 다요. 찾아와서 담그겠죠." 올렉은 뭐가 좋은지 남의 일인 양 신이 나서 말했다.

'담근다'는 게 무슨 말인지는 마리나도 이해했다. 피가 흥건하게 만들어 주겠다는 의미라는 것 정도는 이해할 수 있었다.

마리나는 숟가락을 내려놓았다. 입 안에 든 음식을 삼킬 수가 없었다. 그렇다고 뱉을 수도 없었다. 그 순간 입 안에 무언가를 잔뜩 문 채로 입술을 꾹 다물었는데, 그 모습이 모기를 잡은 개구리와 비슷했다.

올렉이 장모를 보며 정색을 하고 말했다. "마리나 이바노브나 씨, 어머니가 준법 정신이 투철한 분인 건 알겠는데요, 설마 경찰이 나를 보호해 줄 거라고 믿는 건 아니죠, 그렇죠? 지금 시대가 어떤 시댄데요. 경찰도 예전과 달라요. 지금은 짭새예요. 내가 그들을 경찰한테 넘기면 짭새들이 개네한테 나를 넘길 거예요. 이해하겠어요?"

마리나는 드디어 입에 있던 음식을 삼켰다. 그리고 딸에게 몸을 돌려서 천천히 끊어 가며 말했다. "나랑 남편 중에 선택해."

"남편이요." 스네자나가 한 번에 대답했다.

"피 한 방울 안 섞인 남편과 너를 낳아 준 어미를 맞바꾸겠다는 거야?" 마리나는 숨쉬기가 힘들었다.

"이미 끝난 얘기를 왜 또……." 스네자나가 차분한 어조로 지난번의 대화를 상기시켰다.

하긴 그때 나눈 얘기의 핵심이긴 했다. 간단하고 명료했다.

최근 반년 동안 마리나는 회장의 고급 저택에서 일했다. 그 회장의 집에는 운전기사부터 유모와 가사도우미까지 일하는 사람이 많았다. 말이 좋아 가사도우미지 하녀나 다름없었다. 마리나가 바로 그 하녀였다. 그녀는 한 달에 200달러를 받았는데, 당시 학교 교사보다 열 배나 많은 돈이었다. 마리나는 그 돈으로 집세도 내고, 장도 보고, 저축도 조금 할 만한 여유가 생겼다.

마리나는 하녀와 가사도우미가 해야 할 일을 혼자서 했다. 식재료도 직접 관리했다. 그렇게 풍족한 집에서 조금 챙기는 건 절도가 아니라 조금 나눠 먹는 거라고 생각했다. 알라에게 줄 것을 포함해서 이것저것 조금씩 빼돌렸다. 그렇게 챙긴 '비상식량'을 장바구니에 넣어서 눈에 띄지 않게 현관 구석에 숨겨 놓고는 청소를 시작했다.

집이 얼마나 넓은지 500제곱미터쯤 되었다. 처음에는 피곤했지만 시간이 지나면서 점점 익숙해졌다. 물걸레 기능이 있는 청소기는 기본이고 가장 좋은 세제에다 심지어 바닥 청소용 대걸레도 있었는데, 전부 수입품이고 기능이 뛰어나서 편리했다. 집 안이 깨끗하다 못해 윤이 났다.

욕실에는 운동 기구가 있었다. 지하실에는 온수가 나오는 수영장이 있었다. 그곳에 있는 모든 게 건강과 장수를 위한 것이었다. 하지만 그곳에서 일하는 사람들은 수영장에 들어갈 수 없었다. 일꾼들에게 허락된 건 필요하다면 샤워실을 이용하는 정도였다.

마리나는 회장을 직접 본 적이 없었다. 그는 돈을 버느라 늘 집을 비웠다. 올렉처럼. 하지만 그는 자기 자신을 위해 일하고, 올렉은 깡패들을 위해 일했다.

침실에 있는 회장의 사진을 보니 젊은데 몸이 옷장처럼 사각형이었다. 하긴 그렇게 똑똑하고 돈 많은 사람은 사각형이어도 된다.

집을 관리하는 사람은 회장의 아내 스베타였다. 마리나의 눈에 스베타는 장님 사회에서 만든 바비 인형 같았다. 얼굴은 길고 몸 길이는 짧았다. 게다가 하얀 머리카락을 길게 길렀으며 여름에도 겨울에도 늘 가슴이 깊게 파인 데콜테 스타일의 옷을 입었다.

마리나는 회장이야말로 세상에서 당근이 가장 단 줄 아는 사람이라는 생각이 들었다. 바비 인형은 그의 콤플렉스를 드러내는 존재였다. 그는 가슴이 큰 금발 여자를 원했는데, 사긴 샀지만 결과적으로 상점을 잘못 고른 셈이었다.

마리나는 한숨을 쉬며 생각했다. 스네자나가 스베타보다 못하단 말인가? 아니, 스네자나가 더 낫다. 스네자나는 여성스럽고 가녀리고 눈도 크니까. 스네자나가 회장하고 결혼했으면 마리나가 이 집에서 주인 행세를 했을 것이다. 운동 기구로 운동하고 수영장에서 수영하며 손녀 알랴를 키웠을 것이다. 하지만 이 집에는 스네자나 대신 스베타가 있듯 알랴 대신 니나가 살았다.

니나는 스베타와 전 남편의 딸인데, 볼이 터질 것처럼 빵빵한데도 온 가족의 사랑을 독차지하고 온갖 종류의 비타민을 섭취하면서 공주처럼 자랐다. 니나만 돌보는 유모가 따로 있는 정도였다. 니나는 자고 싶은 만큼 자다가 일어나면 유모가 식사를 챙겨 주고 모래 놀이터에 데려다 주었는데, 거기에서 자기랑 비슷한 아이들하고 놀았다.

마리나는 알랴를 어린이집에 보내기 위해 얼마나 힘들게 깨웠는지, 알랴가 일어나느라 얼마나 힘들어했는지 떠올렸다. 클라스의 유해가 틸 오일렌슈피겔(벨기에 소설《틸 오일렌슈피겔의 유쾌한 장난》에서 주인공 틸 오일렌슈피겔이 화형당한 아버지의 유해를 자루에 넣어 가슴에 달고 다닌 것을 의미한다.-옮긴이)의 가슴을 두드리듯이 불공평이 그녀의 가슴을 두드렸다. 마리나는 고통과 싸워 이기려고 입술을 깨물었다. 그녀는 1917년 볼셰비키 당원들이 국민들을 혁명으로 내몬 이유를 이해했다. 당시 레닌은 '약탈자들을 약탈하라'는 슬로건을 내걸었다. 지금 새로운 레닌이 나타나서 함께 힘을 합치자고 한다면 그녀가 선두에 설 것 같았다.

마리나와 동갑인 스베타의 어머니도 이 집을 드나들었다. 휴대전화로 통화하면서 운전했다. 그녀가 전화를 걸기도 하고 오는 전화를 받기도 했다. 그녀도 사람들의 도움을 필요로 하고 사람들 역시 그녀의 도움을 필요로 하는 것 같았다.

마리나는 스베타의 어머니를 보고 있으면 꿈을 꾸는 것 같았다. 그녀가 회장의 장모였다면 자신도 사업을 했을 것 같았다. 그녀가 미처 펼치지 못한 재능이 얼마나 많은가 말이다. 마리나는 먼저 운전을 배웠을 것이며, 자기 차를 운전하여 모스크바를 수시로 드나들었을 것이며, 사교 모임에 다니고 TV에도 출연했을 것이다. 어쩌면 그녀를 따르는 팬도 있어서 그들을 자기 마음대로 조종했을 것이다. 매니큐어도 바르고 탈색도 하면서 젊게 살았을 것이다. 그게 뭐 어때서? 요즘은 나이 오십이면 한창 좋을 때 아닌가. 사실 늙음은 나이가 아니라 가난과 은혜를 모르는 마음에서 시작된다.

배은망덕은 아이들뿐만 아니라 사회 전반에 영향을 미쳤다. 그녀가 그토록 그리워하는 소련이여, 당신은 도대체 어디에 있는가? 그녀를 노숙자로 그리고 하녀로 전락시킨 오늘날의 조국, 당신은 또 누구인가?

마리나는 한숨을 쉬고 입술을 깨물며 남이 누리는 멋진 것들에 눈을 돌렸다. 옛날처럼 잠에서 깬다면 얼마나 좋을까. 모두가 동등한 그때로 돌아갈 수만 있다면 얼마나 좋을까. 소련 공산당 중앙위원회 정치국은 그리스도가 존재하던 시절의 사도 같은 역할을 했다. 그들에 대해 아는 사람은 아무도 없다.

하지만 지금은 모든 것이 열려 있다. 모든 사람이 모든 것을 아는 세상이다. 젊은 남자들을 태운 잠수함이 물속으로 가라앉은 사실이 만천하에 드러난다. 광부들이 가난에 허덕이며 끼니를 못 채우는 것도 안다. 권력 기관이 국고를 몰래 축내는 것 역시 드러나는데 이것을 '공금 횡령'이라고 한다. 체첸공화국에서 서로에게 총구를 겨누는 것 역시 알고 있다. 이런 때 누군가는 수영장에서 한가로이 물놀이나 하고 남의 노동을 착취하며 사는 것이다.

모든 것을 가진 자가 있는가 하면 아무것도 갖지 못한 자가 있다. 누구를 탓할 것인가? 어쩌면 저기 하늘나라의 컴퓨터가 망가져 버려 땅에서 보내는 신호를 감지할 수 없는지도 모른다.

살다 보면 모든 일이 한꺼번에 잘 풀리는 날들이 있다. 물론 운명의 칼날이 사방에서 조용히 달려드는 늑대 무리처럼 한꺼번에 덮치는 날도 있는 법이다.

마리나는 평상시처럼 다섯 시간 일하고 퇴근 준비를 했다. 그런데 테라스에서 스베타가 그녀를 멈춰 세웠다.

"가방 좀 주세요."

"왜요?" 마리나는 짐짓 놀라지 않은 척하며 최대한 차분한 목소리로 물었다.

"검사 좀 하게요." 스베타는 말을 끝내기 무섭게 그녀의 가방을 잡아당겼다.

마리나는 순순히 가방을 건넸다. 주인 여자와 주먹다짐을 할수는 없으니까.

스베타는 가방을 뒤집어서 바닥에 쏟았다. 테라스 바닥에 멜리토폴산 커다란 말린 체리와 레몬 세 개, 사과 세 개가 쏟아졌다. 알루미늄 포일에 싸인 생선 한 마리도 나왔다. 주인이 기르는 개세테르가 달려와서는 마음에 드는 것을 먹어치웠다. 과일은 냄새만 맡고 건드리지 않았다.

"오늘부로 해고예요." 스베타가 잘라 말했다.

마리나는 덜컥 겁이 났다. 얼굴도 화끈거렸다. 유모가 고자질한 것이다. 망할 년.

"아까워서 그러는 거예요?" 마리나가 물었다. "몇 푼 되지도 않는 것들인데요."

"그렇긴 하죠." 스베타가 동의했다. "하지만 다음번엔 뭘 훔칠지 모르잖아요."

"난 도둑이 아닙니다. 난 지식인이에요. 대학까지 나온 사람이라고요." 마리나가 억울함을 호소했다.

"지식인은 남의 물건을 허락도 없이 가져가지 않죠. 자기밖에 모르는 교양 없는 사람도 대학은 나올 수 있죠. 세상에 그런 사람이 어디 한둘인가요?"

스베타는 마리나에게 봉투를 내밀었다. 급여 봉투였다. 마리나는 실랑이를 벌이는 게 무의미하다는 걸 깨달았다.

"앞으로 안 그러겠습니다. 한 번만 봐주세요." 마리나가 간곡하게 부탁했다.

"그런 건 알고 싶지도 않아요."

노동 시장의 규모는 어마어마했다. 공급이 수요를 넘어섰다. 마리나 같은 사람이 스베타 같은 사람보다 훨씬 많다는 걸 의미했다. 스베타는 한숨을 쉬지도 않고 입술을 깨물지도 않으며 사방에 눈길을 두지도 않는 순진한 40대 우크라이나 여자를 고용하는 편이 훨씬 더 수월했다.

"안녕히 가세요." 스베타는 마리나에게 텅 빈 가방을 내밀었다.

마리나는 말없이 가방을 받아 들고는 체리를 밟지 않으려고 발밑을 보면서 조심스럽게 걸었다.

세테르는 그녀를 배웅하기 위해 쪽문까지 뛰어나왔다. 세테르는 마리나를 좋아해서 항상 그녀의 얼굴까지 뛰어올라서는 핥으려고 했다.

마리나는 집에 돌아왔다. 그런데 올렉의 차가 보이지 않았다. 집 안으로 들어가자 옷장은 텅 비고 물건들은 도둑이 와서 털어가기라도 한 것처럼 여기저기 어지럽게 널브러져 있었다. 급하게 떠난 것 같았다. 마리나는 집을 함께 셰어하는 사람의 방에 갔다.

"우리 애들 못 봤어요?"

"떠났어요."

"뭐라고 하던가요?"

"잘 계시라고 하던걸요."

마리나는 방으로 와서 침대에 누웠다. 그녀의 운명은 여기까지
인 것 같았다. 그녀에겐 이제 가족도 일도 집도 없었다. 저기 위에
있는 누군가에게 미운털이 단단히 박힌 모양이었다. 마리나는 멍
하니 누워 있었다. 그냥 아무것도 안 하고 누워 있었다. 만사가 귀
찮았다. 먹고 싶지도 않고 생각하기도 싫었다. 깊은 우울감에 빠
져들었다.

마리나는 사흘 동안 누워만 있었다. 그러고 나서 재만 남은 '삶'
이라는 이벤트에 마침표를 찍기로 마음먹었다. 마리나 츠베타예
바의 말처럼 '창조주에게 표를 돌려줄' 때가 되었다고 생각했다.
이 세상에 와서 여행은 할 만큼 충분히 했으니 이젠 떠나도 될 것
같았다. 아무도 원망하지 않았다. 다른 사람을 탓하기 전에 스스
로 자신이 필요 없어진 거라고 생각했다.

마리나는 집에서 나와 숲으로 갔다. 삶의 마침표를 어떻게 찍
을지 아직 결정하지 못했다. 루스탐한테 선물 받은 목도리로 목
을 매는 방법이 있다. 하지만 사람들이 보는 데서 목을 매는 건 별
로 내키지 않았다. 강의 절벽에서 뛰어내릴 수도 있겠지만 수심
이 너무 얕았다. 괜히 뛰어내렸다가 죽지 못하고 골절이라도 돼
서 살아남는다면 남은 생애를 휠체어에 의지해서 살아가야 한다.
그건 이도 저도 아니다. 사는 것도 죽는 것도 아닌 일이다.

그러다 쓰러진 나무를 발견하고 잠시 숨을 돌릴 요량으로 걸터앉았다. 새들의 노랫소리가 들려왔다. 나뭇잎 사이로 햇볕이 부드럽게 마리나를 비춰 주었다. 개미집의 개미들은 부지런히 움직였다. 개미 한 마리 한 마리가 맡은 일이 정말 많았다. 마리나는 살아서 숨 쉬는 언덕을 바라보며 생각에 잠겼다. 바로 그때 나무들 사이에서 젊다고 할 순 없지만 자기 관리를 잘하여 젊어 보이는 여자가 나타났다. 커트 머리가 잘 어울리는 여자였다.

여자는 나무 쪽으로 다가왔다. "앉아도 될까요?"

"네, 그럼요." 마리나는 대답하고 자리를 내주었다.

마리나는 저기 저 위에서 수호천사를 보내 준 거라 믿었다. 젊지는 않지만 커트 머리가 잘 어울리는 천사를 보내 준 거라고 말이다.

그녀의 이름은 안나였다. 남자의 이름은 페라폰트였다. 안드레이 페라폰트는 그녀의 남편이며, 두 사람은 24년 동안 동고동락했다. 내년이면 25년(러시아는 결혼 25주년을 은혼식이라고 부르며 성대하게 기념한다.—옮긴이)이다. 살면서 좋을 때도 있었고 힘들 때도 있었고 아주 힘들 때도 있었다. 나이가 들면 들수록 서로 안 맞는 부분을 맞춰 가는 것이 아니라 서로 더 고집 부리기 마련이다. 그들의 경우 갈등의 골이 깊어진 나머지 페라폰트는 어느 순간부터 차분하게 대화하는 법을 잊어버렸다. 그는 늘 꼬리가 잘려 나간 돼지, 아니 맷돼지처럼 비명을 질러 대기 일쑤였다. 안나의 일거수일투족이 거슬리는 모양이었다.

안나는 그의 날카로운 비명을 듣고는 별장으로 사라졌다. 처음엔 하루, 그다음엔 일주일, 그러고는 아예 정착하여 땅집인 별장에서 살기 시작했다. 사방이 고요하고 근심걱정이 없는 데다 시간도 도시와 다르게 흘러갔다. 출퇴근 시간도 도시의 아파트보다 30분이나 줄었다. 차는 따뜻한 차고에 넣어 두었다. 함께 사는 개 나이다는 헌신적으로 그녀를 사랑하며 인간과는 차원이 다른 우주적 충성심으로 바라본다. 이 이상 무엇을 더 바라겠는가.

그 집은 안나의 할아버지가 유산으로 남긴 거였다. 스탈린은 그가 독살하려 했다는 이유로 총살하려고 했다. 하지만 스탈린이 먼저 죽었고, 할아버지는 목숨을 부지하여 그 후로도 20년이나 더 살았다.

할아버지의 아버지 역시 시골 병원 의사였으며 체호프와 아는 사이였다. 한편 증조할머니는 환자들을 헌신적으로 돌본 간호사였는데 명문가의 귀부인들과 알고 지냈다. 증조할머니가 명문가 귀부인인 올가, 타티아나와 함께 병원에 있는 모습을 담은 사진 한 장이 남아 있었다. 선이 부드러운 얼굴, 십자가를 그려 넣은 하얗고 빳빳한 간호사 모자와 선량한 눈이 인상 깊은 사진이었다.

친분이 있는 화가가 이 사진을 보고 그림을 그렸다. 애시베이지 바탕에 그린 그림이었다. 그들의 눈은 시간과 공간을 뛰어넘어 반짝이고 있었다. 안나는 이 그림을 침실에 걸어 놓았다. 잠에서 깨면 세기 초에 살았던 아씨를 바라보았고, 그들 역시 그녀를 쳐다보았다.

할아버지는 별장 말고도 해변가에 방 여덟 개짜리 집을 유산으로 남겼다. 안나 부부는 그 집을 외국인에게 빌려 주고 그 돈으로 살았다. 그 돈으로 생활도 하고, 휴가도 떠나고, 여행도 다녔다.

하지만 안나는 여행을 싫어했다. 페라폰트와 여행을 다니자면 허구한 날 나빠지는 기분을 맞춰야 하는데, 그럴 필요를 못 느꼈다. 그렇다고 혼자 가자니 쓸쓸했다.

한편 평일에는 일하느라 쓸쓸해할 새도 없었다. 그녀는 병실 네 개를 담당했다. 덕분에 빨리 걷고 빠른 속도로 대화하는 법을 터득했다. 방송국 아나운서처럼 말이다. 환자가 멍청해서 설명 한 번으로 못 알아들으면 화가 나서 부글부글 끓었다. 하지만 안나는 시골 의사의 후손이었기 때문에 감정을 억누르고 드러내지 않았다. '아저씨, 자비로워야 한다고요.'(체호프의 《바냐 아저씨》에서 인용-옮긴이)

별장은 목조 주택이지만 견고했다. 도모보이(러시아 민가에 산다는 정령-옮긴이)가 있어서 밤이면 사각사각 소리를 내며 집 안을 돌아다녔다. 가끔은 총성 비슷한 소리가 들릴 때도 있었다. 어쩌면 할아버지가 찾아온 것인지도 모른다.

그럴 때면 안나는 영안실의 시체처럼 잠을 깨서도 부동자세로 누워 있었다. 이불 위에서는 호기심 많은 생쥐 한 마리가 아무도 없다고 생각하며 뛰어갔다. 안나는 어서 날이 밝기를 기다리며 고양이를 키워야겠다, 결심하곤 했다. 살아 있는 생명이 자기를 보고 야옹야옹하는 것도 나쁘지 않으리라.

날씨는 천국에 온 것처럼 따뜻하고 온화했다. 안나는 천천히 숲을 향해 걸어서 작은 빈터에 이르렀다. 쓰러진 나무 위에 중년

여자가 앉아 있었다. 흔히들 말하는 평범한 러시아 여자였다. 그
럼 평범하지 않은 여자는 누구인가? 엘리자베타 여왕(영국 여왕-옮
긴이)인가?

안나는 조용히 다가가서 말을 붙였다. "앉아도 될까요?"

여자는 자리가 얼마든지 많은데도 자기 자리를 내주었다.

안나는 앉아서 앞쪽을 응시했다. 따지고 보면 그녀의 삶도 그
렇게 나쁘지만은 않았다. 남편이 소리를 지르긴 하지만 어차피
따로 살았다. 재능 있는 컴퓨터 전문가인 아들은 미국의 샌프란
시스코 근교에 살고 있다. 실리콘밸리에 자기 집이 있으며 아내
는 아일랜드 여자였다. 딸은 의대에 다니는데, 남자친구 집에서
함께 지낸다. 지금은 다들 그렇게 산다. 예전에야 수치스러운 일
이지만 요즘은 지극히 정상이다.

정리하면 안나는 남편, 아이 둘, 일, 돈까지 부족한 게 없었다.
뭘 더 바라겠는가? 하지만 지금은 나이다처럼 그녀를 바라보는
환자들에게 둘러싸여 있다. 안나는 싸늘하고 휑한 침대에서 자
고, 그 침대에서 쥐가 뛰어다닌다. 24년 동안 그녀에게 남은 것은
텅 빈 집과 지하에 사는 도모보이가 전부였다. 그렇다면 앞으로
는? 달라질 일은 없을 것이다.

여자는 통나무에 조용히 앉아 있을 뿐 말을 걸지도 않았다. 덕
분에 안나는 마음 편히 앉아 있었다. 가사 상태에 접어든 것처럼
아무 생각 없이 부동자세로 앉아 있었다. 그리고 얼마나 지났을
까, 몸을 일으켜서 걸음을 옮겼다. 하루 종일 앉아 있을 수는 없
으니까.

안나는 몇 발자국 가다 뒤를 돌아보았다. 통나무에 앉았던 여자가 일어나서 그녀의 뒷모습을 보고 있었다.

"우리 집에 같이 갈래요?" 안나가 먼저 제안했다.

여자는 대답이 없었다. 개는 원래 주인과 말을 섞지 않는 법이다.

"오세요." 안나가 다시 한번 초대했다.

안나와 마리나는 함께 살기 시작했다. 안나는 너무도 살뜰한 보살핌과 보호를 받다 보니 마치 어린 시절로 돌아간 기분이었다. 도모보이도 조용해져서 점잖게 굴었다. 쥐도 더 이상 안 나왔다. 들판으로 도망간 모양이다.

안나는 창문으로 비쳐 드는 햇살에 잠을 깨곤 했다. 그녀의 방은 해가 잘 들었다. 사진 속 귀부인들도 초롱초롱한 눈으로 그녀를 온화하게 쳐다보며 물었다. '좋죠, 안 그래요?'

1층에서는 가벼운 발소리와 고양이 노래 같은 소리가 들려왔다. 마리나가 콧노래를 흥얼거리고 있었다. 안나는 아래층으로 내려왔다. 식탁 접시에 냅킨이 올려져 있었고, 아침 식사는 얼마나 근사하게 차렸는지 아침 식사 정도가 아니라 멕시코 드라마처럼 크리스털 잔에 방금 짠 오렌지 주스가 담겨 있었다. 늙은 호박도 삶아 놓았다. 파파야 대신이었다. 러시아에서는 파파야가 나지 않으니까 말이다. 방금 만들어서 아주 신선한 트보록(유지방을 제거하고 만든 러시아식 코티지 치즈-옮긴이)도 있었다. 매일 먹는 달걀프라이는 없었다. 매일 질리도록 먹는 샌드위치도 안 보였다. 안나는 샤워를 하고 아침을 먹은 뒤 출근했다.

마리나는 집에 혼자 남았다. TV를 켜고 청소기를 돌렸다. 가전제품의 소음 속에서 수입을 계산해 보았다. 안나는 매달 250달러를 월급으로 주었고 식사와 숙소도 해결되었다. 스베타가 내쫓은 게 얼마나 다행인가 싶었다. 그 집은 항상 사람들로 득실거리고 손님도 수시로 와서 앉을 틈이 없었다. 그런데 이 집은 크지만 거의 비어 있고 딱히 청소할 것도 없었다. 찾아오는 사람도 없었다. 마리나가 마음껏 하고 싶은 대로 해도 뭐라는 사람이 없었다.

마리나는 공산당원이 묵는 리조트에 온 기분이었다. 새로운 문을 열고 새로운 세상에 들어온 것 같았다. 신이 누군가에게 새로운 문을 열어 주려고 하면, 그 사람은 그동안 있던 곳의 문을 닫기 마련이다. 다행히도 그녀의 과거와 연결된 문은 세게 닫혔다. 다만 알랴가 마음에 걸려서 알랴만 생각하면 가슴에 못이 박힌 것처럼 아팠다. 점심으로 간이 약한 대서양 연어를 먹을 때면 자기도 모르게 알랴는 무엇을 먹을까 생각했다. 창문이 활짝 열린 방에서 넓고 편한 침대에 누울 때도 알랴의 잠자리가 걱정되었다. 알랴는 어디에서 잘까? 모르긴 몰라도 복도에 간이 침대를 펴고 잘 것이다. 설마 여섯 살짜리 딸을 부부와 한방에서 재우는 일은 없겠지? 정말로 한방에서 자면 어쩌지? 알랴가 보고 듣는 건 어쩐단 말인가? 그걸 보고 자라면 훗날 트라우마가 남을지도 모른다.

마리나는 깊은 한숨을 쉬고 사방을 둘러보았다. 그리고 알랴를 어디에 재우면 좋을지 생각해 보았다. 자기 방에 재울 수도 있고 다른 방에 따로 재워도 좋을 것이다. 방은 얼마든지 있으니까.

마리나는 안나와 이 문제를 상의하려고 적합한 때를 기다렸다.

하지만 그런 순간은 쉽게 찾을 수가 없었다. 평일에는 안나가 아침 일찍 출근했고 퇴근해서 집에 돌아오면 지친 데다 무언가 멍해 보였다. 코튼돌처럼 앉아 있는데 시선이 멍해서 대화할 만한 상황이 아니었다. 마리나는 그런 안나가 안쓰러워 말을 걸지 않고 쉬게 놔두었다. 안나는 무엇보다 마리나의 이런 면을 높이 평가했다. 누군가와 교제할 때 가장 중요한 점은 말없이 함께 있어도 편한 것이다.

주말이면 전화벨이 쉴 새 없이 울렸다. 주로 환자들 전화인데, 어떤 약을 복용해야 하는지 등을 묻는 짧은 용건이었다. 혹은 약을 식전에 먹는 편이 좋은지, 식후가 나은지 같은 거였다. 전화까지 걸 필요는 없어 보였다. 2분이면 충분히 해결되는 문제들이었다. 하지만 이런 짧은 시간이 모여 온전한 하루가 되었다. 안나는 전화기 옆에 서서 인내심을 갖고 설명해 주었다. 그리고 수화기를 내려놓기 무섭게 또다시 벨소리가 신경질적으로 울려 댔다.

마리나는 그들이 전화를 걸지 못하도록 막고 싶었지만 안나가 원치 않았다. 과거의 시골 의사들, 이제는 아주 오래전 일이긴 하지만 그들 역시 한밤중에 자다가 일어나서는 포장도 안 된 길을 따라 말을 타고 환자의 집을 방문했다. 지금은 그래도 전화 한 통이면 해결되니 그보단 낫지 않은가 싶은 것이다.

마리나는 결국 적합한 타이밍을 찾아서 지나가는 말처럼 가볍게 말을 꺼냈다. "손녀를 데려올까 해요. 한 달 정도 데리고 있으려고요."

안나는 마리나가 무언가를 하기 전에 미리 허락을 구하지 않는다는 걸 파악했다. 그녀는 늘 통보를 했다. 하지만 안나는 다른 사람이 자기 대신 결정하는 걸 좋아하지 않았다. 그녀는 가타부타 말이 없었다.

안나는 퇴근하고 돌아오면 너무 지쳐서 에너지 넘치는 활발한 아이가 집에 있는 건 힘에도 부치고 정신적으로도 감당할 자신이 없었다.

카르나우호프 병원장은 안나에게 감당할 수 있을 만큼만 일을 맡겼다. 나머지 힘든 일은 자기가 도맡았다. 범죄자들도 자기가 치료했다. 이해 가는 부분이 있었다. 의사 급여는 노동의 양과 책임감에 비례하지 않았다. 안나는 뇌물을 받지 않았다. 어떻게 다른 사람의 불행을 악용해서 부를 축적한단 말인가. 게다가 심장이 아픈 것은 세상에서 가장 큰 불행 아닌가. 그녀가 뇌물을 받지 않는 두 번째 이유는 돈이 충분하기 때문이었다. 카르나우호프는 돈을 너무 사랑했지만 돈이 그를 피해 갔다. 카르나우호프의 손에 들어온 돈은 절대 오래 머물지 않고 빨리 사라졌다. 반면 안나는 돈에 무관심하지만 매달 꼬박꼬박 들어오는 임대료라는 형태로 돈이 그녀에게 단단히 붙어 있었다. 안나가 허용하는 유일한 선물은 초콜릿이나 꽃인데, 가벼운 제물 혹은 유체이탈 같은 것이었다. 그녀는 예쁜 상자를 바에 모아 두며 '선물 기금'이라 불렀다.

매일 저녁 마리나는 큰길까지 마중 나가서 안나를 기다렸다. 안나가 익숙한 거리 쪽으로 방향을 틀면 그 길 끝에 보기만 해도 마음 놓이는 익숙한 마리나의 실루엣이 보였고, 고마운 마음에 심장이 뛰기 시작했다. '내 나이에 남편이 왜 필요한가'라는 질문을 하게 되는 것이었다. 괜히 힘만 들고 신경만 쓰이니 말이다. 차라리 삶을 더 윤택하고 아름답게 만들어 주는 마리나 같은 조수가 낫지 않을까. 마리나와 안나는 삶이라는 파도에서 조난당한 뒤 서로 단단하게 붙어 물속에 가라앉지 않는 화물선 두 척이었다. 그렇게 물 위에서 서로를 지탱하고 있었다.

저녁이면 함께 TV를 시청했다. 안나는 NTB 채널을 선호했는데, 마리나는 정부 정책을 비판한다는 이유로 그 채널을 싫어했다. 마리나는 준법 정신이 투철한 사람이었고 무슨 이유로든 권력에 저항하는 것을 극도로 싫어했다. 집권 세력이 권위를 잃은 나라에서 살면 안 된다는 것이었다.

"스탈린 때가 나았어요." 마리나가 결론을 내렸다.

"스탈린 때는 강제수용소가 있었어요." 안나는 마리나가 잊은 부분을 상기시켰다.

"난 잘 모르겠어요. 내가 아는 사람은 아무도 거기에 수용되지 않았으니까요."

사람은 자기 경험을 토대로 세상을 이해한다. 마리나의 지인 중에는 수용소에 끌려간 사람이 없었고, 다른 사람들 사정은 그녀가 알 바 아니었다.

주말이면 페라폰트와 딸 부부가 별장을 찾곤 했는데, 각자 자기 차를 타고 왔다. 안나는 겁먹은 암탉처럼 이리저리 정신없이 뛰어다니며 음식을 준비했다. 물론 음식은 마리나의 몫이었다.

모두가 식탁에 앉아 조용히 음식을 씹으면서 그 환상적인 맛에 감탄했다. 딸은 쥐 파먹듯 아주 조금 먹더니 접시를 밀어냈다. 그녀는 살이 계속 빠졌고, 스트레스 때문에 몸이 힘들었으며, 그 스트레스 때문에 과묵하고 거만했다.

안나는 이런저런 질문을 하고 쓸데없이 말도 많이 했다. 초조해하며 모두에게 친절한 표정을 지어 보였고 목소리도 상냥했다. 그들의 마음에 들고 싶고 그들을 조금이라도 더 붙잡아 두고 싶어서 봄날의 개울처럼 쉴 새 없이 졸졸졸졸거렸다.

"말 좀 그만 해 줄래? 험담 좀 그만 하고." 페라폰트가 부탁하면서 괴로운 듯 양 미간을 찌푸렸다.

"내가 무슨 말을 얼마나 했다고 그래요? 난 아무 말도 안 했는데." 안나가 변명했다.

딸의 남편이 말을 이었지만 마리나는 그들의 대화를 귀담아듣지 않고 물었다. "메인 요리를 내올까요?"

다들 그녀가 노벨상 수상자의 소감을 끊기라도 했다는 듯 잔뜩 화난 얼굴로 쳐다보았다.

마리나에겐 돈이 필요했다. 안나가 집의 가장이다. 그들은 모두 그녀의 돈, 더 정확히는 그녀의 할아버지가 남긴 유산으로 살고 있다. 안나가 소유한 집, 별장, 가구, 그림 등은 전부 유산으로 물려받은 것이다. 그런데 다들 그녀를 불쌍한 친척 대하듯 했다. 안나는 왜 그들에게 바른 말을 못 하는가? 페라폰트를 쫓아내도 시원찮을 텐데 아파트도 넘겨주고 차도 사 주었다.

마리나는 안나 때문에 속이 상했다. 딸에게 알려 주고 싶어서 입이 근질근질했다. "네가 누구 덕분에 그렇게 사는지 아니? 넌 어머니 발을 닦아 주고 그 물을 마셔도 시원찮아."라고. 하지만 자기 분수를 잘 알고 참견하지 않았다.

안나의 가족들은 점심을 먹자마자 돌아가려고 몸을 일으켰다.

그런데 딸이 고갯짓으로 마리나를 가리키며 문지방에 서서 조용히 말했다. "저 여자 입이 마음에 안 들어요. 다른 사람을 구해 봐요."

"그럼 이 사람은 어디로 가라고?" 안나가 겁먹은 목소리로 되물었다.

"어디서 찾은 건데요?"

"신이 보내 주셨어."

"집까지 배송해 주셨겠지." 페라폰트가 덧붙였다.

안나는 한편으로는 그들이 부럽고, 다른 한편으로는 그녀가 어떻게 살든 전혀 관심이 없다는 것을 이해했다. 살아 있으면 된 거 아닌가, 라는 식이었다. 그들은 도시에서 바쁘게 살았다. 딸은 남편을 사랑했다. 페라폰트는 자유와 자유의 또 다른 극단적 이름인 고독을 사랑했다.

마리나는 안나의 가족이 안나와 상관없는 남처럼 행동한다는 걸 눈치챘다. 더 정확히는 남보다 못했다. 오히려 남이라면 더 많은 접점을 찾을 수 있을 것 같았다. 결론은 부자도 가난한 사람처럼 운다는 것이었다. 똑같은 눈물을 흘리면서 말이다.

안나는 그들을 배웅하러 나갔다. 그런 식으로 안나는 이별의 순간을 보류하고 있었다. 반면 그녀의 가족은 차에 타는 순간 마음은 벌써 집으로 향해 있었다. 안나의 시선만 그들을 묶어 두고 할퀴고 붙잡아 두었다.

차문이 쾅 닫히고 모터가 돌아가며 배기가스를 뿜어 내자 그들은 뒤도 안 돌아보고 떠났다. 눈 깜짝할 사이에 그들이 시야에서 사라졌다. 독한 벤진 냄새만이 신선한 공기 속에 한참 동안 흔적을 남겼다. 냄새만 잔뜩 남겨 두고 떠난 것이다.

마리나는 속이 다 후련했다. 하지만 자기 자신의 피로감과 안나가 느낀 긴장감 때문에 두 배로 고단했다.

안나 역시 그들에게서 해방되어 기쁜 듯 깨끗한 술잔을 꺼냈다.

"쟤네들 다 개새끼예요. 내 자식도 사모님 자식도 모두." 마리나가 거칠게 말했다.

"부모는 자식을 어떻게 사랑해야 하는지 알아요? 부탁하기 전에는 간섭하지 않는 거예요. 자기는 쓸데없이 간섭하니까 당하는 거라고요. 난 아니거든요."

"간섭 안 해도 당하는 건 마찬가지면서 그래요."

"우리 그럼 그걸 위해 건배할까요?"

그들은 술을 마시고 안주를 먹었다. 가끔은 술 한 병을 다 털어 넣을 때도 있었다. 그리고 함께 노래를 불렀다. 평범한 러시아 여자들처럼 노래를 잘 불렀다. 실제로 평범한 러시아 여자들이었다.

나는 여기에 내 모든 것을 걸 거야
그만큼 이 감정을 믿어

난 당신을 기다리지 않을 자신이 없어

하루 종일 문 옆에서 서성이며

마리나와 안나는 열심히 노래를 불렀다.

"그래서 둘이 만났대요?" 마리나가 노래를 부르다 말고 질문했다.

"누구 말이에요?" 안나는 질문의 뜻을 이해하지 못했다.

"그러니까 그 여자요. 그 문 옆에 서 있었다는……."

"못 만났죠. 여자 시인이에요. 요절했죠. 그도 얼마 안 있어 그녀의 뒤를 따라갔고요." 안나가 한숨을 쉬며 설명했다.

"누구요?"

"하루 종일 문 옆에서 그녀가 기다린 남자 말이에요."

"둘이 한날 한시에 죽었단 말이에요?"

"아니에요. 서로 다른 곳에서 죽었어요. 그는 결혼한 남자였어요."

"그럼 더더욱 문 옆에 서 있을 이유가 없잖아요. 바보처럼요."

"왜요, 그래도 노래가 남았잖아요." 안나가 그녀의 말에 반박했다.

"자기가 죽었는데 무슨 의미가 있어요. 다 새빨간 거짓말이에요." 마리나는 동의하지 않았다. 그 순간 매년 그녀를 속인 루스탐이 떠올랐다. "죄다 거짓말을 하고 모두 다 언젠가는 죽어요." 루스탐은 마리나를 속였다. 그녀는 그가 미웠다. 그를 믿은 자기 자신도 미웠다. 바보 같아서였다.

"그래도 노래를 남겼잖아요." 안나는 여전히 자신의 의견을 굽히지 않았다.

사실 그녀의 말이 맞았다. 모든 일은 흔적을 남기기 마련이다.

마리나의 자식들은 전화도 하지 않았다. 그녀의 연락처를 모를 수도 있었다. 마리나는 경찰에 신고한다 해도 찾기 힘들 정도로 그들의 삶에서 사라졌다. 하지만 경찰이 수배한다 해도 그녀를 찾기는 힘들 것이다. 여권도 없이 거주 등록도 없이 사라진 사람을 무슨 수로 찾는단 말인가.

마리나 역시 그들에게 전화하지 않았다. 집을 사고 나서 전화하기로 결심한 것이다. 그녀는 신축 건물 말고 이미 소유주가 있는 주택을 사는 방법도 있다는 걸 알았다. 더 좋은 생활 환경을 원하는 사람들은 그동안 살던 낡은 집을 버리고 새 집으로 이사했다. 이들이 버리고 간 집은 수리하느니 불태우는 게 낫지만 집 없는 사람에게는 그 정도도 감지덕지였다. 시에서는 이런 집을 신축 건물보다 다섯 배가량 저렴하게 내놓았다.

마리나는 차분히 계산해 보았다. 급여를 한 푼도 안 쓰고 모으면 2년 후 집을 살 수 있었다. 안나가 하루 종일 병원에 있어서 마리나는 안나 몰래 근처의 별장을 돌며 용돈을 벌곤 했다. 그렇게 번 돈 역시 차곡차곡 모았다. 버는 돈은 전부 오래된 니트 모자에 넣어 두고 시간이 날 때마다 인색한 기사(알렉산드르 푸슈킨의 작품-옮긴이)처럼 손으로 하나하나 셌다. 안나에게도 급여는 액수가 큰 지폐로 달라고 부탁했다. 액수가 적은 지폐는 지급 능력을 상실해서 휴지 조각이 될까 봐 두려웠던 것이다.

마리나는 머리카락을 길게 기르고 볼이 넓고 통통하며 입술은 꼭 다문 남자를 한참 동안 쳐다보았다. 벤자민 프랭클린(미국의 정치가-옮긴이). 그녀가 유일하게 완전히 신뢰하는 남자였다. 프랭클린은 그녀가 살 곳을 마련해 주고 거주 등록을 하게 해 주며 독립할 수 있는 길로 인도했다. 지금 마리나는 불법체류자나 다름없었다. 그녀는 모스크바에 가는 것조차 두려웠다. 갑자기 멈춰 세워서 신분증을 검사하고 창녀들과 같은 방에 가둘지도 모른다.

볼로치카와 루스탐은 그녀를 삶의 파도에 내동댕이쳤다. 헤엄쳐서 나올 수 있으면 나와 보고, 아니면 거기서 죽으라는 식이었다. 하지만 프랭클린은 팔을 뻗어서 그녀를 해변가로 끄집어낼 것이다.

한번은 옆집에 사는 쿠즈네초바 할머니가 우유 파는 여자한테 줘야 한다며 100루블을 빌려 달라고 했다. 마리나에게 돈 얘기를 한다는 건, 달라는 게 아니라 빌리는 거라 할지라도, 그녀가 살아가야 할 삶의 의미 자체를 침범하는 것과 같았다.

"없어요!" 마리나는 고함부터 질렀다. "돈 없다고요!" 그리고 울기 시작했다.

쿠즈네초바는 미친년이라고 생각하여 겁을 먹고 돌아갔다. 나이다는 마리나의 상한 마음을 느끼고는 상대방을 혼내 주려는 듯 짖기 시작했다. 옆집에 사는 다른 개들 역시 동요되어 서로 욕하듯 짖어 댔다.

안나는 여름이 중반쯤으로 접어들었을 때 바쿠로 떠날 채비를 했다. 바쿠에서 '유라시아'라는 국제 심혈관 학회가 열렸다. 세계

각지의 전문가들이 모이는 자리였다. 카르나우호프는 안나에게 바람 좀 쐴 겸 다녀오라고 제안했다. 성실하고 책임감 있게 일해 준 데 대한 감사 표시인 셈이었다.

마리나는 안나가 바쿠로 떠난다는 사실을 알고 신경질적으로 집 안 곳곳을 돌아다녔다. 안나의 바를 열어 그녀가 받은 선물 중에서 가장 크고 비싼 초콜릿 상자인 '모차르트'를 꺼내더니 안나 앞에 내려놓았다.

"루스탐에게 전해 줘요." 그녀가 명령조로 말했다.

"나한테 먼저 허락을 구할 생각은 못 하나 보지?" 안나가 살짝 언짢은 목소리로 물었다.

"설마 이게 아까운 건 아니죠? 사모님한테는 이런 상자가 발에 밟히잖아요." 마리나는 정말로 놀란 듯했다.

틀린 말은 아니었다. 하지만 주인에게 먼저 허락을 구하는 것이 순서였다. 집주인은 한 명이니까 말이다. 안나는 마리나를 쳐다보았다. 마리나는 머리가 잔뜩 헝클어진 채 얼굴은 빨갛게 상기되어 소녀처럼 서 있었다. 마리나는 살아 있는 루스탐을 과거의 증인으로 그리고 과거의 일부로 안나에게 소개하는 일이 중요해 보였다. 예전부터 이렇게 나이도 잊고 거주 등록도 없이 불법 체류자 신세로 살아온 게 아니라는 걸 보여 주고 싶기도 했다. 그녀도 한때는 사랑하는 남자가 있었고, 누군가에겐 사랑스런 연인이던 때가 있었다. 조강지처가 아니라 비공식적인 관계라 하더라도 말이다. 루스탐에게는 자기도 친한 의사가 있다는 걸 보여 주고 싶었다.

"내가 사모님 밑에서 일하는 사람이란 건 비밀로 해 줘요. 그냥 친척이라고 말해 주세요. 사촌 조카의 아내라고 말이죠." 마리나가 부탁했다.

"그쪽에서 물어보면 그렇게 말할게요." 안나가 받아 주었다.

따지고 보면 누군가의 사촌 조카의 아내가 될 가능성이 없는 것도 아니었다. 결국 우리는 모두 형제니까.

바쿠는 아름답고 인상적인 해변 도시였다. 하지만 극심한 폭염 때문에 생각이라는 걸 하기조차 힘든 상황이었다. 하지만 아무 생각도 안 할 수는 없었다. 컨퍼런스에서 발표하는 내용은 상당히 흥미로웠다. 참가자들은 한 명도 빠짐없이 컨퍼런스 홀에 모여 발표 내용에 집중했다. 대부분은 반나체 상태로 앉아서 부채질을 해 댔다.

안나는 화장을 하지 않았다. 이렇게 더운 날씨에 무슨 화장이람? 컨퍼런스 참가자 중 90퍼센트가 남자였다. 대부분은 지식인에 경제적으로 안정적이며 신뢰가 가는 남자들이었다. 잘생긴 남자도 몇 명 있었다. 하긴 똑똑한 남자는 다 잘생겼다. 하지만 안나는 사방을 두리번거리지 않았다. 이제는 그와 그녀라는 삶에 관심이 없었다. 오로지 발표 주제인 죽상동맥경화증 치료에만 집중했다.

죽상동맥경화증은 이른 노화 때문에 발생하는데 몸의 일부가 녹스는 병이었다. 송수관이 노화되면 녹이 슬듯이 혈관이 녹스는 것이다. 혈관은 교체할 수 있지만 혈관 내벽을 청소하는 방법

은 아직 없었다. 이를 위해서는 시간을 되돌려야 한다. 옛날이야
기에서나 가능한 일이지만 현재로서 유일한 방법은 이 병을 앓는
사람이 과거로 돌아가는 것이었다. 한편 자기 민족을 광야로 인
도한 모세는 400세였다. 신빙성은 반반이다. 죽상동맥경화증이
정복될 경우 인간의 수명은 두 배 혹은 세 배까지 늘어날 것이다.
성경을 보면 사라는 이삭을 아흔 살에 낳았다. 성경의 저자들이
수치나 팩트를 헷갈렸을 가능성은 낮다. 죽상동맥경화증이 왔다
는 것은 노화가 진행되었다는 것을 의미한다. 인간의 정신은 노
화하는 법이 없다. 정신만은 영원히 아가씨이며 청년이다. 영원
히 소년이나 소녀로 남는 사람도 더러 있다. 보리스 파스테르나
크는 자기 나이를 만년 열네 살로 정했다. 그는 육십이 되어서도
마음만은 열네 살 소년이었다.

　안나의 나이는 과연 몇 살일까? 열여섯부터 아흔까지 종잡을
수가 없다. 어떤 때는 거북처럼 현명했다가도 가끔은 정말 쉬운
걸 이해하지 못했다. 그녀를 속이는 일은 식은 죽 먹기였다. 그녀
스스로가 원하기 때문이었다. 나는 속는 게 너무 좋아요.

　회의론자로 사는 것, 모든 것의 가치를 정확하게 파악하며 사
는 것은 지루하기 짝이 없는 삶이다. 어떤 변수도 없고 옷을 여러
벌 갈아입는 연극도 없는 단조로운 삶이다. 행복은 일시적이고
죽음은 피할 수 없다, 라는 식의 단조롭고 천편일률적인 삶이다.
세상은 거짓말쟁이로 넘쳐나고 죽음 앞에선 모두가 평등하다. 그
런데 우리가 아는 죽음이 사실은 죽음이 아니라면? 단지 다른 시
간으로 이동하는 것뿐이라면? 정말로 인간이 죽지 않는다면? 사

실 거짓말도 진실의 부재가 아니잖은가. 거짓말은 사실과 다른 진실 아닌가.

안나는 루스탐과 아침 8시에 만났다. 안나가 이때밖에 시간이 안 되기 때문이었다. 컨퍼런스는 특별한 상황이다. 프로그램이 아침부터 저녁까지 꽉 찬 데다 머릿속도 특정 프로그램에 맞춰져 있다. 게다가 처음 보는 루스탐과 약속을 정하는 것 역시 적잖은 노력이 필요했다. 안나가 그에게 할애할 수 있는 시간은 15분인데, 정확히 8시부터 8시 15분까지였다.

루스탐이 호텔 룸으로 들어왔다. 안나는 오마 샤리프와 비슷한 추남이라고 생각했다. 매력이 없는 건 아니지만 무언가 많이 모자라는 외모였다. 하지만 그의 매력이 무엇인지, 결점은 무엇인지 등을 분석하지 않았다. 그녀에게 주어진 시간은 15분밖에 없기 때문이었다. 안나는 초콜릿을 건넸다. 이걸로 그녀의 미션은 끝난 셈이었다. 루스탐은 선물을 받고 그대로 나갈 수도 있었지만 선물만 받고 나가기가 좀 민망했다.

"혹시 여기저기 타고 다닐 차가 필요한가요? 샤실릭을 먹고 싶다거나 과일과 채소를 사야 한다거나?" 루스탐이 말을 붙였다.

"감사합니다만 괜찮습니다. 차는 컨퍼런스 주최 측에서 준비해 주었습니다."

"아니, 어떻게?" 루스탐은 인상을 찌푸렸다.

"나는 심혈관계 전문의 컨퍼런스 참석 차 온 겁니다." 안나가 설명했다.

루스탐은 심혈관계 전문의라는 말에 바짝 긴장했다. 유감스럽게도 그는 이 전문 용어를 너무나 잘 알고 있었다.

"혹시 우리 아들 좀 봐 줄 수 있을까요?"

루스탐의 얼굴이 순식간에 홀쭉해졌다. 두 눈은 허기진 사람처럼 간절했다. 그에게 아들은 영원한 마음의 허기였다. 안나 앞에 갑자기 다른 사람이 서 있는 것 같았다.

"혹시 지금 병력이 있나요?" 안나가 관심을 보였다.

"필요한 서류는 모두 갖고 있습니다." 루스탐이 대답했다.

"아드님을 오늘 오후 12시까지 데리고 오세요." 안나가 명령조로 말했다. "점심 전에 평의회를 열어 보도록 하겠습니다. 컨퍼런스 중에 열도록 할 겁니다."

루스탐은 주머니에서 볼펜을 꺼내 모차르트 초콜릿 상자에 주소를 적었다. 초콜릿과 마리나는 안중에도 없었다. 그에게 과거는 전혀 무의미했다. 그의 운명이 결정되는 순간이었다. 이제 운명은 왼쪽으로 향할 수도 있고 오른쪽으로 갈 수도 있었다.

안나는 모든 것을 이해하고 불필요한 질문은 하지 않았다.

루스탐은 귀족처럼 약속한 시간에 나타났다. 진지해 보이는 잘생긴 아들과 함께였다. 소년의 준수한 외모는 남쪽 지방의 눈에 띄는 외모보다 차분했다. 회색 눈동자에 머리카락은 어두운 갈색이며, 입술이 파랗게 질린 걸로 보아 심장 쪽에 심각한 문제가 있음을 짐작할 수 있었다.

마닐라에서 온 소아 심혈관 질환 전문가와 모스크바에서 온 카르나우호프가 소년을 살펴보았다. 평의회가 열린 것이다. 소년을 살펴본 교수들은 각자 자기 생각을 말했는데 수술이 시급하다는 데는 의견이 일치했다. 시간은 아이에게 불리하게 흘러가고 있었다. 산소가 부족하여 다른 장기도 손상되기 시작하는 상황이었다. 5년 전만 하더라도 불치병으로 간주되었지만 지금은 치료할 수 있었다.

"수술 예약을 잡겠습니다. 모스크바로 오세요." 카르나우호프가 말했다.

"줄이 길까요?" 루스탐이 물었다.

"6개월 정도입니다."

"왜 그렇게 오래 기다려야 하죠?"

"환자는 넘쳐나는데 병원은 하나밖에 없기 때문이죠." 안나가 설명했다.

"어디가 나을까요? 미국이 나을까요, 아니면 여기가 나을까요?" 루스탐이 궁금해했다.

"미국은 수술비가 더 많이 들어요."

"얼마나 들죠?" 루스탐은 정확한 금액을 알고 싶었다.

안나는 그의 질문을 영어로 통역했다. 평의회에 참석한 컨퍼런스 참가자들이 그의 질문을 이해한다는 듯 고개를 끄덕이기 시작했다. 그리고 금액을 불렀다. 안나가 루스탐에게 통역해 주었다. 루스탐의 눈썹이 위로 올라가면서 표정이 바보 같아졌다. 그에게는 천문학적인 숫자라는 걸 충분히 가늠할 수 있었다.

"뭘 그렇게 놀라고 그래요? 수술은 고도의 기술을 요하는 작업이라 최고의 전문가만 할 수 있는 데다 굉장한 책임감이 필요한 일이기도 하니까요." 소년이 어른들의 대화에 끼어들었다.

안나는 그의 말을 영어로 통역해 주었다. 평의회 참석자들이 미소를 띠고 고개를 끄덕이기 시작했다. 그들은 이 비범한 소년이 마음에 들었고, 힘이 닿는 데까지 최선을 다해 도와주고 싶어졌다.

"너 책 읽는 거 좋아하니?" 카르나우호프가 물었다.

"당연하죠." 소년은 이상한 질문을 한다는 말투로 대답했다.

"지금은 무슨 책을 읽니?"

"레닌과 스탈린이 쓴 책이요."

"우리 집에 전집이 있어요. 아버지가 남긴 거죠. 아버지가 당원이었던 것 같습니다." 루스탐이 설명했다.

안나는 소년이 한창 역동적으로 활동할 나이에 다른 아이들처럼 놀지 못했다는 걸 짐작으로 깨달았다. 집에서 많은 시간을 보내다 보니 자연스레 책을 가까이한 것이다.

"재미있니?" 카르나우호프가 물었다.

"스탈린 전집은 재미없어요. 레닌은 불필요한 텍스트가 너무 많고요."

"군더더기가 없는 작가는 누군데?"

"푸슈킨이요. 푸슈킨은 생각을 표현하는 단어만 작품에 썼죠."

안나는 비소츠키의 말이 떠올랐다. "아픈 사람은 더 빨리 큰다." 자연은 누군가의 인생 프로그램이 짧다는 것을 알면 그 안에 잠재된 모든 능력을 서둘러서 표출해 내고 최대한 빨리 그가 가진 능력을 보여 주려고 노력한다는 것이다. 그런 이유로 환자들이 천재에 가깝게 똑똑한지도 모른다.

평의회는 끝났다. 안나는 배웅하고 작별 인사를 할 겸 그들과 함께 나갔다.

"마리나 이바노브나 씨한테는 뭐라고 전할까요?" 안나가 물었다.

"감사하다고요. 선생님을 만나게 해 줘서."

루스탐은 엉엉 울기 시작했다. 눈썹도 떨리고 입술도 떨렸다. 그의 인생에도 한밤중에 발견한 작은 등불 같은 희망이 생겼다. 이 희망을 만들어 준 사람은 어제까지만 해도 전혀 모르던 안나라는 여자였다. 루스탐은 그대로 서서 계속 울었다. 안나도 그가 안쓰러웠고 어느새 눈가가 촉촉해졌다.

한편 소년은 시선을 돌렸다. 멜로드라마에 출연하고 싶지 않았다. 인간의 나약함을 무시하는 강인한 초인이 되고 싶었다. 드라마 밖과 위에서 그들을 지켜보는 존재, 전지적 관찰자처럼. 소년은 모르긴 몰라도 니체의 책을 많이 읽은 게 분명했다.

안나는 모스크바로 돌아왔다. 마리나는 늘 하던 대로 큰길에 나와서 그녀를 기다렸다. 안나가 택시에서 내렸다. 트렁크와 선물 상자를 끄집어냈다. 아제르바이잔 사람들이 온갖 종류의 전통 기념품을 잔뜩 선물했다.

"어떻게 됐어요?" 마리나는 '안녕하세요!' 대신 물었다.

이 짧은 질문은 많은 의미를 담고 있었다. 루스탐은 만났어요?

초콜릿은 전해 주었나요? 그의 첫인상이 어땠어요? 그가 뭐라고 하던가요?

"잘생겼더군요." 안나가 한마디로 일축했다. 그를 만났고 초콜릿을 전달했다는 걸 의미했으며, 간략하게나마 그를 평가한 것이다. 그리고 덧붙였다. "아이도 잘생겼더라고요."

"아이라뇨?" 마리나는 알 수 없다는 듯 되물었다. 과거 어느 날 샤말에게도 같은 질문을 했다. 그때나 지금이나 그녀는 똑같은 표정을 지었다.

"루스탐의 아들 말이에요. 태어날 때부터 심장 질환을 앓는 아이요. 그들이 수술 받으러 모스크바로 올 거예요."

"아내랑 같이요?" 마리나가 풀이 죽은 채로 물었다.

"그건 잘 모르겠어요. 당연히 그러겠죠."

그들은 집 안으로 들어갔다. 식탁에는 고기 파이, 양배추 파이, 블루베리를 뿌린 파이가 놓여 있고, 가스레인지 위에는 직접 뽑은 국수를 넣은 손공이 많이 드는 수프가 올려져 있었다. 배고플 때 바로 먹을 수 있는 것이 행복 아닌가.

그들은 식탁 앞에 앉았다.

"그들을 누가 불렀죠?" 마리나가 입을 열었다.

"부르다뇨? 그들은 컨퍼런스에 초대받은 게 아니에요. 진단하려고 부른 거였어요."

"당신이 왜?"

"의사니까요. 루스탐이 부탁해서 도와준 것뿐이에요. 왜요, 내가 괜한 일을 한 건가요?"

마리나는 입술을 깨물었다. 안나는 자기 사람이었다. 그녀의
영역이기도 했다. 루스탐은 배신자 주제에 마리나의 영역을 침
범한 것이었다.

안나는 수프를 한 숟가락 떠서 입에 넣었다. 황홀해서 눈을 감
았다. 이 멋진 음식에 모든 사랑과 보살핌이 응축되어 있었다. 조
금은 내가 사는 모습 좀 봐요, 라며 자랑하고 싶었다.

"이건 수프가 아니야, 노래야." 안나가 확신에 차서 말했다.

"그가 뭐라고 하던가요?" 마리나가 물었다.

"누구 말이에요?"

마리나는 어이없어하며 상기시켰다. "루스탐이죠."

"아무 말 안 했어요. 미국에서 수술하면 얼마나 드느냐고 묻더
군요."

"나한테 뭐 전해 달라고 한 건 없었나요?"

"고맙다고 했어요."

안나는 '자기 덕분에'는 빼고 전달했다. 마리나가 들으면 기분
이 상할 수 있어서였다. 하긴 그냥 고맙다는 말도 그녀가 해 준 것
에 비하면 빈약하긴 했다. 마리나는 눈을 내리깔았다.

"서로 사랑했다면서 왜 결혼을 안 한 거죠?" 안나는 별 뜻 없
이 물었다.

"종교가 달라서요." 마리나는 짧게 대답했다.

그가 그녀를 버렸다고 말할 수는 없으니까. 쓸모없어진 벙어리
장갑처럼 던져 버린 거라고 말할 수는 없었다.

"그게 뭐라고요? 우리 병원 의사들은 종교가 다 달라요. 그런데

아내는 다 러시아 여자죠."

"유대인들인가요?" 마리나가 질문했다. "유대인은 영원한 난민이잖아요. 그들은 생존력이 뛰어나죠."

"흥미로운 생각이군요." 안나가 미소를 띠며 말했다.

그녀의 친구와 동료들은 사실상 난민과 거리가 멀었다. 오히려 삶의 주인 쪽에 가까웠다. 그중 악추린이라는 타타르인은 심혈관계 최고 권위자였다.

"아들은 어떻던가요?" 마리나가 조심스럽게 물었다.

"아주 훌륭하게 자랐더군요. 탐나더라고요."

나도 그런 아들을 낳았을 텐데. 하지만 나는 건강한 아들을 낳았을 거야. 보통 혼혈아는 더 우월하게 태어나니까. 여러 부위의 고기로 만든 커틀릿이 더 맛있듯이 말이야.

"아들이 루스탐을 닮았던가요?" 마리나가 계속 질문했다.

"훨씬 더 똑똑하던데요."

그 말은 그녀 눈에 루스탐은 조금 모자라 보인다는 뜻이었다. 안나는 알 수 없는 죄책감에 사로잡혔다. 그들은 블루베리를 곁들여 차를 마셨고, 여러 가지 감정으로 머릿속이 어지러웠다.

그때였다. 갑자기 현관문이 쾅 닫히더니 집 안에 가벼운 발소리가 들렸다.

"방금 누구죠?" 안나가 겁에 질린 목소리로 물었다.

"알랴예요." 마리나가 시무룩하게 대답했다.

"누구라고요?" 안나가 이해하지 못하겠다는 듯 다시 물었다.

"내 손녀요. 지난번에 말했잖아요……."

마리나는 늘 그랬듯이 남의 영역에서 자기가 하고 싶은 대로 했다. 하긴 그 나이에 왜 힘들게 자기 습관을 바꿔야 하는가? 아이가 신선한 공기 좀 마시고 좋은 음식 좀 먹는 게 어떻단 말인가? 게다가 이 집은 모든 것이 넘쳐났다. 어차피 다 먹지 못해서 절반은 개밥으로 주었다. 둘이서 아웅다웅하느니 이제 막 성장하는 작은 생명체에게 정성을 쏟는 것도 나쁘지 않을 듯싶었다. 꽃에 물을 주듯이 말이다.

안나는 파이 한 조각을 입에 넣더니 놀라서 그대로 몸이 굳어 버렸다.

상황은 이랬다. 안나가 집을 비우기 무섭게 알랴가 이 집에 나타났다. 마리나는 지나치게 독립적이고 자주적인 사람이었다. 그런데 자주적인 성향은 무례함과 경계선에 있었다. 게다가 그 경계라는 것이 아주 얇았다.

알랴는 안나가 파이를 입에 넣는 순간 익숙하게 냉장고 문을 열더니 요구르트를 꺼냈다. 그러고는 안락의자에 앉아서 다리를 걸치고 TV를 켰다. TV에서는 멍청한 게임 같은 걸 보여 주었다. 멍청한 말이 방 안을 가득 채웠다. 알랴가 소리 내어 웃었다.

"TV 꺼." 안나가 명령했다.

"2층으로 올라가지 그래요. 그럼 안 들릴 텐데." 알랴가 말대답을 했다.

"네가 2층으로 가! 거기에도 TV가 있잖아!" 마리나가 언성을 높였다.

"거기 건 작단 말이에요." 알랴는 고집을 피우다 물러났다.

안나는 문득 깨달은 사실로 인해 그 자리에서 몸이 빳빳하게 굳었다. 사람들은 자기를 사랑하지 않는다. 유정에서 석유를 뽑아내듯이 그녀를 흔들어 댄다. 페라폰트를 비롯해서 카르나우호프와 군부대만큼 많은 환자들이 그녀를 흔들어 댔다. 마리나는 평범한 러시아 사람이고, 자기를 가엾게 생각해서 잘 돌봐 줄 거라 생각했다. 하지만 꿈은 산산조각이 났고 진실과 마주했다(러시아 작가 알렉산드르 그리보예도프의 희곡 《지혜의 슬픔》에서 주인공 차츠키의 대사-옮긴이). 차츠키처럼 말이다.

안나는 접시를 옆으로 밀어 놓고 침실이 있는 2층으로 올라갔다. TV 소리가 굉장히 컸다.

"1층으로 가." 안나는 알랴에게 명령조로 말했다.

"또 시작이네. 올라가라고 할 땐 언제고……." 알랴가 볼멘소리로 웅얼거렸다. 그래도 TV는 껐다. 알랴는 힘이 좀 들어도 말은 듣는 편이었다.

마리나는 아래층에서 차분하게 앉아 있었다. 그녀는 긴장하면 오히려 차분한 표정을 지었다. 방어 본능인 셈이었다. 그녀는 안나의 심기를 건드려 봤자 좋을 게 없다는 걸 알고 있었다. 안나가 화를 못 참아 집에서 나가라고 하면 노숙자 신세를 면치 못할 터였다. 알랴는 어미한테 보내고 자기는 기차역으로 가면 된다. 앉아서 기차가 들어오는 걸 보고 있을 것이다.

알랴는 순순히 아래층으로 내려갔다. 위기는 넘긴 것 같았다. 물론 확신할 수는 없었다. 내일 쫓아낼지도 모르는 일이었다. 하지만 내일 일은 내일 생각하면 된다. 지금은 손녀에게 밥을 줘야 한다. 마리나는 손녀를 식탁에 앉히고 가장 맛있는 걸 접시에 담아 주었다. 알랴는 아주 맛있게 먹었고, 마리나는 맞은편에 앉아서 아이가 음식을 삼킬 때마다 축복해 주었다.

안나는 침대에 누웠지만 한참 동안 잠들지 못하고 뒤척였다. 할아버지가 전쟁 때 집 없는 아이를 데려온 이야기가 떠올랐다. 할아버지와 할머니는 그 아이에게 먹을 것을 주고 몸을 씻기고 옷을 주었다. 그런데 그 아이는 다음 날 친구들을 데려와 집에 있는 걸 훔쳐 갔다. 아이는 할아버지와 할머니의 호의를 나약함으로 받아들인 것이다.

마리나도 다르지 않았다. 그녀는 살아남기 위해 수단과 방법을 가리지 않았다. 구덩이에서 위로 올라가며 손녀까지 꺼내고 있었다. 예의 같은 걸 지킬 여유조차 없었다. 구덩이에 빠져서 위로 기어 올라가는 사람에게 양심이나 명예 따위는 없다. 위로 올라갈 생각만 하는 것이다. 안나는 모두를 이해했다. 하지만 그녀를 이해하고 싶어 하는 사람은 아무도 없었다. 유전에서 석유를 시추하듯 사람들은 그녀를 이용할 뿐이었다. 하지만 유전이 있는데 사용하지 않을 이유도 없지 않은가 싶기도 했다. 버려진 시추 구멍보다 더 슬픈 광경은 없으니까.

화요일이었다. 안나는 수술이 있는 날이라 화요일을 기억했다. 안나는 지친 몸을 이끌고 집에 돌아왔다. 알랴는 TV 앞에 앉아서 만화영화를 보고 있었다. 안나는 저녁을 먹고 침실로 올라갔다. 잠시 책을 읽다가 평상시보다 일찍 자고 싶었다.

침실은 평상시와 똑같았다. 침실에 걸려 있는 그림의 명문가 아씨들 얼굴에 콧수염을 그려 넣은 것만 빼고 말이다. 알랴가 그녀의 허락도 없이 침실에 들어와서 자기 마음대로 놀았다는 걸 의미했다.

안나는 아래층으로 내려가서 마리나에게 올라오라고 부탁했다. 마리나는 올라가서 자세히 살펴봤지만 평상시와 다른 점을 찾아내지 못했다. 게다가 아이들은 원래 호기심도 많고 알고 싶은 것도 많은 법이다. 그런 식으로 세상을 알아 간다.

안나는 머리가 아팠다. 혈압이 올라갔다. 속이 메슥거렸다. 침대에 앉아서 약을 갖다 달라고 부탁했다.

"왜 그래요? 이것 때문에 그런 거예요? 내가 닦아서 없앨게요." 마리나가 놀란 목소리로 말했다.

"마리나……." 안나가 기어 들어가는 목소리로 말했다. "손녀를 자기 집에 데려다 줘요. 내 눈에 안 보이게 해 줘요, 알아들어요?"

마리나는 방에서 나갔다. 알랴는 장난이 심한 새끼 고양이처럼 앉아서 TV를 보고 있었다.

"미친년." 마리나가 손녀를 향해 거칠게 쏘아붙였다. "넌 왜 남의 방에 허락도 없이 들어간 거야? 여기가 네 집이야?"

알랴는 입술을 실룩거리면서 울려고 했다. 고통으로 얼굴이 일그러졌다. 마리나는 손녀에게 계속 화를 낼 수가 없었다. 하지만 안나한테는 분이 가라앉지 않았다.

마리나는 알랴의 짐을 챙기면서 생각했다. '돈만 많은 인색한 여편네 같으니라고.' 지금 당장 갈 데만 있으면 알랴와 함께 영원히 사라졌을 것이다.

마리나는 스포츠 가방을 챙겨서 알랴의 손을 잡고 집을 나섰다. 갈 길이 멀었다. 먼저 도로까지 걸어갔다. 그리고 늘 사람들로 북적이는 버스를 탔다. 다음은 지하철이었다. 지하철에서 알랴는 할머니의 한쪽 어깨에 고개를 기댄 채 잠이 들었다. 마리나는 아이의 정수리를 쳐다보았다. 머리카락이 얼마나 새카만지 정수리가 하늘색으로 보일 정도였다. 목까지 사랑이 차올랐다. 그 순간 어떻게 알랴 같은 아이를 미워할 수 있는지 이해하지 못했다.

조금 있으면 스네자나의 집에 도착할 거고 알랴를 잠자리에 눌 것이다. 아침이 밝자마자 집 근처에서 돈 되는 일이라면 경비 자리라도 구해 보리라 마음먹었다. 가족 옆에서 살 수만 있다면 푼돈을 받는다 해도 상관없었다.

스네자나가 문을 열었다. 순간 강렬한 고양이 오줌 냄새가 마리나를 덮쳤다.

"이게 무슨 냄새야." 마리나는 "잘들 있었어?"라는 인사 대신 인상을 찌푸리며 물었다.

고양이 사라가 알랴를 따라 방에서 나와 부엌으로 갔다. 고양이는 이마부터 턱까지 하얀 줄이 있는데, 이 줄이 얼굴을 삐뚤빼뚤하게 두 부분으로 나눠서 고양이 얼굴이 비대칭으로 보였다.

"어디서 이렇게 못생긴 걸?" 마리나가 고양이를 보고 한마디 했다.

"못생겼다뇨. 얼마나 예쁜데요." 알랴가 할머니의 말에 반박하며 고양이에게 달려들어 앞발을 잡아 안고는 얼굴에 뽀뽀를 해 댔다.

알랴는 집이 너무 그리웠고, 집에 온 것이 너무 좋은 모양이었다. 어린아이들은 어디에 살든 좋은 것 같았다. 부잣집과 가난한 집의 차이점을 모르는 듯했다. 즐겁다와 지루하다의 차이만 있을 뿐이었다.

부엌에서는 올렉이 저녁을 먹고 있었다. 방금 퇴근하고 온 것 같았다. 마리나는 일이 많은 모양이라고 생각했다. 올렉은 인사하러 나오지 않았다. 무언가를 골똘히 생각하며 먹느라 부엌 밖에서 일어나는 일은 본인과 무관한 것처럼 행동했다.

"엄마 들어올래요?" 스네자나가 물었다.

그녀는 "자고 갈래요?"라고 하지 않았다. 물론 그럴 수도 없는 상황이었다. 질문의 핵심은 '잠깐이라도 들어올래요, 아니면 바로 갈래요?'였다.

"집에 갈게. 너무 늦었어." 마리나가 대답했다.

마리나는 아무 생각 없이 말했다가 '집에'라는 말에 깜짝 놀랐다. 그녀는 안나의 집에 익숙해졌고, 그 집을 자기 집이라고 느꼈다. 그 집을 청소했으며 구석구석 방 하나하나를 샅샅이 알고 있었다. 깨끗하고 친환경적이고 고급스러운 집이었다. 오래된 나무 냄새도 나고 창가에는 생화도 있었다.

안나는 누워서 천장을 바라보았다. 마리나가 어서 돌아왔으면 했다. 남이고 떠돌이나마 기대고 싶었다. 하지만 남은 결국 남이다. 핏줄만이 힘들 때 도움의 손길을 뻗을 수 있다. 피는 물보다 진하니까.

모스크바로 돌아가는 건 어떨까? 페라폰트와 함께 사는 건 어떨까? 그를 돌봐 주면서 살면 어떨까? 화목하지 않은 가족이라도 없는 것보다는 낫지 않을까? 심리학자들이 검증한 사실이다.

안나는 일어나서 모스크바 집 전화번호를 눌렀다.

페라폰트의 차분하고 지적인 목소리가 수화기 너머에서 들려왔다. "네, 여보세요."

"나예요. 요즘 어떻게 지내요?"

"별일 없어……." 페라폰트는 조금 당황한 목소리로 대답했다.

"요즘 뭐 먹고 살아요?"

"사르델카(짧고 통통한 소시지-옮긴이) 먹어."

"전채 요리는 뭘 먹어요?"

"인스턴트 수프."

"내가 가서 맛있는 것 좀 만들어 줄까요?" 안나가 제안했다.

"어…… 뭐 하러?" 페라폰트가 슬픈 목소리로 물었다.

그 순간 안나는 사랑의 충만함을 느꼈다. "나 그냥 모스크바로 이사 갈까요?"

"글쎄…… 마음대로 해……."

그때 에너지 넘치는 여자의 목소리가 페라폰트의 고요한 아파트 공기를 가르는 게 느껴졌다.

"그렇게 하든지. 아무튼 난 잘게." 페라폰트는 이렇게 말하고 전화를 끊었다.

안나는 멍하니 앞을 응시했다. 목소리가 왜 이래? 여자랑 같이 있는 거야 뭐야? 아니면 TV를 보는 건가?

안나는 서재로 가서 TV를 켰다. 입도 크고 몸매도 예쁜 여자가 열정적으로 일기 예보를 하고 있었다. 그녀는 태풍과 고기압권에 대해 이야기했다.

안나는 양팔을 축 늘어뜨린 채 서 있었다. 정말로 여자랑 같이 있는 거면 어쩌지? 그러면 돌아갈 곳이 없어진다. 그녀는 눈 속에 갇힌 텅 빈 집에서 혼자 살아갈 것이다. '마리나라도 어서 돌아와 주면 좋으련만.' 안나는 간절히 기도했다.

그녀는 누워서 잠을 청하려고 해 봤다. 하지만 뇌 속에 있는 전력 배선이 망가져 버렸다. 생각은 짧아지고 끊어졌으며 머릿속에서 뱅뱅 돌 뿐이었다. 그녀는 이런 상황이 끝도 없이 이어질 것만 같았다. 그리고 새벽 2시쯤 문 소리가 크게 났다. 안나는 마리나가 왔다는 걸 깨달았고, 기뻤다. 마음이 편안해졌다. 눈을 감고 강물 깊은 곳의 소용돌이에 빨려 들어가듯 깊은 수면에 빠졌다. 불안하고 괴로운 불면증 후에 근심걱정 없는 잠에 빠져든다는 것은 얼마나 행복한 일인가.

봄이 왔다. 태양이 대지의 수분을 말렸다. 마리나는 작년에 떨어진 잿빛 나뭇잎을 쓸어 모아 불태워 버렸다. 자욱한 연기가 굴뚝에서 나오듯이 수직으로 올라갔다.

전화벨이 울렸다. 마리나는 전화를 안 받기로 결심했다. 어차피 늘 안나를 찾는 전화였다. "집에 없습니다."라고 말하는 것과 전화를 받지 않는 건 결과적으로 같으니까. 몇 번 전화해서 안 받으면 집에 아무도 없겠거니 하고 수화기를 내려놓을 터였다. 마리나는 계속해서 나뭇잎을 갈퀴로 쓸어 한곳에 모았다. 그런데 전화벨이 고집스러우면서도 뭔가 경쾌하게 계속 울려 댔다. 안받을 수가 없을 정도였다.

마리나는 갈퀴를 나무에 세워 두고 집 안으로 들어갔다.

"여보세요!" 마리나가 볼멘소리로 전화를 받았다.

"쟈말 좀 바꿔 주세요!" 상대방이 큰 소리로 말했다.

안나는 이 목소리를 1000명 중에서 가려내라고 해도 구별할 수 있을 것 같았다.

"이번엔 또 어떤 쟈말이죠? 당신 어딘데요?" 마리나가 헐떡거리며 말했다.

"난 지금 모스크바에 있어! 의사가 불러서. 저기, 수술비가 모자라서 그러는데, 부탁할 데가 없어서."

"얼만데요?" 마리나가 소리 질렀다.

"두 장."

"루블?"

"루블은 무슨, 달러지."

"뭐야, 돈도 없이 온 거라고?" 마리나가 놀라서 물었다.

"그들이 미국은 비싼데 국내에서는 무료로 해 준다고 해서. 나는 그래서 무료로 해 주는 줄 알았거든."

"언제 필요한데요?"

"오늘……. 5시까지 돈을 수납해야 해."

"와요, 이리로."

마리나는 길게 생각하지도 않았다. 생각보다 말이 앞서 나갔다. 위에서 계시라도 받은 것 같았다.

"와요!" 마리나는 한 번 더 말했다.

"어디로 오라는 거야. 난 여기 초행길이야. 지하철역으로 당신이 와. 내가 기다릴 테니까."

"알았어요! 그럼 벨로루스카야역 근저에 서 있어요. 내가 1시에서 2시 사이에 갈게요."

"내가 당신을 어떻게 알아보지?" 루스탐이 소리 질렀다.

"목에 도트 무늬 목도리를 두를 거예요. 내가 당신 마음에 안 들 경우 그냥 지나가면 돼요."

루스탐은 이상하게도 반응이 없었다. 마리나는 그가 울고 있을 거라 짐작했다. 그녀에게 그런 부탁을 하는 자신이 창피해서 울고 있으리라. 그리고 자신의 부탁을 거절하지 않은 게 고마워서 울고 있으리라. 그녀는 과거를 외면하지 않았다. 그는 정말로 부탁할 곳이 없었다.

마리나는 정류장까지 뛰어가서 버스를 탔다. 사람들이 그녀를 밀고 누르고 밀착했다. 몇몇 집시가 그녀의 옆구리를 찌르기도 했다.

마리나는 버스에서 내리자마자 지하철역으로 달려갔다. 그리고 그제야 가방이 찢긴 것을 발견했다. 마리나는 떨리는 손으로 지퍼를 열고 가방을 활짝 펼쳤다. 지갑이 없었다. 8개월 동안 열심히 모은 2000달러가 남의 주머니로 들어가 버렸다. '안녕히 계세요, 마리나 이바노브나 씨'라는 말을 남기고서. 볼이 통통한 20명의 벤자민 프랭클린이 그녀에게 손을 흔들며 말하는 것 같았다. 굿바이, 마이 라이프, 굿 바이……. 정말로 눈앞이 흐릿해졌다. 초록색 얼룩이 아른거렸다. 그녀가 그 순간 겪은 감정은 억울함, 악의, 미움, 절망…… 무엇보다 허망함이 섞인 칵테일과 비슷했다. 이제 어쩐단 말인가? 벨로루스카야역으로 가서 그에게 돈이 없다고 말해야 했다. 도둑맞았다고 말이다. 그런데 돈이 없다면 그를 만나러 갈 이유가 없다. 루스탐은 자신의 모든 것이 달려있는 돈을 기다리고 있다. 그에게 돈은 돈 그 이상이었다.

마리나는 지나가던 차를 세웠다.

"어디로 갈까요?" 나이가 좀 있어 보이는 남자가 물었다.

"왕복이요." 마리나가 대답했다.

남자는 구체적으로 어디에서 오는지 물으려다 그녀의 얼굴을 보고는 말했다. "타요."

마리나는 집 안으로 뛰어 들어가서 책상으로 달려들었다. 윗서랍에는 호박 목걸이가 잔뜩 있었다. 그 밑에 봉투가 있었고, 봉투 안에는 달러 꾸러미가 있었다. 순진한 안나는 이런 식으로 돈을 숨길 수 있다고 믿었다. 이렇게 하면 못 찾을 거라 생각했다. 도둑이 와서 서랍을 뒤졌는데, 목걸이는 보고 봉투는 못 볼 거라 생각한 것이다.

마리나는 오래전부터 이 봉투를 알고 있었다. 심지어 돈이 얼마나 들어 있는지도 알았다. 6000달러였다. 요즘 사람들 표현대로 여섯 장이었다. 그중에서 두 장만 빼고 나머지는 원래 있던 대로 넣어 둔 다음 그 위에 묵직한 목걸이를 얹어 놓았다.

마리나는 지금 자신이 무슨 짓을 하는지 몰랐다. 지금 중요한 건 오늘 이 돈이 루스탐의 손에 들어가야 한다는 거였다. 나머지는 어떻게 되든 상관없었다. 마리나는 그러는 자신이 낯설었다. 어쩌면 원래 자기 모습을 애초에 몰랐는지도 모른다. 자신이 루스탐을 용서하지 않은 줄 알았다. 머릿속으로나마 그에 대한 원망과 질책을 가차없이 퍼부어 댔다. 채찍으로 내리치듯이 온갖 종류의 잔인한 말로 그를 가격했다. 미움에서 시작된 이 모든 질책이 사실은 사랑의 또 다른 모습이었던 것이다. 삐딱한 낯짝을 가진 사랑이라고나 할까. 묘한 일이었다.

마리나를 태워 준 차는 대문 밖에서 기다리다 벨로루스카야역 바로 앞에서 내려 주었다. 그러고는 무려 500루블이나 요구했다. 어제까지만 하더라도 천문학적인 금액이었지만 오늘은 아무래도 상관이 없었다.

루스탐은 몸이 심하게 불어나서 배가 벨트 위에 걸려 있었다. 가죽 점퍼도 그에게 작아 보였다. 마리나는 그 점퍼를 기억했다. 어림 잡아도 15년은 입었을 것이다. 점퍼 살 돈도 없이 쪼들리며 산다는 뜻이었다.

마리나는 함께 일하던 경찰들이 개인 경비원으로 취직하면서 뿔뿔이 흩어졌다는 걸 알고 있었다. 하지만 루스탐은 경비원으로 일하기엔 나이가 너무 많아 이직도 못 하고 여전히 경찰서에서 일했다. 그것도 푼돈을 받고 말이다.

루스탐은 마리나를 쳐다보았다. 그녀에게서 과거에 있던 무언가가 사라졌다. 다름 아닌 젊음의 눈부심이었다. 대신 희미하나마 슬라브인 특유의 선이나 파란 눈은 여전했다. 루스탐은 서서히 그녀에게 익숙해지고 있었다. 삶은 그들을 찌그러뜨리는가 하면 포옹도 하고 버스에서 만난 집시들처럼 소중한 것을 훔쳐 달아났다. 하지만 그들은 살아 있고 아픈 데도 없으며 몸 안에는 마트료시카처럼 옛 모습이 숨겨져 있었다.

"저기, 나 이제 사람 이름을 잊어버린다. 아는 사람들 이름이 기억나지 않는 거야. 그런데 신기하게도 당신이 10년 전 금요일에 한 말은 토씨 하나 안 틀리고 기억해. 당신은 내 삶에서 가장 중요하고 유일한 사랑이니까."

마리나는 잠시 침묵하다 입을 열었다. "그래서?"

"그냥, 그러니까 그렇다고."

그냥, 그렇다고. 이 과거는 현재로 가져올 수 없다. 마리나는 자신의 삶에 그를 불러들일 수 없다. 그녀에게는 그를 불러들일 자신의 삶이라는 것 자체가 없기 때문이다. 그 역시 그녀를 데려갈 수 없다. 그럴 만한 사정이 있기 때문이다.

그들에게는 현재와 미래가 없다. 하지만 그토록 요란했고 딱정벌레가 그들 사랑의 전선에 닿아서 감전되던 과거는 이제 두 사람의 과거로만 남아 있다. 그런데 과거도 삶의 일부다.

마리나는 그에게 돈을 내밀었다.

루스탐은 돈꾸러미를 루블처럼 반으로 접어서는 사연 많은 점퍼 안주머니에 숨겼다.

"언제 갚을 수 있을지 모르겠어." 루스탐이 솔직하게 말했다.

이렇게 해서 그녀의 두 번째 집은 뒤로 한 발자국 가더니 옆길로 새어 버렸다. 이 발자국의 이름은 '누구든 행복할 수만 있다면'이었다. 하지만 집과 거주 등록과 연금보다 훨씬 더 중요한 것이 있었다.

"당신 어디 가지 말고 그대로 있어, 알았지?" 루스탐이 갑자기부탁했다. "당신한테 돌아갈게."

"언제요?"

"솔직히 나도 잘 모르겠어."

"하긴 그 말이 맞네." 마리나는 피식 웃었다. 과거에 그는 거짓말을 입에 달고 살았다.

마리나는 돌아가려고 지하철을 탔다. 다음은 버스로 갈아탔다. 버스를 내려서는 걸어갔다. 집이 아닌 숲으로 발길을 돌려서 예전에 본 개미집 쪽으로 향했다. 그리고 쓰러진 나무 위에 앉았다.

어떤 쓰레기 같은 인간이 개미집에 지팡이를 꽂아 놓아서 개미들이 세 배 더 힘을 쓰며 분주하게 움직였다. 그렇게 망가진 자신들의 집을 다시 세우고 있었다.

마리나는 앉아서 개미들을 자세히 살펴보았다. 개미들은 모두 자기 힘 닿는 한, 혹은 힘에 부치는 양의 흙을 실어 나르고 있었다. 등에 무거운 달걀을 이고서 일렬로 가고 있었다. 개미는 무거운 짐에 눌렸다가도 계속 끌고 갔다. 가는 도중에 발에 걸려 넘어지기도 하고 멈췄다 가기도 했다. 아마 멈춘 그 순간에는 이마에 맺힌 땀을 닦았는지도 모른다.

마리나는 문득 사람들이 사는 이 지구 역시 개미집 같다는 생각이 들었다. 그녀는 다른 개미들 틈에서 들기 힘든 짐을 끌고 가는 것이다. 누군가 쓰러진 나무에 앉아서 그런 그녀를 바라보는지도 모른다는 생각이 들었다.

첫 번째 시도

Первая попытка

첫 번째 수첩이 전쟁 후의 캄무날카처럼 메모로 가득 찼다. 그 중 몇 장은 없어지기도 했다. K라는 글자가 있는 부분은 물이 묻어서 글자와 숫자가 전부 사라져 버렸다. 수첩에 있는 내용을 새 수첩에 옮겨 적다 보면 자연스레 과거가 정리되는데, 그 가운데 누군가는 앞으로도 계속 관계를 이어 가고, 누군가는 기억 깊은 곳에 보관해 두었다가 필요할 때 꺼내 쓰면 되는 것이다.

화창한 날 새 수첩에 헌 수첩의 정보를 옮겨 적을 요량으로 책상 앞에 앉았다. 수첩은 이름과 전화번호라는 코드로 이루어진 삶의 암호 같다.

물론 과거의 삶과 헤어지는 게 쉬운 일은 아니다. 하지만 언젠가는 해야 할 일이다. 이야깃거리를 거머쥔 '시간'이 강요하기 때문이다.

첫 페이지를 펼친다. 글자 A, 알렉산드로바 마라.

그녀의 원래 이름은 마를라였다. 사람들은 자기 이름에 책임을 지지 않는다. 이름은 그냥 주어질 뿐이다. 어머니가 그녀를 임신했을 때 동물원을 걷다가 우연히 암컷 호랑이 우리에 적힌 '마를라'라는 이름에 꽂혔던 것이다. 암컷 호랑이는 젊고 유연하지만 아직 우리 안의 삶에 길들여지지 않은 상태였다. 자세한 이유는 알 수 없지만 그 암컷 호랑이와 묘하게도 잘 어울리는 이름이었다. 그녀의 낭만주의자 어머니는 아이가 세상에 태어나면 반드시 이 이름을 붙여 주리라 마음먹었다. 만약 사내아이가 태어나면 마를렌이라고 부를 참이었다. 다행히 여자아이가 태어났다. 발음하기 불편하고 러시아인의 귀에 익숙하지도 않은 글자 'L'은 아이가 태어난 지 얼마 안 되어 떨어져 나가고, 탁아소에 다닐 무렵부터 그녀의 이름은 마라였다. 마를라 페트로브나는 여권에만 남은 이름이 되었다.

마라의 아버지 표트르는 전쟁이 발발하고 3년째 되는 해 살해당했다. 당시 그녀는 어머니와 함께 시베리아의 시골에서 피난살이를 하고 있었다. 그 시절에 대한 기억이라곤 창밖으로 보이는 커다란 베이지색 말 엉덩이밖에 없었다. 이따금 그들이 사는 집에 경찰관이 말을 타고 찾아왔는데, 어머니가 그의 셔츠에 자수를 놓아 주곤 했다. 그 사람 말고도 빨간 머리 의사가 있었다. 어머니는 그의 셔츠에도 자수를 놓아 주었다. 그 무렵 마라는 병치레가 잦았고, 그때마다 의사가 와서 치료해 주곤 했다.

어머니는 침대에 누워 있는 마라 쪽으로 몸을 숙여서 부탁했다. "내 손 좀 풀어 줘."

마라는 어머니가 원하는 게 뭔지 이해하지 못했다. 손은 결박되지 않았고 공중에서 자유롭게 움직였기 때문이다.

얼마 후 전쟁이 끝났다. 마라도 어머니와 함께 레닌그라드로 돌아갔다. 그 무렵 포로로 잡힌 독일인들이 기억에 남는데, 그들은 사우나실 공사장에서 일했다. 아이들은 그들에게 다가가서 말 없이 작업하는 모습을 지켜보았다. 독일인들도 사람의 얼굴을 하고 있었다. 그들도 똑같은 사람이었다. 동그란 얼굴에 동그란 안경을 쓴 독일인 포로는 툭하면 울었다. 마라는 그에게 빵과 게살 통조림을 갖다 주었다.

전쟁이 끝나자 이런 통조림이 가게 진열대에 피라미드처럼 쌓여 있었다. 하지만 지금은 흔적도 보이지 않는다. 그 많은 통조림이 어디로 사라진 걸까? 게들이 다른 해변으로 가 버려서 없어졌을지도 모른다. 지금 말고 그 당시에 말이다. 마라는 학교에 다녔고 합창단에서 노래를 불렀다.

스탈린은 우리의 전쟁 영웅
스탈린은 우리 젊음의 비행
노래하고 투쟁하고 이기며
우리 민족은 스탈린을 따른다네

어머니는 자기 삶을 살아내기에도 바빴다. 어느덧 서른 살이 되었다. 여자 나이 서른이면 남편이 필요한데 아무 남자가 아니라 사랑하는 사람이 필요한 법이다. 그런 남자를 찾아내는 건 한 사람을 완전히 잠식해 버릴 정도로 많은 시간과 노력이 필요한 일이다.

마라는 일찍부터 자립심을 키웠다. 한번은 영화 티켓을 사려고 줄을 서 있었다. 하지만 5코페이카가 모자라서 티켓을 사지 못했다. 영화는 이미 시작되었다. 마라는 엉엉 소리 내어 울면서 집으로 뛰어갔다. 지나가던 행인들이 그녀의 요란스러운 절망에 깜짝 놀라서 발길을 멈추곤 했다.

슬픈 일만 일어난 것은 아니었다. 한번은 피오네르 캠프(구소련에서 운영한 청소년 캠프-옮긴이)에서 간부로 선출되었다. 그녀는 아래쪽에 두 줄을 긋고 위쪽에 별 하나를 그려 넣은 완장을 두르고 다녔다. 그녀가 계급이 높은 간부임을 의미했다. 그녀를 추종하는 아이도 생겼다. 그때 난생처음으로 권력의 맛을 보았다. 이보다 더 달콤한 건 없을 것만 같았다.

마라의 집에는 쥐가 끊이지 않았다. 어머니는 쥐덫으로 쥐를 잡아서는 그대로 물을 채운 양동이에 넣어 익사시켰다. 마라는 쥐덫 안에서 인정사정없이 밀려드는 물을 피해 목숨을 부지하려고 발버둥 치던, 온몸이 젖은 쥐의 분홍색 발가락이 달린 발을 잊을 수가 없었다. 어리석은 어머니 때문에 끔찍한 이 광경에 고스란히 노출된 것이다.

마라의 성적은 늘 중간을 유지했지만 모범생들과 어울렸다. 모범생들과 가까이 지내며 긍정적인 영향을 받았다. 그녀는 그렇게 권력 콤플렉스를 해소해 갔다. 모범생들은 그녀와 흔쾌히 어울리는 데 그치는 것이 아니라 서로가 그녀의 마음을 차지하려고 안달이 났다.

1953년 봄 스탈린이 죽었다. 라디오에서는 아침부터 밤까지 훌륭한 애도 음악이 나왔다. 학교에 오더라도 공부를 안 해서 아이들은 신이 났다. 온종일 놀다 가기 일쑤였다. 하지만 선생님들은 진심으로 그의 죽음을 슬퍼했다.

마라는 리트카 노시코바와 함께 서기장의 장례식에 참석하고 싶었지만 어머니가 모스크바까지 가는 차비를 주지 않았다. 돈을 떠나서 가는 것 자체를 반대했다. 마라는 장례식날 리트카 노시코바랑 전차에 뛰어 들어간 일을 지금도 기억했다. 사람들은 눈앞에 관이 놓여 있는 것처럼 상념에 빠진 채 우울한 표정으로 앉아 있었다. 하지만 리트카와 마라는 소금에 절인 토마토를 먹으며 키득키득 웃었다. 사람의 심리란 게 이상하게도 웃으면 안 되는 순간에 더 웃고 싶어지는 법이다.

슬픔에 젖은 사람들은 어떻게 이런 날 먹고 웃을 수 있는지 이해하기 어렵다는 듯 두 아이를 쳐다보았다. 이렇듯 눈부시게 아름다운 봄날에 그토록 진지한 그들을 이해하지 못하기는 두 아이도 마찬가지였다.

그 나이 때는 시간이 길게 늘어지는 것 같다가도 재빨리 지나가곤 한다. 마라는 무럭무럭 자라서 어느덧 성인이 되었다. 그리고 돔 오피체로프(국방부 산하의 장교를 위한 문화 공연 시설-옮긴이)에서 젠카 스몰린 기자를 만난다. 그가 먼저 왈츠를 추자고 권유했다. 두 사람은 홀을 빙글빙글 돌았다. 원피스가 바람에 흩날렸다. 원심력이 두 사람을 서로 밀어냈지만 그들은 젊고 힘찬 팔로 단단히 붙잡고 상대방에게서 눈을 떼지 않았다. 그대로 미쳐 버릴 것만 같았다.

그녀는 열여덟 살에 그와 결혼했다. 결혼은 일사천리로 진행되었고 그들은 눈 깜짝할 사이에 부부가 되었다. 그들은 작스에서 혼인 신고를 마치기 무섭게 다퉜고, 다음 날 아침, 낮, 밤 그리고 새벽까지 계속 싸움을 이어 갔다. 그들의 삶은 부부싸움의 연속이었고, 열정적으로 싸운 만큼 또 열정적으로 화해하곤 했다. 부부싸움과 화해로 이루어진 삶이었다. 주도권을 쥐기 위한 쟁탈전이 끊이지 않았던 것이다.

뱃속에 아이가 생겼지만 싸움의 결과인지, 포옹의 결과인지 마라 자신도 알 수 없었다. 5개월까지는 배가 커지더니 그 이후엔 갑자기 줄어드는 것 같았다. 태아가 특정 개월수까지 살다가 다시 작아지면서 죽는 병리학적 임신 기간이 존재하는데, 바로 그런 경우였다. 어머니를 감염의 위험에서 보호하기 위해 인체가 태아에게 석회질 비료를 주는 셈이었다. 태아는 사실상 기한을 다 채운 9개월 후에 나오는데, 몸도 아주 작고 죽은 상태에서 자신의 사르코파구스(시체를 수용하는 상자 모양의 물건이나 관-옮긴이) 안에 들어간 모양으로 태어나는 것이다. 세상에는 정말 다양한 일이 일어난다. 그런 일이 마라에게 일어나지 말라는 법은 없었다. 의사들은 원인을 밝히려고 노력했지만, 마라는 그들의 사랑이 완벽한 결실을 맺지 못한 채 쇠퇴하기 시작했으며, 결국 죽음에 이른 거라고 받아들였다.

마라는 퇴원하고 남쪽 바다로 떠났다. 짜디짜고 탄성이 있는 바닷물에 들어가서 과거의 아픔을 씻어 낸 뒤 눈을 감은 채 바닷가에 누워 있고 싶었다. 그렇게 잠시나마 혼자 있고 싶었다. 그렇게 혼자 쉬고 싶었다.

그런데 조용하고 말수도 적은 디마 팔라트니코프가 다가와서 시중을 들어 주었다. 그녀는 그를 디미치카라고 불렀다. 디미치카는 말수는 적었지만 영리한 개가 그렇듯 그녀가 하는 말을 다 이해했다. 그리고 대부분의 충견이 그렇듯 충성심과 온기가 느껴졌다. 말을 안 하는 이유는 둘 중 하나인데, 정말 똑똑하거나 정말 멍청하기 때문이다.

마라는 디미치카의 경우 둘 중 어느 쪽인지 알아내려고 애썼다. 그는 이따금씩 자기 생각이나 관찰한 걸 말하기도 했는데, 꼭 해야 할 말은 아니지만 어리석은 말도 아니었다. 디미치카는 무언가 마음에 안 들면 두 눈을 감았는데, 보기도 싫고 듣고 싶지도 않다는 의미였다. 어렸을 때부터 생긴 습관 같았다. 잠시 후 눈을 떠도 얼굴 표정이 눈을 감았을 때와 전혀 달라지지 않았다. 신기하게도 눈이 있는 얼굴과 눈이 없는 얼굴이 별 차이가 없었다. 두 눈이 감정 표현을 전혀 안 해서 그가 무슨 생각을 하는지 도무지 알 수 없었다.

출산 직전 한 달간 스스로 자기 아이의 무덤이 되어서 신경이 온통 곤두서고 몸도 지친 그녀에게 가장 맞는 사람은 눈을 감을 때나 뜰 때나 표정 변화가 없고 말수도 적은 디미치카였다.

마라와 디미치카는 레닌그라드로 돌아왔다. 디미치카는 보수적인 사람이었다. 함께 밤을 보냈으면 응당 결혼해야 한다고 생각했다. 그들은 결혼해서 주택협동조합에 가입하고 차도 한 대 샀다.

디미치카는 이비인후과 의사였고, 그 이상 그에게 기대할 수 있는 건 없었다. 경제권을 쥔 쪽은 마라였다. 마침 그즈음에 재능을 발견했는데, 바느질을 잘해서 옷을 지어 주고 큰돈을 벌었다. 그녀가 옷을 지어 주고 받는 돈은 기성복과 차원이 다른 정도가 아니라 상식 수준을 넘어섰다. 물론 그녀는 누구에게도 강요하지 않았다. 싫으면 그만두라는 식이었다. 그리고 달라는 대로 돈을 내는 건 바보라고 생각했다. 결과적으로 마라는 바보들 덕분에 돈을 벌어들였다.

시대별로 바보는 넘쳐났고 돈은 밀물처럼 들어왔지만 전망이 없었다. 그녀가 '재봉사'라고 입만 뻥긋하면 콧방귀를 뀌며 밀고 할 수 있는 시대였다. 마라는 1층에서 드나드는 모든 사람을 괴상한 눈으로 뚫어지게 쳐다보며 엘리베이터를 관리하는 여자에게 자기 아파트 호수를 말하지 말아 달라고 고객들에게 부탁했다. 고객들은 그녀의 부탁대로 옆집인 50호에 간다며 올라왔다. 마라의 집은 49호였는데, 그녀는 박음질을 하다가도 벨 소리가 울리면 지하운동가인 양 소스라치게 놀라곤 했다.

1960년대는 우주비행사가 인기였다. 그들은 소수였고 영화배우처럼 자주 입길에 오르내렸다. 반면 재봉사는 시대에 뒤처지고 구식이어서 체호프 시절의 속옷 재단사와 견줄 정도였다.

지금은 1980년대 말이고, 그동안 많은 변화가 있었다. 우주비행사가 기하급수적으로 늘어나서 그들의 이름을 모두 기억하는 것조차 힘들어졌다. 반면 재능 있는 디자이너들이 영화배우처럼 인기를 누렸다. 전망이 밝은 직업 순위가 빠른 속도로 바뀌었다.

물론 이건 어디까지나 지금 이야기고, 그때만 하더라도…….

그녀는 벨 소리에 소스라치게 놀라면서 사람들에게 굽신거리는 데 이골이 난 데다 동산과 부동산이 어느 정도 모이자 재봉 일을 관두고 방송국에 취직했다. 지하철 내부처럼 개성이 상실된 곳이었다. 하지만 이제는 "무슨 일을 하시나요?"라는 질문에 "조감독입니다."라고 당당하게 대답할 수 있었다.

재봉사와는 차원이 달랐다. '조감독'이라는 말만 들어도 뭔가 대단해 보였다. 사실은 방송국에 있다 뿐이지 하는 일은 웨이트리스와 별반 다르지 않았다. 갖다 달라고 하면 갖다 줘야 하고, 저리 가라고 하면 가야 하는 역할이었다.

이 시기에 마라를 만났고, 내 수첩에 그녀의 이름이 등장했다.

우리는 레닌그라드 근교의 코마로보 마을에서 처음 만났다. 남편과 나는 러시아연극협회의 여행 상품을 구매하여 '예술의 집(한국의 문학창작촌처럼 작가들이 입주하여 작품을 집필하는 정부 산하 기관-옮긴이)'에 묵는 중이었다. 남편과 여행을 떠난 건 소위 말하는 비수기였다. '예술의 집'이 텅 비자 러시아연극협회에서 예술과 무관한 이들에게도 대여했는데 바로 우리 같은 사람들이었다.

하루는 산책을 하려고 건물에서 500미터쯤 떨어진 거리에 있는데, 발등까지 닿을 만큼 기다란 모피 코트를 걸친 젊은 여자가 다가왔다. 이곳에 온 목적이 휴식인지 묻고는 괜찮다면 우리가 묵는 숙소를 보고 싶다며, 마음에 들 경우 자기도 '예술의 집'에서 쉬겠다고 했다. 별로 내키지 않았지만 그녀의 부탁을 거절할 수가 없었다. 그녀의 값비싼 모피 코트에 비해 내 옷은 합성섬

유 누더기에 불과했고, 무엇보다 그녀의 기에 눌리고 말았다. 정황상 나는 그녀의 요구에 맞설 주제가 못 되었다. 순순히 "그러시죠." 하고는 처음 본 여자와 그녀의 남편을 우리가 묵는 315호로 데려갔다.

그녀는 제멋대로 옷장을 열어 보는 등 마치 자기 집인 양 구석구석 살피고 다니면서 자기는 마라이고 남편은 디미치카라고 소개했다.

디미치카는 무표정한 얼굴로 기다리다 입을 열어서 자기 존재를 상기시켰다. "마라, 이제 그만 돌아가지……."

넷이서 산책을 나갔다. 디미치카는 우리 옆에서 전혀 상관없는 사람처럼 걸었지만, 그가 차분하고 점잖은 사람이라는 느낌이 들었다. 두 사람은 서커스 팀의 코미디언과 해설자처럼 서로에게 필요한 존재였다. 디미치카는 말수가 적은 반면 마라는 하얗고 예쁜 이와 붉은빛이 도는 금발 머리를 반짝이며 큰 소리로 웃고, 상상하고, 자신감을 뽐내며 자기 자신과 모피 코트와 우월성을 증명하는 등 쓸데없는 에너지를 만들어서 우주로 내보내느라 분주했다.

나는 우리가 오솔길을 걸을 때 그녀가 다가온 건 무료했기 때문이라는 것을 눈치챘다. 디미치카와 단둘이 있는 게 지루한 데다 그녀에겐 관객이 필요했던 것이다. 지극히 평범해서 공장에서 찍어 낸 듯한 잉여 인간 같은 불쌍한 지질학자인 내가 걸려든 것은 우연의 일치 그 이상도 그 이하도 아니었다.

그들은 우리와 함께 저녁까지 먹고 돌아갔다. 마라는 나에게 스커트를 만들어 주는 대가로 자신과의 우정을 요구했다. 나는 그러겠노라 대답했다. 그녀는 '싫으면 안 해도 돼'라는 자신감이 있었는데, 자석 같은 힘이 느껴지는 태도였다. 맛은 없지만 계속 손이 가는 해바라기 씨와 상통하는 부분이 있었다.

그들이 가고 나서 내가 말했다. "우리더러 놀러 오라는데요."

"당신 혼자 갔다 와." 남편은 짧게 거절 의사를 밝혔다.

그녀는 남편을 밀어내고 나를 잡아당겼다. 그녀는 지나친 깃, 즉 우위, 일반 기준을 넘어서는 무언가가 있었고, 나는 '불편하다'와 '거절할 수 없음'에 묶여서 옴짝달싹 못 하는 그녀의 포로였다. 나라는 존재는 유대인이 먹는 무교병처럼 매운 것과 같이 먹으면 맛있지만 그냥 먹기엔 싱겁고 단순했다. 내게는 마라가 '매운 것'인 셈이었다.

스커트에 대한 대가로 '과한' 우정을 약속한 터라 마라와 전화한 뒤 레닌그라드의 그녀 집으로 향했다.

그녀가 현관 문을 여는 순간 나는 찬물을 뒤집어쓴 것처럼 소스라치게 놀랐다. 마라가 실오라기 하나 걸치지 않은 알몸으로 내 앞에 서 있었던 것이다. 그녀의 젖가슴이 십자가 없는 교회의 돔 지붕처럼 뻔뻔하게 나를 쳐다보고 있었다. 그녀가 나를 보고 당황해서 가운을 찾아 분주하게 움직일 거라 예상했지만, 마라는 차분하다 못해 마치 이브닝 드레스라도 입은 것처럼 거만하게 서 있었다.

"옷은 어쩌고?" 나는 당혹스러움을 감추지 않았다.

"이게 어때서? 사람 몸 처음 보나? 자긴 뭐 특별한가?" 마라 역시 내 반응을 이해하지 못하는 듯했다.

사실 틀린 말도 아니었다. 나는 이내 그 상황과 타협한 뒤 집 안으로 들어갔다.

마라는 엉덩이를 흔들며 아파트 안으로 깊숙이 들어갔다.

"씻는 중이었나 봐요?" 나는 그제야 상황을 파악했다.

"풍욕을 하는 중이었어. 피부도 숨을 쉬어야 하니까."

마라는 풍욕을 하고 있었고, 제3자가 집에 왔다고 해서 달라질 것은 없었다.

마라는 재봉틀 앞에 앉아서 박음질을 하기 시작했다. 턱은 억센 천으로 고정했다. 고인의 턱을 고정할 때 쓰는 방식과 비슷했다.

"이건 또 왜?" 내가 의아해하며 물었다.

"두 번째 턱이 생기는 걸 방지하려고. 머리는 늘 아래를 향하니까."

마라는 40분 만에 스커트를 만들어 나한테 던지고는 값을 불렀다. 약속보다 10루블이 많았다. 부당한 처사였다. 나는 그녀의 행동이 창피하고 당혹스러웠지만 '다 잘될 거야'라는 식으로 고개를 끄덕이기 시작했다. 돈을 내고 나서야 돌아가는 기차표를 살 돈만 있을 뿐 기차 안에서 시트를 바꿀 돈은 없다는 걸 깨달았다. 열차의 차장은 그런 나를 이해하지 못할 것이다.

"지퍼는 직접 달아서 입어. 지금 나한테 검은색 지퍼가 없기도 하고."

마라는 약속한 액수보다 10루블을 더 받은 것도 모자라서 지퍼도 달지 않은 채 옷을 던져 준 거였다.

풍욕이 끝나자 마라는 턱을 고정한 걸레 같은 천을 떼어 내고 여러 마리 용을 그려 넣은 일본식 가운을 걸쳤다. 얇디얇은 실크에 진주처럼 은은한 광택이 도는 은빛 회색 가운이었다.

"직접 만든 거예요?" 나는 깜짝 놀라서 물었다.

"이런 걸 어떻게 만드나? 이건 진짜 기모노라고. 명품 말이야." 마라는 기분이 상했다는 투로 볼멘소리를 냈다.

다른 사람들에게 평범한 옷을 만들어 주고, 그 옷값을 받아 자기는 '명품'을 산다는 의미였다.

턱이 자유로워지자 마라는 먹으면서 대화를 나눌 수 있었다. 그녀는 커피를 끓이고 나서 옆집인 50호에 사는 사샤와 소샤 이야기를 하기 시작했다. 사샤는 알렉산드르의 애칭이고, 소샤는 소피야의 애칭이었다. 소샤는 체구가 작고 피부는 과산화수소수에 넣었다 뺀 것처럼 창백했다. 하지만 그녀만의 매력이 있었다. 가만히 얼굴을 들여다보고 싶어지는 사람이었다. 그리고 얼굴을 찬찬히 뜯어보노라면 계속해서 새로운 매력을 발견할 것만 같은 사람이었다. 대놓고 화려한 남부 지방의 꽃보다 북부 지방의 꽃에서 더 많은 매력을 발견하듯이 북부의 수수한 여자들에게는 그들만의 매력이 있었다. 눈에 띄게 예쁜 걸 보면 멈춰 서서 잠깐 동안 고개를 까딱거릴 수는 있다. 하지만 오래도록 그러지는 못한다. 질리니까. 반면 물망초는 보면 볼수록 끌어당기는 매력이 있다. 물론 북부 지역의 꽃이나 소샤는 그녀의 관심 대상이 아니었다. 사실 마라는 사샤에게 빠졌고, 마음이 온통 그 남자로 가득 차서 호흡이 곤란할 지경에 이르자 감정을 털어놓을 누군가가 필요했던 것이다.

마라는 그 '누군가'로 나를 선택한 거였다. 나는 다른 도시에서 온 터라 위험하지도 않고 택시기사처럼 스쳐 지나가는 타지 사람일 뿐이었다. 그녀는 고해성사를 하듯 속마음을 털어놓고, 나는 문을 나가서 잊어버리면 그만일 터였다.

나는 헤어질 타이밍을 놓치고 어정쩡하게 새벽 2시까지 그녀와 함께 있었다. 정작 남편은 땅거미가 진 이 시간에 코마로보역에 서서 추위에 떨며 도착하는 기차를 한 대 두 대 보낼 뿐 어떻게 해야 할지 몰라 했다.

밤부터 새벽까지의 시간은 둘의 관계를 파악하는 데 소비했다. 낮 시간은 밤에 못 잔 잠을 자느라 허비했다. 결국 휴가 중 꼬박 하루를 그녀에게 쓴 셈인데, 일면식도 없는 사샤와 소샤 때문이었다. 더 정확히는 마라 때문이었다. 그 후 마라가 있는 곳이 내게는 함정이라는 법칙 같은 걸 발견했다. 이를테면 그녀는 내가 머리를 감을 때 전화를 걸었다. 그럴 때면 뛰어가서 수화기를 들고 지금은 전화 통화를 할 수 없다고 설명하지만, 결국 전화를 끊지 못한 채 대화를 계속하다 보면 샴푸는 흘러서 눈에 들어가고 물은 등줄기를 타고 내려간다. 그러다 보니 그녀와의 전화 통화는 내가 감기에 걸려서 아픈 것으로 귀결되곤 하는 식이었다. 전화를 받을 만한 상황이라서 마라와 통화를 끝내고 무사히 수화기를 내려놓더라도 돌아서다 전화선에 걸려 넘어져 무릎이 깨지고 전화기도 같이 망가지곤 했다. 그러면 세상에서 완전히 고립된 채 혼자서 다리를 저는 내 모습을 발견하는 것이었다. 신이 코앞에서 집게손가락을 흔들며 '재랑 놀지 마.'라고 경고하는 듯했다.

코마로보에서 보낸 기간은 결국 남편과 내가 기차에서 시트를 덮지 않은 먼지투성이 매트리스에 만족하며 모스크바에 돌아오는 것으로 마무리되었다. 우리가 얻은 거라고는 지퍼 없는 내 스커트와 부부싸움의 앙금 그리고 엉망이 된 휴가였다.

마라는 여전히 레닌그라드에 있었다. 방송국 일을 하며 집에서는 재봉틀로 용돈 벌이를 했다. 아니, 그 반대였다. 재봉틀을 돌려 돈을 벌고 방송국 일로 용돈 벌이를 했다는 편이 더 정확했다. 하지만 그녀는 어딜 가나 늘 사샤 생각뿐이었다. 디미치카는 사샤보다 어린데도 늙은이처럼 보였다. 디미치카가 세 살이라 하더라도 상황은 변할 것 같지 않았다. 앨범에 그의 세 살 때 사진이 있는데, 축 처진 양볼을 보면 경험 많은 치과 의사의 얼굴이라고 해도 믿을 정도였다. 반면 사샤는 마흔이 되도록 천재처럼 보호 본능을 자극하는 데다 여전히 세 살짜리 같았으며, 온몸으로 '나를 사랑해 줘.'라고 외쳤다. 소샤는 얼마나 행복한 여자인가.

디미치카는 어느 날 갑자기 주술에 빠지더니 자기 오줌을 병에 담아 놓았다. 자신의 배설물을 다시 삼켜서 병을 고치는 새로운 치료법 때문이었다. 마라는 암모니아 때문에 속이 메스꺼웠다. 한편 욕실 벽 너머에 수영을 하고 나온 것처럼 깨끗하고 칼리니코프(러시아의 작곡가-옮긴이)의 교향곡을 들은 것처럼 영적인 외계인이 있었으니, 마라의 인생에서 가장 좋은 것이 그녀 옆을 지나가고 있었다. 사실 그녀에게 남은 거라고는 지긋지긋한 방송국

일, 옷을 주문하는 까다로운 고객들 그리고 3리터짜리 병에 담긴 오줌이 전부였다.

하루는 마라가 집에 들어가려는데 한쪽 눈이 이상한 바로 그 엘리베이터지기 여자가 불러서는 엄청난 비밀이라며, 50호 여자가 남편을 버리고 다른 남자에게 떠났다고 말해 주었다. 그 내연남이란 남자가 낮에 노란색 지굴리를 타고 와서는 옷과 속옷은 둘둘 말아서 가져가고 가구는 흔들의자 하나를 싣고 갔다는 것이었다. 그녀의 새 남자, 즉 내연남은 외모가 준수하고 피부는 가무잡잡한 데다 콧수염을 길렀다. 패션 감각이 뛰어난 남자였다. 그가 신은 여름용 구두에는 점퍼에 적힌 것과 같은 글자가 새겨져 있었다.

"그 남자가 직접 그 글자를 썼을 수도 있죠." 마라는 표정을 숨길 요량으로 엘리베이터지기 여자에게 말했다.

음악회가 끝나자 사샤는 검은 정장에 나비 넥타이 차림 그대로 마라의 집에 가서 감자는 껍질을 벗기기 전에 씻어야 하는지, 벗기고 나서 씻어야 하는지 물었다. 마라는 벗기기 전에도 벗긴 후에도 씻어야 한다고 말해 주었다. 그런데 사샤가 그 자리에 붙박인 듯 서 있자 마라가 들어오라고 했다. 그녀가 직접 감자를 볶는 동안 사샤는 디미치카 옆에 앉아 있었고 그 둘은 말이 없었다. 디미치카는 원래 말수가 적은 사람이었고, 사샤는 혼자 있는 게 무섭지만 누구랑 말을 섞고 싶지는 않았다. 그는 누군가와 말없이 함께 있고 싶었는데, 그렇다고 아무하고나 함께 있고 싶은 건 아니었고 삶의 의미로 가득한 생기발랄한 사람과 함께 있고 싶었던 것이다.

마라는 레스토랑에서 하듯이 팔팔 끓는 기름에 감자를 튀겼다. 집에 고기가 없었기 때문에 우선 술루구니 치즈(조지아 치즈-옮긴이)에 달걀과 밀가루를 입혀서 튀겼다. 그리고 두 남자에게 차려 냈다. 사샤는 난생처음으로 뜨거운 치즈를 맛보았다. 그는 먹으면서 눈물이 날 것 같았지만 눈물은 눈 밖으로 나오는 대신 가슴속에 쌓였다. 사샤를 사랑하는 마라 역시 그의 눈물로 가슴이 먹먹해졌다. 그녀 역시 말이 없었다.

밤 11시 일이었다. 그리고 새벽 4시 마라는 넓은 침대에서 미끄러져 나와 옆에서 잠든 디미치카를 뒤로하고 슬리퍼에 발을 집어넣은 뒤 용 무늬 가운을 걸치고는 층계참으로 나와서 사샤의 집 벨을 눌렀다.

사샤는 깨어 있던 터라 그녀가 벨을 누르기 무섭게 발자국 소리가 들렸다. 사샤가 잠그지 않았는지 문이 쉽게 활짝 열렸다. 그는 소샤를 기다리고 있었던 것이다. 그는 아내가 생각을 바꿔서 다시 돌아올 거라 확신했다. 잠시 객기를 부렸을 뿐 아무 일도 없었다는 듯 집으로 돌아올 거라 믿었다. 그리고 그 순간 정말 모두가 제자리에 돌아온 거라고 생각했다. 소샤가 집에 돌아와서 벨을 누른 거라고 말이다. 그는 그녀를 용서했다. 그녀를 절대 질책하지 않을 것이며 그냥 그녀 앞에 무릎을 꿇을 생각이었다. 20세기 따윈 잊으리라. 남자의 자존심 따위는 잊으리라. 자존심은 자기 자신을 사랑하는 것이다. 그런데 그는 그녀를 사랑한다. 소샤를 말이다.

사샤는 문을 열었다. 마라가 서 있었다. 옆집 여자였다. 남편이
있는 여자인 데다 그의 이상형과는 상당히 거리가 있는 여자였
다. 사샤는 남자의 얼굴을 베이스로 만든 것 같은 그녀의 얼굴과
그녀의 단호한 성격을 질색했다. 여자가 아니라 군대 상사 같은
느낌이었다. 그녀의 웃음 역시 견디기 힘든 건 마찬가지였다. 그
녀가 웃는 소리는 암탉이 알을 낳고는 동네가 떠나가도록 큰 소
리로 알리는 것처럼 괴상했다.

마라는 그의 모든 감정의 화살이 얼굴에서 지나가는 과정을 보
고 말았다. 처음 문을 열었을 때 그의 행복은 100이었고 미치도
록 기뻤는데, 곧이어 의아해하다 제로를 향해 곤두박질치더니 급
기야는 마이너스까지 떨어져 버렸다. 마라는 그 표정 변화의 의
미를 정확히 이해했다.

"미안해요. 덜컥 겁이 나더라고요. 창밖으로 뛰어내리기라도
하면 어쩌나 싶어서……. 바보같이 왜 그런 생각을 했는지…….
미안해요, 괜히." 그녀는 민망해서 둘러댔다.

사람이 사람에 대해 생각한다는데. 자지도 않고. 그것도 달려
와서. 걱정을 하고. 그러니까 사샤는 적어도 이 세상에 혼자 덩그
러니 남겨진 것은 아니라는 뜻이었다. 고작 한 명이긴 하지만. 그
에게 전혀 쓸모없는 사람이라 하더라도 말이다. 그래도 고마운
건 고마운 거니까.

"들어와요." 사샤가 그녀를 집 안에 들였다.

"늦었는걸요." 마라는 살짝 망설였다.

"늦다기보다는 이르다에 가깝죠."

사샤는 그녀의 말을 정정하고 커피를 끓이러 갔다.

하긴 새벽 4시에 집에 온 손님과 무슨 일을 더 할 수 있겠는가?

마라는 식탁 앞에 앉았다. 사샤의 뒷모습을 바라보면서 괜히 미안해졌다. 그녀의 잘못이 뭐란 말인가? 그녀는 그를 사랑하는데, 그는 그녀를 사랑하지 않는 것? 그녀는 방금 그의 얼굴에서 그 사실을 읽어 냈다. 별다른 매력이 없는 나방 같은 배신자보다 그녀가 못한 게 뭐란 말인가? 어쩌면 바로 그 부분에서 밀리는 것인지도 모른다. 남자들은 잘 보이려고 꼬리 칠 게 아니라 그들을 괴롭혀야 하는지도 모른다. 마라는 마음의 소리에 귀 기울였고 자기도 자기가 낯설었다.

사실 자연은 처음부터 그녀를 소비자로 만들었다. 그녀는 움직이는 모든 것과 움직임이 없는 모든 것을 사용하고 몸에 있는 모든 구멍, 즉 눈, 귀, 입 등을 통해 그것을 자신에게 집어넣을 준비가 되어 있었다. 그런데 여기에 있는 이 사람과는 정반대여서 그녀가 가진 모든 것을 나누고, 자신에게 마지막 남은 조각을 떼어 주고, 마지막 남은 셔츠를 벗어 주고 싶었다. 받아만 준다면 대가 없이 몸과 마음을 바칠 준비가 되어 있었다. 그쪽에서 원한다면 말이다. 마라에겐 미처 사용하지 못한 단어인 감정, 부드러움, 영민함, 에너지가 쌓여 있었고 이것이 모여 비옥한 토양층을 형성했다. 이렇듯 비옥한 토양에 씨앗이 떨어진다면 만화영화처럼 사랑의 관목이 순식간에 자라날 것이다.

첫 남편인 젠카 스몰린 역시 소비자였다. 그가 입버릇처럼 하는 질문이 "왜 내가 해야 하지?"였다. 자기 자신은 타인을 위해 희생하거나 배려하지 않으면서 남들은 그가 원하는 걸 해 줘야 한다고 생각하는 사람이었다. 문제는 마라 역시 같은 생각이라는 거였다. 두 개의 이기주의가 만난 셈이었다. 그들은 피를 볼 때까지 싸웠으며, 결국 영혼과 육체로 이루어진 관 두 개를 남기고 헤어졌다. 그녀는 디미치카와 살면서 이전의 피폐했던 전쟁으로부터 안식을 얻었다. 하지만 이건 사랑이 아니라 어디까지나 생존이었다. 자기 보존 본능이었다. 그런데 이제야 드디어 사랑을 찾은 것이다. 잘 갈아 놓은 밭 같은 마음이야말로 사랑인 것이다. 하지만 씨를 뿌려야 하는 사샤는 자기 씨를 그녀에게 뿌릴 마음이 없었다.

마라는 한기를 느꼈다. 누구에게든 하소연을 하고 싶었다. 하지만 누구에게 한단 말인가? 하소연도 자기 일에 관심을 가져 주고 들어 줄 만한 사람에게 해야 의미가 있는 법이다. 예를 들면 어머니 같은 사람 말이다. 하지만 어머니는 과거에 자신이 어떻게 괴로워했는지 까마득히 잊어버렸다. 산전수전 다 겪은 어머니에게 남은 건 조소뿐이었다. 디미치카는 어떤가? 하지만 그에게 무슨 말을 할 수 있겠는가? 그녀가 사랑하는 사람은 사샤이며, 남편과는 혼자 있는 게 두려워서 동거할 뿐이라고 말할 수는 없지 않은가? 마라가 시무룩해지자 더 이상 예의 군인 같은 모습은 찾아볼 수 없었다.

사샤가 커피를 한 잔씩 따르고 그녀 옆에 앉았다. 그녀의 한쪽 어깨에 머리를 기대고는 입을 열었다. "마라, 혹시 지인 중에 좋은 의사 없어요? 나 좀 소개해 줘요."

"어디가 안 좋은데요?"

"내가…… 그러니까…… 말하자면…… 남자 구실을 못해요."

"그게 무슨 말이죠?" 마라가 이해할 수 없다는 듯 반문했다.

"그 의미 그대로예요. 그래서 소샤도 떠난 거예요."

"그게 전적으로 당신의 문제라고 어떻게 단정 짓죠? 소샤의 문제일 수도 있잖아요."

마라는 살이 맞닿으면 그가 어떤 사람인지 느낄 수 있었다. 다른 에너지와 마찬가지로 성적 에너지는 그 특유의 밀도와 반경을 갖는다고 확신했다. 물론 이런 에너지가 전혀 안 느껴지는 사람이 있고, 우주복을 입어도 이런 에너지를 숨길 수 없는 사람이 있다. 사샤의 경우는 마라가 콘크리트 벽 넘어 자기 아파트에 있어도 그 에너지가 느껴지는 남자였다.

"소샤가 그거랑 무슨 상관이 있어요?"

"내가 무슨 말을 하는지 이해를 못 한 것 같군요." 사샤가 고개를 들고 말했다.

"무슨 말인지 아주 잘 알아요. 일어나요." 마라는 식탁에서 일어났다.

"어딜 가요?" 사샤가 어리둥절해했다.

"내가 증명해 보이죠."

사샤는 순순히 마라를 따라갔다. 두 사람은 넓은 아랍식 침대에 누웠다. 마라는 사샤와 논쟁을 하는 셈이었다. 자기 말이 옳다는 걸 증명하려 했고, 제대로 해냈다. 그녀는 사샤가 남자 구실을 하는 정도가 아니라 천재적인 소질이 있다는 걸 증명해 보였다.

카스트 제도로 따지면 최상위 계급이라는 것을 말이다. 생물학적으로 보기 드문 인물만이 그녀 안에 응축된 생명을 그토록 섬세하고 강력하게 느낄 수 있기 때문이다. 사샤 같은 사람은 세상 어디에도 없다. 인도나 중국 어딘가에 한 명 정도 더 있을 수 있겠지만 적어도 소련에서는 그가 유일했다. 마라가 아는 한 그랬다.

사샤는 복되고 생기 가득한 미소를 짓고 있었다. 마라는 팔꿈치로 턱을 괴고는 그를 쳐다보았다. 그녀가 그를 낳았고, 그가 그녀 안에서 자라기라도 한 것처럼, 그래서 지금까지 그와 그녀가 서로 피를 나눈 것처럼 그는 그녀의 것이었다.

"내가 당신을 얼마나 사랑하는지 말해 줄까요?" 마라가 물었다.

그는 보일 듯 말 듯 고개를 끄덕였다. 사실 그는 고개를 크게 끄덕일 힘이 없었다.

마라는 한참 동안 할 말을 골랐지만 평범하다 못해 너무 빈약한 단어들만 떠오를 뿐이었다. "당신은 좋은 사람이에요. 최고예요. 이 세상 어디에도 당신 같은 사람은 없어요."

그는 그녀의 손을 찾아서 키스했다. 감사의 표시였다. 잠이 쏟아졌지만 자는 데 시간을 허비하고 싶지 않았다.

그들은 아침 6시까지 대화를 이어 갔다.

마라는 훌륭한 정신분석가처럼 사고 지점으로 돌아가서 이 모든 것이 어떻게 시작되었는지 기억해 내라고 그를 달래기 시작했다.

마침내 사샤는 기억을 떠올렸다. 2년 전 어느 날 그는 소샤와 함께 바다에서 쉬고 있었다. 그런데 폭풍이 몰아칠 때 수영하려고 바다에 들어갔다가 나오지를 못했다. 그리고 이대로 바다 속에 가라앉을 수도 있겠다는 생각을 하기에 이르렀다.

호텔 객실로 돌아왔는데 어지럼증이 일었다. 침대에 누워서 두 눈을 감자 뿌옇고 푸른 물의 층이 보였다. 그런데 소샤의 몸과 마음은 그와 전혀 다른 상태였다. 그녀는 남편을 향해 몸을 뻗었고, 그에게 아내가 파도처럼 느껴졌다. 그는 소샤라는 물에서 벗어나 수면 위로 떠올라서 그녀를 뱉어 내고 싶었다.

결국 소샤는 서운한 내색을 하며 생각지도 못한 말을 거칠게 내뱉었다. "남자 구실도 못하는 주제에!"

사샤는 자신을 향한 질책이 잘못되었음을 증명하려고 노력했지만 헛수고였다. 저녁이 되면 아무리 노력해도 잘 안 되는 게 떠올라 겁을 먹고는, 피곤해서가 아니라 발기가 잘 안 될까 봐 두려워서 또 잘 안 되는 것이었다. 이후 교통사고를 당한 운전기사들이 트라우마를 갖고 살듯이 그 공포는 그의 기억에서 사라지지 않았다. 그의 뇌에 쐐기라도 박힌 것 같았다. 뇌는 잘못된 신호를 보냈고, 잘못 선택된 단어가 결국 그릇된 진단으로 탈바꿈했던 것이다.

소샤는 어느 순간부터 그를 믿지 않았다. 그 역시 언젠가부터 자기 자신을 믿지 못했다. 그다음엔 다른 사람도 아는 것만 같았다. 모두가 알고는 숨어서 웃는 것만 같았다.

사샤는 오케스트라에서 자기 파트 연주를 잘 못하기 시작했다. 지휘자는 그에게 흥미를 잃었다. 경쟁에서 밀려날 수 있는 상황이었다. 사샤는 언제든 자기보다 더 뛰어난 연주자가 그를 대신

할 수 있다는 것을 알았다. 소샤도 떠났다. 이러다가는 오케스트라를 떠나야 할지도 모른다. 그는 무의미하고 중성적인 빈껍데기였다. 세상 모든 사람이 등 뒤에서 그를 비웃는 것만 같았다. 조금만 더 하면 그는 체호프 소설《제6 병동》의 미친 사람처럼 도시이곳저곳을 뛰어다니거나 창밖으로 뛰어내릴 것만 같았다. 이 밤에도 그는 발코니로 나가서 거리를 내려다보다 양쪽 다리를 흉측하게 벌리고 사지를 펄럭이며 날고 있는 자신의 모습을 상상했다. 그다음은 볼썽사납게 침을 흘리며 아스팔트에 누운 자신의 모습을 상상해 보았다. 상상 속의 자신은 가엾기보다 역겨웠다. 그는 자신의 살아 있는 모습과 죽은 모습 다 싫었다. 자신을 사랑하지 않는 사람이 타인에게 사랑을 요구한다는 건 어불성설이었다. 그런데 바로 그 순간 현관 벨이 울렸고 여자가, 그것도 남의 아내가 들어와서 말한 것이다. "당신은 좋은 사람이에요. 최고예요. 이 세상 어디에도 당신 같은 사람은 없어요."

그는 그녀의 손에 키스했다. 자기 자신을 다시 사랑하게 해 준 여자에게 줄 수 있는 유일한 답례였다. '네 삶을 살아가. 너는 최고야. 너는 유니크해.'라고 말했으니까.

마라는 사샤가 사고 지점으로 돌아가게 해 주었다. 그리고 뇌속에 똬리를 튼 상처를 제거했다. 마침내 그의 삶이 제대로 굴러가기 시작했다.

아침이 되자 마라는 세상 모르고 자는 디미치카에게 돌아갔다. 하지만 사샤는 잠들 수가 없었다. 새로운 인생이 기다리고 있었기 때문이다.

저녁에 음악회가 있었다. 지휘자는 사샤 파트의 B플랫이 교향곡을 살렸다고 칭찬했다. 동료인 오케스트라 단원들은 5월에 쏘아 올리는 축포처럼 사샤의 눈에서 별 같은 것이 빛나는 걸 눈치챘다. 그는 더 젊어졌고 더 잘생겨졌고 더 멋있어졌다. 사샤 역시 쇳조각과 나뭇조각에 생명을 불어넣는 자신의 재능이 얼마나 대단한지 깨달았다. 트럼본과 바이올린이란 뭔가? 쇳조각과 나뭇조각 아닌가 말이다. 사람이 자신의 혼을 불어넣어야 비로소 생명을 얻는 존재들이다. 물론 반대의 경우도 있다. 영혼의 불이 꺼진 사람은 나뭇조각이나 쇳조각으로 전락한다. 충분히 가능한 일이다.

예전엔 음악회가 끝나면 천천히 걷거나 배회했는데 이제 공간을 가르며 걸었다. 그는 집을 향해 전진했다. 마라가 집에서 그를 기다리고 있었다. 그녀는 탐험가가 대륙을 발견한 것처럼 사샤를 발견했으며 이 대륙에 자기 국가를 건설하려고 했다.

그녀와 달리 사샤는 먼 미래까지 생각하지 않았다. 그는 환호하면서 자신을 증명해 보였다. 증명함과 동시에 확증했다.

그렇게 한 달이 흘렀다.

한편 소샤는 새 남편 이라클리와 새로운 보금자리를 꾸렸다. 사귀는 것과 함께 사는 건 다른 법이다. 이라클리가 데려온 손님으로 집이 늘 북적였다. 그의 나라 전통이기 때문에 소샤는 말없이 식탁을 차리고 식탁을 치워야 했다. 여자는 자기 자리를 알아야 한다는 것 역시 그 나라 전통이었다.

이라클리는 건축공학 분야에서 일하며 '원자 폭발 파편 제거'

라는 주제로 논문을 쓰고 있었다. 소샤는 원자 폭발 이후에 그 파편을 제거할 사람이 남아 있을지 자체가 의문이었다. 물론 그녀는 이쪽 분야에 문외한이었고 알고 싶지도 않았다. 원기 왕성하고 한창 예쁠 때 원자 폭발이나 생각하고 싶지도 않지만, 그의 논문이 아니어도 TV에서 똑같은 내용을 줄기차게 보도하는 통에 사는 것이 무서울 지경이었다.

하지만 사샤의 교향곡은 전부 다 이해했다. 사샤와 함께 산 7년 동안 소샤는 지휘법을 어떻게 읽는지 터득했고, 주선율과 부선율을 구별했고, 오케스트라 단원 모두를 알았으며, 그들의 악기가 조화롭게 어우러지는 소리를 들어 왔다. 눈을 감고도 피마가 내는 소리, 도딕이 내는 소리, 안드레이가 연주하는 소리를 구별할 줄 알았다. 피마, 도딕, 안드레이가 함께 내는 소리도 구별할 수 있었다. 그녀의 인생에서 가장 좋은 시절이었다.

소샤는 이라클리와 살면서 충분히 행복했지만 예전 생활이 그리웠다. 러시아식 만두 대신 힌칼리(조지아식 만두-옮긴이)를 만들면서 이라클리가 손님과 힌칼리와 소샤에게 둘러싸여 있는 동안 사샤는 혼자 쓸쓸히 배 곯을 생각을 하니 마음이 아팠다. 그녀는 한숨을 쉬고 나서 사샤의 전화번호를 눌렀다가 막상 그의 목소리가 들리면 그냥 끊곤 했다. 이제 와서 그에게 무슨 말을 하겠는가?

사샤는 누가 건 전화인지 알았고, 마라가 팔을 뻗어 오면 솔개가 하늘에서 떨어지듯 전화기 앞으로 몸을 던지곤 했다. 그는 마라의 존재를 숨기고 있었다.

그러던 어느 날 사샤가 걱정스레 말했다. "저기, 당신 핀이랑 브로치를 챙겨서 돌아가 줬으면 좋겠어. 오늘 소샤가 올 것 같아."

"내가 왜 그래야 되죠?" 마라는 기분이 상했다.

"밥 차려 주러 올 거야. 내가 굶는다고 생각하나 봐."

마라는 헤어핀과 브로치를 챙겨서 디미치카가 있는 자기 집에 도로 갖다 놓았다. 그녀는 두 집 살림을 했는데, 죽음이 네 걸음 앞에 있듯이(《당신은 내게서 멀지만 죽음은 네 걸음 앞에 있소》라는 노래에서 인용-옮긴이) 두 집이 가까운 게 그나마 다행이라면 다행이었다.

디미치카는 둘의 관계를 전혀 의심하지 않았다. 자기 일로 바쁘기 때문이었다. 사람들은 시대를 막론하고 주술사보다 의사를 더 신뢰하는 터라 그를 찾는 이가 많았다. 그는 마라가 옆집에서 시간 보내는 걸 더 편하게 생각할 정도였다.

사샤는 일도 마라도 축제 같았고, 이런 삶이 만족스러웠다. 하지만 그에게 가장 큰 축제는 소샤의 등장이었다. 그녀는 한낮에 잔뜩 미안한 표정을 하고 돌아와서는 손을 빠르게 놀리며 무언가를 끓이는가 하면 청소기를 돌리는 등 묵묵히 분주하게 움직였다. 소샤는 좋은 사람이었다. 마라는 정열 자체였다. 그는 마라가 딱했다. 하지만 그가 사랑하는 사람은 소샤였다. 이 두 가지 감정이 다르다는 걸 전에는 미처 알지 못했다. 육체는 말이라는 현자의 가르침이 떠올랐다. 영혼은 기수였다. 말의 이야기에 귀를 기울이면 그가 마구간으로 인도할 것이다. 따라서 기수의 말을 들어야 한다.

마라는 두 번에 걸쳐 헤어핀을 챙겨서는 집에 갖다 놓았다. 하지만 일부는 가장 잘 보이는 자리에 놓아 두었다. 소샤는 그것을 보지 못했다. 결국 마라는 소샤가 일하는 연구소에 전화해서 타브리치스키공원(상트페테르부르크에 있는 공원-옮긴이)에서 만나기로 약속을 잡았다. 소샤는 뜻밖의 전화에 놀랐지만 약속 장소에 나타났다. 무슨 일인지 짐작은 하고 있었다. 마라가 한 가정의 수호천사 역할을 자처할 거라고 생각했다. 사샤에게 돌아오라고 설득할 것이다. 그녀는 부부가 헤어진 원인을 모르니까. 무슨 일이든 제삼자가 볼 때는 아주 좋고 이상적이니까. 그런데 마라는 약속 시간이 되어도 나타나지 않았다. 소샤는 포템킨이 예카테리나 2세를 들이려고 지은 궁전을 애수에 젖어 바라보았다. 안타깝게도 예카테리나에겐 다른 남자가 있었다. 포템킨은 더 이상 재미가 없었다. 예카테리나는 되고 소샤는 안 될 일이 무엇인가? 물론 그녀는 여제가 아니고, 그래서 궁전도 필요하지 않았다. 신축 건물의 원룸이면 족했다.

어느덧 마라가 도착했다.

그녀는 걸으면서 말했다. "사샤 앞에 더 이상 나타나지 말았으면 해요. 사라져 주었으면 합니다."

"당신이 무슨 자격으로 그런 말을?" 소샤가 놀라서 물었다.

"가장 확실한 이유가 있죠. 그 남자는 내 거니까요."

소샤는 눈을 조금 크게 떴다.

"그는 내 거예요. 몸도 마음도 모두 내 거예요. 이제 당신이 들어갈 틈은 없어요. 당신의 그 잘난 국도 더 이상 안 끓여도 되고요." 마라가 확신에 차서 말했다.

소샤는 암소를 도축장으로 끌고 갈 때 소들이 죽음의 공포를 느끼는데, 이 공포가 피에 전달되며, 피를 통해 근육으로 전해진다는 걸 읽은 적이 있었다. 인류 역시 남의 공포에 중독되는데, 그래서 공격적인 성향을 갖고, 범죄를 저지르고, 병에 걸리고, 빨리 늙는 것이다. 물론 바다나 숲이 준 선물을 먹고 마셔야 하지만, 이성을 가진 생명체를 섭취하는 건 영장류를 먹는 것과 다르지 않다.

소샤는 자기가 끓인 국을 혹독하게 평가하는 것보다 사샤의 이중적 태도에 더 충격을 받았다. 그는 두 얼굴을 가진 야누스였다. 뭐, 사정이 이렇다면…… 덕분에 모든 것이 명료해졌다. 양심의 가책을 느끼거나 괴로워할 필요도 없어졌다. 침착하게 이혼하고 서류를 정리하면 될 테니까. 사샤는 마라에게 넘기면 될 것이다.

"이거나 먹어!" 소샤는 창백하고 고운 손가락을 꽉 쥔 주먹에서 삐져나온 우아한 엄지손가락을 마라에게 내밀었다.

"그 남자는 내 거라고!" 마라는 그녀의 손을 외면한 채 아까 한 말을 되풀이했다.

"두고 보자고……."

그날 저녁 소샤는 사샤에게 돌아갔고, 엘리베이터지기 여자는 화물용 엘리베이터에 흔들의자를 싣는 소샤를 보았다. 안락의자가 소샤와 함께 흔들렸다.

마라 역시 그날 저녁 그의 아파트 벨을 눌렀다. 문을 연 건 소샤였다. 그녀는 앞치마를 두르고 있었다. 동양인 남편과 살면서 남자에게 24시간 봉사하는 것이 몸에 밴 듯 보였다.

"여기에 공작석 반지를 두고 갔어요." 마라가 용건을 말했다.

"어디에 뒀죠?" 소샤가 물었다.

"부엌에요. 아님 침실일 수도 있고." 마라는 사샤의 집에서 생활하던 영역을 언급했다.

하지만 소샤는 그녀를 집에 들이지 않았다. 잠깐 자리를 비웠다가 다시 돌아왔다. "반지는 없어요. 다른 사람 집에 두고 왔는지도 모르죠." 그리고 문을 닫았다.

사실 반지는 마라의 집에, 그것도 보석함에 있었고, 마라도 아는 일이었다. 단지 그들의 보금자리라는 수면에 돌을 던지고 싶었을 뿐이다. 바윗돌을 던지고 싶었지만 그녀의 손안에는 작은 타원형 공작석뿐이었다. 사샤는 죄책감을 느끼지 않았다. 그가 먼저 불러들인 게 아니었기 때문이다. 그날 밤 그를 찾아온 건 그녀였다. 물론 그가 유혹한 것도 아니었다. 침대에서 그를 옆에 뉜 것도 그녀였다. 더욱이 그는 아무것도 약속하지 않았다. 희망을 건 쪽도 그녀였다. 물론 그녀는 그를 사랑했다. 하지만 이 사랑 역시 그와는 상관이 없었다.

그럼에도 불구하고…….

일주일 후 사샤는 활짝 열린 엘리베이터에 탔다. 마침 마라가 타고 있었다. 그녀가 안에 있는 걸 미리 알았다면 16층까지 걸어 올라갔을 것이다. 둘은 말없이 엘리베이터를 타고 올라갔다. 사샤는 애써 그녀의 시선을 외면했고, 마라는 그를 뚫어져라 쳐다보았다.

마라는 그와 눈을 마주치려고 애쓰며 예의 집요함으로 말을 걸었다. "그럴 수도 있나 보죠?"

"그러게요."

그게 전부였다.

반년 후 소샤는 이라클리에게 돌아갔다. 마라는 애써 원인을 찾으려 하지 않았다. 사샤에게 돌아가지도 않았다. 물론 그도 그녀를 부르지 않았다. 그는 말과 기수가 한몸이 되어 한 방향으로 함께 나아가듯이 육체와 영혼이 결합된 여자를 원했다.

마라는 이제 두 집 살림을 하지 않았다. 디미치카에게 정착해서 다른 사람들에겐 그녀의 집에 아무런 문제가 없으며 자기는 행복하다고 말했다. 가족은 견고함을 목적으로 세워진 실험실이며, 그녀의 집은 단단한 요새라고 말이다. 실험실 얘기는 그녀가 지어낸 것이지만, 요새는 영국인들이 한 말이다. 하지만 이런 요새에 사는 그녀도 가끔은 아무런 이유 없이 히스테리를 부렸다. 그럴 때면 창밖으로 그릇을 던졌고, 그녀가 던진 찻잔이나 접시에 누가 다치기라도 할까 봐 디미치카는 공포에 사로잡히곤 했다. 결국 전화기로 달려가서 경찰을 불렀고, 마라는 공권력을 병적으로 두려워하여 바로 진정했다. 경찰이 오면 그가 25루블을 쥐어 주었고, 양측 모두 만족한 상태로 헤어졌다.

국민 한 명 한 명의 사적인 사건을 바탕으로 나라 전체의 사회 생활이라는 것이 흘러가고 있었다.

니키타 흐루시초프는 권력을 잡자마자 가장 먼저 스탈린을 비판했다. '스탈린은 우리의 전쟁 영웅, 스탈린은 우리 젊음의 비행'이었는데, 어느새 폭군과 살인자로 전락해 버렸다. 그대로 받아들이기는 쉽지 않은 일이었다.

마라는 리트카 노시코바같이 정치와는 동떨어진 사람이었다. 그들은 권력과 거리가 먼 작은 사람이었다. 대신 해빙기는 모든 봄의 호흡에 영향을 미쳤다. 《이반 데니소비치의 하루》가 출간되었다. 다들 그 책을 읽고 다른 시대가 도래했음을 깨달았다. '반체제 인사'라는 새로운 용어가 등장함과 동시에 '골수 반체제 인사' '악질적인 반체제 인사'라는 단어들이 파생되었다.

니키타 흐루시초프는 예전의 석상으로 존재하는 우상과 달리 살아 있는 사람이었다. 그는 더 이상 두려움의 대상이 아니었다. 심지어 그를 '옥수수밭(흐루시초프가 경제 위기의 소련을 살리기 위해 도입한 것이 옥수수 재배였다. 옥수수를 재배하여 부족한 식량과 사료를 해결하고 경제 수준을 끌어올릴 수 있다고 생각한 것이다.-옮긴이)'이라고 놀려 댔다. 하지만 그는 결국 자리에서 쫓겨나고 말았다. 그는 생존한 상태에서 쫓겨난 최초이자 유일한 국가원수였고, 이후 자연사했다. 이에 대해 조각가 어니스트 니이즈베스니는 공개적인 비판을 서슴지 않았고, 흰색과 검은색으로 그의 동상을 제작했다. 빛과 그늘을 형상화한 것인데 비극이기도 하고 희극이기도 했다.

흐루시초프 이후에는 역사가들의 말대로 '침체기'가 도래했다.

정치와 경제는 침체했을지 모르지만 마라의 인생에서 1970년 대는 격동과 공격으로 점철된 열정의 시기였다.

마라는 미르지크(결단력과 박력이 부족한 남자를 의미한다.-옮긴이)를 만났다. 그는 멀쩡한 이름과 성을 가진 오퍼레이터의 어시스턴트였다. 하지만 그녀는 그를 미르지크라고 불렀으며 그렇게 굳어져 버렸다.

방송국에서 처음 만난 미르지크는 마라보다 열 살 연하였다. 어느 날 우연히 함께 퇴근하는 길이었다. 마라는 방송국 일이 자유 시간까지 다 빼앗아 버리는 바람에 사생활에 할애할 시간이 전혀 남지 않는다고 투덜댔다.

　"나이가 어떻게 되는데요?" 미르지크가 의아하다는 듯 물었다.

　"서른일곱이에요." 마라가 대답했다.

　"서른일곱 살에 사생활을 논하다니요?" 미르지크는 정말로 놀라는 눈치였다. "그 나이면 사생활은 끝난 거 아닌가요? 기차는 떠나고 철도는 모두 분해해서 철거했고요."

　마라는 놀란 기색을 감추지 않은 채 모스크바에서 출장 온 이 바보 같은 남자의 얼굴을 바라보았다. 그 역시 고아원에서 자란 남자 특유의 눈으로 마라를 바라보았다.

　이후 그들은 이 시선이 무엇을 의미하는지 이해했다. 이것이 첫눈에 혹은 두 번째 눈에 반한 사랑인지는 정확하지 않다. 모든 것은 생각보다 복잡하면서 또 의외로 단순했다.

　이로써 사샤와 디미치카가 있는 층에서 살던 그녀의 삶이 끝났다. 그녀는 거기에 예전의 자신을 묻었다. 거기에서 벗어나야 했다. 어디든 상관없었다. 심지어 거리에서 아무 유대인이나 잡아 그와 함께 파란 바다 너머로, 집과 그 도시에서 최대한 멀리 떨어진 곳으로 떠나도 좋겠다고 생각했다. 하지만 거리의 유대인은 걸려들지 않았다. 대신 미르지크가 걸려들었다. 마라는 그가 자기보다 어린 데다 자기 상대로는 좀 약한, 전반적으로 봤을 때 다소 무른 남자라는 걸 깨달았다. 하지만 어떻게든 옛 생활을 청산

해야 했다.

마라가 다른 남자를 사랑한다는 말을 했을 때 디미치카는 그 말뜻을 이해하지 못했다.

"나 다른 사람을 사랑해요." 마라가 설명했다.

"그럼 사랑하면 되잖아. 뭐가 문제지?"

"나 당신을 떠날래요."

"뭐 하러?"

"다른 사람을 사랑하려면 그렇게 해야죠."

"내가 방해라도 된단 말인가?"

마라는 고개를 숙였다. 순간 디미치카가 미르지크보다 더 큰 사람처럼 보였다. 미르지크는 자기 혼자서 그녀를 차지하고 싶어 했다. 반면 디미치카는 자신이 더 이상 그녀에게 모든 것이 아니라 하더라도 옆으로 비켜서 멀리서나마 지켜 줄 마음이 있었다. 하지만 마라는 그를 자신의 궤도에서 밀어냈다. 그는 자기가 상처받는 게 두려운 것이 아니라 그녀가 상처받을까 봐 걱정하고 있는데 말이다.

마라는 울기 시작했다.

그들은 지금 카페에서 대화하고 있었다. 미르지크 역시 이 카페 끝에 있는 테이블에 앉아서 그들과 전혀 무관한 사람인 듯 지켜보았다. 디미치카가 마라를 데리고 떠나 버리거나 일이 실패로 돌아갈까 봐 사태를 주시하고 있었다. 그리고 미르지크라는 어리고 여린 남자가 승리했다.

그 후 그가 마라에게 말했다. "자기 머리가 다친 새처럼 덜렁거렸어요. 어찌나 안쓰러워 보이던지."

마라는 그때 생각했다. '그는 다친 새를 어디서 본 걸까? 설마 자기가 그 새를 다치게 한 건 아니겠지? 안쓰런 고아 같으니라고.'

마라와 미르지크는 모스크바로 이사했다. 마라는 내 생각이 나서 우리 집에도 왔는데, 미르지크도 함께였다. 그녀는 자기가 여자로서 얼마나 매력적인지 확인하려는 듯 어디든 그를 데리고 다녔다. 그는 그녀에게 트로피 같은 존재였다. 이를테면 존경받고 있다는 것을 증명하는 산 증인 같은 거였다. 미르지크는 마라를 신처럼 떠받들었다. 그녀가 말하는 것과 행동하는 것 모두 천재적이고 유일한 해답 같았다. 그는 마라의 몸에 자기 눈을 두고 온 것처럼 그녀에게서 눈을 떼지 않았다. 그의 사랑을 받는 세계에서 마라는 실제보다 더 예쁘고 화려하고 더 위대해 보였다. 미르지크는 그녀를 단상에 올렸고, 마라는 모든 사람 위에 우뚝 섰다. 나는 그녀를 우러러보았고, 나 역시 단상에 올라가고 싶어졌다.

그때는 내가 딸을 낳은 지 얼마 안 된 무렵이어서 우리에게 가장 중요한 삶의 당위성과 진실을 쥐고 있는 것만 같았다. 하지만 속싸개가 주렁주렁 매달린 내 삶은 그들이 가진 행복의 불꽃에 견주면 보잘것없어 보였다. 나는 고무 장난감의 마개를 빼낸 것처럼 내 삶의 당위성에서 무언가 중요한 것이 빠져나간 느낌이 들었다. 삶의 당위성 역시 공기 빠지는 소리를 내며 내게서 나가고 있었다.

우리는 부엌에 앉아서 차를 마셨다.

마라는 입을 여는 순간부터 미르지크를 자랑했다. "손 좀 봐요." 그의 손을 잡아서는 우리가 잘 볼 수 있게 앞으로 잡아당겼다. 딱히 특별할 게 없는 손인데도 마라는 유난히 크고 새하얀 이를 반짝이며 활짝 웃었다. "귀도 보세요."

그녀는 예세닌(러시아의 시인-옮긴이)을 연상시키는 그의 곱슬머리를 공기 중에 흩뿌렸다. 미르지크는 그녀에게서 빠져나오려고 애를 쓰는데 마라는 웃느라 정신이 없었다. 내가 본 그들은 행복했고, 기뻐했고, 서로에게 호감을 느꼈다. 미르지크의 행복이 태양 같다면, 마라의 행복은 반사된 달 같은 거였다. 하지만 둘 다 행복하다는 사실은 변함이 없었다.

그러다 마라가 갑자기 미르지크를 억지로 일으켜 세우더니 나갈 채비를 하기 시작했다. 아이는 자고 있었다. 우리는 그들을 배웅하러 나갔다.

마라가 나를 앞세워 걸으면서 남편을 버리라고 설득하기 시작했다. 남편을 버리면 얼마나 좋은지 모른다고, 다시 태어나서 새 삶을 시작하는 것 같다고.

나는 마라의 이야기를 듣는 동안 남편과 지질학 팀에서 처음 만나 자연스레 연애를 시작한 일이 떠올랐다. 우리는 4인용 텐트에서 둘만의 오붓한 시간을 보내는 게 불편하여 늦은 밤에 타이가 지역으로 갔다. 그리고 늪지대와 개미가 없는 곳을 찾아 한참을 헤맸다. 마침내 평평한 땅을 찾았다고 생각하여 트렌치 코트를 바닥에 깔았는데 바로 그 순간 트럭의 전조등이 우리를 비추었다. 우리가 자리 잡은 곳이 도로였던 것이다. 나는 염소처럼 관목 속으로 들어갔는데, 급하게 움직이느라 그만 브래지어를 잃어버리고 말았다. 아침에 동료 지질학자들이 브래지어를 찾았지만 내게 돌려주지 않았다. 내가 공산주의청년동맹 회의에서 사회를 보며 공산주의청년동맹의 회원으로서 명예와 양심을 지켜 달라고 호소하자 그들은 교활하게도 뒷자리에서 보란 듯이 나에게 브래지어를 보여 주었다. 순간 나는 머릿속이 하얘지면서 얼굴을 붉혔고, 이로써 그들은 소기의 목적을 달성한 셈이었다.

옛날 일이지만 지나고 보니 그때가 좋았지 싶었다. 10년이라는 세월 동안 우리의 사랑은 지치고 매일 입는 작업복처럼 무덤덤해졌다. 하지만 나는 새로운 삶을 시작하지 않을 것이며 내 미래는 스텝 지역처럼 길고도 단조로울 거라는 사실을 알고 있었다.

우리는 그들을 배웅하고 돌아오는 동안 서로 낯선 사람처럼 말없이 걷기만 했다. 어쩌면 남편 역시 나와 같은 생각을 했는지도 모른다. 우리 아이는 잠에서 깨어나 울고 있었다. 내 삶이 딱해서 아이가 우는 것만 같았다.

마라만 봐도 그렇다. 그녀는 양초처럼 불을 밝히고, 연기를 내뿜고, 밀납을 잔뜩 떨어뜨려 놓았다. 이걸로 어쩌겠다는 것인가?

그녀는 내게 운명적인 열정과 삶의 뜨거운 호흡에 대한 향수를 불러일으켰다. 그건 그렇고 문제는 내가 아니라 그녀였다.

아무튼 마라와 미르지크는 모스크바에 있었다. 두 사람은 비비레보에 있는 그의 원룸에서 함께 살았다. 비비레보는 모스크바와 칼루가의 경계에 있었다. 하나같이 똑같이 생긴 아파트들을 보고 있자면 여름 장마를 견뎌 내는 것처럼 우울한 생각이 들곤 했다.

마라는 목수인 게나를 불렀다. 게나는 확장형 발코니 벽에 나무를 두르고, 벽과 천장에 단열재 시공을 하고, 스팀 라디에이터를 설치했다. 이렇게 해서 복도처럼 폭이 좁고 길긴 하지만 아쉬운 대로 방이 하나 더 만들어졌다. 마라는 그 방에 테이블을 두고 싱거 재봉틀을 올려놓았다. 벽에는 다리미판을 세워 두었다. 그리고 앞을 향하여 전진. 그녀에겐 익숙하고도 사랑스러운 길이었다. 그녀는 내외적으로 마음에 드는 사람에게만 옷을 지어 주었다. 그녀는 우정을 향해 돌진했고, 종이 한 장 들어갈 틈도 없이 상대에게 밀착하는가 싶다가도 돌연 관계를 끊고 다투기 일쑤였다. 그녀는 누군가와 사이좋게 지낼 수 있는 사람이 아니었다. 내면에서 악마 근성이 요동치는 건 어찌할 수 없는 일이었다. 그녀는 원래 지옥에 거주 등록이 돼 있는 사람이었다.

1년 후 마라는 비비레보에서 쿠투좁스키대로(모스크바 시내에 있는 대로-옮긴이)로 이사했고, 중고 모스크바(단종된 러시아산 자동차-옮긴이) 한 대와 일제 사진기 세이카를 장만했다. 사진기는 미르지크에게 주려고 산 거였다. 마라는 그가 사진작가가 되어 조국이 필요로 한다면 추하고 아름다운 것을 가리지 않고 전부 찍어서 남기길 원했다. 노동자 계급이던 그가 처음으로 퍼스트 클래스에 진입하려는 순간이었다.

마라는 새 아파트의 벽을 헐고 어두운 방 하나를 재단하듯 만들었는데, 용도는 인화실이었다. 마라는 미르지크가 피사체를 발견하는 것뿐만 아니라 고르는 것도 도와주었다. 그녀는 이번 기회에 자신이 많은 재능을 타고났음을 깨달았다. 미르지크는《뉴스》(소련 시절의 긍정적인 모습을 선전하기 위해 창간한 잡지-옮긴이)에 스카

웃되어 소련 시절의 사람들이 사는 모습을 선전하는 일을 하게 되었다. 사람들이 그의 재능을 알아볼 수 있게 도와준 장본인도 마라였지만, 그가 회사의 모든 사람과 싸우도록 조장한 사람 역시 마라였다. 결국 미르지크는 회사에서 쫓겨나고 말았다.

마라는 부작용을 동반하지만 효능이 아주 좋은 약 같은 존재였다. 치료가 되긴 하지만 약 때문에 기운이 없고 구토를 동반하는 것 말이다. 부작용이 있지만 효과 좋은 약을 복용할지 말지는 각자 알아서 결정할 문제였다.

미르지크는 다른 방도가 없는 것 같아서 그녀가 하자는 대로 하다가 어느 날 불현듯 다른 방법이 없는 것도 아니라는 걸 깨달았다. 결국 마라 대신 젊고 상냥한 여자의 품으로 떠났다. 그 여자는 그의 아이를 가졌으며, 그녀에게 그는 더 이상 미르지크가 아니라 점잖은 레오니드 니콜라예비치 씨였다. 마라와 있을 때는 자기 이름이 뭐였는지도 잊고 살았는데.

그들의 사랑이 시작되던 지점으로 돌아가 본다면 마라를 향한 감정이 새로 만난 여자와 비교도 안 될 만큼 강렬하긴 했다. 하지만 마라와는 미래가 없었다. 차 한 대를 더 사고 별장을 구입하여 비닐하우스를 설치하며 사는 삶도 나쁘지 않다. 하지만 이 모든 것이 누구를 위한 일이란 말인가? 미르지크는 자기 자신만을 위한 삶이 공허하게 느껴졌다. 그는 아들을 원했다. 아들에게 행복한 어린 시절을 선물하고 자기 사업을 물려주고 싶었다. 아들 하나만 있으면 행복할 것 같았다. 미르지크는 고아원에서 자란 터라 어린 시절이 얼마나 소중한지 누구보다 잘 알고 있었다.

마라는 미르지크가 누리는 부를 빼앗으면서까지 그를 옭아매려고 애썼다. 하지만 미르지크는 걸려들지 않았을 뿐만 아니라 그녀에게 받은 걸 돌려주지도 않았다. 상식적으로 그가 성공할 확률은 제로에 가까웠다. 마라는 자신의 자석 같은 폭풍으로 던지고 돌리면 사진기 세이카뿐만 아니라 두 개씩 있는 기관, 즉 팔, 다리, 눈까지도 포기시킬 수 있을 줄 알았다. 하지만 그는 아무것도 돌려주지 않았다. 세이카를 가져가는 것도 모자라서 토끼가 여우를 내쫓듯이 그녀를 집에서 몰아냈다. 미르지크를 만난 대가는 참으로 어마어마했다.

그는 직장에도 복귀했다. 온 세상이 그의 재능에 매료되었다. 전 세계라기보다는 그가 자기 머리로 이해할 수 있는 세상을 정복했다는 표현이 더 정확하다. 미르지크는 마라 없이도 잘 살 뿐만 아니라 오히려 그녀와 있을 때보다 사회에서 더 좋은 위치를 차지했는데, 마라는 이 점을 가장 견디기 힘들어했다.

마라는 자기 인생의 터닝포인트에 또다시 우리 집에 와서 며칠을 묵고 갔다. 그녀는 정말이지 머리 둘 곳, 즉 잠잘 데가 없었다. 모스크바 곳곳에 지인이 넘쳐났지만 그녀는 누구에게도 쓸모없는 존재였다. 모두가 승승장구하며 사회적으로 성공한 사람을 원할 뿐 빈털터리에 집에서 쫓겨난 그녀를 원하는 이는 없었다. 그녀 역시 잡지 표지에 나오는 유명인은 싫었다. 우리처럼 평범한 사람에게 기대고 싶어 했다. 우리는 지질학자이며, 발 밑에 있는 땅은 출렁이지 않고 우리를 지탱해 주었다.

남편은 한 층 아래에 있는 부모님 댁에서 자고, 마라는 내 옆에 누웠다. 하지만 이런 비극적인 순간에도 마라는 변하지 않았다. 마라는 비염을 치료한다며 소독 효과가 있는 마늘을 코에 집어넣었고, 그것 때문에 코가 막혀서 코를 골며 잤다. 정작 나는 익숙하지 않은 소음과 불쾌한 냄새 때문에 잠들 수가 없었다. 한참을 뒤척이다 3시쯤 어렵게 잠이 들었다. 하지만 내가 잠든 그 순간 마라는 잠에서 깼다. 그녀는 위로가 필요했는데, 그러려면 잠들지 않고 깨어 있어야 한다는 게 문제였다.

마라는 나를 흔들어 깨워서는 미르지크를 위해 디미치카를 버리고, 집을 나오고, 그녀가 좋아하는 건축물들이 있는 레닌그라드를 떠나오는 등의 희생을 했노라며 하소연을 했다. 그가 처음에는 심부름꾼처럼 가라면 가고, 가져오라면 가져오는 등 시키는 대로 다 하는 사람이었다는 것도 잊지 않고 입에 올렸다. 하지만 지금은 어떤가. 뭔가를 이루자 과거의 증인 따윈 더 이상 필요없어진 것이다. 그녀는 어리석게도 그의 얼굴만 봐도 무슨 생각을 하는지 어떤 감정을 느끼는지 안다고 생각하며 믿었던 것이다. 그는 그런 그녀를 이용했고, 레몬에서 즙을 짜내듯이 즙만 쏙 빼먹고 내버렸다. 그것도 아는 이 하나 없는 낯선 도시에.

"돌아가요. 디미치카가 반갑게 맞이할 거예요." 내가 조언했다.

마라는 말이 없었다. 머릿속이 복잡한 것 같았다. 다시 16층으로 돌아가면 눈동자가 노란 사샤가 있었다. 그는 손만 뻗으면 닿을 정도로 아주 가까운 곳에 있었지만, 심적으로 굉장히 멀게 느껴졌다. 마치 다른 시간대에, 이를테면 21세기에 존재하는 사람처럼. 아, 사샤, 사샤, 별의 반짝임은 어디 있으며, 당신의 나이팅

게일은 어디에서 노래하나요? 과거의 당신은 어디에 있나요? 그녀는 그를 만난 순간부터 자신이 가진 소중한 것을 지키는 일을 중단했다. 전에는 남편이나 집, 자신이 이룬 재산을 버린다는 건 상상도 하지 못했다. 하지만 사샤를 만나고 나서는 모든 것이 그가치를 상실했고, 모든 것이 바람에 날아가 버렸고, 아까운 것이 하나도 없어졌다.

그녀는 상황이 악화될수록 더 좋아했다. 미르지크는 아무래도 상관없었다. 사실 그녀도 미르지크를 이용했다. 물론 미르지크 역시 효과는 좋지만 부작용이 있는 약과 다를 게 없었다. 덕분에 병이 낫긴 했지만 그녀는 불구가 되었다. 남의 집에서 코에 마늘이나 집어넣으며 신세를 졌으니까. 한 남자는 '남자'를 만들어 주고, 또 다른 남자는 사진기자를 만들어 주었는데, 이 무슨 기구한 운명이란 말인가? 게다가 그 대가는 무엇인가?

"은혜를 어떻게 이렇게 갚을 수가 있냐고?"

"자기도 자기가 좋으니까 그랬으면서 뭘 그래요." 나는 상황을 객관적으로 볼 수 있게 도와주려고 했다.

"그게 뭐가 중요해?"라는 내 말을 이해하지 못했다.

"이타적이지 않다고요. 폐쇄적이고. 사람이 폐쇄적이면 통조림 속에 든 음식처럼 비타민이 파괴되어서 결과적으로 몸에 해로워지죠."

"그럼 자기는 남을 위해 하는 게 뭔데? 다른 남자의 아이를 키워 주기라도 한다는 건가?"라고 마라가 질문했다.

그녀가 묻는 의도와 달리 나는 딸이 떠올랐고, 그러자 마음이 누그러졌다. "딸아이는 '숫자 이' 대신 '숫자 아'라고 해요. '옆으로 좀 가' 대신 '여푸로 좀 가'라고 하죠. 나는 딸이 바르게 말하고 아동용 변기에 앉아서 스스로 볼일 보는 법을 알려 줄 거예요. 유치원에 갈 준비도 시켜 줄 거고. 사람들과 어울리는 법 역시 내가 가르칠 거예요. 그리고 아이에게 밝은 미래를 보장해 줄 거예요."

"현재가 아니라 미래가 밝아야 하는 이유는 뭐지?" 마라가 물었다.

나는 그녀의 얼굴을 보았다. 그리고 상상했다.

"사회가 현재 제안할 수 있는 게 하나도 없을 때 사회는 밝은 미래를 약속하는 법이니까. 뻔뻔하게 지키지도 못할 약속을 하는 거지. 그런데 자기는 그걸 또 곧이곧대로 믿는단 말이지." 마라가 빈정거리며 말했다.

그러니까 내 세대는 허황된 약속을 믿는 세대인 셈이다. 그렇다면 스탈린을 믿은 기성세대는 어떤 세대였단 말인가? 그녀가 말하고 싶은 건 우리 모두 똥더미에 있고 그녀만 하얗고 고귀하단 뜻이었다.

"그럼 자기는 거기로 가면 되겠네요. 자기 같은 사람들이 있는 곳으로." 내가 조언했다.

"내가 왜 거길 가? 걔네들도 날 안 반길 테고. 나이 마흔이나 돼서 말이야. 중고는 중고품을 사고파는 가게에서나 그 가치를 인정받는 법이지. 난 이제 다 끝났어. 이제는 사라진 레네치카라는 여자의 말처럼 기차는 떠났고 선로도 이미 해체됐으니까."

"레네치카라는 여자가 누구죠?" 나는 누구를 말하는 건지 몰라서 물었다.

"누구긴 누구야 미르지크지."

마라는 스탠드를 켰다. 나는 그녀가 안 자고 움직이는 소리를 들었고, 나 역시 잠을 안 잤다. 마라는 또다시 나에게 무언가를 일깨워 주었다.

나는 그녀가 레닌그라드와 모스크바에서 디미치카와 미르지크라는 남자와 마흔도 되기 전에 이미 두 번이나 밝은 미래를 건설했던 사실이 떠올랐다. 세 번째 남자를 만나는 것도 가능하리라. 그런데 나와 남편은 5년 동안 아이도 없고 집도 없어서 부모님 댁에 얹혀 사는 부모님의 골칫거리였다. 지금의 원룸에서 투룸으로 이사하는 데 또다시 10년이 걸릴 터였다. 쉰 살쯤 되면 인간다운 삶을 시작할 거고, 다시 5년 후에는 은퇴할 것이다. 계산을 해 보라.

마라만 없으면 나는 아무 문제 없이 잘 산다. 엽서에 흔히 적는 '건강한 몸, 성공적인 사회생활, 행복한 사생활'처럼 말이다. 하지만 마라만 나타났다 하면 그녀의 노예가 되어 버린다. 내 맘대로 움직일 수 없게 온몸이 묶이고 두 눈은 말처럼 곁눈 가리개가 씌워진다. 그리고 내게 행복은 '나는 내가 얼마나 불행한지 모른다'라는 무지함에서 비롯된 것이었다.

그러다 마라가 사라지면 또다시 아무 일도 없었던 것처럼 원래대로 돌아간다. 다시 내 삶을 살면 된다.

이번에는 마라가 크림반도로 사라졌다. 바다는 언제나 그녀를 곤경에서 구해 주곤 했다. 그녀는 바닷물로 눈물을 씻어 내고는 태양 아래 무방비 상태로 누워 있었다. 멀리 만으로 가서는 알몸으로 바위에 누워 한 마리 도마뱀처럼 일광욕을 했다. 그런 식으로 잘려 나간 꼬리를 회복하는 거였다. 그녀는 도마뱀처럼 손상된 신체의 일부를 재생하는 능력이 있었다.

미르지크는 그녀에게 기차는 떠났고 선로도 이미 해체되었다고 말했다. 하지만 아니었다. 미르지크는 떠났어도 선로는 해체되지 않았다. 이제 새로운 열차만 오면 된다. 화물차 따위는 안 되고 오랫동안 행복한 삶을 영위하게 해 줄 화려한 열차가 필요했다. 간이역에 앉아서 행운을 기다리면 되는 일이었다. 하지만 이런 식이라면 운명은 또다시 제냐나 미르지크 같은 남자를 던져 줄 게 분명했다. 운명이 눈이 삘 수도 있기 때문이다. 그렇다면 그녀가 직접 자신의 운명을 개척하는 수밖에 없다.

사샤와 미르지크는 바람에 흔들리는 줄기 같았다. 그들은 지지대가 필요했다. 그런데 여자 나이 마흔이 되면 기댈 수 있는 강한 남자가 필요한 법이다. 그렇다면 누구를 지지대로 선택하는 것이 좋은가? 누가 호화로운 기차를 운행하는가? 물론 운전대를 쥔 자일 것이다. 권력 말이다. 그 이름도 유명한 모이도디르(러시아의 동화작가 추콥스키의 동화 제목이자 주인공 이름이며 만화영화로도 만들어졌다. 세면대인 '모이도디르'는 '구멍이 날 때까지 씻어'라는 의미를 갖고 있다.-옮긴이) 같은 사람, '모든 세면대의 상관이자 목욕솔의 지휘관' 말이다.

하지만 어디 가서 그런 사람을 찾는단 말인가? 모이도디르 같은 사람을 만나는 건 절대 쉬운 일이 아니다. 그를 만나러 가려면 출입증이 있어야 한다. 경찰관은 이 출입증과 여권 정보가 맞는지 비교하고 여권 번호, 일련 번호 그리고 거주등록증을 암기한다. 여권 발행 날짜도 암기하고 발행 기관도 기억해 둔다. 물론 모스크바는 이탈리아가 아니고 모이도디르도 일흔 살이라 큰 효용 가치는 없겠지만, 모이도디르에게 용건이 있다며 들어가서는 그에게 총을 겨눌지도 모르는 일 아닌가. 그의 피는 이미 혈관에서 시큼한 요구르트처럼 굳어 버렸다.

한편 목표는 정해졌다. 마라는 장거리 로켓처럼 목표 지점을 향해 출발했다. 태양의 에너지를 받고 잘려 나간 꼬리를 완벽하게 복원한 뒤 모스크바로 돌아가서 미르지크의 목에 걸려 있는 세이카 카메라를 벗겨 내다 하마터면 목까지 자를 뻗했다. 미르지크는 모이도디르와 선약이 돼 있었고, 그녀는 필요한 서류를 챙겨서 자신이 미르지크인 양 그의 집무실에 들어갔다.

모이도디르는 이미 사진 찍을 사람이 오리라는 걸 알고 있었다.

마라는 다리를 꼬고 앉아서 그의 얼굴을 자세히 살펴보기 시작했다. 모이도디르는 늙은 데다 바싹 마른 귀뚜라미처럼 생겼다. 안경 때문에 눈이 더 커 보였다. 재킷 안 등 쪽이 불룩 튀어나왔는데 혹인지, 휴대용 산소주머니인지, 날개 같은 걸 고정해 놓은 건지 알 수가 없었다. 무표정한 얼굴은 추상적이었다.

"안경 좀 벗어 주실 수 있을까요?" 마라가 공손하게 부탁했다.

그는 순순히 안경을 벗어서 책상에 내려놓았다.

마라는 카메라 셔터를 몇 번 눌렀지만 무언가 성에 차지 않았다. "생기 있는 표정을 좀 지어 주세요."

하지만 그것은 그의 능력 밖이었다. 마라는 그의 얼굴을 바꿀 수 없자 카메라 앵글을 바꿔 보기로 했다. 우선 의자에 올라가서 셔터를 눌렀다. 다음은 바닥에 누웠다. 쪼그려 앉기도 했다. 그 바람에 웃옷의 단추가 풀리자 모이도디르는 골고루 적당히 선탠된 데다 아기 돼지 두 마리처럼 봉긋한 마라의 베이지색 가슴에 시선이 갔다.

모이도디르는 이런 가슴을 마지막으로 본 게 언제인지, 혹은 본 적이나 있는지 기억도 나지 않았다. 높은 위치에 있긴 했지만 그 역시 남자인지라 순간 멈칫했다. 너무 놀란 나머지 멈췄던 피가 움직이면서 혈관을 따라 돌기 시작했다. 조금 전까지만 하더라도 이름과 직위로 자신을 기억했는데, 드디어 자신의 생물학적 성이 떠올랐다. 얼굴에 생기가 돌기 시작했다. 사진은 좀전까지만 해도 도달하기 힘들던 수준까지 다다랐다.

운명의 당구공은 스폿을 향해 출발했다. 그 무엇도 방해만 안 하면 될 것이다. 마라는 공이 순조롭게 스폿 안에 들어가도록 노력했다. 그녀는 두 여비서의 영혼에 뇌물을 먹여서 요새로 들어가는 진입로를 확보했다. 이제 곧장 요새로 들어가면 된다.

마라는 모이도디르를 길들였고, 얼마 지나지 않아서 그는 그녀가 늘 옆에 있어 온 것만 같은 착각을 하기에 이르렀다. 젖먹이 아이가 어머니에게 느낄 법한 감정이었다. 최근까지만 하더라도 그가 세상에 존재하지 않았다는 의미였다. 세상 그 어디에도 말이다. 하지만 어느 순간 그는 태어나 있었고, 이젠 그녀가 늘 옆에 있었던 것만 같았다.

지금까지 살아오는 동안 모이도디르에게 가장 큰 걸림돌은 나이였다. 복잡하면 할수록 무기력해지는 법이다. 이상하게 아무것도 할 수 없어지자 아무것도 하기가 싫어졌다. 마라는 자신의 자석 같은 폭풍으로 이 무기력증을 날려 버렸는데, 올림픽 경기 전에 흐린 하늘을 향해 대포를 쏘아서 먹구름을 흩뜨리는 것과 일맥상통했다. 무기력증에서 막 깨어난 모이도디르는 활기차게 움직이기 시작했다. 4개월 후 마라는 시내 주택가 벽돌 건물의 투룸 아파트에서 살았고, 모이도디르는 자기 집처럼 드나들었다.

마라는 더러운 것을 극도로 싫어하여 실내용 슬리퍼를 신고 엘리베이터 앞까지 나와서 그를 기다렸다가 신발을 갈아 신겼다. 그리고 모이도디르를 욕조에 넣어서 물에 적시고는 그날 하루 쌓인 때를 포함하여 그의 모든 과거를 씻어 내곤 했다. 모이도디르는 부드러운 거품 속에 누워서 '이런 게 행복이지!' 하며 흡족해했다. 나이 일흔에 말이다. 하지만 그런 순간에도 죽음에 대한 생각이 고개를 들 때면 슬퍼지곤 했다. 노년에 갑자기 찾아온 새로운 삶과 헤어진다는 것이 쉬운 일은 아니기 때문이다. 그는 슬픈 생각을 떨쳐 버리려고 노력했다. 나폴레옹의 어머니가 아들의 재위 기간을 가리키며 "이것이 최대한 오래 지속되기를!"이라고 말한 것처럼 말이다. 그녀는 아들이 세인트헬레나섬에 갈 것을 대비하여 순모 양말을 떴다.

목욕 후 두 사람은 식탁 앞에 앉았다. 카렐리아산 자작나무 식탁에 접시는 흰색이 섞인 파란색 영국산 자기였다. 접시에는 송아지 고기로 만든 프리카델러(덴마크의 미트볼 요리-옮긴이)를 쪄낸 음식이 담겨 있었다. 다진 고기로 커틀릿을 만들어서 그 위에 생크림을 얹은 요리였다. 크리스털 잔에는 레몬을 넣은 비트 주스를 담아냈다. 비트는 피를 맑게 하고 발암 물질을 없애는 효능이 있다. 마라는 일본 여자처럼 용을 그려 넣은 가운을 걸쳤다. 게이샤처럼. 일본인들은 삶의 의미를 잘 알고 있다. 점심 식사와 다도 그리고 또 하나의 의식.

모이도디르는 말년에 집과 여자를 얻었다. 그의 아내는 사생활보다 사회 활동을 더 중요하게 생각하는 사람이라 집안일은 폐쇄적이고 영악한 가사도우미 발랴가 맡아서 했다. 아들의 나이는 쉰이고, 손주들을 돌봐 준다. 모이도디르는 외로움을 이겨 내고 자신이 맡은 분야에 한해 조국에 봉사하기 위하여 아침부터 밤까지 열심히 일했다. 그런데 어느 날 불쑥 마라가 그의 인생에 끼어든 것이다. 그는 마라가 조국만큼이나 중요한 존재라는 걸 알아챘다. 어느 하나 소홀히 할 수 없는 상황이었다. 때로는 그의 인생에서 마라가 차지하는 비중이 더 컸다.

마라는 마라대로 모이도디르에게 감사의 마음을 갖고 있었다. 감사는 좋은 토양이다. 마법의 사랑나무까지는 아니어도 좋은 유실수 정도는 충분히 키울 수 있다.

마라는 재봉과 사진뿐 아니라 국가직에도 소질을 보였다. 그녀는 퐁파두르 부인과 닮은 구석이 있었다. 퐁파두르화되었다고 할 수 있었다.

전에 만난 사샤와 미르지크의 경우는 마라가 창조하고 빚어내고 만들어 낸 남자들이었다. 자기 만족도 없지 않았다. 그녀가 그들을 창조하고 사용했다 하더라도 그들 역시 자기 몫을 챙겼다.

사샤는 정신, 육체 그리고 희망을 견고히 했다. 미르지크는 일과 돈을 손에 쥐었다.

반면 모이도디르는 그녀를 창조했다. 창조자로서 마라는 존재할 뿐이었지만 사용자로서 마라는 환희했다. 모이도디르는 일부러 잡으러 나가지 않고도 몇 움큼씩 사용할 수 있는 사람이었다.

마라는 어느 순간부터 누군가의 도움 없이 사회 활동을 하고 싶어졌다. 그녀는 방송통신대학에서 교육학을 이수했다.

모이도디르는 마라를 교육학 아카데미 산하 대학에 취직시켜 주었다. 마라는 부서를 총괄하고 이후엔 대학을 총괄하기 위해 논문을 쓰기 시작했다. 어쩌면 아카데미 전체를 총괄할지도 모를 일이다. 그게 어때서? 기차는 움직인다. 게다가 그녀가 가는 길은 거칠 게 없었다. 그녀는 똑똑한 거장이니까.

주말이면 모이도디르는 가족과 함께 별장에서 시간을 보냈다. 마라가 숨통을 트는 날이었다.

얼마 전 주말 마라가 새로운 힘을 과시할 요량으로 나를 불렀다. 내가 자기 집을 구경하면서 아부해 주기를 바랐으리라.

가장 놀라운 건 광활하다시피 넓은 복도와 천장과 벽에 설치한 조명이었다. 타우리스궁전(러시아 상트페테르부르크의 궁전으로 그리고리 포촘킨 공의 저택이다.-옮긴이)에서 가져온 것처럼 아름다웠다. 포촘킨이 걸어 놓은 걸 마라가 떼어다 자기 집에 달았는데, 지금은 마라가 여제이기 때문이라고 해도 믿을 것 같았다. 다양한 전등이 어슴푸레한 청동빛으로 주위를 비추었는데, 시간과 비밀, 알 수 없는 장인의 손길이 느껴졌다. 많은 돈이 드는 정부의 값비싼 집이었다.

바닥에서 천장까지 2.5미터나 되는 걸 보며 천장이 머리 위에 얹혀 있다시피 한 우리 집이 생각났다. 나는 우리 아파트를 참호라고 불렀으며, 축음기와 레코드판이 아주 잘 어울릴 것 같았다. "아가씨가 전쟁터로 떠나는……."(러시아 노래 〈등불(огонек)〉 중에서-옮긴이) 나는 시부모님이 사는 아파트가 생각났다. 1920년대 전연방레닌주의청년공산주의자동맹 당원이던 그들은 아무런 대가를 바라지 않고 헌신적으로 이 사회를 건설했다. 그들은 어떤 대접을 받았는가? 그들은 지금 캄무날카라는 공동주택에 살고 있다. 가림막으로 큰 방을 나눠서 창자 같은 방 두 개를 만들었다. 하지만 그들은 불평하지 않는다. 모스크바에 주거 면적이 모자라서 몸살을 앓는다는 걸 알기 때문이다. 그들은 아직 지하살이 신세를 면치 못했다. 아직은 참을 만하다는 의미다. 적당한 때를 기다리겠다는 뜻이기도 하다. 그런데 마라는 적당한 시기에 구릿빛 살갗을 보여 줌으로써 모든 걸 한꺼번에 얻었다. 밝은 미래를 기다리는 이들이 있는가 하면 밝은 현재를 누리는 이들도 있다.

마라는 내가 풀이 죽은 걸 보고는 자기를 부러워한다고 생각했다. 나도 루이 15세의 정부였던 퐁파두르 부인이나 모이도디르의 정부인 마라처럼 되고 싶었다. 하지만 현실은 비챠라는 남편과 사는 라리사라는 여자에 불과했다.

"자기는 뭐가 문젠지 알아?" 마라가 딱하다는 듯 물었다.

"그게 뭔데요?"

마라는 적합한 단어를 알면서도 다른 단어를 찾으려고 애썼다.

하지만 유사한 단어를 떠올리지 못했다.

"자기는 너무 정숙한 게 탈이야." 마라는 빙 돌려서 말했다.

"나는 이렇게 사는 편이 나아요."

"정절을 앞세워 결단력이 부족한 걸 숨기려는 거잖아."

"적어도 나는 남을 아프게 하지는 않죠."

"문제는 좋지도 나쁘지도 않다는 거지. 그들의 삶에 관여를 안 하니까."

그 순간 누군가 내 얼굴에 찬물을 끼얹은 것처럼 숨이 막혔다. 마라는 그 찰나의 침묵을 동의로 받아들였다. 그 문제가 완벽하게 해결된 거라고 생각하여 다음 문제로 넘어갔다. 은근슬쩍 화제를 바꾼 것이다.

"논문은 거의 다 썼어. 곧 발표도 할 거고."

내 남편은 6년 동안 가시 철조망을 통과하듯이 힘들게 논문을 써 나갔다. 그런데 마라는 양손으로 황금 물고기를 쥐고 내 앞에 서 있었다. 그 황금 물고기는 그녀가 원하는 거라면 뭐든 들어줄 수 있었다.

"주제가 뭐죠?" 나는 궁금한 척 넌지시 물었다.

"고등학생들의 성교육." 마라가 거만하게 대답했다.

나는 예의상 침묵했다. 마라가 정말로 이 분야의 전문가라면 자신이 가진 지식을 학생들과 공유하지 못할 이유가 없었다.

마라는 자신의 논문에 대해, 그중에서도 '교제 문화'를 다룬 챕터에 대해 이야기했는데, 여기에서 교제란 성적인 의미가 아니라 전반적인 교제를 의미했다. 학교에서는 그런 내용을 가르치지 않는다. 가정에서 해 주기를 바라는 것이다. 하지만 가정에서도 그런 것은 가르치지 않는다. 결과적으로 전 국민이 무지한 셈이었다.

마라는 나라별 종교별로 사례를 모아서 정리했다. 그녀의 이야기는 무척 흥미로웠다. 나는 계급 간 불평등으로 인한 고통을 잊고 있었다. 마라가 조종하는 최면의 파도가 나를 덮쳤다. 나는 바다 속 물고기처럼 그녀가 던진 미끼를 향해 나아갔다.

그런데 마라가 불쑥 다른 이야기를 했다. "혹시 자기네 이사하는 건 어때? 투룸으로. 셋이니까."

나는 말문이 막혔다. 이건 내 꿈이기도 했다. 넓은 공간을 갖는 것. 내게는 밝은 현재를 의미했다.

"그런 게 가능할까요?" 나는 기대를 숨긴 채 조심스레 물었다.

"그는 지금 페루에 갔어. 일주일 뒤에 돌아오면 얘기해 볼게." 모이도디르를 말하는 거였다.

이렇게 해서 지렁이는 미끼를 덥석 물었다. 나는 바늘에 걸려서 옴짝달싹할 수 없었다. 이제 나는 마라가 잡아끄는 대로 움직일 수밖에 없었다. 마라 역시 이런 기회를 놓치지 않았다.

일주일 동안 마라는 우리 집에 몇 차례 다녀갔다. 그녀는 우리 집 서재에 있는 책을 깨끗이 쓸어 갔다. 사실 서재라는 건 좀 과장이고, 나와 남편이 좋아하는 책이 조금 있는 정도였다.

마라는 우리 집에서 마음의 양식과 함께 평안까지 가져가 버렸다. 남편은 그녀를 미워했고, 그녀가 오면 신경질적으로 변했으며, 마음의 문을 닫았다. 마라는 그런 남편을 못 본 체하며 기회만

닿으면 그에게 뽀뽀하려고 달려들었다. 그럴 때마다 남편은 몸이 뻣뻣하게 굳었고, 미끌미끌하고 끔찍하지만 위험하지는 않은 악어가 덮치기라도 한 것처럼 그녀의 포옹을 견디기 힘들어했다. 그는 단 1초도 이 일이 잘되리라는 걸 믿지 않았고, 그녀에게 고분고분한 나를 경멸했다. 나는 나대로 그런 남편을 볼 때마다 마라가 눈치채서 모든 게 엉망이 되지나 않을까 노심초사했다. 그녀에게는 먹이를 아무리 풍족하게 줘도 숲을 그리워하는 늑대의 눈이 아니라 주인에게 복종하는 개의 눈이 필요했다.

나는 마라를 집 밖에 있는 숲으로 데리고 나가기 위해 여러 번 설득했다. 우리는 모스크바 변두리에 살았고, 근처에는 인간의 손길이 거의 닿지 않은 아름다운 숲이 있었다. 한때는 별장이 밀집한 곳이었다.

봄이 오고 있었다. 숲으로 들어가는 입구에 가녀린 버드나무 한 그루가 외롭게 서 있었다. 병아리처럼 연노란 털에 감싸인 새 순이 눈에 들어왔다. 버드나무는 댄스 파티에 나가려고 예쁜 옷을 차려입은 아가씨 같아 보였다.

마라는 그 존재 자체로 아름다운 버드나무를 보며 그 아름다움에 매료되었다. 이 아름다움을 일부 잘라다 꽃병에 꽂기로 결심했다. 아쉬운 대로 그렇게라도 그 아름다움을 소유하고 싶었다. 나는 그녀가 가지 하나 정도 꺾을 거라 생각했다. 좀 더 욕심을 내도 두 개 정도겠지 싶었다. 나무야 물론 아프겠지만 스스로 상처 난 자리에 진액을 바르고 나무껍질을 붕대처럼 감을 것이다. 그리고 시간이 지나면 상처는 회복될 것이다.

하지만 그때 마라가 보여 준 행동은 지금도 눈에 선할 정도로 기억이 생생하다. 그녀는 가지를 꺾은 것이 아니라 나무를 자기 쪽으로 잡아당겨서는 줄기 부분의 껍질을 벗겨 냈다. 그리고 두 번째, 세 번째 가지를 뽑아냈다. 그녀는 불쌍한 버드나무에게서 껍질을 몇 겹이나 벗겨 냈고, 버드나무는 헐벗은 채로 남겨졌다. 우리는 나무에서 떨어졌다. 나는 뒤돌아서서 버드나무를 보았다. 버드나무는 게슈타포에게서 방금 풀려난 것처럼 능욕당하고 만신창이가 된 모습으로 자신이 나무라는 것도 망각한 채 서 있었다. 나무는 다시 살아날까?

나는 방 하나가 더 있는 아파트 따위는 잊고 어서 원래 있던 지점으로 돌아가고 싶어졌다. 하지만 돌이키기엔 늦었다는 걸 알고 있었다. 참는 수밖에 없었고, 그저 꾹 참았다. 다만 한 가지는 꼭 물어야 했다. "나무는 왜 그렇게 한 거예요?"

"내가 받은 대로 돌려주는 거지."

첫 번째 남자인 젠카 스몰린은 그녀에게서 가지를 꺾을 때 아무렇게나 되는 대로 꺾었다. 다음에는 예의 바르고 신앙심 깊은 사샤가 있었다. 그리고 미르지크라는 고아를 만났다. 지금은 근친상간과 유사한 사랑을 주는 할아버지뻘 되는 모이도디르가 옆에 있었다. 그래서 마라는 자기가 당한 대로 사람이든 나무든 손에 집히는 건 뭐든 그렇게 돌려주고 싶었다.

우리는 버드나무에서 멀어졌다. 버드나무가 내 등을 보면서 '너도 딱하다.'라고 생각하는 것 같았다. 나 역시 나 자신을 향해 '너도 참 딱하다!'라고 말했다.

어느덧 일주일이 지났다. 모이도디르도 돌아왔다. 하지만 마라는 가타부타 말이 없었다. 그래도 나는 기다렸다. 그냥 기다린 것이 아니라 엄청난 압력 때문에 간신히 숨만 붙은 상태였다. 나는 점점 지쳐 갔고, 몸 안의 모든 신경이 곤두섰다. 내가 살 길은 확답을 얻는 것뿐이었다.

나는 낙하산을 타고 어두컴컴한 나락으로 떨어지는 것처럼 절박한 심정으로 그녀에게 전화했다. "오셨어요?"

"오셨어." 그녀의 차분한 목소리에서 품위가 느껴졌다.

"말해 봤어요?"

"말해 봤어." 그녀는 내가 전화한 이유를 모르는 듯 그 일에 대해 언급하지 않았다.

"그래서요?" 나는 그녀의 대답을 기다리지 못하고 물었다.

"별말 없었어." 마라는 침착하면서도 예의 그 품위를 유지하면서 말했다. "그 사람이 '당신의 그 끝도 없는 부탁에 나도 이제 질렸소. 동향인 우스마노프라는 타타르인을 병원에 입원시켜 달라지 않나, 아르타모노바라는 멍청한 여자를 도와달라고 하지 않나, 이제 나 좀 그만 괴롭히게. 죽을 때라도 마음 편히 죽게 해 줘.'라고 말하지 뭐야. 생각해 보면 그 사람 말도 맞는 게 그가 한없이 늘어나는 고무도 아니고 말이야." 마라는 편안하게 마무리 지었다.

우스마노프라는 타타르인이 누구인지는 알 수 없었으나 아르타모노바라는 멍청한 여자는 바로 나였다. 나는 전화를 끊고 한나절 동안 미친 여자처럼 넋이 나갔다. 남편은 오히려 환호했다. 나는 이 일을 계기로 삶의 중요한 교훈을 얻었다. 존경하지도 않는 사람에겐 무언가를 부탁하지 말 것. 내가 자초한 일이니 모욕을 당해도 할 말이 없었다. 내가 씨를 뿌렸고, 그게 바로 내가 뿌린 씨의 결과였다. 이것이 인생이다. 이것이 인생의 논리인 셈이다.

나는 이번에 얻은 교훈을 숙지하여 앞으로 오랫동안 적용해 나갈 결론을 내렸다. 앞으로는 마라와 어울리지 말 것. 무슨 일이 있어도. 그 문제가 무엇이 되었든 말이다. 그녀가 전화하면 나는 바로 끊어 버렸다. 또다시 전화벨이 울렸지만 받지 않았다. 비겁한 측면이 없지 않았다. 내가 전화를 받아서 '알았어요'라고 대답하면 그녀가 또다시 내가 사는 굴 속에서 나를 끄집어내어 최면을 건 뒤 자신의 전자석으로 나를 빨아들일 거고, 그러면 나는 또다시 토끼처럼 그녀의 먹잇감이 되어 그녀가 벌린 주둥이 속으로 기어 들어가리라는 걸 알았다.

그녀는 그녀의 삶을 살면 된다. 나는 내 삶을 살면 될 것이다. 시인 보즈네센스키의 글이 떠올랐다. "우리는 살아남는 법을 배운 것이 아니라 속도계의 한계치를 짜내는 법을 배워 왔다." 나만 하더라도 내 안의 한계를 극복하려는 노력을 하지 않는다. 내 삶의 원칙은 '조용히 갈수록 멀리 가는 법'이다. 어디에서 멀리 간단 것인가? 여정의 시작 지점에서 멀리 간단 말인가, 아니면 내가 추구하는 목표에서 멀어진다는 말인가? 하긴 내가 추구하는 목표가 뭔지부터 알아야겠다.

5년이 흘렀다. 러시아는 5년 전이나 지금이나 변한 것이 없다. 조용하기 그지없는 레오니트 일리치 브레즈네프는 프라하의 봄

(1968년 체코슬로바키아에서 일어난 민주자유화 운동-옮긴이)을 보고 잔뜩 겁을 먹은 나머지 아무런 변화가 일어나지 않는 방향으로 노력했다. 변한 것은 없었다. 아무런 변화도 없었으며, 따라서 혁신적인 그 무엇도 일어나지 않았다. 삶은 점점 늪지화되고 개구리밥은 그 반경을 넓혀 갔다.

내 사생활에서도 특별히 달라진 건 없었다. 우리가 사는 협동조합형 아파트는 누군가 죽거나, 이혼하거나, 아파트가 매물로 나오거나 하는 변화가 끊임없이 일어났지만, 우리는 여전히 방 하나짜리 아파트에 살았기 때문에 이 변화마저 나와는 거리가 멀었다. 더 넓은 곳으로 옮기려면 협동조합 대표에게 뇌물을 줘야 하는데, 우리는 얼마나 줘야 하며 어떻게 줘야 하는지도 몰랐다. 어설프게 시도했다가 괜히 대표를 기분 상하게 만들까 봐 두려웠다.

나는 그때 이후로 마라와 더 이상 어울리지 않았지만 그녀의 근황은 알고 있었다.

마라는 과학 아카데미 산하에 있는 권위 있는 공기업에서 일했다. 그녀에게는 일종의 훈련장 같은 곳이었다. 그곳에선 끊임없이 전투가 일어났고, 말과 사람들이 서로 뒤엉켰다.

그녀는 모이도디르를 움직이는 영향력과 권력이 더 막강해져서 경계를 찾기 힘들 정도였다. 마라는 누군가를 해고하고, 누군가를 특정 직책에 앉히며, 논문을 발표하거나 논문 발표를 멈추게 하는 등 모든 일을 자기 마음대로 했다.

마라는 두 번째 단계인 부작용 단계에 진입했다. 그녀로 인해 같이 일하는 사람들이 다리에 힘이 빠지고 욕지기를 느꼈다. 그녀를 제거해야 했다. 하지만 그보다 먼저 그녀가 또다시 다른 사람에게 해를 끼치지 못하도록 조치를 취해 놓아야 했다. 이 일은 실험실 책임자인 카르체바가 맡아서 하기로 했다. 카르체바는 모이도디르가 아무것도 모르는 거라고 확신했다. 마라가 그의 이름을 뻔뻔하게 사용하면서 결국은 그를 곤경에 빠뜨렸다고 말이다.

카르체바는 모이도디르에게 내선으로 전화해서 자기 소개를 한 뒤 그가 진실에 눈을 뜨고 정의가 제자리로 돌아갈 거라고 생각하면서 전화를 끊었다.

하지만 상황은 나쁜 결말로 끝나는 동화처럼 진행되었다. 일주일 후 이 실험실은 흔적도 없이 사라져 버렸다. 실험실이 없다면 책임자라는 직책도 없을 거고, 따라서 360루블이라는 급여도 나갈 일이 없었다. 마오 주석 어록(당시에는 마오 주석의 어록에서 삶의 해답을 찾을 수 있다고 생각했다.-옮긴이)도 소용이 없었다. 입구의 경비원도 출입증이 없는 한 들여보내 주지 않았다. 마라는 새하얀 이를 반짝이면서 큰 소리로 여봐란듯이 웃었다.

공산주의자 카르체바는 어디로 사라졌을까? 그녀의 행방을 아는 사람은 없었다. 결과를 받아들이지 않고 저항하거나 저항의 무의미함을 깨닫고 항복했을 것이다. 모이도디르는 무소불위의 권력을 가진 자였다. 모든 불만은 최종적으로 그의 귀에 들어갔다. 그녀는 마라에게 불만을 품었거나 권력을 노렸을 수도 있다. 들리는 소문에 의하면 그녀는 정년까지 남은 5년을 채우기 위해 청소부로 등록되었지만, 정부에서 지급하는 차는 더 이상 타고 다니지 못했다. 겨울이 오면 눈을 쓸고 가을엔 떨어진 나뭇잎을 쓸면 된다. 그걸로 족한 것이다.

희생양이 자발적으로 사라졌다. 이 일 이후 직원들은 겁을 먹고 입을 틀어막은 채 자기 굴 속으로 숨듯 자기 자리에서 숨을 죽이고 일했다. 반면 아첨꾼들은 들에 핀 센토레아 꽃처럼 승승장구했다. 마라는 크고 완전한 권력의 맛을 또 한 번 느꼈다. 줄 두 개에 별 하나를 단 소령처럼 말이다.

한편 디미치카는 마라와 헤어진 뒤 다른 여자를 만나서 데이트를 잠깐 했고, 점잖은 사람이 대개 그렇듯 결혼을 결심했다. 마라는 이 사실을 알고 두어 군데 전화하여 그를 정신병원에 집어넣었다. 정신병원에서는 정체불명의 약을 주사했고, 그 바람에 디미치카는 뚱뚱해지고 멍청해져서 더는 아무것도 하고 싶어 하지 않았다.

지인들은 디미치카에게 시암고양이를 선물해 주었다. 그는 고양이에게 마라라는 이름을 지어 주었다. 고양이는 얼마 후 새끼 쿠쟈를 낳았다. 마라와 쿠쟈가 디미치카의 가족인 셈이었다. 디미치카는 출장을 가거나 휴가를 떠날 때면 고양이를 맡길 데가 없었기 때문에 바구니에 넣어서 데리고 다녔다.

마라는 그를 다른 여자에게 주고 싶지 않았다. 다른 사람에게 양보하는 데 신물이 났던 것이다. 디미치카는 애써 저항하지 않았다. 그는 카르체바처럼 순순히 받아들였다.

하지만 자연에는 밸런스라는 것이 존재한다. 혹독한 겨울이 지나면 무더운 여름이 오는 법이다. 물론 무더운 여름 후에는 혹독한 겨울이 찾아온다. 마라에게 복수한 사람은 지방에서 모스크바로 일하러 온 계약직 연구원 로메예바였다.

잠깐 로메예바를 소개하자면, 그녀는 우랄산맥 출신이며 성공을 위해 모스크바까지 온 여자였다. 지방에서 대도시로 올라와 계약직으로 일하는 사람들은 나폴레옹의 군대처럼 한번 왔다가 사라지는 존재가 아니었다. 그들보다 다루기 힘들고 까다로웠다.

로메예바는 잘하는 게 별로 없어서 머리보다는 무거운 엉덩이 쪽에 희망을 걸 수밖에 없었다. 그녀의 엉덩이는 단단해서 학위 논문 세 편은 거뜬히 쓸 정도였다. 그 외에는 입에 기대를 걸 만했는데, 양쪽 볼에서 구상번개가 나왔다. 입속에 있는 걸 뱉고 나면 하나도 남김없이 불태워 버리는 사람이었다. 참견하지도 말고 그녀가 가는 길에 걸리적거리지도 않는 편이 상책이었다. 남의 물건을 탐하지도 않지만 자기 물건 역시 주는 법이 없었다. 개인 신상 기록에 따르면 1950년생이며 대대로 알코올 중독자 가문의 딸이었다. 증조할아버지와 할아버지가 알코올 중독으로 돌아가셨는데, 한 분은 집에서 다른 한 분은 배수로에서 발견되었다. 아버지도 가문의 유구한 전통을 굳이 계승하고 있었다. 남편은 직업군인이었다. 아이는 공산당 소년단원이었다. 로메예바 자신은 당원이면서 도덕적으로 거리낌이 없고 목표 지향적이었다.

마라에게 별과 심연이 있다면 로메예바에겐 우울함과 집요함이 있었다. 이 우울함과 집요함은 학문 연구에 도움이 되어서 그녀는 많은 연구를 할 수 있었다. 브레즈네프 시대는 그들의 시대였다. 그들의 별의 시간이었다.

마라는 무소불위의 자유로 인해 이성을 잃은 나머지 위험한 경쟁자를 못 보고 지나치는 일생일대의 커다란 실수를 저지르고 말았다. 그녀가 무례하게 로메예바의 학위 논문을 비웃은 것도 모자라 대대적으로 어마어마한 망신을 준 나머지 사태가 돌이킬 수 없는 상황으로 치달았다. 결국 논문은 통과하지 못했다. 로메예바는 구상번개 열두 개를 내보내고 고리니치용(러시아 전래동화에 악의 화신으로 등장하는 머리가 여러 개 달린 용-옮긴이)처럼 숨을 거칠게 내쉬었다. 마라의 논문 역시 평가위원회에서 보류 중이었다.

그들이 싸울 공간을 마련해 주기 위해 모두가 각자 구석으로 도망가느라 난리였다. 마라와 로메예바는 한 마리 표범과 견습 수도사처럼 붙어서 싸웠다. "그 둘은 두 마리 뱀처럼 엉켜서는 친구 사이보다 꼭 끌어안더니 동시에 넘어져 어둠 속에서도 싸움을 계속했다."(레르몬토프의 시 〈견습 수도사〉 중에서-옮긴이)

브레즈네프가 죽었다. 그는 붉은광장에 묻혔다. 건장한 청년들이 관을 땅속으로 내리면서 실수하는 바람에 관이 나라 전체가 떠나갈 정도로 큰 소리를 내며 땅 밑으로 떨어졌다. 이 소리가 새로운 시대의 도래를 알리는 신호탄인 셈이었다.

안드로포프(6대 소련 공산당 서기장-옮긴이)는 사람들에게 희망을 불러일으켰지만, 그 시작은 그의 생명의 끝과 맞닿아 있었다. 체르넨코(7대 소련 공산당 서기장-옮긴이)는 장례식장에서 언 손을 귀에 대고 녹였다. 어쩌면 손으로 언 귀를 녹였는지도 모르겠다. 행정위원회에서 일하는 인사과 직원과 닮은 사람을, 게다가 몸도 성치 않고 숨 쉬는 것조차 힘들어하는 사람을 이렇듯 힘들고 막중한 책임감을 요하는 자리에 앉혀 놓은 건 다소 이해할 수 없는 부분이 있었다. 1년 후 그 역시 안드로포프가 잠든 크렘린의 벽 옆에 묻혔고, 방송국 기자들은 카메라가 무덤 쪽으로 향하지 않게 잘 돌리곤 했다. 또다시 누군가 쓰러지지나 않을까 하는 조바심으로. 역사의 바퀴를 거꾸로 돌리는 건 이제 불가능했다. 역사의 바퀴는 전진했고, 갑자기 페레스트로이카가 시작되었다.

모이도디르는 강제로 은퇴했다. 등 뒤에 서 있던 그가 사라지자 그녀의 적나라한 뒤태가 드러났다. 로메예바는 그녀를 붙잡아서 바닥에 꽂듯이 내리눌렀다. 하늘의 별들이 마라에게 불리한 사각형 모양으로 정렬했다. 그녀가 내뿜는 자기 폭풍은 더 이상 주위의 모든 것을 쓸어 버릴 수 없었고, 출구를 찾지 못한 자기 폭풍은 마라 안으로 자리를 옮겼다. 그녀 안에서 성화 같은 암이 불타올랐다. 스트레스 때문인지 그녀의 몸에 악성 종양이 폭발했다. 어쩌면 브래지어를 안 입고 일광욕을 즐긴 게 원인일 수도 있었다. 몸에 해롭다고들 하니까.

마라는 병원을 찾았다. 외과 의사 둘이 그녀를 치료했다. 한 명은 가슴 옆에, 다른 한 명은 다리 옆에 서서 네 개의 손으로 마라의 여성성을 적출해 버렸다.

수술이 끝나자 의사들은 그녀 안에 있는 인간을 죽이기 시작했다. 그녀에게 화학 약물을 투여하고 불빛을 비춰서 항암 치료를 했다. 그녀는 몸이 약해졌다. 머리카락이 빠졌다. 하지만 마라는 결국 살아남았다. 증오와 복수의 욕망이 암보다 크게 작용한 것이다. 마라는 수리를 빌미로 목표 지점을 향해 나아가다 붙잡힌 퍼싱미사일과 닮았다.

한 달 후 마라는 예의 그 버드나무처럼 반송장 상태로 퇴원했다. 그녀는 가발을 쓰고 전투 태세를 갖춰서 전진했다.

지인들이 프랑스에서 유방암 환자용 패드를 사다 주었다. 프랑스는 여성을 예우하는 게 러시아와 달랐다. 여자가 어떤 상황에 처하든 배려할 줄 알았다. 질 좋은 가슴 패드는 부드러운 플라스틱 소재이며 속은 글리세린으로 채웠다. 몸을 완벽하게 재현한 형태였다.

마라는 이 씁쓸한 이미테이션을 케임브릭(cambric, 손수건 등에 사용하는 아주 얇고 부드러운 아마포, 면포―옮긴이) 손수건으로 칭칭 감고는 어머니가 키우던 솜스를 들어 올렸다. 솜스는 나이가 훌쩍 들었지만 다른 작은 견종처럼 여전히 강아지 같아 보였다. 최근 들어 마라는 사람들을 피해 다니며 자신을 잘 따르는 착한 솜스하고만 어울렸다. 이렇게 해서 마라는 한 손에 보따리를 들고, 한쪽 어깨에 솜스를 얹은 채 낯익은 연구실로 들어갔다. 변한 것은 없었다. 모이도디르는 바뀌었다. 물론 마라도 그때의 마라가 아니었다. 더 이상 보여 줄 가슴도 없었다. 이젠 젖가슴 자리에 반흔이 있었다. 반흔 하나가 다른 반흔을 향하고 있었는데, 가재가 턱을 웅크린 모양이었다.

마라는 모이도디르 앞에서 자신의 보따리를 풀어헤치고 말했다. "내 부하 직원들이 나한테 한 짓을 좀 보세요."

하지만 모이도디르는 그녀가 하는 말을 이해하지 못하고 되물었다. "이게 뭐죠?"

마라는 로메예바와 있었던 일, 스트레트를 받아서 암 덩어리가 몸속에 성화처럼 끓어오른 일, 결국 건강도 잃고, 하마터면 목숨까지도 잃을 뻔한 일 등을 간략하게 보고했다. 그 이야기에서 마라는 정의 실현 투쟁에 목숨을 바친 여자였다.

새로 부임한 모이도디르 역시 전임자와 같은 사람이었다. 그는 마라와 그녀의 어깨에서 몸을 떠는 개, 손수건에 싸 온 해파리를 닮은 글리세린으로 가득 찬 인공 가슴을 보며 속으로 경악했다. 그는 순간 이 땅의 모든 것이 얼마나 덧없는지 생각했다. 하지만 어디까지나 순간적으로 든 생각일 뿐이어서 빨리 마라가 자기 몸의 일부를 챙겨서 나가 주기를 바랐다. 그리고 영원히 나타나지 않기를 원했다.

사람은 누군가 자기 문제를 해결해 주면 더 이상 귀찮게 하지 않는 법이다. 마라의 문제는 해결되었다. 한 달 안에 마라의 학위 논문이 모든 심사를 통과했다. 그것도 우수한 성적으로.

그녀는 논문을 발표할 때 볼터치를 과하게 하고 인조 머리카락에 인조 가슴을 장착한 채 마네킹처럼 날씬하고 엘레강스하게 서 있었다. 가짜 다이아몬드가 샹들리에처럼 귓불에서 찰랑거렸다. 하지만 눈빛과 명석한 두뇌는 진짜였다. 이렇듯 당당하고 재능 있는 여자에게서 과거 희생양의 흔적은 더 이상 찾아보기 힘들었다.

논문 발표가 끝나고 마라는 무슨 연유인지 우리 집에 전화를 걸었다. 나는 전화기 쪽으로 다가가면서 그녀일 거라 확신했다. 그녀의 전자기는 예전과 달리 약해졌고, 그마저도 멀리 떨어진 사람에게는 아무런 영향을 미치지 못했다.

"나 이제 박사야!" 마라의 목소리가 한껏 들떠 있었다.

나는 그녀의 병에 대해 이미 알고 있었다. 그녀가 이 학위를 받기 위해 어떤 희생을 치렀는지도 알았다. 학위에 그토록 목을 매는 이유가 뭘까? 게다가 마흔다섯이면 박사 학위를 받을 때가 아니라 포스트닥 학위를 받을 때였다.

마라는 아이를 낳아 자신의 분신을 세상에 남겨 두고 죽지 못한다는 콤플렉스 때문에 자신의 생각을 담은 논문이라도 남겨 두고 싶었는지도 모른다. 그렇게 해서라도 '자신'의 일부를 세상에 남겨 두고 싶었던 것 같다.

나는 깊은 한숨을 내쉬고 나서 말했다. "축하해요."

마라는 내가 마음 아파하는 걸 느끼고 전화를 끊었다. 나의 그런 행동에 치가 떨린 게 아닌가 싶다.

승리를 거머쥐었다고 생각했지만 결과적으로 무승부였으며, 마라는 그 후유증으로 목표를 상실한 채 그 자리에 머물러 있었다. 암은 또다시 고개를 들고 뼈 여기저기와 척추까지 전이되었다. 하루하루를 시작하는 일이 점점 더 힘에 부쳤다.

마라는 텅 빈 아파트에 누워서 초인종 소리가 울리는 상상을 했다. 그녀는 문을 열 것이다. 그러면 사샤가 들어올 것이다. 그리고 대화가 시작될 것이다.

"자기 없이 얼마나 힘들었는지 알아? 내 운명을 거스르고 싶었지만, 운명 앞에서 내가 얼마나 무기력한지 깨달았어."

"난 이제 불구예요."

"그렇다고 당신이 다른 사람이 되는 건 아니잖아. 당신이 지금 어떤 모습이든 말이야. 그리고 나야말로 불구야."

하지만 아무도 초인종을 누르지 않았다.

마라는 자리에서 일어났다. 택시를 잡아 회사로 향했다. 이제 그녀만의 연구실이 주어졌고, '교육학 박사 알렉산드로바'라는 명판이 달려 있었다. 그녀의 연구실 옆에 문 하나를 사이에 두고 로메예바의 연구실이 있었는데, 거기에도 똑같은 명판이 붙어 있었다. 그들의 싸움은 1 대 1 무승부로 끝났다. 그리고 로메예바는 자기 영역을 한 뼘도 양보하지 않았다. 물론 그녀는 하늘의 별을 떨어뜨릴 생각이 없었다. 학계에 천재만 있으란 법은 없으니까. 잡화점에서 파는 인삼 크림을 예로 들어 보자. 거기에 인삼이 과연 얼마나 들어 있을까? 0.0001퍼센트 넣었을 수도 있다. 나머지는 바셀린이다. 학계도 마찬가지다. 천재는 한 명만 있을 뿐이다. 나머지는 바셀린 같은 존재들이 채운다. 그들 모두가 모여서 군대를 이룬다. 로메예바가 열 맞춰 서지 못할 이유는 무엇인가? 뭐가 모자라서?

로메예바는 마라의 사무실을 지나갔다. 그녀는 젊고 사지도 멀쩡한 데다 가슴은 F 사이즈에 힐을 또각거리면서 걸었다. 그녀는 일부러 큰 소리로 또각거렸고, 힐이 바닥에 닿을 때마다 머리까지 울릴 지경이었다. 그 소리 때문에 마라는 누군가 머리에 못을 박는 느낌이 들 정도였다. 그럴 때면 통증 때문에 신음하는 소리가 밖으로 새어 나가지 않도록 입에 손수건을 물었다.

이 시기에 나는 되도록이면 전화를 자주 하려고 노력했지만 마라는 내 전화를 반기지 않았다. 그녀는 평생 나를 경쟁자로 여겼고,

병 때문에 1위 투쟁에서 자신이 자연스레 멀어졌다고 생각했다.

"왜 자꾸 전화하는 거야?" 그녀가 물었다. "네가 전화하는 이유를 내가 모를 거 같아? 내가 살았는지 죽었는지 확인하고 싶은 거지? 상상해 보라고. 난 살아 있어. 그리고 일도 해. 사랑도 하고. 게다가 여전히 예쁘지. 난 요즘 가슴 하나를 달고 다니는 새로운 패션을 유행시키고 있어. 아마조네스 부족처럼 말이야. 하긴 단조롭기 그지없는 자기가 아마조네스 부족에 대해 들었을 리가……."

나는 그녀의 말에 가타부타 대답을 안 했다. 실제로 내가 아마조네스 부족에 대해 아는 거라고는 말을 타고 다니며 활을 쏘고 편의를 위해 가슴 하나를 제거했다는 것 정도였다.

"또 하나, 네가 나한테 전화하는 이유를 말해 줄까?" 마라가 계속해서 쏟아 냈다. "넌 암이 무서운 거야. 넌 암에 걸리면 어떻게 되는지 알고 싶은 거야. 다른 사람은 어떤가 하고. 아니야? 뭐라고 말 좀 해 봐!"

사실 그녀에게 전화를 거는 이유는 호기심이 아니라 연민이었고, 나를 실제 모습보다 더 나쁘게 생각하는 게 싫었다. 모든 사람에겐 이상적인 자아가 있는 법이다. 나는 누군가 내 이상적인 자아를 폄하하면 당황한다. 더 낮고 더 약한 새로운 이상을 재단할지, 내 이상을 폄하하는 사람들과 교제를 중단할지 고민한다. 두 번째 방법이 좀 더 쉽기는 하다. 하지만 마라는 지금 나보다 더 힘든 상황이고, 그렇게 해서 그녀의 기분이 풀린다면 얼마든지 희생할 준비가 돼 있었다.

"알았어. 목소리는 좋네."

마라는 잠시 말이 없다가 차분한 목소리로 입을 열었다. "라리사, 나 죽어 가고 있어."

그리고 1년이 지났다. 마라를 찾아온 사람은 사샤가 아니라 디미치카였다. 그는 자신의 비이커에 자기가 직접 조제한 통증 완화용 초약과 수수께끼 같은 마음과 돈을 들고 마라에게 왔다. 마라와 쿠쟈라는 고양이 두 마리는 바구니에 넣어서 데리고 왔다. 쿠쟈는 이제 어미와 함께 두면 동갑내기라고 볼 만큼 많이 자랐다. 디미치카는 그런 쿠쟈가 대견했다. 쿠쟈는 그가 성인이 될 때까지 키워 낸 유일한 생명체였다.

마라는 보살핌이 필요했지만 혼자 사는 데 익숙해서 다른 사람이 옆에 있는 게 많이 거슬렸다. 대립물의 투쟁과 통일의 법칙을 아주 잘 보여 주는 변증법의 단적인 사례였다. 그녀는 그 없이 살 수 없으면서 동시에 그와 함께 살 수도 없었다. 그에게 자신의 절망감을 쏟아부었다.

디미치카는 눈을 감은 채 안 보이고 안 들린다는 식으로 그녀에게 일일이 반응하지 않았다.

한편 마라가 키우는 솜스는 새로 온 고양이들과 너무 잘 지내서 개가 맞는지 의심스러울 정도였다.

마라는 상태가 호전되자 모든 일이 다 잘될 것 같은 생각마저 들기 시작했다. 마음속 깊은 곳에서 자신이 죽지 않으리라는 걸 알고 있었다. 별은 폭발하고 대지는 바다 밑으로 사라진다. 하지만 마라는 영원할 것이다.

그런 마음이 들 때면 두 사람은 종종 극장에 가곤 했다. 한번은 소브리멘니크극장에 갔을 때였다. 그날은 마라가 기운이 없어서 막 중간에 잠이 들었다. 쉬는 시간에 사람들이 움직이기 시작했고, 마라도 잠에서 깨야 했다. 그들은 로비로 나왔다. 마라는 거울 속에 비친 자신의 모습을 발견했다. 그 속에서 암이 그녀를 냉소적이며 창백하게 쳐다보고 있었다. 바로 그 순간 그녀는 자신이 죽으리라는 걸 깨달았다. 시간이 얼마 남지 않았고, 영원히 세상을 등질 터였다. 이것이 그녀가 자신에게 말해야 하는 유일한 진실이었다. 꼭 말할 필요까지는 없다 하더라도 유일한 진실인 것만은 분명했다.

2막을 시작하기 전에 그들은 극장을 나와 집으로 돌아갔다. 방바닥에 깔아 놓은 카펫 한가운데 축축한 원이 도드라져 보였다.

"또 자기 고양이들 짓이잖아!" 마라는 소리를 지르며 수건으로 고양이들을 때리기 시작했다.

"내 고양이들 건드리지 마. 그건 자기 개가 그런 거라고."

디미치카는 자기가 데려온 짐승들이 맞는 걸 막으면서 편을 들었다.

"걔네들 데리고 꺼져 버려! 더 이상 내 눈앞에 나타나지 마!"

"스트렐라(세계 최초로 우주에 간 개-옮긴이)랑 같이 영원히 떠나 줄게." 디미치카는 서운한 속내를 애써 감추지 않았다. 그는 고양이들을 바구니에 넣고는 문을 세게 닫고 떠났다.

숌스는 현관으로 달려가서 고아라도 된 것처럼 조용히 짖기 시작했다.

마라는 침실로 가서 누웠다. 불현듯 어린 시절 쥐덫 안에서 인정사정없이 들이닥치는 물을 피해 보겠다고 발버둥 치던 쥐가 떠올랐다. 모든 살아 있는 생명체는 기어 오르려는 습성이 있다. 누군가 마라 위에 양동이를 들고 서 있는 것만 같았다. 물이 턱까지 차 버렸다. 저항은 무의미했다. 유일한 출구는 자신의 죽음을 사랑하는 것이다.

그 순간 마라는 디미치카가 화장대에 두고 간 수면제를 발견했다. 그는 수면제 없이는 못 자는 사람이었다. 마라는 약병을 재빨리 낚아채고는 그 길로 집을 나왔다. 자신이 가발도 안 쓰고 구두도 안 신고 나왔다는 사실이 떠올랐다. 무더운 여름이라 발과 머리가 따뜻했다. 마라는 가발도 없이 대머리로 용을 그려 넣은 일본식 가운을 걸친 채 달리고 있었다. 행인들은 뒤를 돌아보면서 일본 사람이 뛰는 거라고 생각했다.

기차역은 집에서 10분 거리였다. 텅 빈 기차가 플랫폼에서 대기하고 있었다. 마라는 뛰어다니며 한 량도 빼놓지 않고 열차를 훑었다. 하지만 디미치카는 어디에도 없었다. 체념하듯 천천히 플랫폼을 따라 걷다가 갑자기 디미치카를 발견했다. 그는 11량 열차 맞은편에 서 있었는데, 시선에 초점이 없었다. 마라와 함께 있을 때는 절대 볼 수 없는 모습이었다. 그녀와 함께 있을 때는 약한 모습을 보이지 않으려고 애쓴 거였다. 하지만 혼자가 되자 기운이 빠지면서 우주적인 고독의 바닥에 떨어진 것이다. 슬픔이 그를 무겁게 짓눌렀다. 헤어나오지 못할 것 같았다. 하긴 굳이 그럴 이유도 없었다. 마라 없는 그의 삶이 무슨 의미가 있단 말인가? 그는 그녀가 배신해도, 뻔뻔해도, 반송장이어도 그녀만 있으면 됐다. 바구니에서 머리가 동그란 고양이들이 빼꼼이 얼굴을 드러냈다.

마라는 그를 부르고 싶었지만 그런 그가 너무 안쓰러워 목이 메어 왔다. 마라는 마음을 간신히 추스르고 울먹이며 그를 불렀다. "디미치카!" 그리고 목놓아 울기 시작했다.

디미치카가 뒤를 돌아보았다. 그도 마라를 발견하고 적이 놀랐다. 놀란 사람이 으레 그렇듯 눈썹이 올라가고 얼굴이 조금 바보처럼 일그러졌다.

"약을 놓고 갔더라고!"

마라는 약병을 고양이들이 들어 있는 바구니에 던지고는 통곡하느라 비틀거리면서 도망치듯 갔는데, 그 모습이 어린 시절 영화 티켓값 5코페이카가 모자랄 때와 같았다. 이제 그녀는 삶이 모자랐다. 절반도 못 미치는 삶을 살았다. 처음 45년은 처음으로 뛰어내리기 전에 몸을 푸는 준비 운동 기간이다. 이제 기록만 세우면 된다. 앞으로는 사샤처럼 그녀가 꿈꾸는 남자, 디미치카처럼 지고지순한 남자, 모이도디르처럼 무소불위한 남자를 합친 남자와 함께 인생의 본게임을 하는 일만 남아 있었다. 그와 함께라면 건강하고 예쁜 아기를 낳아서 밝은 오늘과 내일을 위해 키워 낼 수 있었을 것이다. 지금은 이 모든 것이 가능하다. 시대가 달라졌다. 그녀도 변했다. 그런데 이젠 그녀가 떠나야 한다. 모든 것이 시작도 해 보기 전에 끝나 버렸다. 저기 저곳은 어떨까? 아무것도 없다면? 그렇다면 정말 끝이다. 이대로 영원히, 영원히 끝나 버리는 것이다.

마라는 죽고 나서 무덤을 남겨 두고 싶지 않았다. 아무도 무덤을 찾지 않을 거라 생각하여 유언을 남겼다. "당신들이 나를 보러 오지 않았으면 좋겠어." 중요한 사실은 어디까지나 '내 결정이지 당신들의 결정이 아니라는 것'이었다.

마라는 디미치카에게 유해를 레닌그라드에 뿌려 달라고 유언했다. 디미치카는 유해를 어떻게 뿌려야 하는지 몰랐다. 내 남편은 헬리콥터를 동원하는 방법이 가장 좋다고 설명해 주었다. 헬리콥터는 또 어디서 구한단 말인가?

디미치카는 풋볼리그컵과 비슷한 유골함을 들고 떠났다. 그리고 어느 화창한 날 유골을 비닐봉지에 담아서 유람선을 타고 네바강을 따라가기 시작했다.

따뜻하고 온화한 날이었다. 태양빛에서 여름의 젊은 혈기가 느껴지지 않았다. 여름 바람에 앞머리가 흩날렸다. 디미치카는 그 순간 유골 역시 아무런 악의 없이 가볍게 날아가는 것 같았다.

디미치카는 강물에 마라와 그녀의 사랑, 재능 그리고 자기 폭풍까지 뿌렸다. 갑판에 서 있는 사람들은 그가 바닷물에 소금을 뿌려서 간을 한다고, 좀 더 정확히는 후추로 맛을 낸다고 생각했다.

이런 건 그녀가 죽고 나서 일어난 일이었다.

그때 그녀는 플랫폼을 따라 걸으면서 나와 버드나무와 로메예바, 젠카 스몰린, 미르지크 그리고 자신의 모든 불행과 작별하며 울었는데, 불행 역시 자신의 일부였기 때문이다.

마라는 도시로 나갔다. 기차역 앞에는 린덴나무 한 그루가 자라고 있었다. 잎사귀는 먼지가 잔뜩 쌓여서 축 처진 데다 먼지 때문인지 은빛으로 보였다. 광장에는 트램이 다녔고, 택시를 타려는 사람들은 몇 시간씩 줄을 서곤 했다. 린덴나무는 철커덕하는 소리와 매연, 인간의 조바심 가운데 서 있었다.

숲에도 조금 다를 순 있지만 린덴나무가 자란다. 그 아래에는 풀, 작은 짐승들과 딸기가 있다. 위에는 맑은 하늘이 있다. 그 옆에는 자기와 유사한 나무들이 자유로운 바람에 몸을 흔들며 휘파람 소리를 낸다. 그리고 그들은 서로 대화를 나눈다.

그런데 왜 그런 걸까? 기차역 앞의 린덴나무는 왜 함께 할 수 없는 걸까? 왜 그런 걸까? 도대체 왜?

"아!"

깨끗한 종이가 한 장 있다. 나는 "알렉산드로바 마를라 페트로브나"라고 쓴다. 그 이름을 칸에 넣는다. 그녀의 기념비는 없다. 이렇게라도 그녀를 기억할 수 있기를 바란다. 내 수첩에서나마. 살아 있는 내 지인들의 이름 틈에서.

그녀가 가끔 꿈에 나타나는 날이면 하루 종일 그녀를 생각하며 머릿속으로 대화하는데, 우리가 논쟁의 끝을 보지 못해 계속해서 논쟁을 이어 가는 듯 묘한 기분이 들곤 한다. 또 하나는 죄책감이다. 그녀에게 미안한 마음이 있다. 내가 잘못한 게 뭘까? 나도 모르겠다. 알면서 모르는 척하는 것인지도 모른다.

나는 계속해서 내 삶을 살아가지만, 늘 뒤를 돌아봐서 마치 목을 뒤로 꺾은 채 앞을 향해 걷는 기분이 든다.

남이 우리랑 무슨 상관이죠

На черта нам чужие

발레리나 안티포바의 인생에서 중요한 사건 두 가지가 한꺼번에 일어났다. 은퇴했고 남편에게 버림받았다. 물론 이제 연금으로 생활하면 되고 남편도 다시 찾을 가능성은 있었다. 발레리나는 보통 서른일곱에 은퇴한다. 하지만 현대인에게 서른일곱이란 나이가 어떤 의미를 갖는가? 특별할 것은 없다. 시공 전 단계다. 집을 짓는 걸로 따지면 기초 공사 단계인 것이다. 앞으로 1층부터 5층까지 얼마든지 올릴 수 있다. 하지만 그녀는 어느새 끝에 다다랐다. 제대로 시작도 못 해 본 채 말이다. 이제 필요 없으니 떠나라는 식이었다. 이 순간 그녀는 직업을 갖고 있는 동안 얼마나 많은 희생을 했는지 떠올랐다. 아이를 가져도 안 되기 때문에 고아처럼 외로움과 싸워야 했다. 너무 많은 걸 포기하며 살아야 했고, 늘 허기진 고아나 다름없는 신세였다. 남편은 아이도 낳을 수 있고 잠들기 전에 마카로니도 먹을 수 있는 여자한테 가 버렸다.

안티포바는 두 가지 일을 한꺼번에 겪자 앞으로 어떻게 살아가야 할지 생각하기 시작했다. 첫 번째는 목을 매서 죽는 것인데,

가장 손쉬운 방법이었다. 밧줄과 비누 조각 하나만 있으면 가능한 일이었다. 쓸모없다는 이유로 자신을 버린 사회에 대한 복수였다. 고리는 버텨 줄 것이다. 170센티미터에 50킬로그램밖에 안 되는 몸이니까. 두 번째는 환경을 바꾸는 거였다. 예를 들어 바다에 가 보는 것이다. 발틱해 연안으로 가면 해외와 별반 다르지 않다. 집들도 낮고 간판도 외국어로 쓰여 있다. 거리는 깨끗하고 사람들도 점잖다. 안티포바가 핀란드로 떠났다고 생각할 수도 있을 정도다.

여름이면 발틱해 연안이 사람들로 북적이는데, 북부의 태양이 남부보다 몸에 이롭다고 생각하기 때문이었다. 하지만 올해는 해변도 텅 비고 바다도 폐쇄되었다. 신문마다 바다에 악성 바이러스가 있다는 기사가 났다. 안티포바가 보기에 이 바이러스는 이미 그 바다에 70년째 서식하는 것 같았다. 전에는 그런 사실을 숨겼고, 요즘은 모든 것이 공개되는 시대라 사실대로 말할 수 있는 자유가 주어진 것뿐이었다. 그래서 다들 말하고 기사도 쓰는 거라고 생각했다.

안티포바는 매일 아침 바닷물에 들어가서 지평선 쪽으로 헤엄치다가 한참 만에 해변으로 돌아와서 수건으로 몸을 닦곤 했다. 한창 잘나갈 때 팔레르모(이탈리아의 도시-옮긴이)에서 산 수건이었다. 그때만 하더라도 발레리나로서 왕성하게 활동하며 해외 순회공연을 다니고, 남편뿐 아니라 많은 이의 사랑을 독차지했다. 많은 남성이 코르드 발레에 속한 그녀에게 매료되어 섬세하게 움직이는 그녀의 등에서 눈을 떼지 못했다. 그녀의 몸에서 가장 훌륭한 부분이 등이었다. 남편은 "이런 등을 가진 여자라면 예쁜 얼굴까지 바랄 필요 없어."라고 말하기도 했다. 하지만 안티포바는 얼굴마저 예뻤고 따뜻한 가슴까지 갖췄다. 순진하고 사람도 잘 믿었다.

그런데 이제는 아무에게도 쓸모없는 사람이 되었다. 이제 그녀는 남편에게 버림받고 연금으로 사는 신세가 되어 버렸다. 남편도 없고 그녀를 받아 주는 무대나 홀도 없었다. 그녀에게 남은 사람이라곤 고독한 작곡가뿐이었다. 작곡가와 안티포바는 같은 펜션에 묵었는데 의도한 일은 아니었다. 작곡가는 늘 뚱뚱한 아내와 함께 다녔다. 한편 안티포바는 그녀에게 일어난 두 가지 사건과 함께 늘 셋이서 동행했다.

하지만 어느 날 아침 해가 중천에 미처 다다르지 못하고 바다는 깊은 숨을 쉬지 않으며 악성 바이러스는 본연의 임무를 상실한 채 물고기들과 놀고 있을 때, 바로 그 순간 바닷가에 페미나(femina)가 등장했다. 여자가 아니라 페미나였다. 평범한 소련 여자 중에는 그렇게 아름다운 등을 가진 이가 없기 때문이었다. 작곡가는 초조했다. 처음에는 그가 초조해하는 이유가 명확하지 않았다. 보통 지진이 시작되기 전에 개들이 이런 식으로 흥분하곤 한다.

그가 불현듯 평상시와 다르게 행동한 건 특정인의 아름다움 때문이라는 것을 깨달았다. 등은 천재적인 곡의 선율처럼 전체 하모니의 일부다. 작곡가는 선율만큼은 잘 알고 있었다. 그는 훌륭한 선율을 뽑아내는 데 특출한 재능을 갖고 있었다. 하지만 최근에는 변화가 생겼다. 그는 여전히 곡을 썼고, 결과도 나쁘지 않았지만, 그가 새로 쓴 곡의 선율은 사과로 따지면 모형 사과처럼 기존의 곡을 닮아 있었다. 비슷하긴 하지만 완벽하게 같다고 할 수 없는 형태였다. 육안으로는 구별되지 않지만 먹으면 안 되는 사과 말이다. 여전히 작업을 했지만 영혼이 빠져 버렸다. 마르고 젊고 가난해서 삶이 예민한 신경 위에 누워 있던 시절이 엊그제 같았다. 그때는 거기에서 날아올라 장군이나 알코올 중독자나 정부 고관까지 누구나 흥얼거리는 선율을 작곡했다. 지금은 살이 찌고 나이도 들면서 히스테릭한 성향은 겉옷의 안감 같은 데 따로 넣어 두었다. 그리고 선율은 실물의 모형 같았다.

작곡가는 이것이 위기인지 출세의 끝인지 이해하지 못했다. 아무에게도 이야기하지 않았지만 자기 자신은 계속 생각했다. 종양학 전문의를 기다리는 환자가 된 기분이었다. 네 혹은 아니오, 삶 혹은 죽음. 지금도 바닷가에 서서 그녀의 아름다운 등을 보기 전까지 여전히 그 생각을 했다. 그녀의 등은 바다에 등장한 구조 신호 같았다. 혹은 흔히들 말하는 아름다움과 여자가 세상을 구할 것이다, 같은 것일 수도 있었다.

그때 안티포바가 비치 가운을 걸치고 작곡가 옆을 침착하게 지나갔다. 자신은 자기 등과 아무 상관 없다는 듯이.

"좋은 아침입니다." 작곡가는 그녀를 조금이라도 더 붙잡아 두려고 먼저 인사했다. "잘 지내죠?"

물론 있는 그대로 말하면 쥐구멍에도 볕 들 날이 있겠죠, 라고 대답할 수 있었다. 아니면 잘 못 지내요, 라고 말할 수도 있었다. 하지만 그런다고 달라지는 건 없었다.

"고마워요." 그녀는 자신에게 관심을 보여 준 그의 호의에 감사했다.

"카잔체프 선생님과는 어떤 사인가요?" 작곡가는 뜻밖의 질문을 했다.

카잔체프로 말할 것 같으면 음악계의 장군쯤 되는 거물이며 국내에서 일어나는 모든 음악을 총괄하는 사람이었다.

"아무 관계도 아닌데요." 안티포바는 놀라서 말했다. 차이콥스키와 비제의 음악에 맞춰 춤을 춘 적은 있지만, 그 곡을 카잔체프가 지휘하지는 않았다.

"그럼 좋은 관계라고 생각해도 될까요?"

작곡가는 아무 관계가 아니라는 건 나쁘지 않다는 거라고 결론내렸다. 나쁘지 않다면 좋은 관계 아니겠냐고 말이다.

"그건 왜 물어보는 거죠?" 안티포바는 그의 의도를 이해하지 못했다.

"오늘 우리 객실에 들를 거예요. 사모님이랑 같이 온다고 하더라고요. 선생님도 오세요."

"내가 거길 왜?" 안티포바는 어안이 벙벙했다.

"앉아서 코냑이나 한잔씩 하죠."

코냑을 마시면 다음 날 머리가 아플 테고, 그러다 보면 하루가 그냥 가 버릴 것이다. 결과적으로 두 시간가량 두 쌍의 부부와 보낸 대가로 하루를 날릴 수 있었고, 그들과 함께 하는 시간이 즐거울 거란 보장도 없었다. 안티포바는 모든 일에 대가를 지불해야 한다는 원칙이 있었다. 술을 많이 마셨으면 숙취에 시달려야 하고, 예쁜 몸매를 유지하려면 아기를 안 가져야 하고, 발레리나로 열심히 일한 사람은 나이 들면 버림받아야 하는 식이었다. 문제는 그럴 만한 가치가 있는 일인지 확신이 서지 않는다는 점이었다. 그 일을 과대평가하지는 않았는가 말이다.

"내가 선생님을 모시러 올게요." 작곡가가 약속했다. "객실 번호가 어떻게 되죠?"

"16호예요."

그의 질문은 초대를 기정사실화했고, 안티포바는 그의 질문에 답할 수밖에 없었다. 그녀는 기다림이라는 단어에 묶이기 싫었다. 미하일 레르몬토프처럼 자유와 평안을 갈구했다. 침대 옆 협탁에 고등학교를 졸업하고 읽어 보지 않은 니콜라이 바실리비치 고골의 책이 놓여 있었다. 지금부터 고전소설을 찾아 읽는 것도 나쁘지 않을 듯싶었다. 은퇴한 지금이야말로 책 읽기에 가장 적합한 때가 아닌가.

안티포바는 불필요한 초대에 응하지 않겠다는 원칙이 있었다. 하지만 약속 시간까지 한 시간이 남은 오후 5시에 갑자기 생각을 바꿨다. 바다와 책, 고독 말고 다른 게 있어도 좋겠다는 생각이 들었다. 화장을 하고 등이 완전히 드러나는 과감한 원피스를 입고 허리에 리본을 두를 것이다. 어디에 가는지, 누구와 있는지는 중요하지 않다. 마시고, 시간의 흐름에 몸을 맡기고, 텅 빈 대화를 듣는 것도 좋으리라. 누가 무슨 말을 하는지는 중요하지 않다. 중요한 건 그녀는 혼자가 아니고 삶은 앞으로도 계속된다는 사실이다. 그것이 무엇이 되었든 목을 매거나 맛이 역겨운 비누를 연상시키는 억울한 감정을 자기 안에 이천 번씩 끓이는 행위보다 나을 듯싶었다.

안티포바는 거울 앞으로 다가갔다. 순간 바닷바람이 강하게 불어와 얼굴의 광대뼈가 더 도드라져 보이면서 일광욕을 한 것처럼 황금빛을 띠었다. 안티포바는 스물일곱쯤 되어 보였고, 남편한테 버림받은 연금수령자란 사실은 말하지 않으면 전혀 티가 나지 않았다. 말만 안 하면 되는 것이다. 무언가를 잘못한 사람이 장황하게 설명하는 법이다. 그녀의 잘못은 무엇인가? 나이가 서른일곱이라는 것? 유감스럽게도 앞으론 늙는 일만 남았다. 때가 되면 오십이 되고 육십도 될 테지만 이 역시 나쁘지는 않다. 노년은 삶을 누린 대가라고 생각하면 된다.

안티포바는 거울에 비친 자신을 보면서 남편들이 속으로 얼마나 비명을 지르고 아내들이 속으로 얼마나 감탄할지 상상해 보았다. 바로 그 순간 객실을 노크하는 소리가 들렸다.

안티포바는 문을 활짝 열어젖혔고, 작곡가는 그녀의 모습이 너무 눈부셔서 마치 전조등이 자신을 비추기라도 하는 듯 뒤로 물러섰다. 눈을 잠시 깜빡였다.

"저기, 있잖아요, 아무래도 안 될 것 같아요. 사람이 너무 많이 왔어요."

"그래서요?" 안티포바는 그의 의도를 이해하지 못했다.

작곡가는 침묵했지만 미안한 기색이 역력했다.

"앉을 데가 없다는 뜻인가요?" 안티포바가 그의 말을 대신 했다.

"네, 네, 맞아요. 앉을 데가 없어서요……." 작곡가가 다시 활기를 띠고 말했다.

안티포바가 들어갈 수 없는 건 비행기가 만석이듯이 앉을 자리가 없다는 뜻이었다. 하지만 그녀는 진짜 이유는 다른 데 있다는 걸 깨달았다. 빈자리는 있었을 것이다. 정 없으면 창가나 마루에 앉을 수도 있는 일이다. 공간을 사이좋게 잘 나눠 쓰면 그만이니까 말이다. 진짜 이유는 카잔체프가 아내와 함께 왔기 때문일 것이다. 그들은 사람들을 피해 조용히 시간을 보내고 싶어 했을 것이다. 작곡가는 "제가 여기 묵고 있는 여성분을 초대했습니다. 발레리나죠. 굉장히 사랑스러운 여자입니다."라고 한껏 들떠서 말했을 것이다.

그러자 정상 체중을 훌쩍 뛰어넘은 카잔체프의 아내가 부탁했을 것이다. "저기요, 그냥 우리끼리만 있었으면 해요. 사람들한테 치여서요. 모르는 사람이 웬 말이에요?"

카잔체프는 가타부타 말이 없었고, 그의 침묵은 발레리나를 부르지 말자는 뜻으로 받아들여졌다.

작곡가는 잘못을 저지른 수캐처럼 천천히 걸어와서 그녀에게 거짓말을 한 것이다. 작곡가는 인상이 부드럽진 않아도 훈남인 편이었다. 재능 에너지가 열 에너지처럼 그의 얼굴에서 뿜어져 나왔다. 하지만 지금 이 순간은 잘못을 저지른 개처럼 그의 입에서 비굴한 바이브레이션이 나왔다. 그녀는 개처럼 그를 한쪽 발로 밀어서 옆으로 치워 놓고 싶었다.

안티포바는 자신에게서 거짓말을 떨쳐 내려는 듯 문을 닫았다. '뻔뻔한 부르주아 같으니.' 그녀가 여전히 활동 중이고 남편이 번듯하게 있었다면 그렇게 함부로 대하지는 못했을 것이다. 반짝이는 스티커를 달고도 쓰레기통에 버려진 상자가 된 기분이었다.

안티포바는 이미 예쁜 원피스를 입고 화장까지 했는데 그 상태로 뭘 해야 할지 몰랐다. 마침 저녁 시간이라 우선 식당으로 갔다. 식당 안에 들어서자 사람들의 시선이 그녀에게 꽂혔다. 그들의 눈에서 다양한 강도와 형태로 충전된 광선이 나오는 것 같았다. 공기 중에는 미세한 먼지처럼 부러움, 감탄, 바람, 그녀의 매력에 빠져서 그녀를 알고 싶어 하는 호기심과 물음표가 포함된 호기심이 섞여서 떠다녔다.

안티포바는 치료도 하고 활기를 주는 서클 샤워기(샤워봉으로 둘러싸인 공간에 들어가서 물을 틀면 봉에서 얇은 물줄기가 뿜어져 나오는 의료 보조기―옮긴이)에서 나오는 주사가 피부에 닿는 기분이 들었다. 그녀는 발레리나였고, 사람들의 주목을 받는 게 일상이어서 부담스럽지는 않았다. 음식은 평상시와 다르지 않았다. 작곡가의 집에 갔더라면 더 맛있는 음식이 나왔을 수도 있었다.

안티포바는 식당에서 나오기 무섭게 작곡가와 마주쳤다. 그가 그녀를 경호라도 하는 듯이 말이다. 어쩌면 옆 객실에서 의자 하나를 빌려다 안티포바의 자리를 만들어 놓고는 식당 앞에서 그녀가 나올 때까지 기다렸는지도 모른다. 하지만 작곡가는 그녀의 예상과 달리 그냥 서서 불쌍한 얼굴을 하고 그녀를 바라볼 뿐이었다.

"그래서 다들 코냑은 한잔씩 하셨나요?" 안티포바가 무심하게 질문했다.

"네…… 술이 목으로 넘어가야 말이죠. 그분들이 사람을 그렇게나 많이 데려올 줄 몰랐거든요." 작곡가가 다시 한번 변명했다.

그는 선택받은 이들을 위한 파티에 그녀의 자리가 없다는 것을 상기시키려고 또 한 번 찾아온 것이었다.

"이제 그만 좀 하세요. 다 지어낸 거잖아요." 안티포바가 차분하게 말했다.

작곡가는 유령이라도 보는 듯 어마어마한 공포에 사로잡혀서 두 눈이 커졌다.

"내가 알아맞혀 볼까요?" 안티포바가 제안했다.

"카잔체프가 아내와 함께 왔죠. 단둘이서. 그리고 '다른 사람 부르지 말고 우리끼리 있자고요. 남을 불러서 뭐 하게요.'라고 한 거예요."

'남을 불러서 뭐 하게요.'라는 말은 안 했어요. 그냥 '다른 사람 부르지 말고 우리끼리 있자고요.'라고만 했죠.

두 사람은 말이 없었다. 안티포바는 세 번째로 모욕감을 삼켰다.

"그럼 내가 뭘 어떻게 해야 하죠?" 작곡가가 물었다.

"초대를 하지 말았어야죠. 아니면 선생님이 남자라면 이미 초대한 이상 그대로 밀고 나갔어야 맞죠."

작곡가는 그녀의 말이 맞다는 것은 알았지만 10대 소년처럼 자기를 딱하게 생각해서 용서해 주길 바랐다. 좀 더 정확히는 또래보다 나이가 많은 소년처럼 말이다.

"잔인한 분이군요." 그가 애교 섞인 말투로 질책했다.

"내가 왜 선생님을 딱하게 생각해야 하는 거죠? 무례하게 행동한 건 선생님인데, 내가 왜 선생님 입장을 이해해야 하냐고요?"

안티포바는 그가 물건이라도 되는 듯이 빙 돌아서 객실이 있는 위층으로 올라갔다. 엘리베이터 옆에는 작곡가의 아내가 크고 둥근 카라가 달린 예쁜 흰색 상의를 입고 서 있었다. 목이 짧다기보다 없는 거나 다름없어서 머리가 카라에 바로 붙어 있었는데, 접시에 수박을 놓아 둔 모습과 흡사했다. 그녀는 안티포바에게 달려들었고, 안티포바를 전적으로 신뢰한다는 듯 안티포바의 동공에 빠져들었다.

"카잔체프 부부가 얼마나 좋은 분들인지 몰라요. 게다가 생각보다 소탈하더라고요. 두 분이 또 얼마나 사이가 좋은지……. 요즘 그런 부부가 흔치 않잖아요. 온통 이혼하고 쉽게 서로를 버리고 그러잖아요. 종말 때처럼 말이죠. 그런데 카잔체프 부부는 다르더라고요."

작곡가의 아내는 카잔체프 부부의 훌륭한 인품을 생각하면 황홀하다는 듯 이마를 찌푸렸다.

"우리 집을 얼마나 마음에 들어하는지 몰라요. 나는 어디를 여행하든지 집에서 꽃병이며 냅킨을 가져오거든요. 식탁에 펼쳐 놓으면 얼마나 예쁘다고요."

안티포바는 인내심을 가지고 그녀의 말을 듣는 동안 꽃병과 냅킨은 구실일 뿐이라는 걸 깨달았다. 이 모든 것은 막강한 권력이 그들의 객실을 방문했기 때문이다. 그리고 그 권력은 '우리는 당신들과 당신들은 우리와 이렇게 있자고요.'라고 말한 것이다. 그렇게 말한 뒤 권력은 그들에게 손을 내밀었고, 다 같이 사이좋게 군무를 춘 것이다. 하지만 안티포바는 군무 밖에 있었다. 그녀는 그들에게 남 같은 존재였다. 그런데 이런 사실을 계속해서 상기

시키는 이유가 이해되지 않았다.

"잘 자요."

안티포바는 이렇게 말하고 객실로 들어갔다. 그리고 문을 잠갔다. 카잔체프가 술을 한잔 하고 객실까지 찾아와서 그들에게 그녀는 불필요한 존재라고 말할까 봐 두려웠다. 한편 그들이 식탁에 어깨를 맞대고 둘러앉지도 않고, 코냑을 마시지도 않고, 작곡가가 초기에 쓴 노래를 함께 부르지도 않는 이유를 알 수 없었다. 그들은 왜 계속해서 복도를 뛰어다니며 안티포바가 가는 곳마다 쫓아오는가.

'안 온 거야!' 안티포바는 문득 깨달았다. 그녀는 지식보다 더 깊숙이 자리 잡은 직감으로 깨달았다. 오지 않은 것이다. 권력의 횡포였다. 권력을 쥔 자가 "우리끼리 있기로 했어요. 그쪽 빼고." 이렇게 말한 것이었다. 남이 우리랑 무슨 상관이냐고. 작곡가와 아내는 이 일이 밖으로 샐까 봐 두려운 것이다. 사람들에게 알려질 게 두려운 것이다. 다들 작곡가에게 힘든 시기가 찾아온 것이 아니라 작곡가로서 커리어가 끝났음을 알아챌 것이다. 말 그대로 끝이었다. 그렇게 되면 이 세상에서 그의 존재는 없는 것이다. 아무개 작곡가가 과거에는 있었을지 몰라도 현재는 없는 것이다. 은퇴를 하는 방법도 있다. 연금이나 받으면서 노후를 보내면 된다.

안티포바는 작곡가 아내의 집요함이 심상치 않았다는 게 떠올랐다. 도대체 상황이 얼마나 안 좋으면 처음 보는 은퇴한 발레리나 앞에서 저렇게 벌벌 떨까? 그들은 '앞으로 어떻게 될까?' 생각하며 두려워하는 것이다. 안티포바도 아는 두려움이다. 머리 가

죽이 얼어 버릴 정도의 공포였다. 그녀는 바에 가서 보드카 한 병을 사 들고 작곡가의 객실을 찾아가 외치고 싶었다. "여러분, 한 잔씩 합시다. 그 사람들 없이 우리끼리만 마시자고요."

그런데 생각이 다른 쪽으로 흐르기 시작했다. 카잔체프가 인품이 훌륭하고 가정적인 사람이라 하더라도 그가 무슨 권력을 갖고 있겠는가? 안티포바는 TV에서 스쳐 지나가듯 보았던 그의 얼굴이 떠올랐다. 카잔체프는 턱이 두 개였는데, 지방으로 뭉친 턱이 아니라 칠면조처럼 텅 빈 가죽 주머니 같은 모양이었다. 카잔체프가 열정적으로 소리 지르며 연설할 때면 얼굴, 머리카락과 함께 그 두 번째 턱 주머니도 사방으로 출렁거렸다.

사람들을 모이게 만드는 건 성공이지 서운함이 아니다. 서운함은 사람들을 흩어 버린다. 카잔체프는 한가롭게 다른 사람 방에 갈 여유가 없었던 것이다. 마치 지진이 날 때처럼 권력이 그의 발 아래에서 위태롭게 흔들리고 있었다. 어디에서 떨어질지, 어느 밑에 깔릴지 알 수 없었다. 사람은 시간을 선택할 권한이 없다. 시간이 사람을 선택한다. 그는 무엇을 잘못한 걸까? 한때 다른 사람들처럼 살았기 때문일까?

1989년은 카잔체프를 등졌고, 카잔체프는 작곡가를 서운하게 했다. 작곡가는 안티포바를 버렸다. 그나마 다행인 것은 그녀가 이 고리의 끝이라는 점이다. 그녀가 상처 줄 사람은 없다.

창밖에는 바닷물이 출렁이고 있었다. 안티포바는 바다가 거대한 슬픔의 접시라고 상상해 보았다. 저마다 자기 숟가락을 들고 자기 몫의 슬픔을 떠 마시면 된다. 몸싸움은 없다. 자리도 충분하고 슬픔도 충분하다. 접시는 크기 때문이다. 스웨덴 쪽에는 스웨덴인들이 서 있다. 핀란드 쪽에는 핀란드인들이 서 있다. 러시아 쪽에는 러시아 사람들이 있다. 그 가운데 안티포바와 카잔체프가 있다. 모두 형제이고 자매다.

안티포바는 점퍼를 들고 바닷가로 나갔다. 아무 일도 일어나지 않은 것처럼 다시 원점으로 돌아왔다. 그녀는 어차피 다른 사람의 객실을 방문하고 싶지 않았으니까. 그래서 안 간 것뿐이다. 그런데 이 모든 건 어디에서 유래한 것일까? 작곡가는 그녀를 초대했다. 그는 왜 그녀를 초대한 것일까? 그는 해변에서 그녀를 보았다. 안티포바는 실마리를 자신의 등에서 찾았다. 그녀는 등이 예쁘다. 발걸음도 가볍다. 안티포바는 바닷물로 다가가서 한쪽 다리를 90도로 들어 올렸다. 자세가 아주 훌륭했다. 그녀는 한쪽 다리로 공기를 밀어내고 천천히 지축 주위를 돌았다. 커다랗고 묵직한 갈매기 한 마리가 바닷가 쪽으로 날아와서는 놀란 눈을 하고 안티포바를 바라볼 정도였다.

바다 멀리, 한편으로는 그리 멀지 않은 깊은 바다에 배가 떠 있었다. 선장이 망원경으로 바닷가와 그곳에서 조용히 회전하는 발레리나를 발견했다.

해가 지기 시작했고, 대지와 바다, 슬픔, 새, 사람 그리고 그날 하루와 작별 인사를 했다. 하늘 곳곳이 분홍색과 산딸기색으로 어지러이 물들었다. 어찌나 아름답고 충만한지 누군가와 이별을 앞둔 것 같았다.

어느 한가한 저녁

Просто свободный вечер

별장이 모여 있는 지역은 여느 지역과 마찬가지로 장점과 단점이 있는데, 단점에도 불구하고 이 지역 별장의 시가는 상당히 높았다. 리타는 마음의 안정과 신선한 공기가 필요한 어머니랑 둘이서 별장을 빌려 살고 있었다.

집은 호밀밭 끝에 서 있었고, 조금만 걸어가면 빽빽한 숲이 나왔다. 숲에는 버섯이 자라고 고슴도치나 다람쥐가 살았는데, 어쩌면 커다란 짐승이 살지도 모른다. 이 지역의 장점이라고 할 수 있다.

반면 숲 뒤에는 세레메체보 비행장이 있었고, 지붕 위로 비행기가 엄청난 굉음을 내며 날아다녔다. 비행기는 늘 저공 비행을 했고, 리타는 비행기 날개가 지붕을 부수거나 벽이 비행으로 인한 흔들림을 견디지 못해 무너져 내릴 것만 같은 불안감에 시달렸다. 이 지역의 단점인 셈이었다.

철도역에서 200미터쯤 떨어진 곳에 연못이 생겼다. 여름 휴가를 떠날 여유가 안 되는 지역 주민은 누구든 출근길이나 퇴근길에 몸을 담갔다. 사람으로 가득 찬 기차에서 내렸을 때도 열기를 식히고 갈 수 있어 요긴했다. 하지만 연못으로 들어가는 내리막 길이 부실해서 물속에 몸을 담그려면 국경 지대의 스파이처럼 관목을 잡고 한참 동안 포복해야 했다.

이 지역의 주요 거리는 아스팔트 도로인 셈이었다. 이 도로는 기차가 있는 데서 시작하여 마을 주변을 동그랗게 에워싸는 형태인데 여름 장마로 땅이 질척할 때 큰 도움이 되었다. 또한 장애인들이 휠체어 타는 법을 연습하는 곳이기도 했다. 손주를 데리고 산책하는 할머니들은 그들을 향해 달려오거나 회전하기 위해 등 뒤에서 바퀴 돌아가는 소리를 내는 휠체어를 먼저 보내느라 뛰어서 도로를 건너곤 했다.

저녁 무렵 도로 위로 키 큰 가로등이 환하게 불을 밝히면 별장 주민들이 밤 산책을 나오곤 했다. 둘씩 짝을 지어 일정한 방향으로 도로를 한 바퀴 돌았는데, 볼쇼이극장 로비처럼 서로의 얼굴을 빤히 쳐다보고 맛있는 걸 먹으며 걸었다. 젊은이들은 사랑에 대해, 노인들은 질병에 대해 이야기했다. 아직 잠자리에 들기에도 이르고 사랑이 뭔지 알 리 없는 10대들은 도로 한가운데서 자전거를 탔다.

밤 10시 리타는 비치 백에 수영복과 테리 수건을 넣고 여름 원피스 위에 홑겹 트렌치 코트를 걸친 뒤 연못으로 향했다. 그녀는 도로를 따라 걸으면서 마주 오는 사람들과 마주쳤으며, 그들은 마음만 먹었다면 하던 이야기를 잠시 보류하고 리타를 자세히 살펴볼 수 있었다. 갸름한 얼굴에 머리카락은 금발이고 눈이 컸더라면 좋았겠지만 리타는 정확히 정반대였다. 동그란 얼굴에 눈은 조그만 데다 키도 작고 날씬하지도 않으며 금발도 아니었다. 그럼에도 불구하고 리타는 자신이 상당한 미인이라고 생각했으며 진짜 미인처럼 행동했다. 그러다 보니 사람들도 그녀가 그렇게 생각하면 진짜 그런지도 모르겠다고 수긍하는 것이었다.

리타는 피부관리사로 일했다. 스스로 관리를 잘해서 피부가 아주 매끄러운 데다 혈색도 좋았다. 눈은 자작나무의 여린 잎사귀처럼 초록색을 띠고, 머리카락은 무연탄처럼 새까맣고, 이는 이탈리아산 재킷 단추 같은 하얀 자개빛이었다.

리타가 일하는 살롱은 시내에서 가장 좋은 곳이었고, 그녀는 그 살롱에서 가장 뛰어난 피부관리사였다. 도시에서 가장 뛰어난 피부관리사인 셈이었다. 리타는 경험과 노하우를 나누기 위해 헝가리로 갈 뻔했다. 헝가리의 피부관리사들에게 자신의 노하우를 전수해 주고, 그들에게는 석영 수은등 사용법을 배워 올 계획이었다. 그렇게만 되면 한겨울에도 그녀의 손길이 닿아 예뻐진 여자들이 일렬로 살롱을 나갈 터였다. 리타는 하루에 다섯 명을 행복하게 해 줄 것이다. 한 달로 따지면 50명이며 병가와 휴가를 제외하면 1년 동안 1500명을 행복하게 만들 수 있었다. 1500명의 행복한 미인이라니! 이런 직업을 가진 사람이 어디 흔한가 말이다.

리타는 도로에서 연못 쪽으로 방향을 틀어 어마어마하게 큰 바위에 앉았다. 전설에 따르면 빙하기 때 이곳에 끌어다 놓은 바위인데 지금까지 그 자리를 지켰다는 것이다.

어제 장난감 가게 '어린이 세상'에서 그녀의 집 앞까지 태워다 주고 팁도 받지 않은 로미오와 데이트를 하러 왔다. 그는 여러모로 호남형이었다. 훤칠한 키에 금발이며 눈도 크고 얼굴도 조금 길었다. 피부미용사가 봤을 때 콧등과 턱이 마음에 안 들긴 하지만 사람이 너무 완벽해도 인간미가 없으니까.

연못에 안개가 자욱한 가운데 안내 목소리가 흘러나왔다.

"미샤! 어딜 가는 거야? 그런 짓 하면 못써요! 지금 당장 돌아와요!" 격앙된 여자 목소리가 들렸다. "내 말 들려요?"

리타는 미샤가 어린아이라고 생각했는데 가까이에서 보니 마흔쯤 되는 남자였다. 그는 검은색 새틴 팬티를 입고 쪼그려 앉은 채 관목을 붙잡고는 털이 무성한 다리 한쪽을 연못에 넣으려고 애썼다. 하지만 그가 원하는 대로 되지 않았다.

"내가 지금 다이빙을 할 거야." 미샤는 한쪽 다리를 연못가로 꺼내 놓으면서 설명했다.

"당신이 다이빙을 하면 바위에 머리를 부딪히고 그대로 물에 가라앉을 거라고!" 여자는 다른 결말은 생각해 보지도 않은 것처럼 잔뜩 흥분해서 외쳤다.

미샤는 잠시 서서 생각하고 뒤로 두 발자국을 옮기더니 빠른 속도로 달려갔고, 다음 순간 코끼리가 물속에 빠진 것처럼 크게 첨벙거리는 소리가 났다.

"오, 나를 버리지 마오. 제발 부탁이오!" 미샤는 이탈리아식으로 멋지게 노래를 부르기 시작했다. "소렌토로 돌아와요, 라라라……."

"그러다 감기 걸려요!" 그녀는 연못가를 뛰어다니며 소리 질렀다. "지금 당장 나와요! 그러다 간에 냉기가 돌면 어쩌려고요!"

그때 비행기 한 대가 날개와 꼬리에서 형형색색의 불빛을 비추며 저공 비행으로 지나갔다.

"미샤!" 여자는 미샤가 비행기 아래 깔리기라도 할까 봐 겁을 먹고 다시 한번 소리 질렀다.

리타는 빙하기부터 있던 바위에 앉아서 그들을 부러운 눈으로 쳐다보며 생각했다. '여자가 남자를 참 사랑하는 모양이군.' 지나간 일이지만 그녀도 사랑하는 남자가 있었다. 볼로쟈는 공업전문대학에 다녔는데 성적이 뛰어나서 모스크바에 남았다. 민스크의 교수 할머니가 장한 볼로쟈를 축하하러 왔다. 사실 교수는 할머니가 아니라 할아버지였다. 하지만 할아버지는 일이 너무 많아서 그 어떤 일에도 절대 관여하지 않았다. 반면 할머니는 집안일 말고는 할 게 없어서 모든 일을 컨트롤하고 진두지휘했다.

볼로쟈는 할머니한테 소개하고 싶어서 리타에게 집으로 오라고 말해 두었다.

리타는 시장에서 국화를 사 들고 코지츠키 골목의 볼로쟈네 집으로 뛰어갔다. 그런데 너무 급하게 움직이느라 몸보다 생각이 앞서 간 듯한 기분이 들었다. 집 앞에서 벨을 누르기 전에 한참 동안 마음을 진정하고 풍성한 국화를 더 예쁘게 가다듬었다.

문을 연 사람은 할머니였다. 할머니의 등 뒤로 풀 죽은 볼로쟈가 보였다.

"리타라는 아가씨군요?" 할머니는 볼로쟈가 틈새바람에 감기라도 들까 봐 그를 막아서고는 깐깐한 목소리로 물었다.

"그런데요?" 리타가 언짢은 목소리로 되물었다.

"질문은 내가 하죠." 할머니는 시험관이라도 되는 듯한 어조로 말했다.

"맥은 질문에 네 혹은 아니오로 대답하면 됩니다. 당신이 리타 인가요?"

"네." 리타가 순순히 대답했다.

"당신은 미용실에서 일하나요?"

"네."

"당신은 볼로쟈보다 세 살 많은가요?"

"네."

"그럼 애한테 원하는 게 뭐죠?"

"그런 거 없는데요." 리타는 순간 당황했다.

"그럼 여기에 왜 온 거죠?"

"그냥 저녁에 시간이 있어서요."

할머니는 이 대답이 마음에 들었는지 리타를 집 안으로 들였다. 그리고 차를 마시기 위해 식탁에 앉았다. 볼로쟈와 할머니가 나란히 앉고 리타가 맞은편에 앉았다. 그들의 정수리를 직선으로 연결한다면 세 면의 길이가 같고 세 각이 동일한 정삼각형이 만들어졌을 것이다.

"너 폴랴코프네 딸 기억나니?" 할머니가 손자에게 물었다. 리타는 투명인간 취급을 했다.

"아뇨." 볼로쟈 역시 리타 쪽으로 시선을 돌리지 않고 대답했다. 그는 할머니를 무서워했다.

"얼마나 예뻐졌다고! 예술 작품이 따로 없더라! 리토프가네 조카 밀라는 기억나니?"

"기억해요." 볼로쟈는 기억한다고 말하면 할머니가 더 이상 얘기를 안 할 거라고 생각하여 시무룩하게 대답했다.

"대학원 박사 과정에 들어갔다지 뭐니? 걸어다니는 백과사전이란다!" 할머니는 학문은 리타의 서비스업하고 비교도 안 된다는 식으로 말했다.

리타는 차를 다 마시고 환대에 감사를 표한 뒤 나갔으며, 정삼각형은 할머니에게 유리한 방향으로 무너졌다. 볼로쟈는 할머니보다 리타에게 상황을 이해시키고 화해하는 편이 더 쉽다고 판단하여 그녀를 붙잡지 않았다. 하지만 그건 볼로쟈의 실수였다. 그녀는 화해도 설명도 듣지 않기로 했다. 그의 이름을 마음속 영정 사진 액자에 넣어 국화를 올려놓고 더 이상 쳐다보지도 않았다.

그녀는 마음속 깊이 상처를 받았고, 그 아픔이 혈액과 염색체까지 스며들었다. 언젠가 아이를 낳으면 그 아이도 볼로쟈에게 서운할 것만 같은 기분이 들었다.

택시기사 고시카 라주틴은 사무적인 사람이었다. 그는 소련의 모든 인구를 몇 개 그룹으로 분류하고 그룹마다 별명을 붙였다. 지식인은 '모자', 노동자는 '재킷', 학생은 '작은 집들', 군인은 '지휘관', 트랜짓 승객은 '여행가방'이었다. 그는 승객들의 운행 경로도 직접 정했는데, 누구든 같은 방향이 아니면 강요하지 않았다.

고시카는 세상 모든 것은 구체적인 존재 이유가 있다고 생각했다. 일은 돈 벌기 위해 필요하고, 이사회는 질책하기 위해 필요하고, 신문은 교육하기 위해 필요하고, 영화는 문화 생활을 위해 필요했다. 사랑에 대해서도 자기만의 견해가 있었다. 사랑은 무엇을 위해 필요한가? 자식을 낳기 위해 필요한 것이다. 아이는 왜 필요한가? 종족 보존 본능을 위해, 고시카가 죽고 나서도 삶이 계속되기 위해 필요한 것이다. 그가 죽은 이후의 삶이 그와 무슨 상관이 있는가? 생명이 붙어 있는 동안 열심히 살아야 하는 것이다. 허투루 쓸 시간이 없다. 속도계의 킬로미터를 열심히 올려야 한다.

언젠가 그의 약혼녀가 말했다. "고시카 당신은 낭만을 몰라요! 자기한테는 판타지가 자라날 기미가 전혀 안 보여요!" 그녀는 그의 판타지 지수를 올리기 위해 함께 발레를 보러 갔다. 그들은 좋은 자리에 앉은 터라 잘 보이고 잘 들렸다. 발레리나들은 까치발로 보폭을 좁혀 가며 뛰어다녔고, 발소리가 마치 말발굽 소리 같았다. 타이츠를 입은 남자는 콘센트에 연결한 것처럼 자신의 축 주위를 한쪽 다리로 돌고 있었다. 다들 손뼉을 치고 "브라보, 비스(bis, '한 번 더'를 의미하는 프랑스어-옮긴이)"를 외쳤다. 한편 그의 신부는 "디베르티스망, 파드되(여성 솔리스트와 남성 솔리스트의 2인무를 의미하는 발레 용어-옮긴이), 푸에테(몸의 중심을 잡은 다리를 다른 다리가 때리듯이 빨리 움직이는 동작을 의미하는 발레 용어-옮긴이)……."를 주워섬겼다.

그리고 거짓말투성이었다. 진실을 말할 때조차 그녀의 말을 믿을 수가 없었다. "자기가 최고야. 자기 같은 사람은 없어!"라며 양손에 뽀뽀했다. 그래 놓고는 그가 군에 입대하자 결혼해 버렸다.

더 좋은 남자를 찾은 것이다.

여자는 모두 거짓말쟁이다. 거짓말을 안 하는 여자가 있다 해도 일시적일 뿐 때가 되면 거짓말을 할 것이다. 고시카는 차를 세우고는 이정표를 읽었다. 레닌그라드 500킬로미터, 세레메체보 20킬로미터. 레닌그라드까지는 머니까 미터기를 끄고 가면 된다. 세레메체보 역시 멀지만 판타지에 날개를 달고 신선한 공기를 마시면서 바람을 쐴 수 있다.

고시카는 어제 여자를 만났다. 눈은 초록색이고 이는 하얗고 무릎은 둥근 여자였다. 그리고 차를 타고 가면서 합승을 허용했다.

"선생님은 로미오를 닮았어요." 그녀가 진심을 담아서 말했다.

"왜 로미오죠?"

"머리카락이 길고 흰 셔츠를 입었으니까요."

그녀는 명랑했다. 노래도 한 곡 불렀다. "말을 탓하지 마오. 길을 탓하시오." 고시카를 기분 좋게 만들지 않으면 도로 한가운데에 무거운 가방과 함께 버리고 갈까 봐 염려스러운 모양이었다. 하지만 고시카는 그녀를 집까지 데려다 주었고 요금도 미터기대로 받았다. 그녀는 시 한 편을 낭송해 주었다. "한밤에 호밀밭에서 두 사람이 포옹한다 해도 누구 하나 관심 갖지 않겠죠……."

고시카는 집 한쪽 모퉁이가 들판을 향한 걸 보고 좋은 생각이 떠올랐다.

"우리 산책이나 해요." 그가 제안했다.

"다음에, 내일 해요."

"어디 가지 말고 여기 있어야 해요." 고시카는 그 자리를 기억하기 위해 주위를 살피면서 경고하듯 말했다.

"대신 집 말고요. 저기 오른쪽에 가면 연못이 있어요. 바위 옆에요."

"어떤 바위 옆이죠?"

"연못가에 바위는 하나밖에 없는데……."

"아니, 이렇게 캄캄한데 연못가에서 바위를 찾게 생겼어요?"

"연못만 찾으면 바위 찾는 건 일도 아니에요."

리타는 안 올 거라고 생각했다. 오지도 않을 사람을 바위에서 기다리면 신경근염이나 생길 것이다. 그런데 사람은 아픈 데가 있으면 기분이 상하고, 그런 기분으로 일하면 재미가 없다. 일에 흥미를 못 느끼면 결과도 안 좋은 법이다. 눈에 띄는 성과가 없다면 살롱 최고의 피부관리사라는 리타의 명성에 금이 갈 것이다. 살롱 역시 더 이상 도시에서 가장 좋은 살롱이 아니며, 금색 글씨를 박은 벨벳 우승기도 원장의 방에서 사라질 것이다.

리타는 먼 미래의 결과를 예측하고 바위에서 내려갔다. 그런데 바로 그 순간 볼가(러시아산 자동차-옮긴이) 한 대가 도로에서 연못 쪽으로 돌아 들어오고 있었다. 차 오른쪽 위 모퉁이에서 파란 불이 반짝였다. 리타는 갑자기 몹시 흥분하여 그녀 쪽으로 다가오는 차를 향해 몸을 던졌다. 하마터면 울퉁불퉁한 노면 때문에 흔들리는 차 밑에 깔릴 뻔했다.

차가 멈추고 문이 열렸다. 머리카락이 길고 흰 셔츠를 입은 로미오가 내렸다.

"많이 기다렸지?" 그가 부드러운 목소리로 물었다.

"내가요?" 그녀는 살짝 무시하는 투로 반문했다.

"좋으면서, 좋잖아." 로미오가 거짓말을 알아차렸다는 듯이 넘겨짚었다.

리타가 아니라고 해도 믿어 줄 것 같지 않았다. 그가 아는 모든 사람이 그를 반겨 주었고, 그도 그런 환대가 몸에 밴 듯했다.

"누가 들으면 무슨 보물이라도 되는 줄……."

"그게 아니라면 나를 왜 오라고 한 거지?" 로미오는 여전히 그녀의 말을 못 믿겠다는 투로 물었다.

"그냥 저녁에 시간이 있어서……."

둘은 잠시 침묵했다. 긴 외투를 입은 사내아이들이 나타났다. 안개 위로 아이들의 머리가 헤엄치고 있었다. 아이들이 한밤중에 만난 것 같은 착각이 들 정도였다. 근처에는 그 아이들이 돌보는 말이 풀을 뜯고 있었다. 아이들은 연못에서 물놀이를 하려다 차쪽을 한 번 쳐다보고는 그곳을 떠났다. 아이들의 머리가 또다시 안개 위에서 헤엄쳤다.

"물놀이 어때요?" 리타가 제안했다.

"아니, 무슨, 날도 찬데……." 로미오가 내키지 않는다는 듯 말했다.

"마음대로 해요."

리타는 안개 속으로 사라졌다. 옷을 벗고 거침없이 물속으로 들어갔다. 물속이 더 따뜻했다. 목까지 차오르는 깊이에서 바닥에 앉아 양팔을 앞으로 뻗었다. 증가한 물의 무게와 동일한 힘이 그녀의 팔에 작용하여 팔이 가벼워졌고, 그러자 온몸이 가벼워진 기분이 들었다. 머리 바로 위에는 별들이 나른하게 걸려 있었고, 주위에 안개가 자욱하여 마치 은하수에서 헤엄치는 느낌이었다. 그리고 그 길 끝에는 로미오가 서 있었다. 그가 있는 쪽으로 나가면 그는 그녀의 어깨에 테리 수건을 얹어 주고 말할 것이다.

"이런, 내 사랑, 상처받았군요. 내가 안아 줄게요."

그가 친형제처럼 그녀의 뒤통수에 한쪽 손을 얹으면 그녀는 그의 어깨에 이마를 기대고 물어볼 것이다.

"내가 뭐가 좋아요?"

"너."

"내가 가진 매력이 뭐죠?"

"사람이 너무 좋은 거지. 착하고 고귀하고. 직장에서도 인정받으니까 헝가리까지 가는 거지. 게다가 자기 눈은 마치 자작나무 잎 같아."

리타는 연못 밖으로 나갔다. 로미오는 활짝 열어젖힌 보닛 쪽으로 시선을 고정한 채 그 옆에 서 있었다. 리타는 자기 손으로 비치 백에서 테리 수건을 꺼내 어깨에 걸쳤다. 로미오는 보닛을 세게 닫은 뒤 지저분한 걸레에 손을 닦고는 차에 탔다. 리타는 한기를 느끼며 로미오 옆에 탔다.

잠시 침묵이 흘렀다.

"혹시 누구 있는 거 아닌가?" 그가 물었다.

"엄마요."

"엄마밖에 없다고?"

"네, 엄마밖에 없어요."

달리 할 말이 하나도 없었다. 어제 도로에서 보낸 시간이 훨씬 더 재미있었다. 연못 옆을 전기기차가 덜컹거리면서 지나갔다. 영화 필름처럼 불을 밝힌 네모난 창문들이 길게 펼쳐졌다.

볼로쟈는 술잔을 미처 테이블에 놓지 못한 채 손에 들고 춤을 추었다. 그녀의 손은 그의 손바닥보다 낮게 걸려 있었다. 공업전문대학 기숙사에서 새해맞이 파티가 한창이었다. 리타의 약지에서는 보통 가짜 보석이 그렇듯 화려한 반지가 반짝였다. 물론 손도 축제에 걸맞게 화려했다. 그녀의 손은 너무나 부드럽고 화려하고 똑똑했는데, 볼로쟈의 맥박이 있는 부분을 덮으면서 아주 헌신적으로 붙어 있었다.

행복의 겉모양은 이랬다. 손과 손이 만나고, 액체가 된 태양이 담긴 술잔이 그들의 결혼을 축복하는데 술잔에 담긴 것은 기쁨과 실수다. 평범한 행복이다. 진정한 행복은 늘 그렇듯 이렇게 단순하다. 아, 볼로쟈……. 이제 누가 고아인 당신을 사랑해 줄까요?

로미오는 여자가 그리운 마음에 조금 전 지저분한 걸레에 열심히 문지른 손바닥을 리타의 어깨에 얹었다. 리타는 몸을 돌려서 그의 얼굴을 빤히 쳐다보았다. 그의 얼굴은 불필요한 아름다움을 지닌 타인의 얼굴이었다. 그 순간 리타는 문득 깨달았다. 그녀가 마음의 상처를 받았을 때처럼 그를 향한 사랑이 깊숙이 스며들었다. 다른 것과 몰래 바꿔치기하고 싶지도 않고, 심지어 사랑하는 척하고 싶지도 않았다.

삶은 나선형이 아니라 닫힌 원 안에서 움직였다.

리타는 낙담했다. 어깨에 얹은 로미오의 손을 떼어 내어 그의 무릎에 돌려주었다.

"왜 이러는데?" 로미오가 놀란 목소리로 물었다.

"아무것도 아니에요."

"이럴 거면 날 왜 부른 건데?"

"그냥……."

로미오는 기분이 상했다. "나는 여기 왜 온 거야?"

"다시 돌아가도 돼요." 리타는 문을 열고 차에서 내렸다.

로미오는 창문을 내리고 고개를 내밀었다. 그녀의 시선에서 빛이 났다. 눈으로 본 것이 아니라 바로 시선에서 빛이 난 것이다.

"왜 그렇게 서 있는 거야?"

로미오는 전보다 더 화가 나서 고개를 차 안에 숨기고는 시동을 걸어 출발했다. 차가 울퉁불퉁한 길을 따라서 계속 흔들거리며 나아갔다.

그날은 고시카에게 운수가 나쁜 날이었다. 처음부터 끝까지 말이다. 아침부터 운이 안 좋으면 그대로 하루가 꼬이는 법이다. 하지만 오늘이 끝나고 있었고, 이날을 그냥 삶에서 끄고 미터기 손잡이처럼 틀어 버리면 그만일 터였다. 내일은 1분마다 또 다른 시간이 똑딱거리는 소리가 들리기 시작할 것이다.

고시카는 사무적인 사람이어서 세상 모든 것은 구체적인 존재 이유가 있다고 생각했다. 태양도 예외가 아니어서 매일 아침마다 출근한다고 믿었다. 2교대 근무를 마치고 수평선 너머로 퇴근하는 것이다.

차는 도로로 나아가서 전속력으로 달리기 시작했다. 핸들이 심하게 흔들렸다. 하늘에 달이 걸려 있었다.

"달은 왜 있는 거지?"

고시카는 달이 쓸모없는 존재라고 생각했다. 달에 가 본 사람들은 공기도 없고 사람이 살 수도 없다는 것을 확인했다. 산과 먼지뿐이라고 말이다. 하지만 하루라도 하늘에서 달을 없앤다면 어떻게 될지 상상해 보라. 달도 필요하다는 뜻이다. 특별한 쓸모가 있다기보다는 그냥 필요한 것이다. 그렇다면 오늘 저녁은 왜 필요한가? 그가 그녀에게 왔고, 그녀는 물속에 들어갔고, 그는 떠났다. 그녀가 물속에 들어갈 때 그가 옆에 있어 줘야 했다는 듯이.

고시카는 기억을 더듬어 그녀가 안개 속으로 사라지던 모습과 안개 속에서 나오던 모습을 떠올리고는 그녀가 얼마나 이상하고 자존심이 강한가를 생각해 냈다. 그녀에게는 아무도 없고, 그녀는 아무도 필요하지 않다.

고시카는 아무 이유 없이 화가 나서 차를 교대자에게 넘겨주는 대신 연못가로 돌아가고 싶어졌다. 어쩌면 그녀가 아직 이끼가 잔뜩 낀 그 집채만 한 바위에 앉아 있을지도 모른다.

고시카가 차를 세우려고 하는 순간 바로 앞에 한쪽 팔을 들고 있는 게이 같은 남자가 나타났다.

"어디 가려고요?" 고시카가 차창 밖으로 고개를 내밀었다.

"도시요."

고시카는 순간 갈림길에 선 고대 영웅처럼 잠시 생각한 뒤 한쪽 손을 흔들었다. "타요."

리타는 신경근염 생각은 잠시 잊고 여전히 바위에 앉아서 택시 놓친 걸 후회하고 있었다. 그녀는 차를 쫓아가서 바퀴라도 붙잡고 도시의 코지츠키 골목까지 태워다 달라 말하고 싶었다. 그러고는 계단을 뛰어 올라가서 화재 현장에 온 것처럼 볼로쟈의 집 벨을 거칠게 눌러 댈 것이다. 깜짝 놀란 그의 할머니가 문을 열었다가 리타를 발견하고는 더 심하게 놀랄 것이다.

"왜, 왜, 무슨 일이지?" 할머니가 걱정스럽게 물어볼 것이다.

"질문은 내가 할게요. 할머니는 듣고 네, 아니오만 대답하면 돼요." 리타는 말을 이어 갈 것이다. "할머니는 평생 단 하루라도 일한 적이 있나요?"

"아니오."

"할머니는 남을 한 번이라도 행복하게 해 준 경험이 있나요?"

"아니오."

"그럼 나한테 원하는 게 뭐죠?"

이때 할머니 등 뒤에 있던 볼로쟈가 클로즈업돼서 나올 거고, 그들은 얼굴과 얼굴을 마주할 수 있을 것이다.

"난 사랑 없이 사는 데 지쳤어. 화해하려고……."

리타의 고백에 볼로쟈가 한쪽 손을 그녀의 한쪽 어깨에 얹고 짧게 말할 것이다. "화해한 거야."

쓸모없는 행성 하나가 별장이 모여 있는 지역을 비춰 주었다.

행성의 희미하고 산만한 불빛 아래에서 이 지역의 모든 결점이 감춰졌고, 장점이 승리했고, 밖으로 모습을 드러냈다. 사방은 조용하고 평안하고 아름다웠다. 연못은 깨진 유리 조각처럼 이따금 반짝였다. 원형 도로는 밝고 깨끗하고 정직했다. 집들 뒤에는 들판이 호흡하고 있었다. 들판 뒤에는 진짜 숲이 있었다. 거기에는 고슴도치, 다람쥐가 살았다. 어쩌면 덩치만 크지 착하고 시름에 빠진 동물이 살고 있을지도 모른다.

티끌 같은 나

초판 1쇄 발행 | 2020년 3월 30일

지은이 | 빅토리아 토카레바
옮긴이 | 승주연
펴낸이 | 이정헌, 손형석
편집 | 이정헌
교정 | 노경수
디자인 | 이정헌
인쇄 | 공간코퍼레이션

펴낸곳 | 도서출판 잔
출판등록 | 2017년 3월 22일 · 제409-251002017000113호
주소 | 경기도 김포시 김포한강3로 432 502호
팩스 | 070-7611-2413
전자우편 | zhanpublishing@gmail.com
웹사이트 | www.zhanpublishing.com

ISBN 979-11-90234-05-4 03890

표지 사진 ⓒ 리에

이 도서의 국립중앙도서관 출판예정도서목록(CIP)은
서지정보유통지원시스템 홈페이지(http://seoji.nl.go.kr)와
국가자료종합목록 구축시스템(http://kolis-net.nl.go.kr)에서 이용하실 수 있습니다.
(CIP제어번호 : CIP2020010607)